在词语的
星空中漫步

涂国文 著

浙江工商大学出版社
ZHEJIANG GONGSHANG UNIVERSITY PRESS
·杭州·

图书在版编目(CIP)数据

　　在词语的星空中漫步 / 涂国文著. —杭州:浙江
工商大学出版社,2023.9
　　ISBN 978-7-5178-5690-0

　　Ⅰ. ①在… Ⅱ. ①涂… Ⅲ. ①中国文学—当代文学—
文学评论—文集 Ⅳ. ①I206.7-53

　　中国国家版本馆 CIP 数据核字(2023)第169321号

在词语的星空中漫步
ZAI CIYU DE XINGKONG ZHONG MANBU

涂国文　著

责任编辑	厉　勇
责任校对	夏湘娣
封面设计	朱嘉怡
责任印制	包建辉
出版发行	浙江工商大学出版社
	(杭州市教工路198号　邮政编码310012)
	(E-mail:zjgsupress@163.com)
	(网址:http://www.zjgsupress.com)
	电话:0571-88904980,88831806(传真)
排　　版	杭州朝曦图文设计有限公司
印　　刷	杭州宏雅印刷有限公司
开　　本	710mm×1000mm　1/16
印　　张	23.5
字　　数	349千
版 印 次	2023年9月第1版　2023年9月第1次印刷
书　　号	ISBN 978-7-5178-5690-0
定　　价	80.00元

目　录

第一部分　散文评论

第二部分　诗歌评论

第三部分　小说评论

第四部分　综合评论

第五部分　童诗荐读

桃李春风一杯酒,江湖夜雨十年灯(代后记)　涂国文 ·········364

第一部分

散文评论

一位历史学者的故乡传与青春史

——傅国涌散文集《开门见山》读评

　　傅国涌先生的新著《开门见山——故乡雁荡杂忆》是一部故乡传,也是一部青春成长史,它以娓娓道来、静水流深的诗意笔墨,漫溯了一位"被彩虹点亮的山中少年"一步步"从与山的对话走向与天空的对话"(《故乡与诗》)的精神历程,展示了作者童年的孤寂、少年的憧憬与青年的理想,揭示了独特的自然山水、历史人文以及阅读生活对作者人生选择与生命成长的深刻影响。我们发现一位目极东西、在人类思想太空中遨游的历史研究者和历史参与者,开始了对故乡、亲人、自我及精神来路的回观与内视。

　　在我看来,《开门见山》首先是一部故乡传,作者故乡在浙江温州雁荡山,这里有着绝美的自然山水:灵峰、灵岩、大龙湫、三折瀑……"如果说白昼的雁荡山是散文的,那么月下的雁荡山就是诗的"(《故乡与诗》);这里更有着源远流长的人文历史,谢灵运、沈括、王十朋、汤显祖、徐霞客、王季重、方苞、袁枚、阮元、康有为、林纾、蔡元培、张元济、蒋维乔、傅增湘、黄炎培、郁达夫、萧乾、黄宾虹、张大千、余光中等古今文化名人都曾与它结缘,也先后孕育了李孝光、章纶、李振镳、李介人、李经敕、李子瑾、蒋叔南、周昌谷等一大批本土文化名流;这里更有着一群辛勤劳作、坚韧顽强,一如"不会说话的石头,以它们亘古不变的沉默,迎接一切的风雨"(《石不能言》)的故乡人。作者满怀赤子之情为故乡立传,书写云气氤氲于外、风雷激荡于内的文化雁荡,勾勒了一幅宏美壮阔的雁荡自然山水与人文风情画卷。

故乡独特的自然环境对作者的影响显然是深远的:"我的整个少年时代都在雁荡山中,抬头是山,低头也是山,山中岁月寂寞极了"(《在山中神游华夏》);"仿佛千年万年都是静止的。山鸟的声音、虫子的声音、山涧的流水声,让山中的世界变得更静"(《山·水·穷》);"与山清水秀相伴随的却是山地贫瘠,生计艰困,我从小即面对大山的重围"(《故乡与诗》)……闭塞的自然环境、静止的山中岁月、贫寒的山村生活,无疑局囿了作者的活动半径,却也催发了作者对山外世界的想象与向往,以及对知识的渴求:"正是这种深入骨髓的寂寞让我对书本有了一种似乎与生俱来的迷恋,我极力在书中寻找一个个新的世界"(《在山中神游华夏》);"书中的世界,无论是非虚构还是虚构,对于我都是一个山外的世界"(《想象山外世界》)。正如作者在附录中所说,"雁荡的山水滋养了我的岁月",它不仅陶冶了作者的性情,培养了作者静心向学的定力与毅力,更为作者蓄积了走出山中世界的勇气与能量。

在作者的童年与少年时期,故乡的亲人们对他施与的影响一样至关重要。作品第一辑"儿时杂忆"深情地追述了亲人们对作者的关心和引领。譬如作者的父亲,这个最典型地传承了华夏民族的性格基因,"在石头世界里求生存,养成了坚韧、沉默的性格,坚韧像石头,沉默也像石头,拥有一块山中普通石头一样的命运"(《石不能言》)的男人,在作者性格的形成中,无疑扮演着重要角色。譬如作者的大娘舅李一瑾,一位亲历过抗日战争、解放战争和抗美援朝的革命者,长期在宁波市教育局教研室工作,他对作者的关爱与影响,同样令作者终生难忘;还有他的小娘舅、著名数学家李邦河院士对数学的酷爱,也给作者留下极深的印象。譬如作者的二姐出门经商,每次总会给弟弟带回书籍、图册等,在一个交通不便、资讯匮乏的时代,让作者这个"山中少年","几乎将华夏大地神游了一番""竟然以这样的方式遍游各地,画出自己心中的一张华夏人文地图"(《在山中神游华夏》)……

作品中所描写的故乡人物,譬如作者的外公、外婆、父亲、母亲、大娘舅、小娘舅、大姐、二姐等,作者的同道张铭、任学林、徐新、叶楠叶等,作者的师长盛牧夫、盛笃周、卢鸾娇、徐保士、夏尔福、滕万林、吴式南等,他们有个共同点,那就是都是大时代中的"小人物"。然而正如作者所说:"即使一个卑微渺小的生命,也是和他所在的时代联系在一起的"(《石不能言》);"他们当然都是大时代中可以忽略不计的小人物,却也与那个时代血肉关联,各自承担了大时代里的命运,至少是他们自己和家人的命运"(《仙溪水清》)。家族史、村庄史、地方史,其实质都是民族史;为小人物立传,其实质亦是为民族立传。当然,面对"消失的故乡,消失的人事"(《故乡与诗》),追忆永不复返的少年时光,作品也不可避免地萦绕着沧海桑田的怅然。

《开门见山》更是一部作者的青春成长史。故乡的自然山水、历史人文,作者的家庭背景、求学生涯、交游活动和阅读生活等,都对作者的生命成长起着潜移默化的作用。作品不仅追述了故乡山水人文对自己的精神熏陶和滋养,以及亲人们对自己的关心和引领,更浓墨重彩地叙写了良师益友和阅读生活对自己人生的巨大影响。在回忆中学语文老师滕万林时,作者如是说:"我第一次如此近距离看到我的老师以严谨的态度校正史实,对于我后来踏上历史研究之路有无形的影响""他以自己对语文教学的探索,持久地惠及了包括我在内的数以千计的一代代学生""作为一个整整三十年站在讲台上的中学语文教师,他在时代的大起大落中从来没有停止过追求,他是具有丰富心灵世界的人师"(《滕万林老师》);又如在回忆大学老师吴式南时,作者如是说:"吴师爱我,吴师惜我,让我在黯淡的处境中感受到来自师辈的温暖与安慰"(《九山湖畔有吾师》)。作者的诸多回忆,不仅彰显了滕万林、吴式南这些人师的精神、学养与情怀,更流淌着一种醇酽的人间温情。

在作者的青年时代,他的同学和文学同道张铭、任学林、徐新、叶楠叶等人对他的影响也是巨大的。在作品中,作者详细地记述了自己当年与这些"精神死党"(《故乡与诗》)的交游,生动地再现了青春勃发的他们一起探讨文学与哲学,一起思考人生与民族未来的一幕幕场景。在《似水年华凝成冰》一文中,作者这样说:"我们之结成精神伙伴是基于对人生的共同求问。"在《故乡与诗》一文中,作者无比感慨地说:"我们的青春时代竟是那么的纯粹,那么的灿烂。我们充满了理想主义激情,身上仿佛有一种使不完的劲,对未来满是憧憬。"

在作者的青春成长和生命成长过程中,阅读起着决定性作用。在《〈语文小报〉不小》一文中,作者说,阅读"对我一生有重要影响","我热爱阅读,对于书始终怀着难以遏制的渴望,像个永远吃不饱的孩子"。作者在故乡的乡村中学任教时,"上课之余,读书、思考、写作占据了我全部时间,日子踏实而明亮,虽然物质上是简陋而贫乏的,每个月的主要支出就是买书"(《石子滩的黄昏》)。作者在《想象山外世界》一文中概括自己的山中岁月有过三次阅读转向:一是由古典文学向现代文学的转向,一是由文学向美学的转向,一是由美学向政治学、社会学和历史学的转向。

阅读塑造了作者别样的人生。书籍对作者精神世界的形成厥功至伟:"我读到的这些书、文章、诗篇可以说都是桥,是智慧的人类伫立在水边产生的,让苦于跋涉的我在文明的路上可以前行"(《北行淘书记》);"山中的小世界与山外的大世界之间,从此不再隔膜。即使我终生都生活在雁荡山中,也不再坐井观天,以为天空只有井口一样大小。在精神上我已看到了那个和天空一样大小的天空,人生至此,真是痛哉快哉"(《想象山外世界》);"在这个过程中慢慢建立起属于自己的精神结构,不再活在一个浮在生活表皮的世界上""我严肃地思考何为自由,并着力去追寻自由,就是从这个时候开始的""他们的句子如同暗夜中的星光,让我在石子滩上徘徊的岁月变得深邃而结实""我的心灵世界被大大地开启,被照亮……他们的精神食粮喂养过我的年轻时代,叫我从此不再受惑"(《石子滩的黄昏》)。从这些文字中,我们不难读出作者因自己在阅读中遇见人类最宝贵精神遗产的欣幸与感恩。

正如作者所说,青少年时代的故乡生活,"它们是我生命不可分割的一部分,或者说它们构成了我二十世纪八十年代的青春的生命"(《故乡与诗》);"二十世纪八十年代的往事也已悄悄隐入记忆深处,故乡变得熟悉而陌生。但我依然感谢八十年代,我的少年时光,在寂寞的故乡,有山水为伴,青春时代又与一批志趣相投的朋友相识、相知,我终于走出了深深的寂寞,有过那些年生龙活虎般的精神生活,还一起闯到了北京"(《故乡与诗》)。因此,《开门见山》既是一部作者的故乡传,也是一部作者的青春成长史。故乡,藏匿着作者童年的遐想与欢乐;故乡,遗落着作者少年的沉思与忧伤;故乡,安放着作者青春的迷惘与理想;故乡,造就了作者人生的坎坷与辉煌。当年,作者背着故乡远行;而今,作者又走在返回故乡的路上……

《开门见山——故乡雁荡杂忆》与常见的作家随笔有着很大的不同,行文风格带有鲜明的学者烙印。略举两例:一是书中每一处年、月、日都标注得极为具体而完整,体现了一位历史学者思维的缜密;二是经常信手拈来,将笔下人物纵向与古代人物、横向与同时代的东西方名人作勾连比较,以此引出对历史事件的叙述和评说,拓宽了作品的历史时空与艺术时空,体现了一位历史学者深厚沉雄的学术功夫。后者如《我的大娘舅李一瑾》一文所写,"我想起我大娘舅的同龄人,也是1923年出生的李慎之先生";《石不能言》一文所写,"生于1928年的诗人余光中是我父亲的同龄人";《仙溪水清》一文所写,"与他(外公)同一年出生的人中,有胡适之、李宗仁这样历史上留下显赫声名的人"……

2021-02-18

(刊于《浙江作家》2021年第5期)

中华优秀传统文化的"苏绣"

—— 苏沧桑散文集《纸上》读评

　　苏沧桑是一位不断自我刷新的实力散文作家,她的非虚构散文新著《纸上》,再一次令人惊艳。收录于集中的《春蚕记》《纸上》《跟着戏班去流浪》《与茶》《牧蜂图》《冬酿》《船娘》七个中篇散文,均由《人民文学》《十月》《美文》等重要文学期刊推出,如同璀璨的"北斗七星",闪烁在苏沧桑散文的艺术天空中。

　　作者秉持一种传承中华古老文明薪火的文化自觉与文化担当,将独特的目光,投向社会生活的广袤旷野,搜寻湮没在时光深处的文化风物与人事,捕捉涌动在大地之上的文化元气与歌吟,以一种深度介入的行走和亲历现场的体验,从中华优秀传统文化的织锦中,裁剪出一幅幅具有浓郁江南世俗生活气息,又深深浸淫着新时代精神的传统文化风情画卷,呈现了一个奇异陌生、多元多维、诗意盎然的文化世界,不仅为自己留下了一帧走向传统文化旷野、深入传统文化现场、打捞传统文化遗产的俊逸背影,更"以文写史、以文证史",为中华优秀传统文化,书写了一部"充盈着水气和灵气,也潜藏着雄风和大气"(《自序》)的当代"稗史",同时也抒发了作者内心深处一种浩渺的文化乡愁。

从《银杏叶的歌唱》《一个人的天堂》《风月无边》，到《所有的安如磐石》《水下六米的凝望》《等一碗乡愁》，再到《纸上》，作为散文家的苏沧桑一路高歌猛进。《纸上》收录的七篇散文，较之她之前的作品，又出现了诸多明显的变化，彰显作者进入了一种散文艺术创作的新境界。

一、底层群像：基于隐性人民史观的书写

《纸上》的书写，是一种基于隐性的人民史观的书写。作者以一种深挚的情愫，描绘了一组生活在社会文化旷野的底层民众群像，他们是《跟着戏班去流浪》中吉祥戏班里的潘香、赛菊、双菲、爱妃、俏俏、阿朱夫妇、小花脸夫妻，还有越剧名伶杨佩芳先生；是《纸上》中古老村落里唯一坚持古法造纸的传承人朱中华、朱中民兄弟一家；是《冬酿》中偏远海岛上寂寞而执着的古法酿酒人伊海伯、灵江叔等七条汉子；是《牧蜂图》中浪迹天涯的养蜂人沈建基、叶羽琼夫妇；是《与茶》中坚韧隐忍的茶农黄建春与女儿女婿；是《春蚕记》中江南末代养蚕人沈桂章、邵云凤夫妇；是《船娘》中在西湖上漂泊了三十年，最终回到老家西溪的吴虹美、玉法夫妇……作者从他们身上，"看到一双双人民的手，听到更接近天空或大地的声音，看到始终萦绕在人类文明之河上古老而丰盈的元气"（《自序》）。对于这些生活和历史的创造者，作者丝毫不吝惜赞美之词："我遇见的每个人，从未吝啬过自己的努力，每一份最原生态的劳作里，深藏着难以想象的艰辛和无奈，也深藏着生生不息的古老美德。他们是我终身敬重并感恩的人。"（《后记》）

作品以"说书人"般引人入胜的精彩讲述艺术，叙说了一个个发生在南方民间社会的人生故事，展示人物平凡而诡谲的命运图卷，内涵深厚，娓娓动听，可读性强。譬如《跟着戏班去流浪》中杨佩芳老人的坎坷一生；譬如《牧蜂图》中养蜂人追花逐蜜、转场运输的人生奇遇与艰辛；譬如《船娘》中船娘虹美与丈夫玉法的爱情与婚姻，以及玉法与"哥哥"令人泪目的奇缘，等等。《纸上》叙事的河床上汩汩流淌着一种质朴真情，或表现为对逝者的追思与愧悔，如《冬酿》中"我"与周理事长的忘年深交：老人已驾鹤"回家"，可是，"多么遗憾啊，我从未好意思喊过他们一声'干爸干妈'，即使在书信里"。或

表现为一种对笔下人物艰辛生活的深切体恤与共情的悲悯情怀,如"越深入,越深切体会到我梦想中所谓的'流浪'照进她们的原生态时,'居无定所,不断迁移'是真,'放浪,放纵,无拘束'是假,宋无名氏《异闻总录》中那一句'流浪千劫,不自解脱'才是她们的真实写照。"(《跟着戏班去流浪》)

《纸上》将笔触探入人性深处,勾勒笔下人物在自然环境和社会生活中的生存状态,呈现人物的内心波澜,揭示人物的内在精神,表现人物的精神品格。

这种精神品格,首先体现为人物内心深处一种诚信不欺的古老的道德律。譬如《冬酿》中"老师头伊海伯说,要雪白的糯米,一粒坏米都不要。总管灵江叔说,对,雪白的糯米,宁可贵点";《与茶》中黄建春"即使没花头,也要老老实实,勤勤恳恳,做好茶,不倒自己的牌子,虽然他的茶连商标都没有";《跟着戏班去流浪》中潘香说,"我们接了钱,就要认真演……对得起良心的",赛菊"每一场都全情投入,更不允许自己出错";《纸上》中"朱中华所有的努力,就是想用竹子做出世界上最好的纸,让会呼吸的纸、让纸上的生命留存一千年、一千零一年、更多年"。

这种精神品格,其次体现为人物对劳作与文化遗产的生命融入。譬如朱中华兄弟,"他们嗅着纸,像两个犯了烟瘾的老烟枪。他们谈论纸,如同在酒桌上谈论一坛刚刚启封的陈年佳酿"(《纸上》);譬如"六十九岁的伊海伯困得厉害,窝在大樟树下暖暖的阳光里打了个盹。半夜,他要一次次爬起来听酒,听曲的轻歌曼舞,听曲的浅吟低唱,听曲的作威作福"(《冬酿》);譬如"郭靖的眼里渐渐噙满泪水,对着爷爷的背影,在心里说:爷爷,您不会是最后一代养蜂人"(《牧蜂图》)……

《纸上》所展示的人物的精神品格,再次体现为人物在艰难环境中的患难与共、相互扶助。书写艰难环境中亲人之间、爱人之间、朋友之间流溢的醇酽人性,表现人性的淳朴美好与人间温暖,正是《纸上》这部散文集最大的情感价值所在。譬如《牧蜂图》中写道:沈建基四处筹钱打算南下,饲喂蜜蜂和长途运输都需要一大笔资金,养蜂人王琦也没打上蜜,却咬咬牙,将自己所有的积蓄三百五十块钱全交到了沈建基手里,送他回家;其他如蒙古人老赵、哈萨克人呼朗白和女儿古尔丹等人,也给予了他一种义薄云天的关照。

正如沈建基所说，"在外面养蜂二十年，流离失所，百转千回，却没有一个兄弟坑我，只有帮我的"。《跟着戏班去流浪》中，赛菊本想跳槽，"姐妹们对一旁默默站着的骆老板说，你不用给我们大家涨一分钱，你把赛菊的工资涨上去就行！说着，他们七手八脚硬是卸下了她的行李"。《纸上》中，为了让朱中华将元书纸的薪火传下去，"从来没有说过一个'帮'字的兰溪人，将一笔经费打了过来，请他定制一大批元书纸"；"弟弟朱中民从南京打来电话，说：'中华，经费有困难，我来。找人有困难，我把儿子起航交给你！'"

自然，《纸上》也植入了主人公们患难与共、相濡以沫的爱情。譬如《跟着戏班去流浪》中，赛菊与丈夫、潘香与丈夫皆互相信任、不离不弃；《船娘》中虹美幸福地诉说："玉法不做木工了，做了西湖船夫。漂在偌大的西湖里，我不再感觉孤单无助了……像两只水鸟整日滑翔在水面上，日落时分或者更晚，在西湖某一个码头汇合，有时他等我，有时我等他。有时风大，他帮我把船划回船坞，骑车带我回到西溪的家。"《与茶》中"有一道眼神，将他（祝海波）拥进了清冽的溪水里——是晓莹的眼神，那个时时默默注视他的眼神里，有感激，有敬佩，有内疚，有心疼，虽然她什么都没有说"……正是人物内心潜涌着的温馨，支撑起了主人公们在艰苦环境中的生活信念。

《纸上》所展示的人物的精神品格，最后表现为他们对生活的热爱。譬如伊海伯"不做酒的时候，他种花。一个个废酒坛叠在一起，下面挖个洞，满上土，从山里挖点野花，问农家讨点花枝，或从家里带点花籽。他给树们造型，比如那棵石榴，像一只鸟。家里有一棵龙柏，他从山里挖来的，已经种了十五年，一有空，他就修修剪剪，楚门镇来人想买，他不卖，后来政府还奖励了他五千元，说是他种得好"（《冬酿》）。虹美说，"当船娘很苦，也很快乐，看看风景，和客人聊聊天，烦恼就忘了。以前是为挣钱，现在是挣开心"（《船娘》）。赛菊说，"自重，便不怕人轻看"，"幽默，是这些女人们的共同点，赛菊和潘香的微信朋友圈可见一斑"，"会苦中作乐的女人，彼时，内心必定也是真的快乐的"（《跟着戏班去流浪》）……懂得自我调节与自我排遣，不仅展现了主人公们的生活智慧，更展现了他们对生活的热爱。

二、并置叙事：构思的用心与精妙

与作者之前的散文作品相比，《纸上》更见构思的用心与精妙：一是借鉴小说结构艺术手法，高密集度地使用并置叙事；一是旁逸斜出，纵横勾连，以此营造一种时空交错、回忆与现实交织的艺术场景。譬如在《冬酿》中，作者将山里村时间分别与婴儿沧桑的时间、姨公的时间、祖父的时间、父亲的时间、母亲的时间、少女沧桑的时间、北京时间、讨海人兼诗人张一芳的时间、酒吧老板康康的时间、山后浦15号的端午时间、笕桥时间、戈登的时间，庚子年立春"我"在杭州春江花月小区，年轻人（女儿）的饮酒新方式（黄酒冰镇，红酒热饮）等场景与情节如梳齿横列，进行并置叙事，讲述"我"与酒的情缘故事，将"我"的成长史和家族命运史浸置于酿酒文化的柔波媚光中去显影。其他如《春蚕记》，将江南湖州最后的养蚕人家与"我"家十一楼书房演绎的故事并置。此外，如《与茶》一文，按时间的推进和空间的变换展开叙述，亦是一种异形的并置叙事。

与此密切相关的，是旁逸斜出，纵横勾连。作者常常在叙事的过程中，忽然宕开一笔，开枝散叶，旁逸斜出，将古今中外、现实与历史纵横勾连，穿插、比况，在现实态的叙述过程中，植入对历史的介绍，将读者的思绪拽向远处，以此拓展作品的艺术时空。譬如《冬酿》对黄酒文化的介绍；《与茶》引用的南美洲印第安人用毒藤条放在溪流入口处捕鱼的掌故；《船娘》以虹美幼时的视角和行踪，带出的西溪历史人文，以及在对虹美夫妇退休后重回西溪的叙述中，插入厉鹗与满娘的爱情悲剧；《牧蜂图》以沈建基为叙事中心，由点及面，带出的伊犁河谷薰衣草园唯一的养蜂人周小通、周荷英夫妇，以及"90"后青年郭靖；《跟着戏班去流浪》以"我"的采访，带出的那个不堪的年代："那位岁月深处曾经红遍玉环每个角落的越剧名小生久久徘徊在大海边。属于她的散场，不是暂时的拆台过台封箱休夏，而是哑声、批斗、开除和无尽的羞耻。多少次，她在月光下独自徘徊，想纵身跳进大海……"

三、田野调查：强烈的亲历性与在场感

田野调查，是苏沧桑进行非虚构散文创作的一种基本方法。只是到了

《纸上》这部散文集,她对生活现场的介入力度更大,程度更深,时间更久,行为更"疯狂"。"跟着戏班去流浪"一句,形象而传神地反映了她这种全身心、沉浸式的写作姿态。作者将自己投身于颇显索寞的中华传统文化旷野中,深入造纸、采茶、养蚕、酿酒、养蜂和戏班、游船等现场,充分打开触觉和感觉的毛孔,进行深度的个人化生命体验,在行走中不断观察、停驻、体验、感悟、思考、记录,创作成果具有强烈的亲历性与在场感。

在《自序》中,作者如是说:"现实土壤深处,熠熠发光的一些人一些事物,黑洞般将我深深吸引,身在古城杭州,心被魔力牵引着总想去旷野行走、寻找、靠近,如同深海一只龟缩在硬壳里的贝类,总想探出触手去刺探另一种具有强烈陌生感的人生,眺望生命的多种可能性。"为了创作《跟着戏班去流浪》,呈现民间戏班不为人知的生存状态和思想情感,作者回到老家玉环海岛,深入越剧草台戏班,与吉祥戏班的演员们同吃、同住、同演戏,深度体验原生态民间戏班的真实生活状态,在同她们的朝夕相处中,对她们在"家"与"流浪"、"梦"与"生活"之间辗转的难以言尽的人生况味感同身受,对百年越剧的辛酸苦乐有了更深、更具象、更切肤的了解和理解。为了创作《牧蜂图》,她追寻养蜂人的足迹,从杭州到新疆,纵横乌鲁木齐、奇台县、江布拉克、碧流河、伊宁、伊犁河谷、果子沟、赛里木湖……"蜜蜂薄翼如舟,载我漂在四十年来养蜂人的足迹连成的地图上,漂在雪山草原湖泊河流之上,漂在无边花海之上。"(《牧蜂图》)

为了创作《春蚕记》,她亲身实践,自己养蚕,记养蚕日记……

四、婴儿之喻:生命观嬗变后的母性洋溢

苏沧桑的散文创作风格,一直处于一种流变状态。最初少女温婉,后来刚柔相济,到了《纸上》这部散文集,又开始出现向着柔性回归的迹象。综观《纸上》收录的七篇作品,但感满纸柔情、母性洋溢。笔者之所以会得出这一结论,源于这七篇中篇散文中,触目皆见的"婴儿之喻"。且以事实证之——

"酒婴儿吐着一缕缕袅袅白汽,被山冈后吹过来的海风瞬间带走。一个多月后,酒婴儿将长大成人,变成琥珀色的、海岛少年般澄净、淳厚的黄酒。"

（《冬酿》）

"醪是娘肚子里还不会说话的胎儿，嘤嘤嘤嘤哭着笑着，告诉它自己饿了，困了。胎儿说，缸料厚了，温度高了，难受！他就赶紧打开稻草盖子，耙几下，把气排出去。一共二十几个缸，耙个把钟头，等胎儿们安静了，他就回小屋睡一会儿。虽然每天酒喝得迷迷糊糊，脑子里却有一根筋吊着，会准时醒来，一两点起来一次，两三点起来一次，哄它们睡。有时候，胎儿们'补吃多了'，闹得太猛，'发高烧'，直接泛出酒缸，水舀都来不及舀，他就得每一个钟头都爬起来，一夜四五遍，等酒缸里'潜实'了，他才安下心，天也亮了。"（《冬酿》）

"一上一下两瓣嫩叶包裹着一粒茶芯，半透明的、油亮亮的嫩绿，清晰的网状叶脉，细密柔弱的锯齿，紧贴着叶背微微弯曲的银白色茸毛，像初生婴儿的唇和唇间的呢喃，轻轻转动，响起阳光般明亮的笑声。"（《春蚕记》）

"一团洁白的、毛茸茸的菌丝，慢慢舒展开身子，像一个婴儿第一次舒展手脚。他说，这就是纸的胚胎，纸的精灵。"（《纸上》）

"他看菌丝的眼神，像看一个襁褓中的婴儿，比看他这个侄儿、看他在外地读书的两个亲儿子的眼神更加温柔。"（《纸上》）

"另一种水声，是流水声，像婴儿的呼吸那么细弱，又像婴儿的哭声那么清亮。"（《纸上》）

"轻轻触及纸页的一刹那，食指中指和拇指指尖上传来丝绸般的凉滑，轻轻摩挲，则如婴儿的脸颊，细腻里又有一点点毛茸茸的凝滞。"（《纸上》）

"触碰纸，像触碰佛祖一样恭敬，像触碰婴儿一样小心。在朱起航心里，每一卷元书纸，都是儿时最亲的人。"（《纸上》）

"放大镜下，一百条蚁蚕蠕蠕匍匐在桑叶上，像一百头无知无畏的小兽穿行于森林。"（《春蚕记》）

"十来分钟后，桑叶出现了一个个小小的孔洞，探出了一头头小兽的脑袋。"（《春蚕记》）

"一百头勇猛的小兽，在食物的森林里奔突奋进，狼吞虎咽般啃噬着桑叶，如镰刀收割麦浪，风卷着残云。"（《春蚕记》）

"十万头勇猛的小兽，正在桑叶的森林里奔突奋进，发出春雨打在万物

之上的沙沙声,整个天地被雨声织进了一只巨大的茧里。"(《春蚕记》)

…………

满纸"婴儿""小宝宝""小兽"这类拟人与比喻,流露出一种江南丝绸般温软柔情的母性慈怀,如此怜爱,如此温暖,它们不仅彰显了词语的柔婉和温度,不仅反映了作者散文创作风格的隐秘嬗变,更表征了作者的生命形态与生命观的悄然变化。或者更直接一点说,随着生命阅历的增长,作者的心变得更柔了、更通透了、更悲悯了,生命开始进入大自在。

与此密切关联,《纸上》还呈现出另一大特点:将笔下事物人格化,赋予它们生命,以幻觉描写,丰富散文的审美意蕴。譬如《春蚕记》:"等到整个世界熟睡时,书页里的那些人,会不会也醒来,从书架上轻轻跃下,打量那一百条新来的微尘般的小小生命?猜测它们来自大地深处还是寂静月空?此刻,宣纸上的男女老少们纷纷跃下桑枝、墙头,或从蚕架后探出身,从茧簇前抬起头,或挪开染缸,爬下织机,穿过深蓝色的封皮,跳下书架,跃上书桌,与一百头小兽窃窃私语。一个月后,它们的生命将与他们一起,在时光之河里永生。""我相信,之前,所有的书,书桌上的笔墨纸砚,花架上的瓷盘和花瓶,还有书架上的相片和奖杯什么的,都已经醒来,用鼻子探寻着一百条生命的陌生气息,用眼睛寻找着它们,用耳朵聆听着它们。窗外,月光也将脚用力粘在窗玻璃上,向内张望。"

五、锦绣画卷:精微曼妙的艺术审美

《纸上》如同一条面料考究、丝线绮丽、针脚细密、图案精致、质地柔顺、画风大气的巨幅苏绣画卷,感受细腻、捕捉精准、描写精细、刻画传神、文字精妙、笔调唯美、意境深邃、情感温馨,具有一种丝绸般精微曼妙的艺术审美特征。锦绣文字,表露了作者的锦绣心怀——

感受细腻。譬如:"我在月光送给静物们的影子中躺下来。整个卧室散发着木头和茶叶混合的香味,随着头在枕上转动,依稀闻到阳光、溪流、茶山、竹筛篮、茶青混合的香味,还能隐约看到一些极纤细的茶茸毛在窗口漏进来的月光里隐隐浮动"(《与茶》);"日出之前,一个精灵悄然潜入了山里村的每一个缝隙。它比光潜得更深,走得更远,光无法渗透的每个皱褶,它逐一渗透。村庄被岁月啃噬的每道伤疤,它逐一抵达。一个灰扑扑的酿酒坊窝在庙垟塘山坳一棵巨大的香樟树下,无孔不入的精灵——糯米饭蒸腾的热气正源源不断地从酿酒坊里涌出来"(《冬酿》)……

捕捉精准。譬如:"盛夏七点钟的阳光照在一张旧木床上,照见尘埃在光线里浮沉,水母般忽明忽暗"(《冬酿》);"姐姐带着两岁的我,常偷偷舀一勺米酒喝。然后,她将我捆在背上,飞奔到晒谷场和小伙伴们跳橡皮筋。脸上红扑扑笑嘻嘻的姐姐,轻轻一跳,就够到了云朵、星星,感觉自己腾云驾雾的,像仙女一样"(《冬酿》);"戏台在漆黑的夜色里,如同夜空洞开着一扇绮丽的天窗,走马灯似的播映着天上人间的悲欢离合"(《跟着戏班去流浪》)……

描写精细。譬如:"它听见歌声,从棕黑色的小孔里,探出它两根细弱的触须,微微晃动着,随着小孔越来越大,探出了它两只黑亮的眼睛和下颚,下颚沿着小孔的边缘转着圈啃咬,小孔渐渐变大,挤出了它半个湿漉漉的身子,依次又探出了三对脚。最后,它轻轻一挣,整个圆滚滚的身子从棕褐色的'湖泊'里爬了上'岸',双翅和胎毛仍紧贴在身上。当薄薄的、透明的、有着山脉般经络的翅膀轻轻打开,暮春上午九点的阳光骤然喷薄而出,照见这只刚刚出生的蜜蜂,开始它短暂的、追花逐蜜的生命旅程。"(《春蚕记》)

刻画传神。譬如:"月亮升到顶空时,月光落到黄建春身上仿佛多了些重量,使得他的手势和脚步都渐渐沉重,像独自一人拖着一整个夜的黑"(《牧蜂图》);"音乐过门后,她(阿朱)潇洒地一个抬脚,高靴将戏袍轻轻一踢,便走出了侧幕,走上了灯光耀眼的戏台。一个风流倜傥的小生,走进了老人们模糊的视线;而一个女子走进了古代,走进了另一种人生"(《跟着戏班去流浪》)……

文字精妙。譬如:"一小束极细微的阳光,穿透稻草盖某一个极细微的缝隙,潜入了酒缸内部,看见了一眼泉的胚胎。那眼泉,此刻如日出般静谧,即将如日升般盛大,日落般浪漫;那眼泉,源于远古时代树洞中变质的花果,遗落在山野的粮食,或动物的乳汁,以最清冽、最奇妙、最淳厚、最残酷、最美好的形式,随着时光之河滚滚向前。"(《冬酿》)

笔调唯美。譬如:"半小时后,糯米饭从木蒸桶里倒出来时的样子,变成了江南的另一场雪,停在南门河堤上,雪白,松软,一层叠着一层,像雪花瓣一片挨着一片,每一个镂空处,都住着一朵晶莹的晨曦。……糯米饭的暖香,来自谷穗,谷穗来自土地和阳光,它是光的孩子。初升的太阳向山里村撒下一缕缕晨曦的刹那,它与母体重逢"(《冬酿》)

意境深邃。譬如:"一轮巨大的金月亮,孤悬在博格达雪峰上,向雪山、幽谷、草场洒下了亿万道银色光芒,群山中了蛊惑般肃然拱卫,天地变成了一个人间异域……他坐到巨石上,将整个身体沁入光芒,亦被光芒沁入,他不知道自己是月光,还是月光是他自己"(《牧蜂图》);"我也眨眨眼,一睁一闭间,就会看到无数双黑亮的眼睛,嗖地一下亮起,又嗖地一下全都藏进绿色深处。我跟妹妹说,那是西溪精灵们的眼睛。妹妹不信"(《船娘》)……

情感温馨。譬如:"晴朗的夏秋之夜,五口之家聚在三楼朝南的阳台上,吹拉弹唱,朗诵,对联。后山黑幽幽的,银亮的小路像一头浓发的分际线,夜虫的鸣叫和金鸡岭泉水的汩汩声清晰可闻。东南角,一整条银河正冉冉升起"(《冬酿》);"先去了三潭印月。'哥哥'斜靠在背对船尾的靠背椅上,玉法只能看到他的侧面,浓密的头发、眉睫,长长的鬓角,真像戏里的英俊小生。一只胳膊随意搁在椅背上,拇指和食指轻轻揪着下巴短短的胡茬,凝神望着远处,不说话,也不喝茶,只静静地听讲解,有时笑笑,有时点点头,像一个乖乖听课的孩子,有时把两条腿都搁到长椅上,像一个神魂早已游离的调皮孩子"(《船娘》)……

六、后继乏人:浩渺的文化乡愁

《纸上》是一部文化之书。作品重点遴选了造纸文化、蚕桑文化、黄酒文化、越剧文化、龙井茶文化、养蜂文化、西溪文化等七种江南传统文化形态,讲述它们的前世今生、工艺流程、趣闻逸事、历史传承,表现各种文化形态"树根般深扎在大地深处的内力"(《跟着戏班去流浪》),为行走在消逝中的中华优秀传统文化立此存照,抒发了一种浩渺的文化乡愁。同时,熔个人命运史、家国命运史和各种文化形态为一炉,在对人物命运的叙事中巧妙地带出对各种文化形态的介绍,在各种文化形态的背景中,显影各式跌宕艰辛的人生形态。

《纸上》对古老文化遗产后继乏人、行将消失,流露出深重的忧虑:"一茬茬的人老了,做戏和看戏的人都越来越少了,不知道几代以后,还会不会有人知道乡戏了……我的心里涌起比细雨更密的凄凉。如果说,乡愁是生命中最凝重的忧愁,乡戏就是乡愁里最凄美的那一笔"(《跟着戏班去流浪》);"他声调平淡的话语将被暮色吞没时,我用力抓住它,心中黯然。是啊,五年后十年后多年以后,还会有集体合作社和蚕桑基地继续养蚕,有桑基鱼塘长久的保护传承,但散落民间的养蚕人家恐怕真没有了"(《春蚕记》);"这两种水声,在此地,这个叫朱家门村的地方,已经回响了一千多年,也许更久远,春去冬来,世事更替,水声从未停息。改变的,是水声渐渐从繁密到稀疏,到朱中华深深忧虑的再也听不见"(《纸上》)。由此,作者向浩瀚苍穹发出了这样的叩问:"如果,养蜂后继无人,如果,周小通们、郭靖们成了最后一代养蜂人,蜜蜂或许真的会消失。蜜蜂消失了,地球会如何?"(《牧蜂图》)

七、情感文本:浓郁的抒情色彩

《纸上》是一部叙述性散文,无疑是以叙述这种表达方式为主的。然而,作者在叙述的过程,常常难以抑制住心头喷薄的情感岩浆和表达自己独到解读的冲动,在文学叙事的同时,辅以了大量的抒情与议论,从而使得作品具有了一种浓郁的抒情色彩和深刻的见解,大大深化了作品的主题,增强了作品的艺术感染力。

作品中的抒情,或直抒胸臆,如:"我在梦里捕捉着'它'——有时,它是一枚嫩叶,有时,它是一粒葵花籽大小的绿光,有时,它是玻璃杯里千万个跳舞精灵;它是解毒的良药,亦是喂给敌人的毒;是刀剑,亦是丝绸之路上的生命之饮;是禅院里的一缕青烟,亦是殿堂上的最高礼仪;是僧侣行囊中无上的佛法,亦是凡间最美的烟火;是诗人的酒,是酒的友,是他乡明月,是游子的根,路的尽头……"(《春蚕记》)或寓情于事,如:"先人们相信,用酒喂大的海岛孩子,往后余生,不畏惊涛骇浪,亦无惧岁月苍凉。"(《冬酿》)或寓情于景,如:"西溪如一个透明的结界。船娘微微弯曲着背,轻轻摇着橹,穿过晨雾和晨雾般浓稠的时光,驶向湖的更阔远处。她的生命形态,古老,柔韧,恣意,隐忍,美如雨中匍匐的蕨类。"(《船娘》)"多少年了,那眼泉始终汩汩鸣响在人类历史的肌肤、血液、心脏、灵魂里,每一根毛细血管、每一个细胞里,见证甚至参与过多少风云变幻、恩怨情仇,抚平过多少坎坷,亲吻过多少伤痕……人们贪恋它,怨恨它,却离不开它。"(《冬酿》)或寓情于理,如:"一棵竹,在一个个深情凝望里,经过整整十个月的孕育,将以一张元书纸的生命形态重新启程。洁白的纸上,会长出一轮一轮的年轮,在许多生命无法抵达的时空里,继续延绵一千年,一千零一年,更多年。"(《纸上》)

作品中的议论,充满真知灼见,如:"米是骨头,水是血液,曲是魂魄。醪是酒的胎儿"(《冬酿》);"日日夜夜,女婴蠕动着唇,本能地寻找那一缕异香。找到它,便找到了乳汁,找到了母亲,找到了安宁"(《冬酿》);"蜜蜂、养蜂人,以最低的姿态活在芸芸众生视线之外,却架构着非凡的意义"(《牧蜂图》);"时光选中丝绸,成为东方古国的皮肤,神秘,绚丽。时光选中丝绸之路和万里长城,成为东方古国的血脉和脊梁,柔韧,刚硬"(《春蚕记》);"发出那些美好声音、讲述那些美好故事的女人们,本身就是一炉沉香,她们是人与神灵、人与自然万物之间的灵媒,是物质世界、浑浊人间的'质本洁来还洁去,不教污淖陷渠沟'"(《跟着戏班去流浪》);"他(黄建春)不太懂茶文化的博大精深,好好做茶,心无杂念,随遇而安,是最心安理得的谋生方式。他用最无害的方式与茶同生共存,守护着中国根深蒂固的传统美德而不自知"(《与茶》)。

散文集《纸上》中的七篇散文,将艺术性、思想性与可读性高度结合在一起,艺术品位雅正、高洁,艺术质量均衡、丰峻,艺术力量厚实、沉雄,艺术时空辽旷、高远,语言雅净、沛渥、精微、朗润、透亮、灵动、沉静、大气,意境清幽、深邃,节奏从容不迫、不疾不徐,具有鲜明的个人气质和独特的文学气质。它是苏沧桑散文创作进一步迈向成熟的新见证,也是她散文创作风格出现的新流变。可拿本书《后记》中的一句话,用作这部散文集艺术风格的精彩注脚:"白凤时代的梵钟在最后一抹夕阳的余晖里,久久回响着古老的音色,世界最古老的木造建筑群如日落般静美寂寞。"

2021-01-17

(全文收录于《西湖文艺评论(第2辑)》;简本刊于《文艺报》2021-08-09)

生命意识的激荡与潋滟

——杨海蒂散文集《走在天地间》读评

　　杨海蒂散文剑卷长虹，笔挟风雷，奇崛峭拔，风骨峥嵘，在中国当代女性散文群芳谱中，面目独异而鲜明。正如她在散文《古贝州之春》中所说，"我骨子里有草莽英雄情结"。她的散文，不是一种"小女人散文"，而是一种传承了先秦散文的豪放雄健之风，具有巾帼气概，体现了一种雄健之时代精神的"奇女子散文"。从这一点来说，她的散文，与她英姿飒爽的外形和豪爽大气的性格是高度吻合的。破译隐匿于其中的生命密码，她的这一性格特征以及这一散文风格的形成，与她生长于强弓硬矢的赣鄱大地，十载闯荡于云飞浪卷的琼岛海南，最后又定居于气势磅礴的首都北京，应该有着某种内在的关联。

　　杨海蒂散文基于一名女性作家与生俱来的女性人格与女性立场，以及源于女性经验对生命的独特体验与感悟，在纵情释放个性自我的同时，又表现出一种女性作家所共有的柔肠婉转与情感低回。生命意识的激荡与潋滟，造就了杨海蒂散文融刚柔为一体的独异的心灵图景和艺术景观：一方面放达、澎湃、恣肆、疏阔、率直、泼辣、幽默、犀利，特立独行、气象万千；另一方面又柔婉、清丽、空灵、跳脱、敏感、细腻、精美、幽微，满怀悲悯、明心见性，时而如激流奔腾、惊涛拍岸,时而又如风拂银湖、微波荡漾。新近出版的散文集《走在天地间》,便是作者这一艺术创作风格的又一次集中而生动的呈现。

《走在天地间》共收录杨海蒂近年创作的三十九篇行走散文。众所周知,行走是对生命的一种重新观察、重新审视、重新反思与重新发现,更是对生命的一种自我确证、自我修复、自我重建与自我救赎,是人与自然、人与社会、人与自我重新达到和谐的一种重要手段,是人通往现代性的一条重要途径。特别是在这样一个价值观分崩离析的时代,朝山水之圣,问自然之道,更是思考生命、领悟生命,实现自我突围与自我超越的有效方式。《走在天地间》在满纸自然烟云和历史烟云中,将自我放逐于有大美而不言的天地间,放逐于锦山绣水和渊深人文间,化肉体行走为精神行走与文学行走,彰显了行走的心理意义和文学意义。

在经年的行走中,作者履痕处处,足迹遍及西藏,四川黑竹沟、德阳,湖北神农架,云南哈尼梯田、景东,贵州黔西南、黔东南,广西合山,甘肃泾川回山、临夏,陕西石峁古城、秦岭、吴堡、榆林横山,江西横峰葛源、上饶玉山,安徽宿州灵璧,河南洛阳,江苏扬州,浙江温州文成,广东南澳、海陆丰、越王山、墩仔寨、观音山,内蒙古额尔古纳河,山东莱州、德州、南海新区,海南海口、琼海伊甸园山庄、儋州、琼州海峡,以及国外的斯里兰卡等地。"越是禁忌,便越是诱惑"(《黑竹沟》),作者满怀着一种浩瀚的自然意识和强烈的探险精神,走在回归自然的道路上,在大自然中安放身心,寻找生命的慰藉。

《走在天地间》集历史、地理、文学于一体,俨如由一篇篇小型地方志组成的锦绣中华山河与历史巨卷。作者每到一地,神思邈邈,浮想联翩,时而将生命的触角探向历史深处,时而又将目光投向脚下大地,历史与现实交织,自然与社会相纠葛,情感与山水相缱绻,思想与人文共翩跹。在作者笔下,神州大地每一处奇山异水、奇峰异岭、奇花异草、奇珍异宝、奇人异事、奇风异俗,每一座宝刹名寺、文物建筑,每一类自然物种、矿藏物产,每一个自然之谜、历史传说、神话传说、典章故事,每一种古典文化、宗教文化、红色文化等文化遗产,如琳琅铺地,熠熠生辉,一种为祖国壮美山河与渊深历史文化而自豪的情感跃然纸上。

如果把杨海蒂散文比作一只白天鹅,那么雄浑劲健与幽美邈远这两种不同的风格，便是这只白天鹅的一对翅膀。《走在天地间》中的绝大部分篇章，皆长风浩荡，如《历史深处的泾川》《隐匿的王城》《北面山河》《面朝大海》等等。然而，内中也不乏哀婉低回之作。如在《怀美人》三章里，作者对拔剑自刎、以死相酬英雄知己，"鲜血落到地上，绽放出美丽的花朵'虞美人'"的虞姬，"翩若惊鸿""灼若芙蕖出绿波"，与曹植爱而不能的"洛水之神"甄宓和"一去紫台连朔漠，独留青冢向黄昏"的王昭君这三个薄命红颜的悲剧命运，进行了深刻的体认和充满悲悯的书写，文字哀丽，情感凄婉，令人读后为她们一掬同情之泪。

褒扬与鞭挞、颂赞与反思，同样是杨海蒂散文的重要两翼。《走在天地间》有对祖国壮美的自然山水、悠久的历史文化、璀璨的风流人物、辉煌的时代奇迹等的炽热讴歌，譬如："让我魂牵梦萦的神秘西藏，壮美而空灵的雪域高原，安谧如远古洪荒的地球第三极，今天，我终于投入了你的怀抱……连绵的雪山，静穆而伟大；纯净的圣湖，高贵而单纯。天纵的壮阔、威仪，亘古的尊严、气度。置身无垠的时空，面对极致的自然，我怎能不全身心崇拜服从？"（《高原之上，雪山之下》）也有对污染人的精神生态的滚滚浊流的抨击与批判，譬如："拜金主义泛滥、英雄主义信念匮乏……人们的骨头慢慢软化，心灵渐渐钙化。"（《面朝大海》）

《走在天地间》不仅是一部行走之书、文化之书，也是一部感悟之书、心灵之书。作者游走在天地间，以脚为尺丈量山水，叩问山河。她一路行走，一路观察；一路探寻，一路发现；一路回望，一路前瞻；一路追问，一路思索；一路体认，一路感悟；一路享受，一路感恩。面对自然山水、人文胜迹、历史人物和时代景观，时而血脉贲张，时而悱恻悲怆；她笔下的文字，亦时而如铁骑突出，时而如泉流幽咽。情感的炽烈与缠绵，热血的澎湃与回旋，皆本乎一颗率真炽热的心灵。真诚不伪的人格、倾情倾心的融入、摇曳生姿的诗化语言、夹叙夹议夹抒情的表达方式，等等，酿就了杨海蒂散文强大的艺术感染力与裹挟力。

2020-06-05

（刊于《青年报》2020-07-01）

地域文化的发掘者、书写者与传播者

——林新荣散文集《追着落日到云江》简序

认识林新荣兄的时间不算太长,也不算太短,大概五六年吧。他给我的总体印象是,他不仅是一个热情的朋友,一位有才华的诗人、散文家,也是一名虔诚的地域文化发掘者、书写者与传播者。立足故乡,书写故乡,一直以来是他的文学创作的一条主线。在地域文化发掘、书写与传播中,他兼具赤子心地、诗人情怀与学人眼光。特别是在他担任瑞安市作协主席的十年间,他以一种弘扬瑞安文化、传播瑞安文化的文化自觉和使命担当,组织开展了一系列相关活动,为瑞安文化建设,做出了自己的贡献。

《追着落日到云江》是林新荣即将付梓的一部新散文集,共分"云飞江岸白""荆谷那些事""序与跋""石头记"四辑。整部作品满纸烟霞,旁征博引,稽查考辨,发掘钩沉,展示瑞安奇瑰秀美的自然山水与璀璨渊深的历史人文画卷。辑一主要从古代诗歌典籍中钩沉西岘山、集云山、万松山、隆山、圣井山、宝香山、筼筜山、舒啸台、陶山、上洞山、岑岐山、飞云渡、丰湖、塘河、玉海楼、利济医学堂等瑞安名胜古迹,展现了作者深厚的文史研究功力。辑二主要书写作者自己的家族往事、求学经历、文学生涯与业余生活等,回顾自己的生命成长历程。辑三主要是作者为多部瑞安历代诗文选编撰写的序跋，呈现了作者的文化思考。辑四为散文诗，由六十七篇(则)长短不一的生活随感构成，或悼念亲人，或摹状自然，或抒写神思，是整部散文集情感最深沉、艺术性最高的部分。

这是一部熔文学性和学术性为一炉的散文集。瑞安的奇山异水、亭台楼阁、廊坊轩榭、道观寺庙、书屋学堂、村岛桥井，瑞安社会的古今兴废与历史沿革，外来名流与本邑乡贤，诗词文化与奇闻逸事，作者自己的血脉亲情与成长轨迹，莫不从作者笔下，一一真切而诗意地呈现在读者眼前。作品在追述胜景由来时，多佐以传说故事；状写秀丽风光时，常间以个人游踪；介绍人物生平，又注重反映人物性格；以古迹带出人物，以人物带出古迹；写历史人物的行止，也表现人物之间知音般的情谊；作品很文学，又很学术；很炽烈，也很深沉；似游记，又似地方志；以叙述为主，又兼议论和抒情……

"天地有大美而不言!"瑞安自然山水与历史人文的大美，就云霞般飘荡在《追着落日到云江》中。人间因真情而温馨!《追着落日到云江》情感的当代性，就体现在作者对家族历史和个人身世的寻根溯源中，体现在作者对家族先贤和诗书传家家风的慎终追远中；体现在对父母双亲的深切怀念中；体现在作者对童年生活和母校生活的无限回忆中；体现在作者对自己的文学创作与文学活动的生动描述中；体现在作者对故乡文学前辈的真诚景仰与对文学弟子的无私奖掖中；体现在业余种菜与编选诗文的自得其乐中……自觉发掘、书写与传播故乡文化的背后，是对故乡刻骨铭心的深爱。因为深爱，所以这部散文集中，也难免流露出因故乡的巨大变迁而生出的惆怅心绪。

让我们翻开《追着落日到云江》，一起去感受作者那被文字包裹着的炽热情感岩浆，一起去欣赏浙江瑞安优美的自然风景与灿烂的历史人文吧!

是为序。

2021-02-28

(刊于《江南晚报》2021-09-17)

有情、有料、有趣

——一位语文特级教师的文学与精神世界

　　拜读完浙江语文特级教师汪啸波的散文随笔集《微笑着,活在红尘里》(浙江人民出版社出版),我心里油然生出一声慨叹:这是一个被语文教学耽误了的作家。尽管文学创作对于身为教师的作者来说,纯属玩票性质,但这部作品,不见得就输于那些专业作家的作品。

　　与此同时,我也知道自己的感慨可能只对了一半,因为作者本身就是一位中学语文、中学作文教学名师,出版、发表过50余万字的作文教学论著,他在日常教学工作与日常生活中,一直都在研究写作。语文教学与他的文学爱好并非水火不容,反而相辅相成。

　　《微笑着,活在红尘里》共分六辑:泥土芬芳;娘娘;微笑着,活在红尘里;有时,我们只需要等待;金银花开的月夜;深爱,其实无法诉说。正如叶廷芳先生在《序》中所言,"它们真实地记录了一个普通农家孩子成长为重点中学特级教师的心路历程,且艺术地描绘了他成长的那个环境的山野风物"。作为一名尽管比作者小几岁,出生年代、生活环境、成长经历、工作性质却大致相似,同属于"60后"的读者,我在阅读这部作品时,时有强烈的代入感,时生强烈的共鸣与共情,仿佛跃动在字里行间的主人公,不是作者,而是我。

这部散文随笔集的思想内容和艺术特色,可以用这样三个词来概括:有情、有料、有趣。

有情:"在薄情的世界里深情地活着!"

《微笑着,活在红尘里》最打动读者的地方,在于它的真情。套用一句俗话,作者是一个"在薄情的世界里深情地活着"的人。作为一名乡愁时代病患者,作者首先把真诚不伪的文字,献给了自己的故乡。

在作者心里与笔端,故乡是自己"生命里的天堂"(《泥土芬芳》)。那里有着古朴醇厚的民风,飘荡着浓郁的泥土芳香;那里是他童年的乐园,遗落着他和小伙伴们用稗子在水田里钓小青蛙等数不清的童年趣事(《蛙声盈耳的乡愁》);那里有用真情呵护他的亲人,慈爱、勤苦、智慧、宽厚的外婆(《泥土芬芳》),"用光洁宽阔的额头做成的温度计……俯身,靠近,跪下,贴着我的脸,感受着,用整个身体和心灵去热爱着,以此来准确感知孩子的体温"的父亲(《人体温度计》),"疼爱孩子……把对儿女的爱都给了她带的那些孩子"的三弟的奶妈娘娘(《娘娘》);那里有"全镇最堂皇的一座古建筑",他在其中生活了多年(《老屋春秋》);那里有醇酽的年味,除尘,打年糕,腌猪头,做冻米糖,守岁,拜年……(《年味》);那时候条件艰苦,"然而也从来没有感觉到穷困,甚至常常有幸福的感觉"(《为生命的每一个瞬间喝彩》);那时"再艰难的日子,人们也能兴致勃勃地活着"(《老屋春秋》),以至于人到中年后,他在心里发出这样的诘问:"贫困的生活里,我们为什么拥有那么多快乐?"(《年味》)

作品充满着对故乡深深的感恩:"是故乡的小河和慈爱的外婆,给了我一个美好的童年。"(《为生命的每一个瞬间喝彩》)然而,岁月不居,沧海桑田,社会巨变,物是人非,一切都行走在消逝中:"她死了,我对千里岗山脉旁边的那个深山小镇仅有的一点牵挂,也就断了;她死了,我知道,我在小镇生活的那些日子,那些苦涩又欢乐的岁月,那些屋顶赏月、水库戏水的日子,永远失去了"(《娘娘》);"老街两旁小巷子里,涌现出许多高大的洋房,街上只剩下一些老人,垂着头,发着呆,坐在椅子上,是想昔日街道的繁华,还是在想自己年轻时的往事？老街,太阳光很早就隐去了。""那些牛腿,被拆了,卖了。原先安放着牛腿的地方空缺着,像一个失去了面孔的白痴,苦等着那张永远回不来的脸。"(《老屋春秋》)"没有了。潮白河已经干涸了。"(《夜钓》)……无尽的惆怅与哀伤直击读者心房:"我还能不能拥有父爱深沉的月夜？还能不能找回蛙声盈耳的乡愁？"(《蛙声盈耳的乡愁》)

在这部散文随笔集中,作者把真情同样献给了善良、勤劳、坚韧、乐观,虽生活艰难却依然热爱生活的底层民众,表达了对他们的敬重与赞美。在作者笔下,无论是"很爱干净""懂得把什么都弄得好看""懂得把什么都做得好吃"的娘娘(《娘娘》),还是赏给自己一根黄瓜的卖瓜汉子(《童年的黄瓜》);无论是"虽没有救下不忍受辱而自尽的父母,可他却救下了如父母般的王教授夫妇"的地质队员江东行(《木板壁春意盎然》),还是"在密密的钢铁丛林里焊接钢筋"的穿牛仔服的小伙子(《太阳的儿女》);无论是"原来,真爱干净,在飞扬的尘土里,也可以一尘不染的呀"的挑夫(《微笑着,活在红尘里》),还是充满喜乐感的"雷人"(《"雷公"父子外传》);无论是"花友"方应珊老师(《花友》),还是黄河渡口饭店偶遇的走南闯北的"渔鼓道情"老艺人(《千里黄河水滔滔》),无一不具有善良的心地、勤劳的品格、坚韧的性情、乐观的态度,"微笑着,活在红尘里"。作品洋溢着一种感人的悲悯情怀,作者说,"但愿每个蝼蚁般的人,都能在熙熙攘攘的红尘中,怡然微笑"(《微笑着,活在红尘里》)。这种悲悯情怀,不独体现于对底层人民的同情、理解与体恤,譬如在灶底"辛劳一生而被人忽视的卑微的女人"(《父亲的灶底》),还推及动物与植物,譬如《苦楝花开》中"为了它过分的忠诚死去"的阿黄、《穷人的礼物》中的"山鸡夫妻"、《三棵树》中的三棵树……甚至对在他故乡的天空失事而人机俱毁的飞行员,也一掬悲伤之泪。

作者的真情,更献给了他所从事的教育事业。《微笑着,活在红尘里》洋溢着一种职业幸福感,充分展现了作者的教育情怀和对学生的挚爱:"此刻的我,像是邻家大叔,慈祥可亲;此刻的学生,就是自家的孩子,灵动率真";"一朵云推动另一朵云,一个心灵拥抱另一个心灵"(《在细碎的闲暇里》)。因为爱,所以他与学生关系无比融洽,"节假日的傍晚时分,如果愿意到男生宿舍,那就更有趣了,为了某个观点,我可以'舌战群儒';如果意犹未尽,还可以与他们抵足而眠,寝室夜话;如果棋瘾发作,则立刻披衣起床,纹枰对垒,激战正酣,群雄凝神静气围观,将窗外那一轮明月遗忘在高高的榆树顶上"(《在细碎的闲暇里》);因为爱,所以他在月夜与妻子一起开车送毕业晚会结束的女学生回家(《金银花开的月夜》)。这是一位教师的心灵秘密:"如果有一颗赤子之心,你就会发现,在教学之余的闲暇里,隐藏着无与伦比的美"(《在细碎的闲暇里》);这是一位教师的人生祈愿:"师爱如刀,但愿永远不随岁月锈蚀"(《我的爱是一把刀》);这是一位教师的幸福追求:"带着志气、骨气、书卷气和灿烂的笑容,过好每一个平淡的日子"(《你是什么,老师就是什么》)。此外,在这部散文随笔集中,作者也抒写了对自己的母校与老师、工作单位衢州二中这个四季不凋活色生香的美丽校园与同事们的热爱与感恩,以及作为一个读书人对阅读的热爱,譬如《束高阁记》一文,浑然就是一个书痴写给书籍的一封深情款款的情书。

有料:农耕文明的纸上博物馆及其他

相当一部分二十世纪五六十年代出生的人,都是怀揣着乡愁、带着乡愁行走的人。《微笑着,活在红尘里》这部散文随笔集情感最炽热、最具文学价值的部分,是对乡愁的抒写。在这部分内容中,无论是对乡村山水景物的描写,还是对乡村民俗风情的勾勒;无论是对乡村四季嬗递的显影,还是对乡村桑麻农事的描写;无论是对乡村日常生活的叙述,还是对乡村古老建筑艺术的呈现;无论是对乡村故物泯灭的悼缅,还是对乡村面貌巨变的歌赞,都活色生香。作者用文字,为读者在纸上复制了一座行走在消逝中的中华古老农耕文明的博物馆,绘就了一幅中华古老农耕文明的风情长卷。限于篇幅,不作赘述。

《微笑着,活在红尘里》的内容硬核,同时表现在对生命的思考上。在《相爱为何总相害》《真相》等系列文章中,作者对人生、对爱、对真相、对教育等诸多问题,都进行了深入的思考,从复杂的人生况味和慨叹中,感悟到了生命的真谛,获得了生命的觉醒,充满真知灼见。譬如在《悲情彼岸花》中,作者醒悟到"花与人,风光只在一瞬间";在《病中日月长》一文中,作者反思"是否只有生病,时间才属于我们自己";在《有一天,当"老"突然抓住了你》

一文中,作者惊觉"一下子被'老'抓住了"。思考之花,不仅结出了坦然与泰然的心态之果:"老去的外形并不美,美的是悲悯生命的通达与仁慈,阅尽人生的胸怀与睿智""老就老吧,就交给世界一个安详的老态"(同前);更摇曳着智慧的光华:"好画家作画,不是画在纸上,而是画在每个人的心上"(《爬满月光的屋脊》)……

作为一名语文特级教师,作者在《微笑着,活在红尘里》中所表现出的真知灼见,自然更多地体现在对教育的理解和教育行为上。作者无疑是一个具有先进教育理念与课堂教学智慧的语文教师和班主任,他在文章中这样说,"教育的终极目的,不仅是给予孩子知识和能力,更要塑造他们健全的人格,培养他们从日常生活中体会幸福的能力"(《慧眼诗心》);"学好语文,接受文化传承,培育人文情怀,塑造健全人格,为学生打下了一生良好的精神底子。看似无用,实为大用"(《大学,我交给你一个"有趣"的学生》)。作品中谈论教育的这部分文字,是真诚的文字,也是直率的文字、敢说真话的文字,譬如在《不喜欢也可以爱》一文中,他就为孔子对子路的不公而鸣不平。同样也是在这篇文章中,他说:"决不能总是反应迟钝毫不作为,甚至为了迎合学生而随波逐流,以至于让粗鄙消解了崇高。"作者从自己的教育教学工作实践中,深深地体会到:"不喜欢也可以爱""我也许不喜欢你,但我一定好好爱你。这正是师爱的伟大之处"(同前);"有时,我们只需要等待"(《有时,我们只需要等待》)。为社会培养"有趣的学生",是他的自觉追求:"在应试教育的基础上,我们也教一点超越功名之外的东西吧""大学,我要交给你一个'有趣'的学生"(《大学,我交给你一个"有趣"的学生》)。这种教育观,无疑契合现代语文教学理念。

有趣:生活达人与文字达人的本真出演

现在来说说《微笑着,活在红尘里》的艺术特色——

《微笑着,活在红尘里》这部散文随笔集是有趣的。它的有趣,首先体现在包容性上:从形式来看,它以散文为主,又收录了数量不等的小说、报告文学和影展、画展观后感,还有大量的摄影作品以及配图古体诗;从人物在生活中扮演的角色来看,作者融人民教师、乡愁患者、生活家、文字与摄影爱好者等多重身份为一体,特别是生活家这一点,他不仅是个饕餮,而且是个不错的"大厨",擅长烧辣菜,譬如卤制绝味龙虾,等等,妥妥的一个生活达人。形式与角色的多重复合,加上文章中时而穿插一些历史典故,以及许多篇文章都印有可扫描倾听音频的二维码,就使得这部作品集具有了洋洋大观、图文并茂、可喜可乐、时尚新潮的特色。

这部散文随笔集故事有趣、人物有趣、语言有趣。作品内容多记录生活中难忘的平凡小事。譬如写垂钓趣事,譬如写游览"一座世人眼中的艺术之城""一座挣脱世俗的天国之城"佛罗伦萨、访但丁故居的意大利之行(《托斯卡纳艳阳下》),等等,均如叙家常,温情流溢,引人入胜。描写人物文字简洁,俨如素描,能准确抓住人物的神态特点与精神特征,雕刻出艺术中的"这一个",以此折射出世态百相。譬如《我不做有偿家教》一文书写自己"坚决不做有偿家教"的执拗与坚守;又如报告文学《有一个人,让我想起一座碑》中书写浙西教育史上值得大书特书的丰碑、石梁中学老校长苏玉泉,坚守在教育岗位上,一心扑在学校,赢得了老百姓的衷心爱戴。"父亲是父亲,学校是学校,这两者有何相干? 家是家,学校是学校,家里的事,无论如何不能跟学校的事掺和在一起!"主人公的几句寻常话,一个公私分明、具有献身精神的人民教育家形象,就屹立在读者面前。

《微笑着,活在红尘里》语言质朴、温婉、清新、明丽,如一条溪泉,流贯全书,也流贯读者心田。诗意的心怀、诗意的语言与诗化的意境交织在一起,令读者如啜佳茗、如饮甘露:"皎洁的月光,把哗哗的流水,以及竹篱上乱跳的鲢鱼、鳙鱼、鲤鱼、鲫鱼,朦胧成满河闪闪发光的碎银"(《为生命的每一个瞬间喝彩》);"抬眼望去,但见绿野上空,几片雪白的纸片自由轻盈地飞舞。那不是会飞的白纸片,那是守信的白鹭,像我们多情的邻居,它们飞回故乡来了"(《会飞的邻居》);"云雀在无垠的天空中啁啾,阳光热烈地拥吻你的全身。你可以在村口樟树下,坐在青石板上,眯一会儿眼;或在山坡的草丛,仰天八叉躺着,草帽盖脸,打一阵子鼾;也可以随手扯几棵茅草,闻一闻草叶的青涩,嚼一嚼草根的微甜""此时需要一个长长的午觉。蝉声越是高亢,万籁反倒无声,徽式建筑的老屋特别通风凉爽,正适合酣眠。如果临街,最好有一扇窄窄的百叶窗,街道上铺砌着大小扁圆的鹅卵石,人走过,光影斑驳,足音蛮蛮,回响悠长"(《夏日午后》)……列举的这些句子,是诗,是画,是每一个现代都市人都幻想遁入的桃花源。

《微笑着,活在红尘里》的语言之趣,还体现在它的诙谐与幽默上。无论是《年味》一文中对陆游和王翰诗歌的戏仿与改写:"莫笑农家腊酒浑,丰年留客足鸡豚! 醉卧猪栏君莫笑,古来几多贪杯人",还是《老屋春秋》一文中所描写的性如烈火的妈妈在家几乎每天上演"肉鼓吹"剧目,幕启、开场、发展,到最终引发此起彼伏的"童声大合哭"之高潮,或是《夜钓》一文中鱼哥讲述的"最正宗的'原生态臭鳜鱼'",抑或《食龙虾记》一文中作者对六只"越狱"龙虾的忽发慈悲:"龙虾勇士,我马上动身,把你们投进一碧万顷的乌溪江逃命去吧",莫不令人忍俊不禁。

"微笑着,活在红尘里",一种智慧的生命哲学;

《微笑着,活在红尘里》,一本有情、有料、有趣的好书!

2022-04-28

(刊于《东海岸》2022年第3期)

山川绚丽,日月同天

——序《白云千载李梅岭》

　　李梅岭我没有游览过。少年时代即离开家乡去外地求学,以后越走越远,我对家乡的熟悉程度,远不及对所寄身的异乡。但李梅岭的名字,我小时候是听到过的。特别是近几年来,我常从公共媒体和自媒体上看到介绍李梅岭的文字、图片与视频。我虽然至今与李梅岭尚缘悭一面,但已神游多次,对它不再陌生了。

　　李梅岭无疑是一座自然资源和人文资源都很丰赡的山岭。作为余干县境内的最高峰,熔优美自然风光与渊深历史人文为一炉的它,在"梦里水乡"余干,理应享有与之相匹配的尊崇地位。近年来,随着它的声名日愈远播,它在干越人民尤其是干越游子们心中的地位,正在成为一种直追东山岭的精神图腾。

　　李梅岭是一座风光秀丽的山岭,浑然一座森林公园。这里峰冈逶迤、莽莽苍苍,巉岩突兀、道古岭幽,坳谷堆翠、溪涧潺湲。蓝天白云飘浮其上,奇禽异兽穿梭其中。峰下五座绿宝石般的水库,与峰峦相映成趣。这里山高林密,物产阜盛,是生态宝库,是天然氧吧,是一处现代人缓释身心、安放乡愁的世外桃源。

李梅岭是一座人文渊深的山岭,堪称余干人文高地。吴芮耕读、白水修道、左蠡徙居、刘长卿登临、章嵩结庐、叶应震避世、白莲教起义……更兼这里曾为道教名山,历史遗存颇丰。它还曾是方志敏、邵式平、罗英等无产阶级革命志士开展过革命活动的地方,是一座拥有丰厚红色文化资源的现代"红山"。

"山川壮丽欣重睹,旧梦依稀认血痕。"山川的意义,对于厮守着它的人来说,是以甘甜的乳汁哺育自己的慈母,是赖于安身立命的家园。而对于像我这样的游子来说,故乡的山川,则是心空高悬的图腾,是牵引归思的月轮。山川不随游子而徙转,却永远绵亘在游子的血管里、归梦中,与游子的生命融为一体。

风光旖旎、有着"小匡庐"之称的李梅岭,僻居余干西南一隅,千百年来,一直"养在深闺人未识"。近年来,随着全民脱贫攻坚战的实施与社会主义新农村建设的开展,在余干县委、县政府制定的"生态—产业—文化"发展布局催发下,李梅岭正在悄然酝酿一次华丽的"蝶变"——

"文化搭台,经济唱戏!"李梅岭孕育的耕读文化、道教文化、隐逸文化、诗词文化、建筑文化、茶文化、美食文化、医药文化以及红色文化资源,正被一步步发掘。发展现代农业、林业、食品加工业与旅游业,已列入李梅岭的发展蓝图中。昔年的李梅岭,正在插上文化振兴与经济振兴的翅膀,振翮高翔。

李梅岭未来可期!

最后,我想以一首旧作《向西是故乡》,抒发一个游子对李梅岭,也是对故乡的美好祝愿——

故乡在西,上弦月遥望的方向/有多少白云浮向西天,便有多少春天奔赴故乡/有多少条江河向东奔流/便有多少道绳索绑缚游子漂泊的灵魂/月光千里,代替故乡流照异乡/代替游子抚触故乡/月色如镜,镜中的异乡人都长着一张乡愁的脸孔

而在白昼,太阳的缨络从东海一直披垂到西域/一条条隧道的尽头,如

聚的峰峦被裁剪成/一张张半圆形屏风/这纷至沓来的月亮、碧玉妆成的月亮/被鸟鸣声擦亮的月亮/斜挂在路边一道道徽派马头墙的翘檐之上/斜栖在一片片金黄色的田野之上

　　向西是故乡。江南西道干越之地/映山红、红花草和蓼子花铺满的祖庭/鄱阳湖和信江的涛声是一种古老而现代的反光材料/即令是在黑夜,即令你关闭目光的导航系统/只要你向西而行/只要你打起远光灯,那灵魂深处反射出来的光明/足以照亮你归乡的车轮……

　　是为序!

2022-09-10

(收录于《白云千载李梅岭》)

第二部分

诗／歌／评／论

从唐诗的再出发

——闲话梁晓明《忆长安——诗译唐诗集》

　　"到唐朝去,以梦为马!"二十世纪八十年代,江西著名诗人程维在百行长诗《唐朝》中这样写道。唐朝是中国古代历史上最强盛、最具魅力的一个王朝。柏杨说,唐王朝共二百七十六年,其中一半时间在黄金时代之内。池田大作有一次问汤因比:"阁下如此倾情古老的神州大地,假如给你一次机会,你愿意生活在中国这五千年漫长历史中的哪个朝代?"汤因比回答说:"要是会出现这种可能性的话,我会选择唐代。"灿烂辉煌的唐朝文化,更是书写了中华乃至世界文明史上流光溢彩的一笔,其中最令我们骄傲的,无疑当推唐诗。

　　诗歌是唐代的代表文学样式,唐代除诞生了伟大的浪漫主义诗人李白、伟大的现实主义诗人杜甫外,还涌现出了两千多位杰出诗人、五万多首杰出诗歌,成为中国文学发展史上一座无法逾越的巅峰。有学者论及,唐诗完满地奠定了中华民族的文化心理结构。唐朝灭亡已逾一千一百余年,然而,唐诗对中国文学与文化、对世界华人圈文学与文化乃至对日韩、欧美文学与文化的影响,至今余波激漾。

2018年，中国先锋诗歌代表诗人梁晓明先生用现代诗语言译写唐诗的《忆长安——诗译唐诗集》由上海古籍出版社出版。这部断断续续历时三十年完成的译诗集，共选取了韦应物、杜甫、岑参、常建、王勃、白居易、王维、李白、綦毋潜、孟浩然、王绩、沈佺期、王梵志、金昌绪、温庭筠、杜牧、骆宾王、刘长卿、司空曙、许浑、王昌龄、刘禹锡、高适、王之涣、李商隐、柳宗元、黄巢、张九龄、李煜（严格来说应为南唐）等近三十位唐朝诗人的五十首作品进行译改，每一篇章包括新诗译诗、原诗和创作手记三部分，是一部体例新颖、令人耳目一新的译诗集。

唐诗的面貌我们都非常熟悉，无须赘言。我们来看一看《忆长安——诗译唐诗集》中五十首译诗的标题，如果把它们按诗歌的形式排列在一起，是不是就是一首现代、后现代特质浓郁的诗歌——

无言的黄昏降下沉默的太阳/乌鸦叼着松针/无家可归/今夜点亮廊州的月亮/一万年的脸庞/青气朦胧/所有光芒都是你的光芒/在别人的家乡/我端起了送客的酒杯/大雪的脚迹后/你跟着出现/色彩休息/在松林里面/我喝得大醉/他鼓掌开心/时间让流水带走了鲜花/我抬头就看见了升起的南斗/群山忽然都闭上了眼睛/未归的牧童在哪一棵树下/我放声高唱/独自凄凉/那树寒梅开放了几朵？/把孤单的影子洒落他乡/我流放的前途和陌生的明天/还给你/我的命和我的命运/轻轻说话/天上有人正在梦乡/我低头想起遥远的故乡/我打飞这只黄莺/我打断它的啼鸣/它有时也跳舞/有时也拐弯/楚王笑了/楚宫美女的腰肢更加细了/秋露似铁/有哪一只翅膀能够飞进/倒影的深潭/腾空了人间的向往/望你/江面便更加宽阔/战乱走了/你却独回北方的家乡/一万里江山/遍地哀愁/春风轻舞/在落地的罗裙之中/雨下在清明/你离去/整个三月都去了扬州/忽然想起/山居的你会不会更冷/路上这游侠是谁？那么骄傲/以前它的家/是宰相的庭堂/知音在前方等你/我静坐/看着桂花一朵朵落下/被人间遗忘在此的一枚图钉/这是渡口/没有人/夜雨也涨满了秋天的池塘/没人会和我在这里相逢/一切都好/天就要黑了/满院的菊花头顶着秋风/花草有花草自己的心愿/全城都是我的铠甲一样/金黄的脸/春天明年一定会来/你来不来/独自垂钓在大雪的江上/松子一粒粒空空地敲响了整座大山/新

的忧愁/在沙洲之上/渔歌一声声/落入河湾的波纹/我踩着灾难登上了楼

翻译是把一种语言信息转变成另一种语言信息的行为,而诗译大致包括两种类型,一种是同一语系内部古今诗文之间的转译,一种是不同语系之间诗文的转译。前一种有中国的古诗今译、文言文翻译成现代白话文等,后一种有英译中、中译英等。唐诗作为一种文学艺术瑰宝,不仅对后世的中国文学影响深远,而且对亚洲古中华文明圈乃至欧美各国文学也产生过一定影响,尤其是对美国现代诗坛,产生的影响就更大。譬如我们在庞德、雷斯克洛斯、加里·斯奈德、罗勃特·勃莱、詹姆斯·赖特等人的诗作中,都可以看到唐诗影响的痕迹。美国的很多现代诗人,比如罗勃特·勃莱,是把唐诗作为一种新的诗歌传统来进行学习和继承的。这些诗人还动手翻译唐诗,譬如庞德青年时期就翻译过李白的《长干行》("郎骑竹马来,绕床弄青梅")等诗歌。

翻译的标准是信(准确)、达(通顺)、雅(优美),无论是同一语系内部的古诗文翻译成现代诗文,还是不同语系之间诗文的转译,都要符合这一标准。然而,由于古今异时,时代变迁,社会发展,文化变异,就算同一语系内部古今诗文的转译,要想严丝合缝,做到百分百的"信(准确)",也绝非易事,更不用说不同语系之间诗文的转译,其难度之大自然可想而知,甚至可以说是一件不可能完成之事。文化背景不同,语言系统不同,在转译过程中,信息的丢失与诗意的流失就不可避免。庞德等外国诗人翻译的唐诗,严格说来,其实只是与唐诗有着某种或紧密或疏离的关联、披着唐诗外衣的原创诗,与唐诗的本义差距较大或者完全就不是一回事,正因为如此,所以庞德的翻译诗被不少人误以为是他的原创,甚至还有别的唐诗译者将译诗作为自己的作品收录进诗集中。正如徐志摩所说,"中国诗只有中国人译得好",盖因同一语系内部古诗文转译成现代白话诗文,与不同语系之间诗文的转译相比,有其得天独厚的优势,个中原因不言而喻。

《忆长安——诗译唐诗集》是古代汉语与现代汉语之间的转译,属于同一语系内部的语言转变。**它首先是一种翻译,遵循了"信""达""雅"的译诗标准。**作为一名从中国诗歌艺术传统的草地中走出,穿越西方诗歌艺术的林带,最终迈向先锋诗歌高地的中国诗人,梁晓明对唐诗的理解与把握无疑是精准的,他的译诗,正如他在译写綦毋潜《春泛若耶溪》一诗的创作手记《我抬头就看见了升起的南斗》中所说:"不管怎样的译写,有一点是我始终坚持的,那就是不能越轨,不能多出比原作更多的意思。至于手法上,语言语词和形象意象上的选择,相对来说,我更加看重原诗本身的意思和意境。所以,再怎么选择意象,都是要围绕原诗的意思来,不能越轨。这也算是我译写古诗的一个原则吧。"譬如《那树寒梅开放了几朵?》:"你和我的老家一起过来,你全身都是我老家的消息。那座小楼,那扇半掩的纱窗之前,你告别的时候,那树寒梅开放了几朵?"读者一看,便会明白是对王维《杂诗》("君自故乡来,应知故乡事。来日绮窗前,寒梅著花未")的译写。

然而,《忆长安——诗译唐诗集》绝不是简单的一一对应的古诗今译,而是"用现代诗歌的方法重新表现古诗""用现代诗的语言来改写古诗""用现代诗的语言,为古诗说话"(梁晓明语),**是一种唐诗的再出发,一种在唐诗翻译基础上的再创作**。正如该书责任编辑所说,"这种'译写',重点不在于字字对应的意思的准确性,而在于古诗与现代诗在意象和精神上的沟通,是跨越时空的诗人之间的对话",梁晓明以先锋派诗风"对唐诗的译写,是一种令人耳目一新的再创作,跨越时代勾连起两种诗歌艺术,是新诗与古诗在意象与精神上的琴瑟和鸣,非常具有艺术性和创造性"。著名评论家沈健认为,"它也许为百年新诗开辟了一片新疆域,为现代汉语注入唐诗源远流长的气韵与格调,拓展一个海纳古今的大境界"。著名教师郭初阳如是评论,"一位现代诗人,用现代诗歌为唐诗发声,让现代人既看到了唐朝的风景,也听到了自己的声音"。

《忆长安——诗译唐诗集》中,每一首都包括译诗、原诗和创作手记三部分。译者以原诗为原材料,对原诗进行现代诗歌改造。作者如一位玉雕大师,按现代诗歌的创作法则,将唐诗原玉雕刻成一种现代诗歌艺术品。玉还是那块玉,却生发出了新的形象。再辅以创作手记,谈论自己的创作感受,或对新诞生的艺术品进行阐释。传统的古诗今译是一种"拓印",而《忆长安——诗译唐诗集》则无疑是一种调和古今、孕育新风的创造与创新。从这一意义上说,**这种译写活动,完全是一种独立的文学创作活动**。

　　且以《你离去/整个三月都去了扬州》这首诗为例:"我带着黄鹤楼向你挥手,向东挥手/这是我心底深处/挥出的一只手/阳光去扬州,鲜花去扬州,此刻你离去/整个三月/都去了扬州/一叶帆,一张脸带着蓝天走到了尽头/我抬头,黄鹤楼抬头/只见天空悠悠/茫茫长江无语奔流。"这首动感强烈、时空辽旷、意境优美、意象鲜活、感情深挚、情绪怅惘的诗歌,如果以单篇形式出现,我想谁都不会否认它是一首出色的现代诗歌。而事实上,这是译者对李白《黄鹤楼送孟浩然之广陵》("故人西辞黄鹤楼,烟花三月下扬州。孤帆远影碧空尽,唯见长江天际流")的译写。然而,尽管它性质上属于一首翻译诗,但**无论是从形式还是所采用的艺术表现手法来看,它都完全是一首全新的诗歌、独立的诗歌**。

　　到底该如何定义《忆长安——诗译唐诗集》的译写手法?它肯定不是传统古诗今译所采用的"直译法"。译者在《我抬头就看见了升起的南斗》(綦毋潜《春泛若耶溪》译诗创作后记)中说:"'幽意无断绝,此去随所偶。'我把这两句直接译写成了第一段:'可以把大树拔起/但拔不去我要去林间幽居的根须/今天出发,/今天我把我/交付给任何一处遇到的风景。'一看就清楚,我在这里加进了一些意象,大树和根须等,目的其实也就是想强调和突出作者这种决绝的避世态度。从某种意义上来看,这就有点像'意译'。"像"意译",说明它肯定也不是传统古诗今译所采用的"意译法"。这种无法归类的译写法衍生出了一种"似是而非"的艺术美,它显然只能归类为创新,这也反过来证明《忆长安——诗译唐诗集》是一种创造性的译写。

　　譬如《乌鸦叼着松针/无家可归》一诗,就是对杜甫《舟月对驿近寺》的一种创造性改写。杜甫的原诗为:"更深不假烛,月朗自明船。金刹青枫外,朱楼白水边。城乌啼眇眇,野鹭宿娟娟。皓首江湖客,钩帘独未眠。"译者将它改写为:"深夜我推开灯/头顶上/月亮停泊着透明的轮船/寺院后庭我的脚下/流水在静静地呼吸/郊外草地/斜坡上/乌鸦叼着松针/无家可归,野鸭/在散步/满头白发我这张跋涉港口的脸/拉开窗帘/一个人/睁着眼睛。"译诗无疑是从原诗生发的,却与原诗面貌迥异。它显然是尊重原诗的,却像一只长线的一端紧系在原诗上的风筝,远远地逃离原诗,在空中随风飘扬。

　　综上所述,我们可以如此定义梁晓明先生的唐诗译写:它是一种唐诗的

再出发,它是一种独立的、创新性书写,它是一种全新的现代诗歌。

　　跨越千年的唐诗,在梁晓明先生笔下,焕发出了"新的气息与光辉"(梁晓明语),这源于他对西方现代主义与后现代主义诗歌艺术的广采博取,以此对接浩荡唐诗的流风雅韵,从而使得东方古典主义诗歌美学与西方现代主义先锋诗歌美学的融通成为可能。**此外,它与唐诗本身所具有的某些先锋特质也是不无关联的**。唐诗固然是中国古典主义诗歌美学的高峰与集大成,但也隐藏着某种先锋性特质。唐诗有无某种先锋性?回答当然是肯定的,譬如李商隐的诗歌,即令放置于今天这个时代,其先锋性也未见衰减。正是因为唐诗隐藏着这种古典的先锋性,现代主义先锋诗歌精神的管道才得以探入其中。唐诗的魅力还在于它的包容性,没有唯一的解释。此外,所有优秀的诗篇,都是可以跨越时代的。上述三个原因,为唐诗的创造性今译提供了坚实的艺术基础。

　　梁晓明《忆长安——诗译唐诗集》体现了一位先锋诗人的古典情怀,展示了一位先锋诗人先锋姿态中的古典守望,表明了一位先锋诗人对以唐诗为典型代表的中国古典诗歌艺术传统的继承与弘扬,彰显了一位先锋诗人在新与旧之间、白话译诗与先锋译诗之间、中国古典诗歌艺术传统与西方现代先锋诗歌艺术之间架起一座桥梁的文化自觉与艺术担当。同时,也表现了现代诗歌在古诗面前的自信。正如梁晓明在创作手记中所说,"中国古诗确实是个好东西。同时也想让人感到,原来新诗一点也不比古诗差了""新诗自有新诗自己独特的魅力,只要处理得好,新诗无限光辉,或者说,至少也绝不会就差于唐诗",这对于现代诗的创作而言,无疑是一种极大的鼓舞。我想,这一点才是《忆长安——诗译唐诗集》最大的价值所在。

2020-11-14

(刊于《东海岸》2021年第3期)

诗人陈灿:从军旅歌吟走向政治抒情

有着"战士诗人"之誉的诗人陈灿,继推出《抚摸远去的声音》《军人的歌:陈灿抒情诗选》《怀抱受伤的时光》《士兵花名册》等诗集之后,2021年7月又出版了新诗集《窗口:陈灿诗选》。诗集收录诗人一百首长短不一的诗作,共分"长歌:起锚解缆""喊碑:锻山铸魂""淬语:锤字炼句"三辑,以此作为诗人向中国共产党百年华诞的献礼。

陈灿诗歌是独特的。中国当代诗坛,以西方现代诗歌艺术为师,已然成为一种潮流,在很多诗人诗作中,都能看到布罗茨基、米沃什、托马斯·格雷、帕慕克、辛波斯卡、曼德尔施塔姆、策兰、卡佛、菲利普·拉金、希尼、萨巴、阿米亥、佩索阿等诸多西方现代诗歌大师的影子。陈灿诗歌则不然,它当然也接受了西方现代诗歌艺术的滋养,但追溯其诗歌艺术的源头,无疑应是中国诗歌和革命诗歌这两大诗歌艺术传统。从书写题材和表达激情上看,陈灿诗歌倒是与苏联诗人马雅可夫斯基的诗歌风格有着某种相似,依稀有其影子。

作为一名诗人,陈灿有着以下三个独特性:首先,他是一位时代造就的诗人，一位与时代有着高融合度的诗人，一位以书写时代、讴歌时代为使命的诗人；其次，他是一位主旋律诗人，一位对党、对祖国、对军队、对人民、对生活满怀赤诚、忠诚不渝、信念坚定、热血柔肠的诗人，一位"握赤子之笔"（《中国朝前走》），热忱谱写党的赞歌、祖国赞歌、英雄赞歌、人民赞歌和生活赞歌的诗人；最后，他的诗歌，激情饱满、铁骨铮铮、大气磅礴、雄风浩荡，具有一种崇高豪健的审美品格，一扫中国当代诗坛的萎靡、低沉、碎屑、"小我"之气。

纵览陈灿四十余年的诗歌创作生涯，他的诗歌，体现了这样三个"变"与三个"不变"。首先是"变"。陈灿诗歌的"变"，主要表现为：一是由"军旅诗人"向后军旅阶段"政治诗人"的流变，在诗歌书写题材上表征为由战地诗歌向政治抒情诗的流变；二是由个体生命史书写向民族史诗书写的流变，在诗歌书写内容上表征为由书写自己的军旅经历向书写党史与共和国历史的流变；三是由微观叙事到重建宏大叙事的流变，在诗歌美学风格上表征为近年的诗歌比早年的诗歌更汪洋恣肆，更气势恢宏，更自由奔放，更具时代特色。

陈灿早年的诗歌，主要基于一种战士身份的抒写，如"喊碑：锻山铸魂""淬语：锤字炼句"两辑中所收录的大部分诗歌，皆篇幅不长，属于中短诗或微诗，抒写的是效忠祖国、缅怀战友、礼赞英雄的老兵情感。脱下军装后，随着人生角色的变换和视野的拓展，他的诗歌创作，步入了更加辽阔的崭新天地。诗歌书写内容由军旅生活和军旅情感，转向了更为辽阔的中国历史与社会，诗歌视角也由仰视式变成了鸟瞰式，"高翔远翥在时代的群山之巅"（曾振南《论陈灿的政治抒情诗》），如"长歌：起锚解缆"一辑中的诗歌，格局更见开张，气势更为恢宏。

陈灿诗歌是热血与忠诚铸就的华章。他的大量诗歌短制，如《出征酒》《战士是一个动词》《轻轻喊你》《士兵花名册》《提起祖国》等诗，都情感浓郁、凝练精悍："提起祖国/我那山河般起伏的胸膛/就熊熊燃烧着三团火焰/——没人看见我小小的心脏里/装着党旗国旗和军旗/祖国，祖国就是身旁那绵延的边境线/就是我中弹倒下时/死死搂在怀中不愿松开的/半块活着的界碑。"（《提起祖国》）一首短短九行的小诗，其凝结的沉郁炽烈的爱国情感，其蒸腾的崇高悲壮的现代诗美，具有一种直击心扉的艺术魅力。

　　然而,由"军旅诗人"向着"政治诗人"完美嬗变后的陈灿,其近年创作的一批具有史诗特质的长诗,如《中国朝前走》《中国在赶路》《从春天到春天——致敬美丽中国》《涨满热血的河流》《航迹——写在南湖红船边》《一把剑梦想出鞘》《中国海》《窗口》等诗篇,因其熔政治与艺术于一炉,谱写了一帧中国共产党百年奋斗与中华民族伟大复兴的历史巨卷,在诗歌艺术上,登上了更为奇崛的险峰,获得了更为崇高的价值:"一首前无古人的诗在走着/一直走了二万五千里/才走出一首诗的题目/叫作——长征。"(《中国朝前走》)

　　诗集中前有序诗后有尾声,共十三个章节三百八十行的同名诗歌《窗口》是陈灿最新的创作成果。2020年3月底,习近平总书记到浙江视察工作,赋予浙江"努力成为新时代全面展示中国特色社会主义制度优越性的重要窗口"的新使命、新定位,身为地方领导干部和诗人的陈灿受到极大鼓舞,利用近一年的业余时间,完成了这首"情感充沛、风格鲜明、思想性艺术性高度融合的诗作"(吉狄马加《为祖国和生命歌唱》)。"我的诗是一行行开往春天的高速列车/这扇窗就是展示中国胜景的重要窗口",印在诗集扉页上的这两行诗句,昭示了诗歌的主旨。

　　诗歌以"窗口"为诗核,展开狂荡的联想与想象。第一章节一开首想象自己"站在东方之巅遥望着东方的东方",为诗歌获取了一个鸟瞰式视角,紧跟着一句"一条大河推开两岸逶迤的群峰/如同推开一扇以天地为框的窗口",既切题,又为推出诗歌主旨做了铺垫。接下去的各章节,分别联想起西湖之窗、故乡老屋之窗、新时代之窗、语言之窗、春天之窗、南湖红船之窗、唐诗之路之窗、创新之窗、变革之窗、旅游之窗、心灵之窗和世界之窗等,为诗歌交织出一个纵横错杂、瑰丽辽阔的艺术时空,抒发了诗人激情难抑、渴望建功立业的豪情壮志。

　　陈灿诗歌流变的是诗歌创作风格,不变的是灵魂深处的军人血性和战士情怀,是对党、祖国和人民无比的热爱与忠诚,是对诗歌艺术的执着坚守。作为一名经历过血与火洗礼的"战士诗人","他的诗魂意境打上了永不磨灭的军魂的烙印"(曾镇南《从祖国大地上的生活之窗放飞的歌》),"他诗篇中洋溢的,永远是对祖国最深的忠诚,对党的无限深情,对生命和美好生活的真诚热爱"(吉狄马加《为祖国和生命歌唱》)。他的诗歌,具有一种远离矫饰的真、一种质朴深沉的爱、一种长剑在手的"战士美学",是一种与现代诗歌艺术完美结合的主旋律诗歌。

2021-07-30

(刊于《解放军报》2022-11-26)

"笔底春秋草木知"：卢文丽古诗词赏评

　　被誉为"西湖的女儿"的杭州诗人、作家、媒体人卢文丽，是个具有多重"一体两翼"人生属性的奇女子。新闻工作与文学创作，组成她人生的第一重"一体两翼"；她的文学创作活动，又主要包括诗歌创作与小说创作，这是她人生的第二重"一体两翼"；她的诗歌创作，又涵盖现代诗创作与古诗词创作，这是她人生的第三重"一体两翼"。作为新闻工作者、现代诗人和小说家的卢文丽为世人所熟知，作为古诗词发烧友的卢文丽正在闪亮登场。近两年来，沉醉于古诗词艺术魅力的她，创作出近一百五十首古诗词。这些作品，书写了诗人的自然之恋和家国情怀，体现了诗人对中华传统文化的热爱。

　　卢文丽的这些古诗词，从形式上看，包括古风（尤以五言古风为最）、律诗（五律、七律；五绝、七绝）和词。从内容上看，包罗万象：或写景，如描写西湖风光、西塘风光、千岛湖风光、北京西山风光、四季物候等；或咏物，如吟咏日月星辰、风霜雨雪、花鸟草木、生活用品、食品饮品等；或叙事，如记述雅集、茶叙、读书、写作、临帖、旅游、晨练、静坐、研佛、赠友、和诗、题照、题画、题展、观剧、听琴、听歌等日常生活事件；或抒情，如抒写父女情、母子情、朋友情、母校情、故乡情、伤时怀古等，旧瓶装新酒，涉笔成趣，她以古诗词书写当代生活，具有浓郁的生活气息，焕发着新时代的神采。

诗者，天地之心。古诗词是中华传统文化中的瑰宝，是沉淀在中华儿女血脉里的文化基因，是穿越千年时光的心灵秘道。兰心蕙质的卢文丽，借助这锦衣绣裳、裾袂飞扬的古老艺术形式，将日常生活中的所见、所闻、所思、所悟倾注于笔端性灵充盈、摇曳生姿的文字中。诗人或观海听涛，感受时代脉搏；或吟风弄月，尽遣闲情逸致。其情感，或清雅，或浓烈，或明快，或厚重；其意境，时而清幽，时而壮美，时而旖旎，时而空灵。自然美景与人文精神相交融，古诗意蕴与当代生活相辉映，言近旨远，美不胜收。字里行间，仿若有李清照芳履轻移的跫音，织就一幅当代都市文艺女子的心灵画卷。

卢文丽的这些古诗词，有清新雅健之风，多俊朗明快之趣，从内容上归类，大体包括如下八个方面——

山水情怀。诗人心仪一种远离尘嚣的生活，志在自然山水中释放自我，安顿灵魂，获得精神的慰藉："结屋于郊外，萤窗二三扇。锦衣常夜行，山静可闻禅。晨起观萱草，星归调素笺。彩云追日月，契阔永无倦"（《小筑》）；"春探烟雨花千树，夏踏泉声竹万丛"（《秋分》）；"风月烹茶道，湖山把酒称"（《芒种》）；"天籁当知己，湖山作洛神"（《咏月》）；"三月芒鞋何觉倦，春心不待百花飞"（《惊蛰》）；"坐山听谷雨，歇处顿忘机"（《谷雨》）；"草木无言藏大美，人间有味自留连"（《冬景》）；"百岁何须怵，吟诗可以游。四时皆静好，一叶载轻舟"（《处暑》）；"微雨天涯酒，轻烟海上香"（《踏青》）……在《春分》一诗中，诗人这样表露自己的心迹："安得此生如草木，春风一绿到天涯。"这种山水情怀的源头，无疑可以上溯到"少无适俗韵，性本爱丘山"的东晋隐士陶渊明。

西湖之爱。作为一名"西湖的女儿"，卢文丽曾用现代诗为杭州西湖创作过一本诗集《我对美看得太久——西湖印象诗100》，如今，她又以古典的方式与江南山水对话，倾诉自己对西湖、对江南心心相印的深爱："人皆西子爱，我亦每蹰跰……印象诗千首，湖山日月知"（《大年初四与友北山路茶叙之二》）；"遥看平仄吴山醉，不觉人间岁月催"（《柳浪闻莺》）；"殷勤骤雨呼仙客,对酌青山不老翁"(《与友龙坞饮茶》);"绿窗澹坐观虚象,遥闻烟波一叶舟"(《曲院风荷》);"湖上空余雷峰塔,人间难觅白蛇仙。吟诗捉笔书枯句,满耳林风作笑翩"(《霜降》);"云生澹若三秋树,溪响清如万骑筝"(《法云古村》);"晚来多旧雨,一梦到江南"(《栀子花》);"雷鼓鱼龙过万军,桃枝竹马绿罗裙。心旌深柳唐风舞,梦泊吴山旧雨氤"(《晨醒闻辊雷,感时序流转万物幽娴步春分》))。

这种爱,既是诗人家国情怀的一种深情体现,亦是对"湖山四时看不足"、今古会心的眷恋,显得尤为意蕴深长、水乳相融。

日常生活。一类是反映烟火生活的诗篇,如:"老小杭篮挎,溪滩挑马兰"(《马兰头》);"天外芳馨拂峻嶒,慈心烹炼醉朦腾。满城烟露随香颂,美好当须桂花蒸"(《桂花蒸》);"一亩半分田,葱茏涧谷边。双亲勤打理,催我快烹鲜。瓜隐时蔬翠,藤缠木槿跹。陌阡飞彩蝶,池内笑金莲"(《一亩半分田》))。这类作品,洋溢着一种欢快的气氛。另一类是反映诗人逍遥自足于诗书生活的诗篇,如:"受熏持种心怀素,无意蝉声树上鸣。静坐每逢香气绕,推窗常见月光明。莫嗟三界轮回苦,只道今生靠己耕。品茗随缘观自在,万千书卷一壶轻"(《怀素》)……诗人在诗中直抒胸臆,言表且自得于自己的一片"素心":"守黑而知白,安常护本心。浮生多少梦,桂雨落山阴"(《怀素》)。

血缘亲情。为父题画:《庚子小雪晨题父亲画》《题父〈水仙图〉》《题父〈惜花人在此〉》。赞美母亲:"英气逼人赛女王,今儿潇洒走一场。紫冠红裙莲步响,何妨? 七十三亦美娇娘"(《定风波·英气逼人赛女王》);舐犊情深:"夏至日,喜闻两儿高考得高分,打油兼以庆:'忽闻域外传双喜,沐手燃香谢护持……'"(《夏至》);"当年绕膝承欢子,转眼抬头酷帅郎。晨起煲汤翘首望,嗔问尔等可思娘"(《贺两儿归家》);"鸿雁南飞越,儿郎北绕桓。空归休对镜,独自莫凭阑。明月嗟霜冷,青灯梦露寒。晚凉星点雨,秋思八千滩"(《白露送双子赴欧洲》)。怀念亲人:"梦里犹然牵手行,醒时空自泪无言。……江湖一览亲何在,星斗光生照小村"(《梦外婆》);热爱故乡:"岁末还乡何惧冷,身轻如燕自归东"(《游子吟》)……

岁月之叹。譬如:"忆昔年轻气傲时,由缰策马写新诗"(《忆昔》);"一别回望三十载,师生相聚在曦园。书香萦绕花红艳,日月光华驾彩辕。鱼跃海天常念旧,鹰翔长空众星繁。今宵放棹擎金盏,流水高山谢此恩"(《贺复旦作家班"高山流水"文丛发布》);"早岁爱孵图书馆,面包清水忘情游。料知窗外梧桐树,犹记青衫长发悠"(《复旦园重游》)。日月转,光阴迫,人间遽变,沧海桑田:"山川虽在琴声远,风月何堪草色明"(《西湖旧影》);"多少望湖楼上客,化成荷面一丝风"(《北山路》);"今古樵柯一局棋,百年倏忽孰知悲"(《和杜工部秋兴八首[其四]》);"浮生若梦星辰淡,笔底春秋草木知"(《岁末感怀》)……诗人由此发出了"平生草木过,浮世疾霆催"(《庚子立冬兼迎生日》)的慨叹。

追慕先风。一是对先贤的追慕与怀念,如:"日月山前风雪客,牛羊岭上史诗魂。慈航漂泊桃源泣,苦海沉浮大漠吞。纵使文章知己少,何妨诗锦百花存"(《辛丑二月忆昌耀先生》);"泽雨浮吴越,风荷动曲舻。一支舟楫舞,四海艾蒿香。千古离骚体,人间尔雅章。何须歧路问,山水楚音长"(《端阳怀屈子》);"竹杖行过呼酒老,芒鞋踏破赋诗工。江山明月谁常主,归去来兮有此翁"(《赏故宫东坡大展小记》);"公也才无敌,萧然亦不群。冬心门下客,白石府中君。花鸟鱼虫动,诗书草木氲。高山流水曲,化作岭头云"(《观汪曾祺先生书画展》)。一是对古代社会良序的追慕,如:"止步忽然忘所似,主宾相揖各寒暄"(《小园偶得》)。这类追慕先风的作品,隐藏着对当今社会某些不堪现实的批判与鞭挞。

生活感喟。这些古诗词中,也偶有感喟生活艰辛的作品,如《己亥八月初五》:"心似青鸾三万里,半生劳碌半生难。朝辞犬吠谋粮粟,暮隐蓬门对影寒。有意栽花花事寂,无心种草草盘桓。恓惶光景何堪寄,应作殷勤如是观";"雷声未起苏虫急,花信初归浪蝶谤"(《惊蛰》);"非我爱高冷,霜寒能醒狂。心宽听好鸟,冻笔写新章"(《己亥生日暨迎立冬》)。这类诗歌,也展示了诗人在日常生活中偶发的真实情绪,它们与诗人的其他诗歌一起,共同塑造了卢文丽古诗词的整体面貌。

从艺术方面看,卢文丽的古体诗词抵达了一种自然和谐、浑然天成的审美境界。具体来说有以下四个特点:一是简洁明快的韵律之美;二是阴柔清丽的语言之美;三是清幽绝俗的意境之美;四是口语入诗的谐趣之美。这里着重谈谈第四个特点,即偶尔以口语入诗。这类诗有:"扫码得两枚,一唻满香袭"(《莲蓬》);"晨妆一唻乐逍遥,杭州烧饼老油条"(《早点》);"林梢一抹夕阳醉,三个童鞋正少年"(《光影娉婷树接天》);"美食要数杨员外,造词还须老主编。青菜东坡香奈儿,荷花莲子小笼包"(《饮湖上》),等等。口语的引入,达到了一种轻松俏皮的表达效果。

2021-03-21

(刊于《浙江作家》2021年第7期)

流泉诗歌：对生与隐忍的诗学

流泉诗歌是一种对生与隐忍的诗学。新近由长江文艺出版社出版的诗集《流泉诗选》，典型地体现了他的这一诗歌美学特征。

一、意象组合的"对生诗学"：坼裂与焊接，新意义的诞生

对生是一个生物学术语，为叶序形式之一，指的是茎的每个节上长出两片叶子，彼此相对。流泉很多诗歌，意象都如对生的叶片一样，两两出现，或关联，或割裂；或对称，或对比。他的诗歌，总是有意无意地将一个完整的事物拆分成相对或相反的两个方面，制造一种坼裂，在坼裂中使事物对峙的两个方面，重新建立起一种新的联系，建构出一种新的意义。这种"对生诗学"，最大的价值在于营造了诗歌的内在张力。在《流泉诗选》收录的共129首长短不一的诗歌中，体现这种"对生诗学"的诗篇，不下于40首，占比约1/3。这种艺术手法在一位诗人的创作中，占有如此高的权重，是值得我们关注和探究的。

意象组合的"对生诗学"，是流泉诗学的一个重要组成部分。也可换句

话说,对生式意象组合,是流泉诗歌的显著特征之一。流泉诗歌意象,较少使用并置式组合、发散式组合,多使用对立(对比)式组合、对称(并蒂)式组合、叠加(覆盖)式组合和串联式组合方式。

(一)对立(对比)式组合

譬如《风是闪电的种子》中"日渐腐朽的肉体"与"闪光的灵魂";《六月》中"慈悲"与"猎杀的野心";《听从》中"最冷的时刻"与"老式门环里的那些暖";《斗笠盏——题王志伟青瓷作品》中"天边"与"原地";《忠告》中"恩"与"仇";《砍树的人》中"旷野"与"很小";《烈日》中人与蚂蚁、瘦小的一生与被挖大;《辨认》中弯的胡同与直直的、不会拐弯的风,弯而小的"我"与"那么大"的俗世;《苍色》中"这个人间"与"蜗牛眼中的/小拮据";《操持》中"人生太大/我太小";《在阳台上》中动与静;《遥望》中外部的光与内心的风暴;《宽宥》中"救赎"与"赦免";《在打铁铺》中"生锈的铁"与"熔炉"、形式与内容、一种反叛与另一种反叛;《乔迁记》中坏了的锁与"走失的钥匙";《操持》中"天堂"与"地狱"、"醒来"与"睡去";《在岛上》中平和的"脸面"与"内心的澎湃";等等。诗人有意把完全对立的两个意象组合在一起,形成一正一反、正反对立的意象系统,营造出一种对比鲜明、发人深省的审美效果。这类意象组合方式的关键词是"对抗",一如"用轻描淡写对抗虚无的荣耀,用醒来/对抗睡去"(《盐》)。诗歌由"对抗"入手,破译事物与事物之间的关系,表现"自我辩驳与反叛"(《炊火》),或自我的坼裂与切割。

(二)对称(并蒂)式组合

譬如《竹枝词》中"剪下的明月,一半竹枝,一半暮色中的旧经卷""一片竹叶,奏响了另一片";《与友书——致乔国永》中"一端是亏欠,另一端/是补偿""他一边念叨/远方那些亲人,一边又召唤身边的/这些朋友";《操持》中"一只脚紧拽另一只脚";《斗笠盏——题王志伟青瓷作品》中"一头锁来路,另一头/锁归路";《在岛上》中"翅膀有一半是收拢的/就像此刻踟蹰在岱山岛上/我的一只耳朵/是用来听风的/……/我的另一只耳朵,被海鸥牵向另一半翅膀";《初冬》中"两只蜥蜴,一只扶着另一只""一些光/笼罩着另一些光";

《恒州码头》中沉默的造船厂与沉默的落日；《鸟鸣图》中"唱赞歌的人"与"我"……这类意象组合方式的关键词是"一半"，在一种将事物一剖为二的有意"割裂"中，制造新的张力与意义。在一些诗歌中，诗人甚至故意将这种"割裂"推至极致，弃对称而取边侧，譬如"晚霞，落日的偏旁/群山，江河的偏旁/故乡、亲人/在漂泊中衍生的意义，或许就是我的偏旁/……/尘世有/太多的旁逸斜出/我，一直走在偏路上/而一枚走失的果实，正在迷途中/觉悟，知返"（《偏旁》）。在一系列的"偏旁""偏心"中，蓄意制造一种意义的"失衡"，呈现一种"残缺"之美，以此培育出一种诗意的"跷跷板"效应。

（三）叠加（覆盖）式组合

譬如《致阿多尼斯》中"——当'水已交还给了水'"；《金钟弄娄宅》中"一些水，仍冲刷/一些水"；《丽阳门》中"我夹杂在青砖与青砖间"；《证据》中"作为证据，它们仍会在尘埃与尘埃的缝隙间/挤出阳光，挤出水"；《途中》中"岸/抱紧了/岸"；《虚芒》中"大地的嘴，被苍色/贴上封条。静默，盖过更大的//静默"……这些诗句中的"水"与"水"、"青砖"与"青砖"、"尘埃"与"尘埃"、"岸"与"岸"、"静默"与"静默"，采用的都是同物叠加与自我覆盖法，表现诗人内心矛盾的自我消解与自我调和。

自然，流泉诗歌还使用了其他意象组合方式，譬如《狮山》中"一个身体晃动/一整座狮山晃动"，使用的就是串联式组合方式，以"晃动"一词，串联起本体"身体"与喻体"狮山"。不过，这种单一使用某种意象组合方式的情况在流泉诗歌中占比并不高，它更多的是综合使用多种意象组合方式，譬如《窑变》中书写的可能与不可能、窑炉与人生、命与运、前半生与后半生；《终其一生》中书写的身内与身外、自己与另一个自己、火与灰烬、繁花与荒凉，等等，都综合运用了对立（对比）式组合、对称（并蒂）式组合、叠加（覆盖）式组合和串联式组合等多种方式。

流泉诗歌意象之间的语义坼裂，是通过"和解""回到""成全"等方式进行自我焊接与自我修复的。"玻璃的撕裂，又该/如何修复"（《默片之年》），这是流泉诗歌的哲学之问。诗人在诗歌中，对此也做出了自己的回答："在漏洞中，完成自身的挖掘与修复"（《深井》）；"内心藏一块石头。/截取它的粗粝、冷冽,和它与铁器交互捶打/迸发的锋芒。忽略那些柔的/软的,通人性的,属于/流水和风的"(《石头》);"燃烧的意义,在于成全"(《窑变》);"让废墟回到废墟,让尖叫回到/切割机内部"(《钻石》)。这是流泉诗歌意象的和解与圆融之道,也是诗人生命的和解与圆融之道。

流泉诗歌风格整体呈现出低沉的特征。他的诗歌中高频出现的语汇,是诸如凛冽、混沌、密封、哑默、分割、暗疾、沧桑、昏聩、泛黄、补丁、漏洞、爆裂、倾斜、碎裂、创痛、发霉、苟且、贫瘠、枯萎、荒凉、腐朽、灰烬、旧物、暮色、失语、银灰、漏风、悲哀、锈蚀、坠落等等。这类灰色调意象群覆盖下的,正是诗人对现实的沉重忧患与悲悯。

流泉诗歌中有两个反复出现的重要意象。一是"锯齿"。"锯齿"是流泉对现实世界的一种真切感知与判定。"嘶鸣了大半生的/锯木厂"(《风抱住尘埃》),它"新鲜的锯齿"(《秋日颂》),将生活锯得鲜血直淌,世界到处裸露着"锯齿状的漏洞"(《拐杖》)。二是"火焰"。"在一块冰中/取出火"(《拐杖》);"'火,在冰面上舞蹈'"(《废墟》);"新生的容颜,所有伤疤被火焰/抹去,又被火焰/照亮"(《在打铁铺》);"碎了/一个词,又一个词/这春天的碎词/碎在一堆被废弃的白纸上/它们,再也无力拼接/内心的火焰/以对抗,这荒芜,冷冽,这二月天里一个老人无辜的/伤病"(《碎瓷》),"而此刻/我正倾心于一块石头的内在燃烧,这火焰间的焦灼"(《内在燃烧与焦灼》);"我的寂静,是一本被风/轻轻翻开的书,又像一块风雨中的石头/在归隐处,找到了/火——"(《边界》)……如果说"锯齿"象征着现实对诗人的伤害,而"火焰"则无疑意味着诗人对现实的反抗。

流泉诗歌,多书写心灵之幻景,多用幻景书写构筑一种"第二现实"(诗集中唯一一首透露诗人职业身份的是《龙泉电影院》一诗)。譬如《星空》,"孩子,唯天堂/被大地照亮,并由人间供奉";譬如《盗梦》,"一个梦游的/小区保安,遇见一个全身发光的/人。他喊一下,那人/跑一下";譬如《野火》,"一粒星子/在宽阔的衣襟中/如一枚带电的/纽扣"。特别是《锯木声》一诗,"办公室附近并没有锯木厂/可锯木的声音,隔三岔五就从窗户左边/拐了进来//这不是幻觉,它一定是存在的"。诗歌先将幻觉真实化,再抽离真实化后的真实性,向更高的幻觉化攀跃,以此制造一种亦真亦幻、惝恍迷离的诗境。

二、低处的"隐忍诗学"：中年况味与诗歌的节制、敛藏

"隐忍"是流泉诗歌又一个重要的关键词。流泉诗学也是一种"隐忍诗学"。这种"隐忍"，既是一种对生活的隐忍，也是一种对艺术的隐忍。

（一）生活在"低处"：隐忍诗学之一种

"我的沉默，是宽容，也是木然中对于命运的隐忍/和妥协"，在诗歌《冻疮》中，诗人如是说。流泉诗歌中，潜行着一个低首、沉默、隐忍、坚韧的诗歌主人公形象："在低处缓缓移动的羊，和与羊一样低着头的人/一直低下去""一只羊低着头/多像一个尘世埋在泥土里"（《大地》）。隐忍是一种被动态的生活姿势，也是一种主动态的精神救赎，正如诗人在《石头记》《宽宥》中所言，"用沉默去瓦解风暴/用忍耐继续彼此的修行""温度是苦难养成的/包容才见知性/我们是我们的山川"（《石头记》）；"救赎，是一种撕扯/赦免，是一种释放/活着，是我与这个尘世达成的/唯一的契约"（《宽宥》）。

"山河变细/我已用尽沧桑。"（《拐杖》）流泉诗歌中，低回着一种深沉的中年人生况味。"大地苍凉/石头都是卸装下的支架"（《大风吹》），面对"白雪覆盖头顶/青丝埋着一场地震"（《生日颂》）的"日渐腐朽的肉体"（《风是闪电的种子》）和"年久失修的那一截断肠"（《冬日》），面对"铁正在腐朽，歧途上，开满了无穷无尽的罂粟花"（《中年书》）和"人至中年，太多的陡峭/和奇崛/……/中年都是向下的"（《立秋》）的"摇摇晃晃的中年"（《生日颂》），诗人的内心充满苍凉，"而远方，仍在远方，勾勒更多的抵达/这些年/悬崖的人生，离我/越来，越近。俗世崎岖/目光却变得短浅，甚至有些/妄自菲薄"（《在阳台上》）。

然而，诗人天生就是具有"闪光的灵魂"（《风是闪电的种子》）的时光反叛者。尽管现实与理想南辕北辙，"我真实的部分，早已被挖掘机的轰鸣/带走——那些走动，悄无声息/常常，令人泪流满面"（《糯米》），诗人仍然没有主动交出手中的旗帜和心头的热血："尘世滂沱，猩红的漆面/我们手扶木器，在找一把铁打的锤子"（《木器》）；"身体里/养一头狮子，我与狮山/似格格不入/我有雷霆、风暴，有熊熊燃烧的干柴/烈火""如同怀揣狮子/在人间，左

奔右突"(《狮山》);"一个饮风的人/终究,是一个身披光芒的人"(《饮风》);"一块石头/造就的信仰,不仅是光/还是改变"(《火星陨石》);"而我相信,流水,终会撬开悬崖,撕破荆棘"(《新年致辞》);"我/认准了自己也是一本翻了一半的书,它们/都是我梳理过的文字/……/我凭借这些,瓦解/或重建,在未完成中/趋向最后的/抵达"(《傍晚》);"请原谅我的固执/请收下绝望之后我全部的希望"(《生日颂》)。这种在苍凉的背景中绽放的希望之花,更加显得弥足珍贵。

这是一种深刻的人生体悟与写真:"颠倒的尘世里,我的冲动/像一枚正直的鱼刺"(《一个上午》);"并不是找不到一个/能交心的朋友/而是懒于倾诉,再去触抚/浮世中的/尘与土。以木讷消解仇恨/消解爱,以平和/勾勒去往"(《尘土》);"我与这个人间,互相咬合/但,从不以生死/为边界"(《隧道》)。生活的脸孔是冷峻的:"满山白云/都是风的穷亲戚,风一来/云就散//啊,那么多的人间薄凉"(《白云山》);"写爱情诗的人/大多生活在荒废的年代"(《诗艺》);"生活是一杯白开水,越喝越少"(《忠告》)。诗人在炎凉的世态中,获得了醍醐灌顶般的顿悟:"看穿了,茗字之上/一把草/草做的人生,拆开/无非:三张嘴。一张是清露,一张是明月/剩下的一张,就是用旧了的功名/与利禄"(《茶经》);"我已忘记疾病/和疼痛,不再纠结于一把锁的锈"(《你好》)。而新的人生之路,就在这样一种顿悟中悄然延展:"我们躯体内,总要有/废墟新生,去替代/另外的一些""荒芜,同样承载着新的生成"(《证据》)。

流泉诗歌充盈着一种孤独意识和自省精神。首先是孤独,无论是悲凉入骨的《夕阳》,还是"尘世啊,总有/那么多悲伤,等着我们/去原谅,就像/一本书滚过那么多黑色的文字/需要,一张白纸/原谅"的《拾星光的人》,或是"剩下的路,就让剩下的那个人/去走——"的《乔迁记》,都是诗人的孤独自白书。其次是自省,诗人常常在诗歌中进行自我审视,譬如《履历》:"我非我""我是谁呢/当一个无我之人再一次/去审视自己/另一个我,或许,正在世态的媚俗里/报之以嘲笑"。

隐忍中都藏着深情,作为一个祖籍湖南娄底、居于浙江丽水的现代离乡人,流泉有着与生俱来的双重乡愁。故乡、亲人,在流泉诗歌中,朗照着一轮乡愁的明月。"每当暮色四合/遥望故乡,一声声召唤穿越时空/那么远,那么近/仿佛,伴随了我大半生的/乳名"(《例外》);"当我揭开伤疤,我看见的是苍颜中的故乡,是泥瓦房和落日/老去的滩涂上,砂砾仍像金子一样闪光"(《新年致辞》);"遇见的人说/——路都在鞋子里面,故乡都在当归里面"(《当归》);"归人们想起当归,口含一粒发了霉的故乡"(《秋天令人老》);"——'故乡沦落,那个人是握不住星光的人'(《十二月》)"……

对于诗人流泉而言,乡愁也是一种隐忍。正如诗人在《遥望》中所言,隐忍的乡愁,具有一种锥心蚀骨的"腐蚀性":"在别人的土地上/找故乡,有人吹灭灯盏,有人/怀抱路边的歪脖子树/认亲娘"(《年关记》);"他要去的地方——/不是异乡,就是故乡/一个丢失的孩子,有比风更加敏锐的自觉"(《在长沙的橘子中》);"一个中年人/被岁月压低帽檐/一个故乡,带走另一个故乡"(《冬至》)。而古老农耕文明在城市化浪潮席卷下的节节败退,更在诗人的心房投下了面积不小的一片阴影。《村庄》一诗,书写的即是在吊车高悬的手臂下村庄的消逝,以吊车之高,显示城市化的不可一世,以及村庄的卑微。

诗人流泉的乡愁中沉淀着对亲人一片深沉的情愫:"蹒跚的祖父/在夕阳中,牵着我"(《窗外》);"我的父亲始终沉默/像族谱上不起眼的小逗点/也像一颗被弃置的木讷的/石头"(《门锁》);"当风烛之年的老父亲/颤巍巍地/将这把锁交到我的手上/我才看见/有一道光,就在/沉默中,在父亲沟壑纵横的一道道/纹路中"(《门锁》)。而诗人对慈母的感恩,更是谱写了一曲现代版的"游子吟":"水在尖叫,我想沿了这尖叫/返回源头/——那里,更多的雪/更多的不被尘嚣带走的母亲的/白发"(《冬日》);"我倚靠旧时代的书信取暖,不再为虚度而辜负母亲的告诫"(《告诫》)。在诗人心目中,"母亲是菩萨/迟到的修行,刻满了她的忠告"(《六月》)。特别是《光芒》《戒指》这两首诗,将"镜头"对准母亲手上的戒指,由戒指闪光—母亲的手闪光—风闪光—松果闪光—星星闪光(《戒指》),在"闪光"的"特写镜头"中,凸显"母亲/坐在一枚/戒指上,白发/在闪光"(《光芒》)。其对慈母的深情刻画,令人动容。

此外,恋情与友情在流泉诗歌中也不曾缺席,譬如书写恋情的:"我看见你的白头发了/就像分手之际,我鬓角上突然冒出的/那几根"(《偷窥》);书写友情的:"他说,这些信再也找不到投递的/邮箱了,就有人开始在/酒桌上读,在北风南下的无数个黑夜里/读,就有人在晦暗的灯光下,/偷偷地,抹泪。一只悬浮的手,再一次推开/贺兰山下那道锈迹斑斑的/门"(《与友书——致乔国永》),也同样令人感动。

(二)诗歌的隐忍:温情、节制、凝练与敛藏

流泉诗歌的隐忍诗学主要表征为其作品的温情、节制、凝练与敛藏。

流泉诗歌,对旧事物怀有一种脉脉温情。譬如吟诵"泥土称王"的《熏香炉——题王传斌青瓷作品》《斗笠盏——题王志伟青瓷作品》《凤耳瓶——题徐建新青瓷作品》《美人醉——题李茂林青瓷作品》《梅瓶——题杨小秋青瓷作品》《容瓶——题徐殷青瓷作品》《窑变》,以及写旧物的《旧书记》《银器》等诗篇,无不在对旧事物的观照与书写中,抒发诗人对旧时光的温情回望,表达诗人的时光之叹。"水与火媾和,现代与历史在隔空对望""一个美人/醉了,江山/容颜娇羞,情色皆为风雅/所造""这泥塑青瓷/一旦拥有人的呼吸和温度,就开始/脱胎换骨""最好的时光/是一颗痣爱上一枚/戒指"(《美人醉——题李茂林青瓷作品》);"风吹起来的/叫温润。不被风带走的/叫拙朴""是道/是法则,是涅槃/'水带着泥巴/跳舞,火在火焰上/升腾——'"(《陶瓷课——读王志伟〈青瓷简史〉》);"而火,仍从它的内部燃烧/撕裂从未间断/风势,随火焰蔓延"(《容瓶——题徐殷青瓷作品》);"守艺人,守成/守变/守孤独,守一门绝技""瓶外的粉色人生/交由深邃的/青瓷学,再次/命名"(《银器》)……这些咏物诗章,在对旧器物的赞美中,传递出一种抚慰心灵的温情与信仰。

流泉诗歌题材广泛、手法多变。有书写日常生活的,譬如《发光体》《与友书——致乔国永》等;有摹状景物的,譬如《马村》《车盘坑》《傍晚》等;有描写季节的,譬如《十二月》;有勾勒世风民情的,譬如《师爷》。多为风格现代的诗篇,譬如"把白云还给天空/把空出来的皮囊还给从梳妆台上一粒一粒往下掉的尘灰"(《日暮》);"麻雀沉默/而我们,正悄悄吞下镰刀、日落,以及孩子们手上的弹弓"(《十月》);具有"五百年村史""每一个村庄/都各怀心事/和隐秘"(《车盘坑》);"窗外/挖掘机的铁牙,正紧咬西边渐渐下沉的/落日"(《傍晚》)。也不乏具有古典意趣、体现古典美学的诗篇,譬如:"这黄金的悬崖""采苋菜的那个人,头顶鎏金的王冠/去了南山"(《九月》);"这尘世的桃

色/轻了许多骨头""不饮桃花,只吹散了骨架的迟到的春风/不为桃花醉/只为你"(《梅瓶——题杨小秋青瓷作品》),等等。诗歌语言高度凝练,跳跃性很大。诗行的长短完全受制于诗句本身内在的节律,无人为的限定与谋划,短则两字,譬如《陌生》,长则近三十个字,譬如《日暑》,充分体现了诗歌创作的自由意志和建筑美学。

三、"卒章显志"式的引述:画龙点睛、升华主题

流泉诗歌有个迥异于其他诗人的行文特点,那就是篇末多"卒章显志"式的引述,譬如:"海边长大的孩子/从不说,落日是被大海吞噬的"(《恒州码头》);"而'日落,正在搬动/尘世的荒凉……'"(《终其一生》);"'——他吞下一枚落日,挖掘机紧紧咬住/大地的嘴'(《暮春之诗》)";"——'比生命更锐利的舌头,不是盐/是火焰'"(《炊火》);"——'在锯齿状的颗粒中,有一枚钻石/是光阴带不走的'"(《钻石》);"——'手臂不再围绕你,空气波浪般从身边撤去'"(《一头豹子》);"——'所有摧毁即包容,生命的意义/在于承接'"(《火星陨石》);"——'水与火/在龙窑中,达成默契,天与地/呈现一大片青色'";"——'少年收回弹弓,已是夕阳下山'"(《鸟鸣图》);"——'谁签下一朵白云,谁在一张密纹唱片中/刻录下一整个秋日盛大的轰鸣'(《秋日颂》)";"——'和平里的整个春天,都被鸽子们占领了'"(《和平里》);"世态的炎凉中,这只瓶子有比瓶子本身/更大的包容/与心智"(《容瓶——题徐殷青瓷作品》)……这类引述,既收束全文,又起到了画龙点睛、深化主题、引人思考、制造余韵的功效。

2022-06-15

(刊于《浙江作家》2022年第7期)

辽远苍茫的灵魂地理

——简谈甘建华地理诗

一

2019年5月15日上午，忽然收到一个微信好友申请，原来是洛夫先生的同乡和生前好友，《洛夫纪念文集》《诗人洛夫哀荣志》主编，湖南衡阳籍诗人、作家、学者甘建华先生发来的。我点击通过后，甘先生将他的诗作《坐轿子上宝石山的老人》发给我，问我有无需要更正的地方。然后是同年6月27日晚上，又收到甘先生的短信，告知他已来中国作协杭州创作之家疗养，约我第二天下午前往保俶塔下的纯真年代书吧一会。次日我如约登上宝石山，其时甘先生夫妇已经与朱锦绣老师、龙彼德先生夫妇和张欣教授在书吧谈笑风生了。交谈中，当甘先生得知我是江西人时，他告诉我他也是江西人，其祖先六百年前从江西奉新徙居湖南衡阳，因此，我们也算是老乡。家族离开祖籍地已逾六百年，犹自不忘故乡，第一次相见，俊逸儒雅的甘建华先生，给我留下了很不一般的良好印象。从他诚恳的语调中，我隐约感觉到，他说与我是老乡，绝非世俗化的寒暄，也非一般性的对祖籍地的眷念，而似乎是生命深处某种特定意识的自然流露。待到大致了解了他的人生经历后，我终于明白过来，这种特定的意识，便是潜藏在他灵魂深处的地理意识。

　　"甘建华"这个名字是与"地理"这个词紧密扭结在一起的。二十世纪八十年代初，甘建华高中毕业后，从湖南衡阳"移民"至父亲的工作地青海，并考入青海师范大学。他本来填报的志愿是中文系，不承想被地理系抢走档案，从此他的人生，便与地理结下了不解之缘。在大学期间，他发起创办了青藏高原第一个大学生诗社——湟水河文学社，并创办同名刊物《湟水河》，汇入二十世纪八十年代中国大学生诗歌运动的洪流，成为当时青海高原最负盛名的大学生诗人代表之一。大学毕业后，甘建华放弃留校机会，志愿去柴达木油田做记者，开创了"西部之西文学"写作，先后出版了《冷湖那个地方》《柴达木文事》《盆地风雅》《青海册页》《文星光照柴达木》《海西的儒雅风流》《甲午夏日青海行》等十余部中国西部地理文化专著，以及《大柴旦情思》《回到冷湖》《花土沟的梦》《格尔木故事》等多组中国西部地理文化诗歌，成为"地理文学"的一员悍将。之后他调回家乡湖南，继续记者生涯。再之后他下海经商，在获得财务自由后，他重返书斋，从事《西部之西地理辞典》的创作，以及湖湘文化尤其是衡阳地方文化的研究。他是第一个获聘地理学教授的中国作协会员，也是中国作协会员中为数不多的中国地理学会会员。近年来，他还以一位作家的眼光、一位地理学人和文史专家的专业精神，主编了多部地理文学选本。

二

　　从事地理诗创作，对于甘建华来说，可谓势所必然、水到渠成。渊厚的地理学背景，使得他的诗歌具有了一种辽阔的生态视域、一种独特的观察视角、一种沉潜的生命体悟和一种苍茫的自然意识。地理学是一门将远方和诗结合起来的学科。正如诗人自己所说："地理学让我们拥有诗和远方！"甘建华的文学创作起步于诗歌，近年来，他在从事地理文化研究之余，重拾诗歌艺术之笔，又陆续创作了一批地理诗歌。他将这些从大地上收割的一百五十余首诗歌，结集为《甘建华地理诗选》。诗集共分"衡岳湘水""茅洞桥记""衡山之南""青海在上""浙中之旅""奇人志异""四海八荒"七辑，从中南到西北,从华东到港台,从风物到人物,从自然到社会,以大地为横轴、历史为纵轴,书写了诗人自己的一部灵魂地理。

甘建华地理诗,从内容上说,大体可概括为如下六个方面:一是书写大地上的现代乡愁;二是凭吊大地上的青春遗迹;三是描绘大地上的山川风物;四是刻画大地上的人物风貌;五是记录大地上的日常生活;六是镜像大地上的社会百态。他的诗歌,生发于大地,并深深植根于大地,有着一种深沉的大地意识和清醒的现实主义精神。宏阔的地理背景(空间)和纵深的时代背景(时间),湖湘与塞北、温婉与粗粝、故乡与异乡、历史与现实的飘荡游移,使得他的诗歌时空辽旷,拥有一种巨大的生命张力与艺术张力,由此绘就了一幅壮阔的个性化生命图景。这种个性化生命图景,与苍茫的大地意识和磅礴的时代风云交织在一起,在一种共时性的时代语境下,拾掇诗人个性化的生命记忆;在一种历时性的生命叙事中,凸显诗人悲天悯人的现实主义情怀。这种记忆与情怀,是属于诗人个人的,也是属于时代的。

杏花春雨的湖湘与铁马秋风的塞北,是诗人两个重要的灵魂故乡,也是诗人生命履历中的重要两翼。前者生长出一片苍郁的乡愁,后者高矗起一座青春的祭坛。书写大地上的现代乡愁,加入现代乡愁的大合唱;追怀遗落在西北的梦想与爱情,凭吊大地上的青春遗迹——诗人首先以这样一种衬腔式的复调方式,奏响了对湖湘与塞北两个灵魂故乡的缱绻深情。

"衡岳湘水""茅洞桥记"两辑中的诗歌,集中抒写了诗人对故乡衡阳的热恋。"历史幽暗中的一朵绿荷,悄立一隅/似一颗古莲蓬,放射琥珀般的光芒/像一枚巨型钻戒,镶嵌翡翠色的宝石/幽幽孔雀蓝,瑰丽青铜之美誉/仅有数件,灿烂了中华远古文明。"开首诗篇《酃与酃县及酃湖》为整部诗集奠定了感情基调。接下去的抒写,诗人对生身故乡的炽热情愫便如火山般喷薄:"栗江流经我的故乡八十公里/我是栗江哺育的一个儿子"(《栗江谣》);"提及这三个字,我的心头忽地一热/我的父亲生于斯,我的祖父葬于斯/我的先祖,六百多年前迁徙于斯/……/天空中的每一只鸟儿,飞过茅洞桥/大地上的每一种树木,植根茅洞桥/我的每一次放声歌唱,都是家乡茅洞桥"(《茅洞桥记》);"一步步走近/心里悸动不宁/泪花迷离中/似乎触及澎湃的血脉"(《村口》)……

　　对于诗人来说,乡愁的滋味,首先是一种深植于味蕾的滋味:"辣味早已融入我们的血液中"(《番椒》);"烧饼、拎豆腐和黄皮草鱼/世代相传的美食三宝/在渔鼓、灯影戏和花鼓戏中/令远方的游子频频回首"(《栗江谣》);"就地架灶柴火烹煮/晚风中飘过鱼的鲜味和哀愁"(《车江垂钓记》);"千年一脉的胡葱/生长在红色的砂质页岩/就像祖先自江西迁徙而来/在茅洞桥开枝散叶/六百多年过去了/即使我们走得再远/也能嗅到浓烈的气味"(《胡葱》)……原汁原味原生态的衡东土菜,承载着诗人永恒不变的乡愁。

　　诗人心头眷恋故乡美丽的山水:"如果没有来过龙溪湖,/怎么能说游过衡阳的山水呢"(《卷轴:龙溪湖》);眷恋故乡葱郁的神性之物:"它不是玩物/而是一种乡间美学"(《菖蒲》,"多年之后/在城市街头偶然闻到/一股特殊的清香/无端掉下几滴眼泪"(《油桐》);眷恋故乡那些难以忘怀的前尘旧事,譬如《泉源村莳田记》对莳田劳动的重温,《界牌火灯节》对古老民俗场景的再现,《茅洞桥夏日故事》对温馨童年往事的回忆,《母校三个七重奏》对童年启蒙学校——杨梅皁学堂的回访,《茅市完小附中》对昔年老师的探望,《衡南六中》对"驼背的校工"、嗜酒的"语文老师雷震霆"以及朦胧少男少女情怀的追忆,等等,莫不热忱拳拳、深情殷殷,令人惆怅,引人共鸣。

　　诗歌最直击人心的,当数这类缅怀亲人的篇章:"祖父领上我们,提着竹篮/采摘破土而出的野菜"(《祖父》);"冬夜的寒风/在陋室中来回呼哨/爷爷将我的脚捂在胸口/奶奶反复摩挲着我的掌心/舐犊情深如暖阳/却成为无以回报的疼痛"(《清明》);"清风明月之夜/几回回梦萦老宅/尚在十几里以外/欣喜地呼唤着爷爷奶奶/总会听到亲昵的应答/这时候,门前橘花的馨香/便弥漫了整个山冲"(《老宅》);"荞麦皁螺形嘴山头上/祖父母安息于斯"(《圆柏》)。故土之所以令人难忘,正是因为那里有着亲人——活着的或者逝去的。一代一代的爱默默传递着,一代一代血脉相传。故乡,永远是游子心中的图腾。诗人"像朝圣者"(《茅市完小附中》),"回到故乡,将一种名叫乡愁的隐疾/植入我们的身体"(《胡葱》),乡愁的隐疾暗伤,沙砾一样嵌入诗人情感的蚌体,最终育成了闪光的诗歌珍珠。

　　与乡愁构成衬腔式复调的,是诗人对大学时光的追忆。诗歌《湟水河记》追述了诗人35年前求学于青海师范大学期间,发起创办湟水河文学社和《湟水河》文学刊物的青春往事,从湟水河的源头、流域、长度、古籍记载、历史事件、现实风貌,以及记者、作家、诗人、画家们的赞誉与描写等多个方面,回答了诗社和诗刊命名的由来,复苏了一段生命记忆。诗歌首尾两段采用复沓手法,"那么好吧,咱们的诗社就叫湟水河,诗刊也叫《湟水河》",于一种看似平静的口吻,再现了一段激情燃烧的青春岁月。

三

或许,在中国诗人现代乡愁大合唱中,甘建华的音色并非最嘹亮的,然而,他对"西部之西"浓墨重彩的书写,在中国当代诗坛,却是独树一帜的。或者说,甘建华地理诗的诗学价值,更主要体现在他对西部之西的书写上。

西部之西,是诗人甘建华的第二个灵魂道场,那里遗落着诗人刻骨铭心的青春记忆。第四辑"青海在上",是诗人重返西部之西梦境之旅的成果。故地重游,沧海桑田,诗人沉吟浩叹、怅惘缱绻:"今夜在大柴旦/却因为突如其来的一个名字/轻轻地念叨一声/齿有余香,却又心如刀割似的疼痛"(《大柴旦情思》);"老基地已经成为一片废墟/五号油矿就是现代版的楼兰/……/二十二年后的夏日之晨/再度面对赛什腾山/一幅巨大的中国水墨写意画/泪水模糊的双眼/在世界上日照时间最长的地方/曝光了一张情感的底片"(《回到冷湖》);"那些无法辨别的前尘往事/在漆黑的夜空飞鸟一样地划过/留下了翅膀的痕迹"(《花土沟的梦》);"多年以前的苏干湖畔,回首/做最后的留连/泪水迅即溢满了眼眶/——火星!"(《火星小镇》)……

诗人首先以一种自然拜物教般的虔诚和泛神论者般的狂热,对西部之西奇特的山川风貌、奇异的历史人文和奇妙的高寒物产,进行了温热而真切的描绘:西宁、昆仑山、柴达木、冷湖、格尔木、海西州、尕斯库勒湖、花土沟、乌图美仁草原、甘森、祁曼塔格雪峰、茫崖镇、日月山、柏树山、乌鞘岭、疏勒河、阿拉尔河、那棱格勒河、茫崖……诺木洪的枸杞,柴达木的藜麦,托拉海的胡杨林,西宁的丁香、青盐,民勤的梭梭和南瓜,敦煌的李广杏……在诗人笔下,一个个西部地名被从记忆中钩沉,一种种"瀚海中罕见的红宝石"(《诺木洪枸杞》)般的物产被打捞,一帧帧西部地理风光和历史人文剪影从落日边飘来,交织成一幅苍茫雄奇、色彩瑰丽的西部地理人文大画卷,呈现出一个充满奇异色彩的地理学西部和文学西部。这些诗篇,从某种意义上说,也可视为二十世纪八九十年代"新边塞诗派"诗歌精神在新世纪的一种赓续。

诗人对西部之西的倾情书写,不仅因为这里具有世所罕有、摄人心魄的风物之美,也不仅因为他曾在此求学四年、工作七年,这里是他青春的土地,永远遗落着他的美丽青春和青涩爱情,更因为这里也是他父亲的土地,是一块曾经回荡着时代号角的土地。诗人深情追忆了父亲和在这片土地上抛洒热血和汗水的父辈拓荒者、建设者们的青春往事:"六十年前的秋天,乌图美仁草原深处",一个年轻的地质队员,途中遭遇野狼,与狼对峙,最终用手中的地质锤,吓退了野狼,"那个石油地质队员,是我的父亲"(《乌图美仁》);"哦,我的父亲,我的祁曼塔格雪峰/父亲已仙逝,但与雪峰一样耸峙"(《祁曼塔格雪峰》);而从诗歌《西宁:四月的主题及其变奏(四首)》对拓荒者群像的描绘、《花土沟:钻井工组曲(三首)》对钻井工的礼赞中,读者更是隐约可闻当年时代号角的回响。反映时代事件、表现时代精神的这一部分诗歌,从纵深上,拓展了甘建华地理诗的社会内容和情感价值。

四

甘建华是一位诗歌赤子,他对世界永远保持着一颗好奇心,用诗意的笔触,探入生活的深海,网起时光的醉美:"我也要买两棵桂花树苗/手植在前庭后院/晴好时节听蝉鸣声高/再买一只四方板凳//置于书房正中/坐出南面君王的气象"(《泉湖二月八》);"听蝉鸣夏/这清脆嘹亮的高歌/无异于/人世间最美妙的音乐"(《晴好居听蝉》)……诗人擅长将思想和感情深藏在对事物的描述之中,体现了庞德所倡导的"意象主义"的精义,通过意象让语言显示奇迹。诗人长于描绘风物、展示风情,万般皆可入诗,体现了一位成熟诗人在取材上的自由和从容。

从内容上看,甘建华地理诗既有抒写乡愁和青春之祭的,又有描绘山川风光和时代风情的(如前所述);既有描写世俗生活图景的,如《白沙古街所见》《友人快递敦煌李广杏》《风雪乌鞘岭》《民勤的梭梭和南瓜》,又有抒写深刻生活体悟的,如《在斗山桥水库大坝读〈心经〉》:"那些/垂钓者,荷锄者,挈妇将雏归乡者/都是生命中注定要遇到的人/都是菩萨,都是山中的草木和繁花";既有书写湖湘人物和其他古今中外人物的,如第六辑"奇人志异"所写到的熊希龄、陈渠珍、沈从文、黄永玉、方略、毛泽东、李时珍、袁隆平、公子常玉、吴晗、痖弦、刘亮程、毕加索、博尔赫斯诸人,也有讽世刺时的,如《湘中风声》《闻湖南某人被双开》《蒸水或蒸水之渣》《祁东梅花》等诗。

诗人用脚步丈量山河,屐痕处处。第五辑"浙中之旅"收录的是诗人2019年6月浙江之旅收获的一组诗:《晨登北高峰》《灵隐寺偶见》《断桥意象》《雨中游兰亭》《青藤书屋》《随金光中老师访鲁迅故居》《钱塘苏小小之墓辩诬》《木心纪念馆包与书》《在乌镇听评弹》《黄亚洲书院帖》《徐志摩纪念馆的太阳花》《西湖的浪漫》《白乐桥1号的笑脸》……诗人"手持一卷《己亥杂诗》/虔诚地寻觅到此,中国人文精神的/一个源头"(《拜谒龚自珍纪念馆》),徜徉在"荷风清芬,漫卷孤山的文脉书香"(《西泠印社的遗憾》)中,探寻隐匿在阴柔美学深处的江南风骨。第七辑"四海八荒",诗人将诗歌的触角从故乡和西部伸向了世界,《台湾清水断崖》《香港尖沙咀一瞥》《广州夜》《海航空姐》《博尔赫斯的时间》《巴黎圣母院》《我爱眉山的三角梅》等诗,以一种异质之美,进一步丰富了地理诗的美学内涵。

甘建华地理诗整体呈现出一种质朴典雅的审美范式和雍容儒雅的精神气质。语言中正、大气、明媚、隽永,节奏平稳、弛缓,如清泉淌涧,不绝如缕。初看好像平淡,沉浸其中,则慢慢生出回甘,譬如《在衡南县城听渔鼓》一诗对瞎子谢昭美的传神描绘,《往陆氏宗祠道间》语言的明媚和欢快,等等,更遑论第四辑"青海在上"中那组精彩纷呈的诗篇。从创作方法上看,甘建华地理诗偏重于传统的现实主义,带有较为浓烈的"60后"诗人的精神印记和艺术印记。

甘建华与衡阳籍台湾现代著名诗人洛夫先生是情谊深笃的同乡和忘年交。第三辑"衡山之南"中的《先生问与说(二首)》《诗魔月饼》等诗,通过洛夫先生的问与说,再现了洛夫先生的音容笑貌和他对故土深沉的爱,抒发了对洛夫先生深挚的悼念之情:"如果你们看到微雨中/漂移过来一朵云/那就是我　化身归来"(《先生问》);"它的诗意和乡愁,如诗魔洛夫的诗回味悠长/……/八月中秋的桂花馥郁中,且在月下恭候/那个笑容可掬的诗翁,自丢了魂的天涯归来"(《诗魔月饼》)……正是基于这样一种真诚的敬意与真挚的友谊,在洛夫先生仙逝后,甘建华主动站了出来,出资出力,四处搜罗,殚精竭虑,为洛夫先生编辑大型纪念文集。从这一义举中,我们不仅看到了一个有情有义的诗人,更看到了一个具有责任感与使命感的诗人!

2019-11-24

(刊于《交通旅游导报》2020-08-08)

从一条唐诗之路中唤出明月

——东方浩诗集《从西陵渡到天台山》简评

东方浩是一位典型的江南诗人。之所以这样说,一是因为他大半生一直生活在江南名城绍兴,二是因为他的诗歌大多书写江南题材,三是因为他的诗歌呈现出鲜明的江南诗歌风格。《从西陵渡到天台山》是东方浩的第九部诗集,收录诗人近年来沿浙东唐诗之路采风而得的140余首诗歌。由于题材的专一性与独特性,这部诗集中,耸峙着江南的奇峰秀峦,氤氲着江南的云气雾岚,流淌着江南的水声鸟声,闪烁着江南的人文遗存,几乎呈现了一个全息的江南,是一部用诗行摄录的江南影像片。

浙东唐诗之路是一条自钱塘江经绍兴,而后经浙东运河、曹娥江至剡溪再达新昌,直至台州天台及温州的诗意之路,是我国继丝绸之路、茶马古道之后的又一条文化古道。诗集按采风路线,共分"西陵潮声""稽山鉴水""东山风云""剡溪两岸""沃洲天姥""天台流韵"六辑。这些诗歌,刻录着诗人流连于浙东唐诗之路,漫溯旧时光,寻觅唐诗之魂,寻找肉体与灵魂安放之所的跫音。正如诗人所言,"所有的寻找/只是为了完成一个曾经的诺言"(《西陵渡》),在寻找中,"多少暗处的事物 一一亮起来"(《安昌的光线》)。

　　浙东唐诗之路,有着优美的自然风景和葳蕤的历史文化,有着灿烂的人文景观和富饶的江南物产。诗人徜徉在山岩、湖溪、河渡和坑坞之间,用脚步丈量浙东唐诗之路的长度,登高山以啸傲,邀明月、清风与同饮,和春燕、鹭鸟、游鱼、野鸭相嬉戏,共天光云影、瀑布松涛而徘徊,沉醉于古道、寺院、牌坊、钓台、书院、驿站、拱桥、台门、作坊、石刻、越剧、刺绣等文化遗存,赏梅、榧、桃、梨、樟、桑等江南物产。诗人凝视着眼前的自然山水和人文景观,发怀古之幽思,兴沧桑之浩叹。

　　浙东唐诗之路,是谢灵运、许询、王勃、李白、孟浩然、王籍、方干、徐霞客等先贤开拓与铺就的一条诗歌之路。诗人追慕先贤高风,神思邈邈:"那年春天/王勃这个彗星一样的诗人/肃立在仙岩溪畔/春风肯定吹动他的衣衫/宽大的袖子/仿佛旗帜在风中起伏"(《仙岩溪畔》);"我知道/归隐山林的许玄度钓的不是鱼/他钓的是清风、明月与闲适/钓的是高古、飘逸和玄谈"(《虚构一场午后的垂钓》);"风中响着四五种鸟的叫声/王籍前辈说/此地动归念"(《在雄鹅峰农家乐》)……在与山水和先哲的对话中,诗人的灵魂得到抚慰。

　　浙东唐诗之路,是一片远离尘嚣、洗涤心扉的净土。古贤们的寄情山水,也引发了诗人对隐逸生活的向往之情。《在钱家岭古道》《这个春天的南山村》《岭顶人家小聚》《秋风中的大佛寺》《楼塔之夜》《夜上乌泥岗》《外婆湾的天空》《在雄鹅峰农家乐》《下马桥前》《在安昌的茶馆喝茶》《金庭观小憩》《五百岗看日出而不遇》等大量诗篇,抒发的就是诗人的这种山水之志:"它的幽静和一尘不染/是城市人的梦"(《在钱家岭古道》);"我已经不再理睬/城市的喧嚣和繁杂/安静的一颗心/听到了从前的跳动与吟哦"(《金庭观小憩》)……

　　诗集最触人心弦、引人共鸣的,是诗人对时光的感伤:"谁的容颜/将在镜中一声叹息"(《铜镜的故事》);"这眼前的祭台/又一次告诉我众多消失的秘密"(《端午,登梅山》);"从一座石桥到另一座石桥/是一个朝代的故事/延续到另一个朝代"(《雨中的安昌》)……这种岁月之叹,在《鹿门书院》《铁陵关遗址》《夜行剡溪岸》等诗篇中,表现得尤为强烈:"有了八百多岁/当初的时光叫宋/那时的流水、清风和明月/有书香、墨香和长吟短歌的香/……/旧时的花格窗和台阶/还有谁/在倚靠/在轻轻移过"(《鹿门书院》)。

诗人凝视万物,感受细腻。譬如:"在目光的高处/一列高速列车呼啸着钻入隧道/我抚着栏杆的手掌/忽然察觉到一丝轻微的颤抖"(《铁路桥遗址》);"苔藓到处蔓延着/它们的表情/跟老人一样的与世无争"(《路过》);"今夜我随手打开一册线装书/就触摸到/西陵渡的波涛/用五言七言的桨声拍我的心跳"(《西陵渡》)。且时以议论点睛,如《又见晋樟》《在书院旧址》《车过马溪》《平阳寺送别》《在大岩岗》《仙岩溪畔》《横板桥村速写》《谢家庄村口》《虚构一场午后的垂钓》《在雄鹅峰农家乐》等诗。

诗集体现了一种呈现的艺术。在诗人笔下,那"漫山遍野的白色花朵是失传多年的对白"的重兴寺,"诵唱的声音/越过了高大的围墙"的桐柏宫,"在这片山林中修行/他们安静肃穆/从不开口说话"的大佛寺,"三个切面/分别指向三个古老的州府和三种乡音"的鞍顶山,"一支支迎亲的队伍/吹吹打打地经过"的廊桥,"耸立在秋风中白的墙/黑的瓦/乌漆的门"的台门,"安静地坐在岸边/一根根渔竿伸向江水"的垂钓者,"祠堂、牌楼和一扇扇紧闭的门/都流露着一样的表情"的古村,等等,都以一种生动而真切的面目,浮雕般从诗行间显现。

诗集抒发了诗人对行走在消逝中的农耕文明的深情礼赞与深挚怀念。《那个身披蓑衣的背影》《老台门堂前》《秋日贺家池》《肖金大有堂台门》《一座古村的最后一个秋天》《秋日走进胡卜村》《沃洲山小住》等诗篇,就萦绕着这样一种沧海桑田的怅惘心绪:"时光的流水/正从远处漫上来/一切注定要消失/那些山冈将成为岛屿/而一千五百年的乡愁要成为水声/夜夜拍岸"(《秋日走进胡卜村》);"那些迁徙的人/像鸟儿一样离开的人/是否还在远方的深夜怀念故园"(《沃洲山小住》)……

诗人近年参加的浙东唐诗之路采风多是群体活动,因此,诗集中跃动着一批采风诗人的身影:"村里的书记带着一群远方的诗人/又一次踏上古道/诗人们列队而行"(《黑风岭小记》);"诗人们整齐地举着手整齐地呐喊/这样一种致敬的姿势/是对古老流水的热爱/是对高山和清澈的感谢"(《龙潭桥上的风景》);"一群诗人/从四面八方赶来/他们的仰望是诗歌的仰望/他们的沉吟是远方的沉吟"(《西白山的风》);"远方的诗人请集合在这棵古老的樟树下/仔细聆听树叶们的声音/这些朴素的叮咛/就是失传已久的经典"(《黄昏时刻的合影》）……

我同时注意到，诗集中有个高频出现的词——"新鲜"，譬如："即使苔藓漫遍每一处岩壁和小径/仍然会有新鲜的脚步/零落响起"（《沃洲山小住》）；"古老的村庄/就要被新鲜的流水深藏起来"（《一座古村的最后一个秋天》）；"一座旧时的书院/露出了许多新鲜的表情"（《风吹贵门山》）……"新鲜"这个关键词，不仅表明诗人拥有类同诗歌《在安山村玉泉堂听越剧唱段》所言"古老的祠堂/传出年轻的音乐"这种从古旧的事物中发现新萌芽的强大发现力，同时也表明了诗人对新生事物的审美偏好与审美追求。

诗集《从西陵渡到天台山》是自然与历史的奏鸣、天地与心灵的交响，流溢着一种缱绻的古典江南情愫，语言清新、柔美、洁雅、大气，具有一种安静的大美。意象古典、造境辽阔，譬如"蛙声即将四起/月光就要照耀群山"（《逆流而上》），"陶里的光芒/闪烁在江南的流水之上"（《在陶里》），"一把二胡的流水/像另一种光芒悠扬流淌"（《刀锋岩》）这类诗句，令人读后齿颊生香。当然，由于收录的是题材单一的采风诗，这部诗集也就难以避免地存在着采风体诗歌的某些局限性，这些也是必须指出的。

2021-07-16

（刊于《交通旅游导报》2022-04-20）

达达诗歌的精神景观与艺术景观

——序达达诗集《光阴诺》

　　和诗人达达已是老兄弟了。这些年,看过他的不少诗。继推出《生活史》《混世记》等六部诗集后,日前他又将近两年创作的诗歌作品,结集为《光阴诺》付梓。一位诗人进入了井喷状态,无论如何,都是值得为其献上掌声的。

　　"光阴诺"这个书名取得甚好。达达诗歌,抒写的正是诗人对光阴的诺言,或者说,是关于光阴、关于日常生活的诗意叙事。作为一名创作体量大、创作趋于成熟、创作状态渐入佳境的诗人,达达诗歌业已形成了一种比较稳固的内在精神结构和比较强韧的艺术呈现方式。

　　生活中的达达,是一个温和、宽厚、善良、诚恳的人。他热爱生活,友善万物;他待人以诚,包容宽厚;他性格内敛,低调谦逊;他细腻敏感,善于发现。这种个性特征,投射到他的诗歌创作中,造就了一种温和兼容、低调贴地、真诚质朴、敏感细腻的诗歌精神景观。

　　达达的诗歌,整体上呈现出一种温和的面貌。不高亢,也不低沉;不锋利,也不绵柔;不喧嚣,也不沉寂;不先锋,也不传统。汇入他的诗歌艺术河流的,既有东方诗歌传统的欢腾小溪,也有西方诗歌艺术的涓涓细流。他以一种平等的视角观照世界,拒绝凌空蹈虚,诗作生活气息浓郁,很接地气。他真诚地对待他人和万事万物,情感质朴而深沉。他积极拥抱生活,敏感而细腻,善于从庸常的生活中发现和提炼诗意。他拥有对生活中的一切进行诗意改造和转换的功力,或者说,生活中的一切在他眼里都是诗意的。由此,他就拥有了取之不尽、用之不竭的题材源泉,这或许就是他的诗歌创作能够持续井喷的秘诀所在。

达达把自己活成了一首诗。在诗歌《疑似夏日》中,他这么说,"多么好,我数过的每一粒星星/都是内心的一座后花园"。正是因为内心拥有这样一座"后花园",他眼中的世界,才充满着诗意。达达属于一种"生活型"诗人,他的诗思诗意,多直接源于真实生活。他对世俗生活有着炽热的眷恋,他说:"到处都是闲散的人群/我和其中一部分人打着招呼/内心早已泪流满面/这世俗的生活啊/我从未像现在这般/无聊地热爱着"(《饭后漫步》);"爱你生活中的琐事和俗事/等于爱遍你人生的角角落落"(《而世事宽阔》)。正如他在诗歌《一个人总须怀着爱心才有幸福感》中所说,"无论怎样/一个人总须怀着爱心/才有幸福感",这是生活给予他的启迪,更是生活对他的馈赠。

达达对生活充满着感恩,他的内心常有小庆幸和小薄喜:"永远在第二天早晨/自然醒来/这是一件多么值得庆贺的事情""享受着醒来的这一切福报/内心因此也常常溢满了/恬静和悲悯"(《醒来》)。在达达诗歌中,日常生活中一切寻常的事件,譬如饮酒、饭后漫步、挤公交车等,一切普通的物事,譬如一床旧棉絮、一把青瓷壶、一只烛台、一台自鸣钟、一把老算盘乃至一块砖头,等等,都能激发他的诗情,引发他的诗思。《爱生活中的那些琐事和俗事》《静物思》《贵门碗窑遗址》《宋代铜钱》《砖石砌筑的人间》这些组诗,就集中展示了达达对生活的感悟力与发现力,以及他对生活的感恩。

达达是个真人,他写的是"真诗",情感质朴而醇酽,真挚而深沉。他笔下的亲情,暖意融融,"进屋,轻轻抖落那一身雨气/父亲笑眯眯跟母亲说:现世宝来了/瞬间,时光闪回童年"(《现世宝》);他笔下的友情,亲密无间,"一生中的某个下午/我们在左口/一起度过上下几千年的慢时光"(《下午,我们一起在左口》);他笔下的爱情,虽质朴无华,却感人至深,"妻子是我的妻子/

像一件贴身内衣穿在身上/有时觉得她紧/我就喊她老婆/有时觉得她松/我就喊她夫人/有时觉得她暖和/我就称她为拙荆/有时觉得她冷冰冰/我就喊她孩子他妈/有时觉得她热火朝天/我就喊她亲爱的贱内/那么多称呼/其实都指向同一个意思/但我觉得还是妻子这个称谓/最动人心弦/妻子啊/每当我于岁月丛深处/含着热泪喊出/那一声双音节名词/我的心底就会腾起一团蓝色火焰/煨暖我们光滑无蔽的共同命运"（《妻子》）。

达达同样把自己深沉的爱,献给了哺育自己的大地。在诗歌《粮食与土地》中,他这样抒写自己对粮食与土地的感恩,"土地下面有土豆/低于萝卜,高于红薯和山药/萝卜大半个身子埋在土里/小半截拱出地面/高度低于花生、蚕豆等小东西/稻谷和麦子/是我们主要的细口粮/通过稻秸与麦秆/米和面高出生养它的土壤约尺半/我们在玉米地青纱帐钻进钻出/玉米苗盖过我们青涩的饥饿/瘦猴般的身体擦碰鲜嫩的玉米棒子/在土地上发育成粮食/喂饱不知饥渴的时间"。

达达的诗歌,也抒发了诗人内心的孤独和岁月之叹。从本质上来说,诗人都是孤独的宠儿。在诗歌《草莓或者玫瑰》中,诗人这样咏叹,"草莓大于玫瑰,孤独大于爱情"。而岁月不居、沧海桑田,更加深了诗人的这种生命孤独感:"只要停下顾盼流连的脚步注意观察/确实:在我们身旁/已淌过多少湍急而匆忙的人流/一如历史总被时间不停地复述并圜转"（《五月的河流》）;"只有这只:吉州窑黑釉木叶纹瓷碗/成为一个幸存者/历经无数次的金、木、水、火、土之变"（《吉州窑黑釉木叶纹瓷碗》）。《过去的岁月纷至沓来》,一声《好久不见》中,包含着多少人生悲欣。往事堪可追忆,生命尚需反思,"我们看不出黎明之前的自我/曾有多少暗黑/也许是光明催生"（《黎明》）。这样的反思投射在孤独中,孤独由此具有了思想的亮色。

精神景观孕育艺术景观。因为精神的包容性,体现在诗人的创作中,万事万物便皆可入诗。达达诗歌包容性强,题材范围广阔:自然、社会、家庭、心灵、童年、少年、青年、壮年、中年,亲情、友情、爱情,人、物、事、情,日常生活、节庆活动、突发事件……乃至生活中的瞬间恍惚,如,"透过窗户,我看见妻正在厨房里忙碌/跟我迷路之前一样/不急不忙,神态平和安详/霎时泪流满面/她不知道,有那么片刻/我在路上曾被靡丽的黑暗裹挟/迷失了方向"

（《乘一辆倒行逆驰的公交车回家》）；甚或明生活背后的暗生活，如，"只有同时目睹过明暗两种生活的人/才清楚秋香妈妈明生活的背后/还有另一块广袤无垠的暗生活"（《暗生活》）。

达达的诗歌，具有一种超强的发现力，譬如，"多么神奇/一个老牌造船厂/也被无孔不入的春天悄悄渗透"（《造船厂的春天》）。他独具一双慧眼，总能一眼看出潜藏在事物深处的秘密，如《淳杨线》，"如此看来，一条安静的公路上/肯定不只我们的车在跑/这些绿色植物/也在疾驶/只是我们看不见/它们所搭乘车辆的隐秘车轮"。他的诗歌，不尚宏大，关注和书写的多是小而普通的人事、物事，就如他在诗歌《雪落玫园》所吟咏的那样，"一些雪落进了狭小的事物"。他擅长从庸常中发现诗意，破译生活的真谛，化腐朽为神奇。他的日常诗歌产量是惊人的。但他的高产，不是一种硬写，都是心灵之泉的自然涨涌，是诗思诗情的自然流露。

达达的诗歌，捕捉精准，语言晓畅，意境显豁，诗风纯正。大多使用白描手法，与生活短兵相接，对世界进行镜像式速写，如《爱生活中的那些琐事与俗事》这类书写日常生活的诗篇，但也有玄想特质浓郁的思维驰骋，如《一条河搁置于窗外》《在宕渠古城延揽新岁月（组诗）》等。创作手法无疑属于现实主义，但也时有"我们在西城门内策马，搭乘一支鸡毛令箭/去时光深处搬运救兵"（《西城门》）这类诗思飘逸的诗句。多书写苍穹之下、大地之上的明媚风物，但也常有"那时我尚未懂得/大象是在努力表演人世间的悲哀"（《大象》）这类指向内心的沉吟。行文肃正端庄，但也有《老子散句》《一枝荷花不出墙》这类诙谐有趣的篇章。形制以短章居多，但也有《在宕渠古城延揽新岁月》这类慷慨雄浑的组章。风格以质朴殊胜，但也有《灵山见（组诗）》这类形质兼美、清风丽韵之作，充分体现了达达诗歌丰富的表现力。

正如达达在诗歌《放牛》中所说，"我放了一千年的牛，终于出道"，诗歌亦然。对诗歌之道的参悟，也只有在坚持书写中方能实现，别无他途。证之于达达，此句可改为"我写了一千余首诗，终于出道"。达达显然已经"出道"，近年来他的诗歌的高产量、高发表量与高获奖量，就是明证。然而，我这样说，并不意味着达达诗歌已然十分完美，相反，我觉得他的诗歌尚有不少欠缺，比如现代性不强，比如他对诗意的萃取标准不是很严格，比如过于平面化,等等。但我同时也深知,创作思维一旦形成定式,要修正不是一件易事。最后我想以一个比喻,对达达诗歌进行一个概括:达达诗歌不是澎湃的大海,也不是奔腾的江河,而是平静的湖泊,远看一平如镜,其实波涛暗涌。

是为序。

2020-07-04

(刊于《千岛湖》2021年第3期)

采采国风,薄言采之

——吕煊《每一株草木都留给我温存(组诗)》导读

吕煊组诗《每一株草木都留给我温存》所收录的基本上是诗人近两年在杭州西湖、西溪及诸暨、天台、富阳等地采风的诗歌作品。采风作品一般都是即兴创作的急就章,很难体现创作者的最高创作水准。不过,对于一位训练有素的创作者而言,读者从其采风作品中,还是能一窥其艺术创作之大致风貌的。于吕煊而言,组诗《每一株草木都留给我温存》未必是他最好的诗歌,然而,其诗歌创作的某些特点,在这组诗歌中,还是体现得比较充分的。

吕煊是一个与大自然关涉甚深的诗人,他的精神世界与大自然中的草木花石、江河湖溪、雾霜雨雪、风云雷电有着高度的契合与谐洽。我曾评述他的诗歌"草木中卧着一柄书生之剑,柔婉中带硬朗之气;又如早春初生之水,柔媚中见出寒瘦"(《草木中卧着一柄书生之剑》)。组诗开头一首《每一株草木都留给我温存》,不仅在整组诗中起着统领作用,也典型地呈现了诗人与自然山水交融的一片草木之心。诗人这样直抒胸臆:"这里的每一滴露珠/我都能道出她们的敞亮和晶莹/在这里/我从一泡茶水里/喝出兰花的香味还有倒茶妹子的野趣之美/我熟悉这一方水土的成色。"他在这方自然山水中,参悟到了生活与生命的哲学:"这里的每一株草木都留给我温存/让我学会敬仰/学会低头。"

诗人都是大自然的宁馨儿,也是自然之美细心与耐心的观察者、谛听者和发现者。在这组诗歌中,诗人多处写到了自己对自然之美的审察、感受与倾情,譬如:"我站在芝麻的白花前/细数远处的流水/平静的湖面　是否抚平谷底暗藏的蛟龙/那些在我们到来时/早就皈依五指山上的布谷鸟/它们神奇的言说/浇灌着这里的植物和水稻"(《布谷村有一面湖像镜子》);"秋天的龙井满眼都是祥和/她铺开一年里充盈的美好"/……/剩下的只有水声和安宁"(《再上龙井村》);"每一次来天台/我都想轻轻地告诉我的亲人/我心里一直翻滚着热爱""我正换上一匹千里马赶来天台"(《天台山醉酒记》)。

如果说自然之美慰藉了诗人的心灵,让他"一直就这样在大禹国的版图里活着"(《庚子年绍兴大禹怀古》),那么隐藏在自然山水之中的历史人文,则更令诗人心旌摇荡。诗歌《边村戏台的斜角望出去就是海》,就浓墨重彩地描绘了隐于山水深处的诸暨边村宗祠建筑的绝代风华:"金黄的高贵　在这里没有躲藏/那些黄金就像文字撒在祠堂里/正中的戏台比黄金更费功夫的/是对过往的精雕细琢/……/戏台上的每一根大梁　每一个皱褶/都有义务承担历史浓郁的包浆/……/一笔一画　彰显昔日的风华。"在诗人看来,正是有了历史人文的托举,"仅从海拔的高度考量/能算是合格"的自然山水,才由此获得了令人景仰的美学高度。

诗歌《庚子年绍兴大禹怀古》是一曲唱给治水英雄大禹的赞歌,诗人用诗行为大禹塑像,刻画大禹的形象与精神。第一节中,"他的衣襟里藏着收拢洪水的宝器/他的手心里握着人间的冷暖"两句,人物外形的简单勾勒,语义双关的扼要评说,对大禹这一历史人物形象进行了高度概括。诗歌第二节将笔触探入笔下人物的内心世界,对大禹的精神世界进行代入式的触摸与体认:"流传于世间的大禹/三过家门而不入/我想他是羞于回家/此刻我理解/一个男人的胸怀/洪水还在/羞于面对膝下的承欢。"至此,大禹的形象立体而鲜明地屹立在读者面前。

与《庚子年绍兴大禹怀古》异曲同工的是《双溪村访罗隐不遇》。诗歌歌咏的是晚唐五代的富阳籍诗人罗隐。诗歌赞叹罗隐"更像是一个长相顽强的词/活在后唐五代/历经了两个朝代植株的变异",继之铺展开一连串的优美想象:"五百多首诗词发出的声音/敲响了这个叫双溪的古村""那个拴过他小船的木桩/也化成了古诗里的一个逗号/那些临水而开的蜡梅/也成了他咏怀的词牌"。诗歌抒写了罗隐"满腹的经纶/岂能一个双溪可以铺展容纳"的旷世才华、"流浪去/行万里路去"的坎坷生平、"十年未中""怒发冲冠"的内心悄怆,以及"简体的中文被压得有些变形"的历史沧桑,对罗隐寄予了深刻的同情,同时表达了追慕罗隐的婉曲情致。

悲悯是人类的一种高尚情感,于诗人、诗歌尤甚。吕煊诗歌,亦处处可见悲悯的闪光。譬如《庚子年仲夏纪事》就是一首悲悯之作,诗人面对在炎炎夏日下辛勤讨生活的快递小哥,发出了"烈日里奔波的 大多是苦役/头顶的阳光背负讨债者的使命"的慨叹。"物种"一词,将人拟物,酸辛的修辞中流溢着诗人对底层劳动者的无尽同情与体认。不言"在楼宇里急促地穿行"而言"在急促的楼宇里穿行",有意的词序错置,不仅成倍地扩充了词义,而且形象地呈现了快递小哥日常生活的场景与背景。"烈日仍在咆哮",比拟大胆而新奇,将夏日之酷热渲染到极致。

吕煊的诗歌多取材于日常生活,擅长从庸常中提炼诗意,如《贴沙河上的鸟》一诗中,"下雨天它们就在河边的树上孤立着/很像从水面突然冒出来的一个个拳头",将孤立于树上的鸟,比作"拳头",这无疑是诗人独到的发现;语言晓畅,诗意显豁,如《同山烧是有名有姓的》,"烧是酒的其中一个兄弟/……/同山烧能让男人更男人"/同山烧能让女人更女人/";大多意象优美、意境雄阔,如"尘埃里的那一声声吆喝/像落在诵经声里的一朵朵梅花/花瓣鲜艳如雪/木鱼声隐逸""国清寺/是天台山的一处地标/一个教派和一棵隋朝的古梅/虚实相间抬高了山门的位置"(《天台山醉酒记》)。

此外,吕煊的诗歌具有浓郁的散文化行文风格与句子成分完整化的行文习惯,由此促成了一种舒徐从容、宛转悠扬的绵长气势。譬如《新登有一条街叫东安》一诗,诗人发思古之悠思、幽思,由东安联想到长安,进而联想起晚唐五代诗人罗隐。起首一句"东安的小是相对西安长安之外的浮名",引燃思维,继而书写贤明山、葛溪等东安山水与葛洪、罗隐等与之相关的历史人物,结穴处遐思飘飞,畅想"归乡的罗隐也定会在日暮之间/在这一条盛唐的路上疾走或停留"。全诗通过"大数据时代的一次有趣的偏航",将读者的思绪,引入对一段历史的无限追思之中。

2021-03-18

（刊于《中国诗人》2021年第2期）

夜夜明月今何在？

——朱文平爱情诗三首赏析

赣鄱游子朱文平，二十世纪九十年代闯海，最终在琼岛打拼出自己的一片天地。他是一名儒商，搏击商海，却永葆诗人本色；他徙居天涯海角，却始终不忘故乡。前瞻与回望，构成了他日常情感的重要两翼。

所有的眷恋，都是对岁月的深情回望、铭记与感恩。朱文平爱情诗三首，抒写的正是这样一个主题。

《月亮升起的时候》是一首形式独异、情感深挚的爱情诗。先谈它的形式，这是一首典型的现代回文诗。众所周知，回文诗多见于古代，且多书写爱情题材，以此营造一种强烈而繁复的抒情效果，现代诗则较少采用回文的形式。诗人于今重拾起这一几乎被遗忘的古老诗歌技艺，反倒令人耳目一新。诗歌自第四节开始，倒着逐句上推，重复着诗歌前三节的内容，从而使得诗歌在形式上犹如蝴蝶展开的双翅，具有对称之美；在节奏上循环复沓，具有韵律之美。再谈它的内容，诗歌幻美清丽，情感炽热。诗人月夜阅读她的来信，面对信封里掉出的黑白照片里的"少女"——那个自己的热恋，他情不能自已，热吻着她的手。"烧焦的蝴蝶"不仅形象地摹状了诗人印在照片上的唇印,更呈现了诗人情感的热烈。"像一截柴梗在信封里燃烧"暗示诗人正在阅读她的来信。"黑白照片"泄露诗人的这段感情发生在他的青年时代。"江南的风""青春的雨季"是诗人故乡的风、青年时代的风,是诗人故乡的雨季、青年时代的雨季。"穿越两个世纪",诗人从二十世纪走到了二十一世纪,从故乡走到了琼岛,从青年走到了中年……凡此种种,证明这是一首追缅青春爱情的怀旧之作。诗歌中,故乡静谧的林荫道与琼岛浪花飞溅的大海之间,江南"青春的雨季"与琼岛"月亮升起"的夜晚之间,能使蝴蝶"烧焦"的吻之炽热与有着"白瓷长颈瓶"美质的"少女"的娴静之间,现实的沉醉与对往事的追忆之间,相互映衬,相互交融,织就一幅甜蜜幻美的爱情图景。

《独白》"隔空相拥"的,一定是一对由于岁月、地域等原因而分开的恋人,而"每一次期许/都是不可抵达的终点"则暗示着爱的悲剧。是故"我"一想起她,就要"朝着莺声柳浪的深处泪流满面",如果能够"隔空相拥","我"不惜"退出"这"碧空如洗"的大海,与她交换小小的"一泓清水"。大海,诗人今日的栖身之地;而"一泓清水",则无疑是诗人早已消隐在时光深处的故乡和青春时期的爱恋。"我将此心托付明月"一句,化用李白诗"我寄愁心与明月",随风直到鄱湖边。"夜夜明月今何在?天涯泛孤舟。"岁月无情,席卷着一切美好绝尘而去。"天不老,情难绝。心似双丝网,终有千千结!"一首十二行的短诗,引发读者无尽的人生感喟。

《匍匐在雪地上》诗义隐晦而暧昧。"打碎"的"那只晶莹剔透的玻璃杯"究竟喻指什么?费人猜疑。所幸"十五的月亮"多少泄露了一些秘密:它肯定与爱情有关。我们循着诗句的蛛丝马迹,做一回诗人情感的侦探,初步可以断定,这是一首抒写与爱妻分隔两地相思之苦的诗歌。诗人因故滞身北国,夜深人静之时,想起了远在南方海岛家中的她——此时的她,也一定在思念着诗人,纵然"觥筹交错",亦难掩亲人不在身旁的孤独寂寞,"嘴角紧抿"——想到这些,更激起了诗人内心的柔情蜜意,无限怜惜涌上心头,"都让我一个人去经历吧/而你与屋顶只需要穿着一袭白衣"。诗歌以"你"呼告,如面对爱人倾诉,情感炽热而真挚。而南海与北国、春风与冬雪、热闹与孤寂、清晨与长夜、静雪与奔涛的比照映衬,为诗歌营造了一种辽旷静谧的艺术时空。

附:朱文平爱情诗三首

◎月亮升起的时候

月亮升起的时候,吻你的手
烧焦的蝴蝶垂落双翅
像一截柴梗在信封里燃烧

江南的风无数次在梦中萦绕
拂过故乡笔直的林荫道
少女从黑白照片里一路走来
抱着一对白瓷长颈瓶

从青春的雨季到异乡之夜
穿越两个世纪的大海
心如礁石。奔腾的浪花飞溅
扑进怀中化成一阵清风

扑进怀中化成一阵清风
心如礁石。奔腾的浪花飞溅
穿越两个世纪的大海
从青春的雨季到异乡之夜

抱着一对白瓷长颈瓶
少女从黑白照片里一路走来
拂过故乡笔直的林荫道
江南的风无数次在梦中萦绕

像一截柴梗在信封里燃烧
烧焦的蝴蝶垂落双翅
月亮升起的时候，吻你的手

◎独白

我更愿意退出它的碧空如洗
环绕这一泓清水与你
隔空相拥。哪怕每一次期许
都是不可抵达的终点
随波逐流是平庸之人的一生
如若放弃注定碌碌无为
那就不要像这样慵懒的午后
朝着莺声柳浪的深处泪流满面
赶在秋声飘落之前
我将此心托付明月
三径旧荒，一片茶叶
秒针般指向层峦叠翠

◎匍匐在雪地上

雪亮晃眼，除了雪白一片
昂起头什么也看不见
森林或者森林中生长的鸟鸣
十五的月亮的长调咏叹
都被那只晶莹剔透的玻璃杯
打碎。盛宴刚刚开始

觥筹交错中是谁的嘴角紧抿

一个雨季，一个人的城市
一场北国异乡杨絮遮眼的春天
和粗线条的日常，在时光里无痕
在长夜中漫漶
那些至暗时刻

都让我一个人去经历吧
而你与屋顶只需要穿着一袭白衣
让月光不再孤单，在清风吹拂下
沿着弯曲静谧的路径
聆听今夜来自大海深处的呢喃
以及清晨林间花树的摩挲

2020-07-23

（载"新华书店好书榜"，2020-12-01）

张执浩《高原上的野花》荐赏

◎张执浩｜高原上的野花

我愿意为任何人生养如此众多的小美女
我愿意将我的祖国搬迁到
这里，在这里，我愿意
做一个永不愤世嫉俗的人
像那条来历不明的小溪
我愿意终日涕泪横流，以此表达
我愿意，我真的愿意
做一个披头散发的老父亲

荐赏——

张执浩这首诗，将野花比作女人，初看似乎修辞老旧，其实不然。一是诗歌的喻体,不是那种传统称谓中的"女人",而是现代称谓中的"小美女",最后更指向了父亲心灵中的"小女儿"。它不再是那种浮泛的陈旧的比喻,而是一种出新的、奇特的、入心的,能令父亲们心弦震颤的比喻。二是对"祖国"一词的别解。在诗人心目中,"祖国"不再是那种大而无当、空泛亢奋的虚幻抒情,而是落实到具体的爱之情境中的亲情场域,这是这首诗的一大"发明"。三是诗歌最后那句"披头散发的老父亲",一个"披发佯狂走"的现代诗人加老父亲的独特形象呼之欲出。诗歌中的"老父亲"形象,是独特的、符合诗人身份的,是恩格斯所说的"这一个"。诗歌之魂在神韵,无论写诗还是读诗,都重神韵。赏读这首诗,必须抓住它独特的神韵。

（载作者新浪博客,2019-06-30）

苏波《窗外的鼓声》荐赏

◎苏　波｜窗外的鼓声

黄昏渴望某种宁静，那缓慢编织的星群

一种铺开，有手温的熨烫

而窗外的鼓声响起，它击碎了宁静

并残暴地将其践踏

众多的人，在广场上击鼓

他们把一种统一的意志，变成鼓声

散乱的鼓点，努力往一起敲

众多的人，众多的鼓点

被黄昏的帷幕遮住，黑暗与光奇妙的魔术

散乱的、尽情的鼓声，逐渐变成一个

那楔入身体的暴力，一枚枚钉子

拔不出来的痛,在钉子的锈蚀里

你被钉子押解着,成为黄昏的人质

而一本书正摊开着,期待被翻阅

像遥远的星群的抵押与供述

荐赏——

苏波诗歌是一种"重诗歌"。他的诗歌之"重",主要体现为色调之重、思想之重与灵魂之重。在后工业化时代,他承继了嵇康的古老手艺,将日常生活放置于诗歌艺术的铁砧上,锻造心中的利刃。

苏波的诗歌风格,可用这样三个短语来概括:沉重的底色、巨大的隐喻、深刻的思想。苏波是一个思考型诗人。这一特征,赋予他的诗歌以一种沉重、灼痛而忧伤的生命底色。他的诗歌,密集着一种远重于轻薄的黎明之光的暮晚铅云这一类意象,暗重、斑驳、幽晦、繁复,以此镜像现实的幽暗、荒谬、沉重与冷酷,鞭笞外部暴力强加于生命的戕害,抒写诗人对强行植入的拒斥与叛离,以及对人生信念的坚守,极具生命的痛感。从艺术上看,他的诗歌实验性浓郁,多采用隐喻、象征的手法,表现诗人与世界的对峙、与自我的对峙和与语言的对峙,体现出一种深刻的思想性。

《窗外的鼓声》这首诗在一个自足的艺术闭环中,让"暴力"再一次尽情表演。"击碎""残暴""践踏",暴力的登场,总是这样的不可一世,这不足为怪。让人感到恐怖、不寒而栗的是,这一暴力,来自一个由普通大众组成的群体:"众多的人,在广场上击鼓/他们把一种统一的意志,变成鼓声""散乱的、尽情的鼓声,逐渐变成一个""那楔入身体的暴力,一枚枚钉子/拔不出来的痛""你被钉子押解着,成为黄昏的人质"。这使我不由得想起古斯塔夫·勒庞的《乌合之众》,当众声喧哗被统一为一个声音,当群体狂热丧失理性,等待我们的将会是什么,答案不言而喻。

一首好的诗,必然是一种既有艺术担当,又有人生担当、社会担当的诗,苏波这首《窗外的鼓声》很好地诠释了这一点。当然,揣测这首诗的写作缘起,可能是诗人腹诽于大妈们跳广场舞干扰了自己黄昏读书,但其深层含义,却值得我们每一个人深思。

2019-11-20

（收录于《雅士诗文 2020 年卷》,中国民族文化出版社）

周小波《天空之眼》荐赏

◎周小波｜天空之眼——记磐安玻璃桥

阳光，一团潮湿的萤火
端坐在天空之眼
在灵江源上，在众神的山之巅
此时把它假设成上帝的眼
一滴泪悬停在眼眶

即使站在高点
定制一段补丁来掩饰对高处的恐惧
来掩饰内心最低的害怕
一个世界级的恐怖故事在续篇
在吞噬

锈了的关节旗杆一样咔咔作响

无法到达山顶

无法踩着天空，把毛骨悚然当作翅膀

无法摸索到佛祖或上帝脚下

来祈祷

风背负着灵魂的十字架，让良知生疼

人类很脆弱

说改变世界，是一张无期空头支票

一颗小小的病毒

就让一座宇宙的码头摇晃

可惜，天空之眼只是一座桥

放不下一句真话，或者一滴泪

赏读——

　　周小波诗歌的艺术谱系属于性灵一脉。他的诗歌，本乎性灵，率性不羁，空灵跳脱，俏皮幽默，部分诗作内容香艳，带有"身体写作"的某种烙印，却不以展示身体器官为旨归，而是借此达成一种妙趣横生的艺术表达效果，与积习成俗的"身体写作"严格区别开来。他的诗歌，题材信手拈来，格调洒脱妖娆，内容出人意料，造语老辣凝练，带给读者的，多为一种轻松欢快的审美愉悦。

　　然而这首《天空之眼》，与诗人的其他诗作相比，却少见地多了一分凝重，显示出不一样的特质。它依然在进行"身体写作"，然而，这次出现在诗歌中的身体，不再是一种戏谑的对象，而是一种充满痛感的生命体悟。

　　首节诗歌将山巅之上的玻璃桥比作灵异的眼睛，将潮湿的日轮比作眼眶里的一滴泪，魔幻、荒诞、玄秘、新颖。玻璃桥与眼眸都晶莹剔透，诗人基于二者的这一共同点，将二者建立起联系。第二节诗歌中，"一段补丁"是一个精彩的比喻,意指玻璃桥是在陡峭的恐惧中蓦然出现的一块平展的安全地。"世界级的恐怖故事"即言玻璃桥给诗人内心带来的恐惧感。"站在高点"与"最低的害怕",对照中增强了诗歌的张力。

第三节诗歌,"锈了的关节旗杆一样咔咔作响"这一句,可以作一般意义上的理解,即言自己年纪大了,关节也不灵便了。但其实诗人在这里更是一种写实。因为体内疾患,诗人无法攀越至山巅,无法让自己旗帜一样在山巅招展。这是一种"身体书写":来自身体的疼痛,给诗人带来了一种真实的生命痛楚和无奈,当然,读者更从中读到了一种豁达和泰然。

第四节诗歌,将诗境由眼前的玻璃桥拓展到山外的世界,由关心自身命运,拓展到关心人类的命运,写出了诗人灵魂的自警与反思。"一颗小小的病毒/就让一座宇宙的码头摇晃",既发人深省,又是对"桥"这一意象的进一步关联推进。

结句从悠悠思绪中回到现实,诗人的无奈与痛惜,跃然纸上,余音袅袅。

2020-07-24

（收录于《雅士诗文 2020 年卷》,中国民族文化出版社）

悬崖上的蝙蝠
——寿劲草《或许蝙蝠》荐赏

◎寿劲草｜或许蝙蝠

蝙蝠停在
它自身的黑暗里
它的周围
都是它

那么多蝙蝠
互为替身
加深悬崖的颜色
飞行犹如
有声音的乌云

唯有这双翅膀

背不动阳光

它有一黑到底的耐心

有理论上的洞穴

供它安眠

蝙蝠穿着夜行衣

与人世保持

修辞上的一致

它也以为，它的翅膀

与天使一致

没有理由反驳

你丢掉的落日不止一个

你的羞愧短缺

仍以白云的姿态

向月亮劝酒

荐赏——

诗人寿劲草的这首短诗显示了诗人诗歌艺术的圆熟。它简洁、凝练、幽峭、蕴藉，在诸多同题材诗篇中，以一种浓墨重彩、酣畅渲染的表现手法，一种由强烈的主观感受对客体对象发起的强势审美观照所带来的浓郁现代主义特质见长。

诗歌描绘了一帧"黄昏蝙蝠图"，而写蝙蝠的"黑暗"。诗歌一开篇即以蝙蝠为原点，铺设了三个递进的诗境：蝙蝠、它自身的黑暗、它的周围。一层诗境比一层诗境大，一层黑暗紧裹着一层黑暗。"蝙蝠停在/它自身的黑暗里/它的周围都是它"，极富哲学意味的句子，确立了诗歌的调性。第二节诗歌继续渲染蝙蝠的黑暗："那么多蝙蝠/互为替身/加深悬崖的颜色/飞行犹如/有声音的乌云。"众多的蝙蝠，不仅加深了悬崖的黑暗，也让我们从中听到了时光悄然流逝的脚步声。第三节诗歌中,"唯有这双翅膀/背不动阳光",暗示时间正值黄昏。"它有一黑到底的耐心",拟人化的写法,将蝙蝠之"黑暗"渲染到极致。诗歌第四节,"蝙蝠穿着夜行衣/与人世保持/修辞上的一致"一句,暗藏批判的机锋。"它也以为,它的翅膀/与天使一致",既写蝙蝠的外形特征,也反讽蝙蝠被人类视若恶魔的现实。最后一节诗歌,由客体回到抒情主体。面对消失在蝙蝠黑色帆翼下的落日,诗人不由自主地为自己虚度时光而羞愧。然而,诗人最终并没有畏惧于黑暗的强大,而是依然向往光明,"仍以白云的姿态/向月亮劝酒"。

诗歌中,"理论上的洞穴""修辞上的一致"两句,赋予诗歌以知识分子写作的属性与品位。而结尾处的"白云"与"月亮",为黑暗的夜空,带来了亮色,也使整首诗歌由此具有光亮与温情。

2020-08-15

(收录于《雅士诗文2020年卷》,中国民族文化出版社)

东方浩《割草机》荐赏

◎东方浩｜割草机

割草机轰鸣着从青草们头顶
掠过

那个工人从草坪的边缘慢慢地走过
长柄割草机　晃悠着

刀片飞转　巨风狂吹
恐怖的感觉　四处蔓延

这个工人其实不割草
他只是用大风吹出草丛里的落叶

哦 空气里没有青草粉碎时刻的气息
但空气里布满了青草们的惊恐

割草机轰鸣着从头顶反复掠过时
青草呀 我不知道你们是如何摁住狂奔的心跳

荐赏——

东方浩诗歌多简丽温婉、恬淡空明,偏重于一种典型的江南诗歌书写,然而这首《割草机》,却一反诗人平素的诗风,以一种强烈的现代性特质,令人灵魂战栗。诗歌撷取的是日常生活中一个普通的劳动场景:一个割草工人,操弄着割草机,用刀片旋起的大风,清理草丛中的落叶。然而这在诗人看来,它给青草带来的惊恐,远甚于遭受割刈。诗歌以一种对小草命运的代入式深刻体认,给读者留下无穷的想象空间与思考空间。

"割草机轰鸣着从青草们头顶/掠过",首节写实,"轰鸣着""掠过",渲染了掌握着生杀大权的"割草机"的威风。将"割草机"有意置于操作者"那个工人"之前,突出和强化了"割草机"的暴虐。第三节诗歌"刀片飞转 巨风狂吹/恐怖的感觉 四处蔓延",极写"割草机"带来的恐怖气息。第四节诗歌出人意料的一个逆转,交代这次"这个工人其实不割草/他只是用大风吹出草丛里的落叶"。第五、第六节诗歌,写尽管青草没有被"粉碎",但它们内心的"惊恐",一定不轻于粉身碎骨。

诗歌体现了诗人在艺术结构上的苦心孤诣。一是逆转。第四节是关键句,是标志诗歌发生逆转的"秦岭—淮河"。逆转造成了诗歌的巨大张力。二是强弱相间、起落有致的节奏安排。诗歌第一节"轰鸣着""掠过",第二节"慢慢""晃悠",第三节"飞转""狂吹",第四节"其实""只是",节奏上明显呈现强(起)—弱(落)—强(起)—弱(落)的变化,带来了诗歌的跌宕起伏。三是前后照应、回环往复。首节与末节,在艺术上形成一个闭环,锁定了诗歌的内核。

诗歌在艺术构思上的最大特点,是象征与隐喻手法的运用。象征与隐喻,带来了这首诗歌思想上的现代性,因而使得诗歌意味深长。在时代语境中,"割草机",就是整齐划一的代名词。在"割草机"的淫威下,一切独特的思想与行为,都将像青草一样遭受被割刈的命运。而最大的恐怖不是被割刈,而是"割草机"高悬于头颅之上却迟迟不落下。这对于"青草"来说,承受的则不仅是惊恐,更是一种戏弄和凌辱。正是从这一意义上来说,高悬在头顶的"割草机",寓意丰富而深刻,具有成为经典意象的可能,一如英国现代诗人菲利普·拉金的《割草机》。

2020-07-18

(载作者新浪博客,2020-07-18)

王伟卫《秋月，在今夜静等我的发落》荐赏

◎王伟卫｜秋月，在今夜静等我的发落

风声鹤唳之前
草的锯齿已露出锋芒。谁在慌乱
那些细碎，一直收拾不完
而流水，不懂出嫁之美

月光均匀的银两，已从繁华
贬值。桂花吐出的香，石臼含在嘴里
一颗坏牙，还有守军三千

我记得的润物无声，悄然隐退
昨夜，电闪雷鸣

一个懂得爱恨交加的人,总有渡不完的

劫难

秋月,在今夜静等我的发落

如一颗松果滚落崖边

我拒绝!秋月将我砌入四楼之上的梦境

似墙角的虫鸣褪下袈裟

我们不再谈离别

只论记忆的楼底,那井中一轮秋月

也总有太多意外

抱着深锁的蛟龙呜咽

荐赏——

　　王伟卫的诗歌,跳动着一种幽微的光芒,细腻、精微、节制、凛冽,似草尖上的月色,又似刀刃上的寒光;是自然的光影,更是人性的光华。他的诗歌,在处理自然物象与心象的互映与融洽上,显示出不动声色却入木三分的功力。诗歌前两节,紧紧扣住季节特征状景:时转初秋,凉风渐起,草木欲凋,流水势衰,月光轻薄,桂香浮动。"风声鹤唳之前/草的锯齿已露出锋芒。"此句横空出世,先声夺人。"草的锯齿已露出锋芒",准确而传神地勾勒了秋风乍起时草之形态。"谁在慌乱",时光在慌乱!大地尚未充分展露春之繁华、夏之葳蕤,秋天就开始降临了,焉能不慌乱?焉能不手足无措?慌乱的除了草木,还有人,虚度时光的人!"那些细碎,一直收拾不完",大地来不及收藏起所有的珍宝,转眼就有可能被秋风尽数搜刮而去。"流水,不懂出嫁之美",秋天来了,流水开始变瘦,水势减弱,再也流不向远方,如一个不肯外嫁的女子。"月光均匀的银两,已从繁华/贬值",天气转凉,天空中的月光也变得寒薄了。"桂花吐出的香,石臼含在嘴里/一颗坏牙,还有守军三千",将缺损的石臼比作人的一颗坏牙,简直是一个神比喻!"守军三千",说的是为捍卫桂花的芬芳,石臼在秋风的进攻面前,不屈地坚守。前两节诗歌,风声、衰草、流水、月光、桂花、石臼这些物象次第呈现,叠映成一幅朦胧唯美的初秋图。后三节,抒情主体"我"出场:春天消逝,令人怅然;爱恨情仇,劫波难渡;秋月临照,彻夜难眠;往事深锁,欲说还休。这三节诗歌由景到人,由对往事的追忆回到现实场景,镜头从室外大地收缩到室内,从夜空探向井底,交织成一个旷寂幽微的艺术时空,浑如一首宋代秦观的词。从这灵魂的夜场里,我们似乎听到了秋风逐渐转唳的呼啸。

2020-07-04

(收录于《雅士诗文2020年卷》,中国民族文化出版社)

许春波《散乱记录之一》荐赏

◎许春波｜散乱记录之一

活着

长长短短

这些轨迹，被踩踏出来了

向远处延伸

来不知来去不知去

低着头走完，就是胜利

平等

借助别人，看出自己的

幸与不幸

所有人都戴着口罩

睁大眼睛,还是辨认不出

谁是更高贵的,那一个

教训

所有的教训,排列起来

超过了,生命的长度

无非是,遗忘的速率

越来越快

荐赏——

诗人许春波是一个生命的思考者。他先前创作的大量禅诗,就是他钟情于生命哲学追问的证词。这组截句,同样体现了他对生命进行的深度思考。诗人将生命置于灾难、疾病背景下去重新观照、重新探寻生命的真谛。六首小诗,呈现三个思考层面:《活着》展示人类在灾难面前的脆弱与渺小;《平等》揭示所有生命在旷世大灾难面前都是平等的,没有人能独善其身;《教训》呈现反思与批判的锋芒,警示人类若不懂得敬畏,不善于吸取教训,必将给自己招致更大祸殃。整组诗歌因强烈的现实主义精神而显得意味深长。

2020-11-06

(载作者新浪博客,2020-03-10)

警官本色是诗人

——序徐卫君诗集《承泽》

　　诗人徐卫君，人唤"大卫"，行伍出身，职业警察，浙江衢州开化人氏。一个从事写作的男人，出版的第一部作品集以女儿的名字作为书名，第二部作品集将妻子的名字嵌入书名中，第三部作品集又以幼子的名字作为书名，这样深情的男子，我见过，但不多；这样做的男子，则绝无仅有——至少之前我没有见过。

　　初识大卫，是在几年前朋友组的一个饭局上。不过那天晚上除收获他赠阅的一部诗集外，对他的印象并不深。因为那晚他正患重度感冒，滴酒不沾。真正让我对他印象深刻，且引以为兄弟的，是此后不久，省作协组织我们去开化采风。他得知消息后，连夜驱车几十公里，从县城赶到我们下榻的民宿请我吃夜宵。那晚我俩就着那种下端装有龙头的大玻璃瓶，也不知喝了多少杯浸泡白酒，我酩酊大醉，他却啥事没有。那一次，我见识了他的情谊与酒量。

　　大卫其人，豪迈、赤诚、深情、顽强；其诗，刚健、质朴、浅近、晓畅。承泽是大卫的二孩，《承泽》是他以幼子名字命名的诗集。诗集共分四辑，第一辑

"红其拉甫",书写生命屐痕;第二辑"父亲节",书写伦理亲情;第三辑"肾结石",书写灵魂疼痛;第四辑"冬泳"书写人生意志。这是一部深深浸淫着生命意识、生命元气充沛的诗集,诗人的阳刚与豪迈、赤诚与粗犷、坚韧与顽强、多情与深情,几近全息地呈现于晓畅而炽热的诗行中,是一部个体生命的"大风歌"。

大卫的诗歌,是真正男人的诗歌。他的日常生活,主要包括警事、诗事、酒事与泳事。这是大卫的肉体之舞,也是他的灵魂之歌。

大卫诗歌的第一个关键词是"豪迈"。"军旅十五载,警营十四年"(《思乡》);"二十七年的金戈,军营和警队"(《住院杂谈》)。生活,铸就了诗人豪迈的性情。"好想拥着你说些悄悄话/生存压力山大/面包被雨滴溅湿/天地只有两杜那么宽/杜康与杜甫,男人的释怀/好酒与长诗。"(《两杜》)这几行诗看似表达的是一种低沉、无助、无奈和抑郁的情感,其实是一种"伪装"——生活中的大卫极少表现出这种精神状态,他始终是乐观而豪迈的——不过这倒也真实透露了大卫对酒与诗的钟爱。酒事与诗事,构成了大卫日常生活的重要两翼。大卫不光喝酒豪迈、诗风豪迈,朗诵诗歌时也有着一种豪迈的气概,这些都构成了大卫的个人魅力,也是朋友们喜欢和他交往的主要原因。

大卫诗歌的第二个关键词是"赤诚"。作为一名退役军人和公安干警,他的赤诚,毫无疑义地首先表现在对祖国与人民的忠贞情感上。青年时期从军,退役不久成为一名警官,又一度奉命调往南疆,三段特殊的人生经历,都在他的生命和诗歌中留下了难以磨灭的印记:

"解甲归田十几载,梦里梦外依旧是/嘹亮的军号"(《再梦一回》)——这是大卫对军营生活的追忆。

"一只鹰在天空翱翔/拽住他的永远是故乡"(《昨天 今天》)——这是大卫对故乡的思恋。

"隐约有南疆的声音传来/蓦然回眸,快一年了/梦里依稀还有博格尔峰的大雪/还有刀光剑影一跃而过/结果,无论怎样/南方的夏日/响起了驼铃声,声声如梦"(《结果》);"这座古城,一眼就让眼眶注满了泪水/……/有一种痛/肆无忌惮地撕碎了这个秋天"(《辞别喀什》);"三个月,一个人独行在神奇的新疆/大地上的羊群和蓝天白云折射出纯洁的光/昆仑在南,阿尔泰在北,留住天山的记忆/此刻,伟大的祖国和亲人共同/把我这颗年近半百的心安放在温暖的人间"(《思乡》)——这是大卫留在南疆的热恋。

"身上的警服,是我们向社会的庄严承诺/警徽铮亮,那是我们忠诚的心/……/我们,用满腔热血书写着坚守和从容/这就是你我,人民公安"(《你我》)——这是一名武警战士对祖国和人民的赤胆忠心。

大卫的思恋如一只织梭,在故乡与南疆之间来回穿行,编织着对祖国与人民的赤诚之爱:"江南,西域,一万里路奔驰/似有一缕青丝,唇间留香"(《归去》)。他的诗歌,不仅抒写了自己的赤诚之心,在《儿子,妈来看你了》《接警台》《献血》《打靶》《向老兵致敬》《我们必须赢》等诗篇中,也呈现了武警群体对祖国与人民的热爱与忠诚。

大卫诗歌的第三个关键词是"深情"。这种深情,不独体现在他对昔年军营的魂牵梦萦,不独体现在他奉命守护南疆时对故乡的悠悠思念,不独体现在他返回故乡后对南疆的铭心刻骨,不独体现在他对祖国和人民的忠贞不二,同样体现在他对家人的挚爱与呵护上。他的笔下,流溢着日常生活中天伦之乐的温馨与陶醉:"年近半百,体悟到幸福的时光不多/这个夜晚,在乡下老家/古稀之年的父亲,牙牙学语的儿子/静坐在月光下的红豆杉与竹柏里/辨认着:北极星和北斗七星/似乎看到,父亲在寻觅/四十多年前他和我的影子/藏在岁月某一个角落里的幸福"(《简单》);"多么渴望这一刻成为永恒/每一次回乡都能找到四世同堂的赞歌"(《回乡偶书》)……

"无情未必真豪杰,怜子如何不丈夫!"大卫是一个深情的父亲,从《洗衣服的丫头》《夜晚的陪伴》《女儿是最好的诗》《思念》《女儿的生日》《女儿》等写给女儿的诗篇中,我们不难体会他的舐犊情深:"你的笑靥染绿了这湾清澈/占据了我眼眸里唯一的色彩"(《女儿是最好的诗》);"又是一个月,丫头,我想你啦/我在西域与江南的旅程中放逐思念"(《思念》);"最美的相约,是每个夜晚的陪伴/……/这个夜晚的幸福,触手可及/我的眼眸已醉,女儿/……/抵达季节深处的,是你的笑/灿烂地温暖着我的心房"(《女儿的生日》)……

而《你把天空叫亮了》《亲情》《窗内窗外》《靠近》《昨天　今天》《告别》《携子归乡》《静思》《父亲节》等专为幼子而写的诗篇,更是体现了一位二孩的中年父亲的无比喜悦,以及"俯首甘为孺子牛"的慈父之爱——

> 你的第一声啼哭把天空叫亮了
>
> 把西湖叫得微波荡漾,缤纷多彩
>
> 初一放学的姐姐被叫得不知所措
>
> 欢迎你,亲爱的弟弟
>
> 视频述说着由衷的喜悦
>
> 你把母亲的心叫软了
>
> 把爷爷奶奶的皱纹叫出了笑声
>
> 把外婆叫出了吴越腔调
>
> 儿啊! 你惊醒了小桥流水的村庄
>
> 你叫出了我和你母亲的青春
>
> 中年得子,唯有奋发,开拓创新
>
> 给你一个阳光明媚的江南
>
> 你看,你小小的脚丫轻触人间
>
> 这么多年的等待,就在西湖之畔
>
> 你让我们拥有了整个天堂
>
> ——《你把天空叫亮了》

　　这样的父爱我们都是能够感同身受的。只是难以置信,像大卫这样一个外表粗犷的男人,竟然也能柔情似水:"你的童音和瞭望世界清澈的目光/让天空、山川和这个农家小院亮起了光/……/时光稍纵即逝,拥有的就是幸福/承泽,来,到爸爸的背上:骑马"(《父亲节》);"爱了很久,世界突然多了一个声音/啼哭,也充满了幸福的话题/多么真实的人生,星空选择驰骋/幻想未来的饱满/山村苍茫,血脉延伸"(《静思》)。唯一的解释,当然只有一个字:"爱!"因此,当他这样向我们发出邀请——"话说中年得子,真的不知所措/众位亲,请你喝杯酒/……/弱弱地问一句:亲,你和家人有空来吗"(《亲,请你喝一杯》),我们除了答以"有空""一定去"外,还能怎么回答?
　　大卫除了是一个父亲,还是一个孙子、一个外孙、一个儿子和一个丈夫。

在《奶奶的果园》《奶奶走了》《外婆没了》《老外公》《父亲的手》《今天是你的生日》等献给奶奶、外婆、外公、父亲和妻子的诗篇中,我们同样能读出他沉默而深沉的爱。

大卫诗歌的第四个关键词是"顽强"。大卫是一个具有顽强人生意志的人。诗集第四辑"冬泳"收录的诗篇,即是他这种顽强人生意志的写照。我以前经常在他的微信朋友圈中,看见他晒出的冬泳照片:数九寒天,他穿着泳裤,裸露着铁塔似的上身,或畅游于江河之中,或双手撑腰立于岸边,向天地昭示一种勇士的信念与顽强。

那是诗!——"宽衣,纵身入水/心情释放,鱼一样忙碌/挥洒,摇摆/……/水天一色,畅游百年光阴/一颗有梦的心/永远不老"(《忙碌与慢生活》);"天气开始冷了/把一条江游进我的胸膛"(《天气冷了》);"腾空一跃/钱江源就是你的诗和远方"(《生命》)……

那是歌!——"不屈的灵魂,一次次绽放/自由冰,蛙泳,蝶泳,仰泳/点燃冲锋的号角,直刺云霄"(《生命》);"看,是探索者追寻生命的步伐/是勇士的精神刺破长空的奥秘"(《畅游姚家源》);"绝不退缩,寒风肆虐怒放/战栗的皮肤迎风呐喊/勇士无敌"(《冬泳》)……

那是舞!——"纵身一跃,江河涓涓,细流尽入心来/指尖脚尖轻盈地拨动每一份力量/追逐蓄谋已久的刺冷/除了风雨,只有青山为我鼓掌"(《小寒》);"习惯于一个人独自挥舞双臂/水流湍急,从呼吸中掏出勇气/……/手臂激起透明而婆娑的舞蹈"(《结果》);"太阳从钱江源的地平线上升起/阳光在水中与我一起翩翩起舞"(《拥抱每一天》)……

大卫不仅自己长年坚持冬泳,而且将女儿培养成了"芹江之王"。面对这样一条"身体里装着信仰的鱼"(《健康的密码》),我们不得不像他一样发出感叹:"这是怎样的一种激情和豪迈/……/苍穹之下的拼搏,叙写何等的壮志。"(《健康无处不在》)

大卫诗歌,亦以风物、风光、风景、风情描写见长。他屐痕处处,从江南到南疆,具有一种辽旷的人生视域和诗歌时空。"浙赣皖省界与杭州,这么近的距离/我转了两年,从西域到江南/差点把炊烟看成黄沙/差点把乡愁遗落在雪山之巅"(《这么近的距离》)。在他笔下,既有江南的旖旎,亦有西域的苍凉。他辗转于开化、衢州、永嘉、龙门、天台、武夷山、淳安、嵊泗、杭州、三清山等地,浸淫于江南的四季风情与历史人文中;他驰骋在红其拉甫、昆仑山、阿尔泰山、喀什、乌鲁木齐之间,醉心于塞北的风光、物候与气象。在他笔下,《大海如此辽阔》,而"在南疆,秋月就是一场厮杀"(《秋月》)——

> 我慕名而来,红其拉甫
>
> 您以令人心颤的蓝,触摸我的卑微
>
> 慕士塔格峰布满慈悲与宽容
>
> 在阳光下温柔成一条天河
>
> 凝聚成九曲十八弯的塔什库尔干
>
> 那种无限扩大的悲悯
>
> 生命的痕迹淹没在荒芜的天际
>
> 雪山草原衔接起喀拉库勒湖,白沙湖
>
> 冰山下的来客叙说着牛羊驼马的苍凉
>
> 那些过往的时空
>
> 时而飞絮,时而疾风骤雨
>
> 道不尽多少沉浮的王朝
>
> 譬如这只飞翔的鹰
>
> 桀骜,淡漠,与天共舞
>
> 英雄也罢,美人也罢
>
> 金草滩如泣如诉,那一声声驼铃
>
> 犹在两千多年前的石头城深处响起
>
> 席地而坐,焚香论画听禅
>
> 且把这千万年的孤独与寂寞一饮而尽

——《红其拉甫》

这是大卫书写南疆的一首代表作。诗歌以一种苍茫深邃的生命意识、历史意识和自然意识,一种浩瀚盛大的悲悯情怀,一种辽阔悲远的艺术时空,以及一种刚健峭拔的诗歌语言,谱写了一曲西域赞歌。

此外,大卫还有部分书写灵肉疼痛、缅怀已逝故人、感喟生命真相、道尽中年况味的诗篇,如《手之殇》《肾结石》《老家休养》《你的离去是一场骗局》等等。譬如:"躯壳在辗转,疼痛像一张薄纸/捅破了人到中年的斑驳,无奈/三厘米的一颗金丹/修炼的道场选错了地方(《肾结石》)……"

大卫诗歌的最大优点是情感真挚质朴,诗意显豁晓畅;致命弱点是情大于艺,诗歌面貌总体上偏于陈旧,叙事过于平实,抒情过于直白,等等,这些,都需要他在今后的创作中不断进行修正。

是为序。

2020-11-01

(刊于《衢州日报》2020-12-28)

生命契约的欠债人与清偿者

——赖子诗歌述评

　　诗人都是与生命签订了契约的欠债人与清偿者。欠亲人之债,欠自然之债,欠诗歌之债,同时,也欠自己之债。因为欠债,所以负疚,所以自责,所以反思,所以感恩,所以觉醒,所以精进。由是,他们的诗歌,才具有了生命的脉息和温度,才焕发出艺术的神采与光华。

　　近日系统地研读了"70后"诗人赖子2017年之后创作的诗歌作品,我强烈地感受到,赖子是一个有着清醒的生命债权债务意识的诗歌书写者,是一个对生命怀有敬畏、悲悯、感恩和热爱之心,对人生和艺术有着责任担当的虔诚的缪斯信徒。

　　人都是带着各种债务来到人间的,欠债、追债、清偿,是每个人的生命常态。清偿各种债务,特别是感情债,是人与生命签订的终身契约。赖子很多诗歌,都表现了一种强烈的欠债与偿债意识,譬如:"家庙里,斑驳着各路神通/面容模糊/像是此生追债的人"(《赖家村》);"想起今生欠下那么多债/日子弯曲/一坡的花香滑了下来"(《花香滑落》);"不要称我,老赖/隐与显,祖辈们都已经历/这么多年,我也在找/自己,以及欠债的人"(《村庄传》);"债务越来越重/此生难以偿还"(《斜坡》)。正是因为心存欠债意识,所以他才"深深负疚"(《回乡寄怀》),秉持一颗感恩之心、一片诚恳之情与一种勤勉之行,努力清偿,因为只有这样,才"不怕被追债的人跟踪"(《当我两手空空》)。了解了这一点,我们就能很好地理解赖子诗歌所浸淫的深沉情愫。

赖子的诗歌从内容上看,多取材于身边的日常生活与风光景致。赖子不是一个生活在高处和远处的幻想型诗人,而是一个关注现实生活、关注内心,对身边世界默默进行打量、琢磨和美学塑形的现实型诗人。赖子工作于衢州开化的"根宫佛国",生活中的他,性格沉静内敛,一副好脾气。诗如其人,他的诗也萦绕着一股静气。他就像根雕园里的一名雕刻师,伫立在生活的巨根之侧,眯缝着眼睛,对眼前的素材,认真进行观察、揣摩、感受和想象,因势象形,将自己的一腔情愫和美学追求,倾注到他的作品中去。

赖子的诗歌以一种异常敏锐的艺术感受力和善待众生的悲悯情怀,温情地触摸和感受身边的人事与物事。在他笔下,既有对日常生活的全息呈现,也有对自然景物的细致描绘;既有对家居生活的炽情书写,也有对旅途风光的倾情镜像;既有对物质生活的热情投入,也有对精神生活的执着追求;既有岁月静好的笃定与安详,也有时不我待的伤情与恍惚;既有对家人的一往而情深,也有对社会底层人物的悲悯与共情;既有对生活的热爱和赞美,也有对不堪现实的谴责与批判;既多本乎心、发乎情之作,也有少数应时、应景之诗。

赖子诗歌的偿债意识,首先体现在对亲人的感恩、挚爱与呵护。书写亲情的作品,在他的诗歌中不仅占比很高,更浓缩了他深沉而热烈的人子、人夫与人父三大情愫——

在《闻香识人》《拉风的人》《晚霞,绚丽至死》《父亲赶上土葬》《承继》等诗篇中,诗人这样倾诉对已逝父亲的忏悔、思念与祈愿:"我不能原谅自己的无知/与鲁莽/晚霞,绚丽至极/父亲,我们从此视而不见"(《晚霞,绚丽至死》);"这都是命,命中有定数/是驴,是骡/是我地下的父亲/幸好还有副完整的骨架/此后/把整座山扛在肩上"(《父亲赶上土葬》);"有时想想,你爷俩挺好/有了照应/茶园之上,天高云淡/两支香烟,渐次明灭"(《承继》)……

在《入院》《病中的母亲》《卧床的妈妈》《尘埃之欢》等诗篇中,诗人这样抒发对患病的老母亲的心疼、自责与担忧："幽暗的走廊传来/医生急促的脚步声/像雨滴答床板/浸湿了入院的日子//母亲的手缩回床单/那干枯的手因插满针头/以及长绕的皮管/更像梦魇深处的枯枝/不断伸到梦境之外"（《病中的母亲》）；"这么多年/我都没为她痛一次/你看你的吊瓶如灯/我看我的雨天如雾"（《病中的母亲》）。由尘埃想到母亲："这扬起的尘埃/要一辈子的努力才能落定"（《尘埃之欢》）……

在《亲情》《满足》《腹中》《二孩时代》《责己书》等诗篇中，诗人这样倾吐对辛苦生育二孩的妻子的怜惜、珍爱与深情："她的腹是你整个的海域/即使再小的震动/也海啸般传递孕育的合力/她的腹日日隆起/像山丘，里面藏满鸟声/阳光，一池温水/为了你，她已经动用一个春天的埋伏/不，还有一个身体全部的武装/你还没有出现/你的父亲已弃械投降"（《腹中》）；"四十高龄/她怀上一个尴尬时代/……/闲置多年，/这肚子忽然膨胀"（《二孩时代》）；"我们坚持活在一起/像两只抱团取暖的刺猬"（《责己书》）……

诗人几年前响应政府号召，生养了二孩。中年得子的喜悦，使得诗人写下了大量爱儿、怜儿、逗儿的诗篇："耗上了，就以命相偎/你替我把忘记的泪水/痛快地流/我帮你把谎言一次次拆穿"（《示儿》）；"一朵花/抱着自己的香味睡着"（《一个人的电视剧》）；"你喜欢从我的小腹，踩到/肩膀直到头顶/我知道，这是你初涉人间的小径/火苗/孩子在春风/学习风筝，他的展翅/二十年后，才有模有样/我有伏身为泥的勇气/谁说这不也是一种飞翔"（《小径》）；"你不断地跑/终于，我的面前/堆满了你"（《看见》）；"他的入神/一定藏着不为人知的东西"（《发现》）；"他们潜伏在我的白日/像梦一样，追债似的抓住/我的影子/但请你，放过我的孩子"（《梦见》）；"为了十倍爱你/我终于爱上自己"（《爱上自己》）；"一边，我轻摇孩子/一边替上帝记下这黎明之歌"（《晨曦》）；"一个从不关心天象的人/俯下身，听从神的安排/心甘失败，我又一次/俯下身子……"（《葫芦日记》）……

诗人此类题材的诗歌，还有《秋月》《一个人的电视剧》《铁手摘雨》等篇章。正如鲁迅所说，"无情未必真豪杰，怜子如何不丈夫"，透过这些诗歌，其对幼子的宠爱、呵护与期待之情跃然纸上，情感是那么真实、自然、炽烈，一片深沉的慈父之爱令人动容。诗人的这一"二孩"系列诗，自成一片独异的情感景观与艺术景观。

　　赖子诗歌的偿债意识，其次体现在对故乡的感恩与深爱、负疚与苦恋。与全国其他多数乡村一样，诗人的故乡在汹涌的工业文明浪潮的席卷下，也无可挽回地衰落了。赖子是一个深情的诗人，他在《村庄老了》《回乡寄怀》《老屋》《夜里赶路的大伯》《花香滑落》《爆竹》《咳》以及组诗《村庄记》等大量诗篇中，痛切而真实地描绘了中国当代部分农村社会节节溃败的生活图景，堪称农耕文明的一组挽歌："河流露出肋骨/山林茅草丛生/村口的老槐树闭着眼/絮叨着什么"（《村庄老了》）；"废弃的老家/荒草占据半壁，坼裂的地面"（《回乡寄怀》）……衰颓的不仅有故乡的物，更有故乡的人："破落的村庄/还有几个孤寡老人/腿脚开始腐烂的是大叔/一直想死的是舅妈/真的，她前日喝的甲胺磷/据说已过期"；担心"农村真的推行火葬"，竟然羡慕起豆子"好歹，就是落了，也有块好土"的老妇们……触目皆是颓败，令诗人无语凝噎："那些丰茂的野草/下面枯骨已经碎裂/通过根系/抓紧的都是伤口/那是土的疼，水的痛"（《村庄记》）。

　　赖子的悲悯情怀，不仅推及底层民众，譬如："耕作的人与蚂蚁最近/他看见流云/闪电和雷鸣/他细细踩实脚下的土/他还要在这样的天气/干到天黑"（《盘旋》），更推及大地上的植物与生灵："斫下枝，用豁口证明/那被捆绑的身躯/一生也无法放平/心里的痛，成就/审美的节点/有时，一棵树会含着一枚钢钉/死去，汁液渗出，有清香"（《罗汉松》）；"那年，一个树间的鸟巢被风吹起/一只大鸟在后面死追/鸟巢传来/唧唧的叫声……/这只雏鸟，靠风声滋养/有时也靠命滋养"（《风声之后，万物低垂》）；"在这片土地上/我与你挨得如此近/……/哦，我的蚂蚁兄弟/下一刻/我和你不知能不能再见面/下一刻/不知谁沉默/谁先喊出对方的名字"（《蚂蚁》）……

　　除了抒写心中的爱与悲悯，赖子诗歌，也浸淫着一种复杂的人生况味。这种况味，有面对岁月飞逝的惊慌与忧伤，譬如："一把椅，可以有这样的暮年/晃着，晃着，只剩下自己在摇/晃着，晃着，就散架了"（《摇椅》），"我已经透支/银行所存的一片天空"（《当我两手空空》），"通天塔/我真建不起来"（《中年慌》），"起身时，互相道声珍重，珍重/似乎，天一亮，就隔着阴阳"（《咖啡店小记》）；也有对生命的顿悟与觉醒："爱惜羽毛的必折断于飞翔"（《春风醉》），"风水再好/坟前一片荒草"（《醉酒记》）。既有生活赐予的成熟与无奈："自从戴上老花镜/对世界的怀疑渐渐增多"（《老花镜》），"青春在浪尖舞蹈/中年在漩涡打转/陡峭呀，生活"（《斜坡》）；也有源于爱的苦涩与甘甜："爱还如落叶/一次次纷飞/只为复述痛的滋味"（《别离恨》），"看见你，才知道春光/不是虚设"（《遇见真好》）……

赖子诗歌的偿债意识，复次体现在对待诗歌艺术的感恩、虔敬与沉醉。自青年而至中年近三十年时光，他沉浸在那些"一经触摸/会痛"直至"痛醒"的文字中而不能自拔（《"痛醒的文字"》）。诗人在诗歌《汉字》中这样书写自己的诗歌之恋："半夜醒来，为未完成的诗/寻找梦的遗址/这是自我惩罚，还是救赎/……/在我私设牢房/扣押精心挑选的汉字/……/一个字被一个词，一句话/绑架，拷问/直到每个字血淋淋/与另一字结痂为词/直到一个词从句子中逃离/这次越狱，只有走水路/才活命。"

赖子的诗歌艺术上简洁、凝练、精巧、机智、澄澈、空灵、隽永；情感上细腻、真挚、温存、纯良、悲悯、薄哀。形式上多短制、短句，节奏明快；内容上具有浓烈的抒情特质。多写生式的小场景、小画面，意象设置多点到为止，并不注重浓墨重彩的铺排深掘。擅长以某个眼前事物为原点，进行纵向与横向的辐射，构建诗歌的坐标系，譬如诗歌《风声》《闲谈》，即纵向打通生与死、历史与现实，横向贯穿近与远。多采用"坼裂法"构思篇章，观照自己的内心，倾听万物内部的声音，与自己、与万物展开对话，以此营造艺术张力，如，"天暗下来，鸟雀们从飞翔中/抽出自己的影子/那一把小骨头，不断开合"（《绽放》）。想象奇崛，佳句迭出，如："一朵朵攀爬的梅花/她的美多么陡峭"（《雨中赏梅》）；"秋天/转过奶娘般的脸/一叠沉甸甸的美"（《越飞越慢》）；"阳光又在玻璃上撞伤"（《平庸时代的诗篇》）；"我将闪电忘记在天上"（《我将闪电忘记在天上》）。以写实为主，也有一些浪漫奇幻的作品，如《大风遮住她的眼》等篇章。诗风纯正，却也有《远行的鞋》《一只废弃的钟》这样的荒诞，《菩萨也要脸面》《熊样》这样的诙谐，以及《渴意》这样的黑色幽默。

赖子的诗歌感受细腻，表达精准，如："那个曾扬马长安城的书生/脚印深陷/一个人背着越来越重的肉身/跑过那么多岁月/留下的祖国/像身影爬上山坡"（《奔跑》）；"草尖上的露珠/倾情自身的危崖"（《露珠之爱》）；"城郊，旧屋成批拆了/有人比画,一堆倔强的铁/学会弓腰,低头/那些断砖碎瓦/一下被提到半空/像孩子踢着小腿/左右摇晃/下面的人继续叫喊/整片大地提起来"(《城郊》)。诗人能于瞬间捕捉到大千世界投射在心灵中的影像,迅速将它们定格在自己的脑海里,并精微而准确地用文字呈现出来。

与当代诗坛其他很多诗人诗歌相比,赖子诗歌在艺术上呈现出两大独异的特征。一是注重朝向身体内部的开掘,自我审视,自我考问,自我发现,聆听来自灵魂深处的声音,探寻生命的真谛。譬如:"一个风中站立的人是静物/尽管内心风声四起"(《静物》);"我设法在身体/揪住这叛徒/……/这一滴叛变的血/踏着我体内的千山万壑"(《血液里的一滴叛徒》)。诗人的这一类诗歌,还有《海上审判庭》《一个人大摆宴席》《这照片,太陌生》《一滴爬上岸的水》《火终于把火烧没了》《2016年,答卷》等等。这是赖子诗歌最显著的艺术特征和最大的思想价值所在。

《向自己的墓碑投降》是诗人这类作品的代表作,也是笔者认为可以跻身于一流诗歌之列的一首佳作:"算我怕了,好吗? /你威严地立在路的尽头/像个法官/看我一路跌跌撞撞走来//你那么冷/青石、大理石、花岗岩/山坡上,林地里/你比死亡还冷,还硬/却刻着我熟悉的名字/化成灰,我也认得/后面的日子/只有你,始终保持我的仪态//但求你,饶了一地的/野草,他们已被风/压得很低//求你,也饶了那个/低头的人,流着泪/他已服输了。"诗人别出心裁地玄想自己站在自己的墓碑前,与自己对话、与死神对话,恳求死神饶过"一地的/野草"、饶过自己。看似臣服的背后,是一种凛然的不甘与不屈、一种与命运之间展开的顽强较量,其凝重、冷峻的诗风,以及荒诞、反讽手法所营造的艺术张力,读来令人心头一憷。

赖子的诗歌在艺术上呈现出的第二大独异特征是深刻的禅意。他的很多诗歌,譬如《群山颔首》《生死蓬勃》《风声》《空山的空》《炉火》等,都是他的禅悟心灵的诗性流露和超越语言义理的心灵悟入。再如:"其实,风一阵紧一阵/一直想把风声吹灭了"(《风声》);"空了,此时我的心/只剩下这无端的美好"(《空山的空》);"四处点火的人/自己被困在火的中心"(《炉火》);"火终于把火烧没了"(《火终于把火烧没了》);"那个醉酒的人/百年前已经醉了"(《天台山》),等等,都是极具禅意与人生哲理的诗篇。

　　人生的债务无法转让,也无法一笔勾销,每个人都必须亲自清偿。负债感与清偿心,固然令我们活得不轻松,活得沉重,却也使我们活得有人味,活得笃定。一个有负债感与清偿心的人,既是心灵疲惫的人,更是心灵幸福的人。诗人赖子这个生命契约的欠债人与清偿者,源于对生命、对亲人、对世界和对诗歌的热爱,怀抱"诗句可以充饥"的执着信念(《谁做了物质的情人》),坚持以诗歌作为感恩与回馈债权人的最好礼物。正如诗人在《忧伤》一诗中所说:"你用诗歌/搬运一直落雨的季节/这应该是神的工作!"

2020-08-30

(刊于《浙江作家》2020年第11期)

"仰望从一块石头开始"

——高堂东溶《宫殿》赏读

　　书写雪域高原布达拉宫的诗篇有很多,但从"一块石头"的视角切入主题的作品,依我孤陋的阅读视阈来看,应该是诗人高堂东溶的"独创"。阅读这首诗,起初我认为它书写的是一座普通的宫殿。待到读到诗歌中段出现的"雪域风光""经文""经幡"等词时,我心中有了半是疑惑半是通透的预感。再往下读,一行"世界之巅的有灵魂的一座宫殿"的诗句跃入眼帘,我恍然大悟,诗歌书写的正是布达拉宫。一首诗,整体上能制造出这样一种让读者渐渐开悟的阅读体验,这是一种饶有趣味的艺术"悬念"。同时,诗歌明明书写的是布达拉宫,却自始至终没有出现"布达拉宫"这个词,是它制造的另一个艺术"哑谜"。当一首诗与"悬念""哑谜"结缘,它一定会是一首很有看头的作品。

　　诗歌先描写布达拉宫的外形:"老去的灰质贝壳遗留山顶上。没有老去的白雪。"去过布达拉宫的人都会记忆犹新,它的外墙颜色确呈一片灰白色,恰如"遗留山顶上"的一只"老去的灰质贝壳"。然而,它却是一场"没有老去的白雪",在山顶上"一闪一灭"。诗歌进而由实入虚,由雪联想到海洋,"浩瀚般的记忆"表现布达拉宫历史的悠久。在以白雪与海洋造势之后,诗歌马上转入对石头的书写,视点由高到低,从山顶转至水涯、草原、村庄,写石头可能遭遇的不同命运,表现命运的神秘和不可知性。"把内心的坚固一半献给雪域风光。/一半献给羊群有圈。马群有栏。"将石头拟人化,歌赞石头坚固如藏族群众心头的坚定信仰。"刻着满眼的经文/神的传播者。风吹动经幡时/一根根彩绳则携领你们是最先领悟/并在风中诵唱。有神开示/则知道一年四季的祥和该有一副很好的面容。"这几行诗句,描绘了一幅典型的雪域高原风情图。紧接着,由眼前实体的布达拉宫,展开想象与推延,"四月桃花。六月抽穗。九月丰庆。/等十一月大雪静若佛面/成群结队的人们有序地进入透明似的一座宫殿",将大地比作一座透明的宫殿,四时景致,芸芸众生,都是大地这座透明宫殿的主人。接着,诗人的思绪又从虚幻的、想象的宫殿回到眼前实体的宫殿布达拉宫——"这座世界之巅的有灵魂的一座宫殿","它有石头的沧桑经历。/它有石头的坚韧。仰望从一块石头开始",石头与宫殿合而为一、融为一体,点出全诗主旨——"仰望从一块石头开始"。"从低处开始。一直仰望/云端之中的最高处。魏巍屹立即是石头闪烁的通体光芒……"诗歌末节,抒情主人公现身,再次抒发诗人对布达拉宫的仰望与讴歌之情。

这首诗造境苍凉雄浑。一是历史的苍凉雄浑。诗歌搭建了一道跨越古今的历史长虹:"老去的灰质贝壳遗留山顶上""曾有浩瀚般的记忆",写出了布达拉宫历史的纵深。一是地理的苍凉雄浑。"神""佛""经文""经幡""草原""篝火""羊群""马群",以及"四月桃花。六月抽穗。九月丰庆""十一月大雪",等等,织就了一幅辽旷高远、令人迷醉的典型的雪域高原风光图。而诗歌切入角度的独特、叙述的不动声色、造语的洗净烟火味,以及句式的长短错杂,大大增强了诗歌的艺术性。

《宫殿》是一首布达拉宫的赞歌,更是一首关乎信仰、关乎灵魂,读后给人以一种崇高感与庄严感的生命哲学之歌。

附原诗

◎高堂东溶｜宫殿

老去的灰质贝壳遗留山顶上。没有老去的白雪
舔着它曾有浩瀚般的记忆。一闪一灭
石子从石子里挤压出来
这未尝不是一个伟大的奇迹。它们有不同身份
有不同光斑痕影。若耐不住
则被大风撵到下面来了。
落入长河中一枕静卧。水深有鱼儿嬉戏。
浅处有水草缠绕
像团结的一个个伙伴不肯撒手独自待着。
落在草原上则不影响草木的丰满。
落在村前村后的山坡上
有人来抬运。
砌墙筑屋,则有了挡风避雨时的一个温暖依靠。
围着篝火即是火神的守护者。
一只鸟飞倦了
就停在它的阔膀上。
等一起仰望飞旋的星空时
是你们最先像缅怀祖先们一样
敬仰之心是何等纯净。
再说把内心的坚固一半献给雪域风光。
一半献给羊群有圈。马群有栏。
有马头琴弹奏
你们生来就是最好的一个个听众。
刻着满眼的经文

神的传播者。风吹动经幡时
一根根彩绳则携领你们是最先领悟
并在风中诵唱。有神开示
则知道一年四季的祥和该有一副很好的面容。
四月桃花。六月抽穗。九月丰庆。
等十一月大雪静若佛面
成群结队的人们有序地进入透明似的一座宫殿。

打量一座雄伟的建筑体时
我则不忘你们的话,把粗糙的一个个形体
砌成方正美丽的形状。上下。左右。
和谐地排列整齐。不谈什么。且不讨论什么。
唯独关注的是这座世界之巅的有灵魂的一座宫殿
它有石头的沧桑经历。
它有石头的坚韧。仰望从一块石头开始。

从低处开始。一直仰望
云端之中的最高处。巍巍屹立即是石头闪烁的通体光芒……

2020-08-27

（载作者新浪博客,2020-08-27）

梁雪波《瘦马——读杜甫》赏读

◎梁雪波｜瘦马——读杜甫

是怎样的嘶鸣打开危峻的绝顶？
一座山突然闯进孤独的身体
我听到寒锋被速度逼退的声音
在亡灵翻涌的天际
一颗弘毅之心，经热血锻造
被雄盖古今的肝胆唱诵
正如鲸鱼注定要在碧海中呼吸
黑色的蚁阵仓皇于闪电的暴击
我看见：
一匹马
从词语的断崖狂奔而来

它锋棱瘦骨,有唐音中的硬度

它追风喷玉,以鸟的轻盈

在流水的道路上度砂历雪

将一担秋风运送到车辚辚的北方

它是两个世界的高蹈者,虚幻的肉身

却难以越过现实的坎壈

它是颠踬途中的萧条客,乌云为伴

却像一枚钉子立在苍凉的韵脚中

它不是照夜白,不是

醉卧在老槐树下的飞龙

这浩阔如寒水映孤心,一个

滚滚落日

在我们的梦中不断翻转的铜镜

荐赏——

　　梁雪波诗歌《瘦马》以一种对"诗圣"杜甫苍凉命运的代入式深刻体恤与悲悯,从苍茫的历史烟云中,裁切下一帧忧愤孤绝、沉郁高蹈的"瘦马"剪影。诗歌开首三句以一种凌厉峻急的语势切入对"瘦马"的书写,冲决出一道一泻千里的情感瀑布。诗中"危峻的绝顶""词语的断崖"分别喻指杜甫所处的时代以及杜甫诗歌艺术的崎岖高峻。"在流水的道路上度砂历雪"揭示杜甫颠踬萧条的人生之旅。"虚幻的肉身/却难以越过现实的坎壈",写出了现实对杜甫的加害。"像一枚钉子立在苍凉的韵脚中""一颗弘毅之心"呈现的则是杜甫的嶙峋傲骨以及忧国忧民的衷肠。"鲸鱼"与"蚁阵","瘦马"与"照夜白""飞龙"的对比,看似闲笔,实则凸显了杜甫的人格力量与高尚情操。整首诗歌情感激越、节奏迅疾、意象奇崛、语言纯正。它是"瘦马"与杜甫的复调,是语言与思想的交融,是一曲经验与想象、隐喻与象征、速度与力度、唱诵与疼痛的宏大交响,体现了一种高贵真诚、铁血大气的诗歌品质与审美向度。

2023-05-15

（载"诗同读"公众号,2023-07-17）

蒙晦《鸟托邦》赏读

◎蒙晦 | 鸟托邦

鸟,这个字吸收了我能想到的
每一种鸟类。它们的样子
从这个读音中奄然消失了。
鸟喙和鸟趾也是,一切鸟类的乌托邦。

"鸟"就像所有鸟类的幽灵
在词语的墓中被挖开而释放,它附身
读者的欢快而寻找不幸的肉身,
它啄食被统治的舌头。

但当一只具体的乌鸦飞过,

鸟这个字从我的舌尖上消失了。
从乌黑的眼洞,它朝向一片
未经整理的荒野而散布着目光,

在一株蔷薇与我之间,它集中它的
感觉之流如一个自我的猎手
奔突而直抵咽喉,但无人知道
下一秒的叫声将意味着什么。

哦,这是我所无法理解的第一人称,
一种真正拒绝被翻译的自述。
从尚未诞生语言的地方
它开辟而回答自身的疑问。

在摇晃的天空和地平线之间,
一次次校对着自己的经纬。
它的翅膀上升或下降,它的音调也是。
它鸣叫而寻找太阳的准心。

噢,它迫使读者读出它模仿它而成为它。
它叫声中包含它目睹的一切,
而我只是其一,对我容纳又否认。
它像一面镜子吸收万物而打碎它。

在,语言和非语言之问,鸟叫
是鸟自身的枪声一次次响起,
击落自己的影子,像一件扔弃的黑袍
在大地上紧追飞离的肉身。

它唯一的意图是吸引四野的声音聚拢，

吞吃它们而捣毁它们，迫使它们

经由它的声带而塑造它们，它猝然变奏

如一个出逃的音符让乐谱瞬间崩溃。

而我怎能把它关进字典和目录，

使一只乌鸦丧失鸟类的眼珠

育目地转动着黑暗。

一声鸟叫多出一点败笔，鸟托邦。

赏读——

　　"乌托邦"变异为"鸟托邦"，一出多么滑稽而荒诞的生活戏剧或社会戏剧，一种多么无奈而痛楚的精神幻灭。从诗歌发生学与动力学上考察，这首诗无疑是因"乌"与"鸟"字形的一"点"之差而生发的。诗歌由此策源，体现了蒙晦诗歌一贯的轻灵与机巧。而诗歌在"乌"与"鸟"之间、现实场境与幻想场境之间的不断切换，更是制造了一场视觉叠加、语言飘忽的"幻象"迷雾。诗歌中"幽灵""墓"营造的阴郁、幽暗的氛围，"自我的猎手/奔突而直抵咽喉""鸟叫/是自身的枪声一次次响起，/击落自己的影子/像一件扔弃的黑袍"呈现的思辨力度和张力诗学，"无法理解的第一人称"所暗含的"乌""吾"的同音切转，等等，体现了诗歌介入生活的写作伦理、价值关切与批判锋芒，以及对语言技术的追求。整首诗以一种冷幽默式的机智与巧妙、强烈的变形色彩与语言变构、冷峻克制的叙述与精妙表达，强雄的语言密度与硬度，揭示了时代破碎异化、扭曲变形的真相，实现了对戏剧性现实生活的隐喻与反讽。

2023-05-13

（载"诗同读"微信公众号，2023-06-04）

诗行深处的生命痛感：笛都诗歌简评

笛都的诗歌我好像是第一次读到。读过后，心里形成了如下几个印象：一是作者应该是一位女性诗人；二是诗人笔力老到，是一位训练有素的诗人；三是诗人比较偏爱使用长句子，有一种雄浑的气势，这一点与我的诗歌审美偏好颇为相符，因此让我产生了一种亲近感；四是这组诗歌的深处，隐藏着一种生命的痛感。

我没有见过作者，应该也是第一次接触作者的诗作，凭什么判断作者是一位女性诗人？我凭的是作品中透露出来的蛛丝马迹。《病中》的与朋友一起读信、买袜子，"想奔跑，像火/想嚎叫，像疯了//直到——/病成为我最好的伴侣/也是我最优雅的姿态"；《豁口》对旧爱（表面上说的"那个我曾经认识的朋友"）的追缅，《美好时刻》对圣诞夜的欢呼以及"那些虚度的时光/总比今天幸福"的触景伤怀，《蔷薇与野艾草》中对外婆的追思以及"雨滴落下来/未曾裸露的肌肤一点一滴地疼痛/舒展"，《在富良野》对"与男子挽手的女孩单薄的披肩"的下意识的特别关注，这些举动，多半属于女性常见的行为，更不用说整组诗歌中，无意识地对"他"的密集书写，这些都在不经意间泄露了诗人的心灵秘密和性别秘密。我正是从诗歌的这些只言片语中，获取了破译诗人心灵密码的钥匙。

这组诗歌笔力老到，可以判断出作者是一位老诗骨。何以见得？理由如次。一是诗歌取材，无阻无碍，任意撷取。现实与想象、生活与历史、中国与外国、世相与内心、生命与爱情，等等，均能信手写来，没有题材上的拘囿。判断一位诗人的诗歌创作是否成熟，取材是否进入了自由王国是一条很重要的标准。二是笔调很跳脱，不重不轻，力度恰到好处。用力是否拿捏得当，也是判断诗人是否步入成熟期的一条标准。用力过重则沉滞，用力过轻则轻浮，这组诗歌，用力刚刚好。三是风格多样。既有气势雄浑的长句，又有凝练干脆的短句；既有对世相万态的铺陈，又有对生命感悟的提纯。诗歌风格随书写对象的不同而呈现出摇曳多姿的面目。诗歌风格是否多样化也是检验一位诗人是否成熟的试金石。一位成熟的诗人，他的诗歌风格一定就像水流，随物赋形，自由多变。

当然，我判断这组诗歌的作者是位训练有素的诗人，更主要的是基于这组诗歌涌流在生命大背景下的紫色诗行，以及翻卷在字里行间的诗歌艺术。我说这些诗行是"紫色"的，是因为紫色是一种忧伤的颜色。这组诗歌的生命底色或曰情感底色其实是忧伤的，这一点我等会儿将谈到。下面简单谈一谈这组诗歌的艺术特征：一是这组诗歌的语言，二是这组诗歌的艺术形象，三是这组诗歌的感情内涵，四是这组诗歌的表达手法，五是这组诗歌的内在结构，六是这组诗歌的意境创设，七是这组诗歌的外在形式，八是这组诗歌的艺术风格。

从语言上看，这组诗歌语言典雅、纯正，词与词之间、句与句之间的接转自然紧密，跳跃性不大，如脉脉水流，婉转流淌。譬如《想象中的城市》《豁口》这两首诗，就像一段裁切的江流，语言绵密，语流婉转。从艺术形象上看，组诗中站立着一个目光悲悯、暗含忧伤、情感缱绻、清丽脱俗的抒情女主人公形象。从感情内涵上看，诗歌悲天悯人，哀时伤己，情思渺渺，深情款款，虽间有明丽，然多黯然神伤之时。从表达手法上看，融汇东西方诗歌创作手法，略偏古典，又见现代，分寸感把握得很好，面貌既不陈旧，也不过于先锋；从内在结构上看，比较弛缓，没有那种因结构过于紧绷带来的紧张感。

从意境创设上看,诗歌轻意象而重意境,没有那种因意象过浓过繁而带来的凝滞感。意境淡远、深渺。从外在形式上看,有横向铺排的,有纵向壁立的;有以长句子为主的,有以短句子为主的。从艺术风格上看,多姿多态,避免了单一的毛病。

接下来重点谈谈这组诗打动我的地方。这是一组诗行深处充满生命痛感的诗歌。尼采说,"一切文学,余爱以血书者"。我把它改成,一切诗歌,余爱有生命痛感者。诗人笛都的这十四首诗歌,无疑是充满生命痛感的文字。在这种生命的痛感中,有对历史的追思,如《想象中的城市》;有对即将消失的文化遗产的悼挽,如《皮影花神》;有对故物旧事的神伤,如《铁路桥》;有对原生家庭漠视儿童身心健康的谴责,如《跳房子》;有暂宿民宿的片刻恍惚与出神,如《一个夜晚,偶遇》;有病痛的折磨,如《病中》;有对俗世的愤怒,如《愤怒》;有在美好日子里的欣喜,如《美好时刻》;有对故友的思念,如《未曾抵达之前》;有缱绻的乡愁,如《蔷薇与野艾草》;有对爱情的幻想和追寻、刻骨铭心的隐痛和黯然神伤,如《豁口》《在富良野》《打断》。特别是"那个我曾经认识的朋友,他再不给我写信/假如他回来,故屋早已上锁/他寻到一丛荒草/和一个没有名字的石碑"(《豁口》),更是令人读后心绪悄怆。

最后说一点诗歌在标点符号的使用上存在的一个小问题,《皮影花神》一诗,多处错误地使用了正斜杠"/"。正斜杠是一种电脑符号,一般作为除法符号或者间隔符号使用,表示间隔。在诗歌中,它专门标识诗歌的分行。诗歌文字在正常情况下都是分行排列的,但我们在引用诗歌作品时,为了节省篇幅,通常接排,行与行之间,打上一个"/"作为标记。《皮影花神》一诗的"/",都不必用,也不能用,都可以用逗号替代,或者用空格替代。

但愿我对诗人的性别判断与诗人诗歌的艺术特征判断是准确的。

2019-08-26

(载作者新浪博客,2019-08-26)

一组充满生命意识的短诗:小雅组诗《醒来》简评

　　小雅是个正在走向成熟的青年诗人。他的诗歌我以前读过一些,总体感觉诗如其名,雕镂精微,语言很雅致,可谓名副其实的"小雅"。《醒来》这组诗,由七首诗组成,大体上也可以从"小"与"雅"两个切入点进行解读:

　　第一个特点是"小"。首先是篇幅都比较短,这是体量上的"小"。其次是刻画上的精微,如"满把的小骨头,刺向天空"(《醒来》),"蕉叶上一只蚂蚁来回地跑"(《宿命》),都注重精微细节的勾勒。再次是高度的概括力所生成的语言的凝练,使得它的诗歌一方面很少使用长句,多短句,节奏短促,如"寒冷压着火焰/一眼繁华/一眼已成灰烬"(《醒来》),等等;另一方面,小雅诗歌长于描摹,在意象的勾画上非常简括,犹如一幅幅"小剪影",如"抱紧双臂/我和世界/也隔着一道警戒线"(《危险》)。

　　第二个特点是"雅",主要体现在诗歌的语言特色上。小雅诗歌,造语雅正、干净、大气、晓畅。

　　从深层来看,《醒来》这组诗歌中有一种深沉(也可说深刻)的生命意识,是一组充满生命意识的短诗,体现了诗人对生命的哲学思考与叩问——

　　第一首《醒来》,体现了诗人对时间的思考:时间无情,一切都将被时间所剥夺,所有繁华,转瞬都成灰烬。这是一种不以任何人的意志为转移的宇宙规律。

第二首《宿命》,体现了诗人对命运的思考。"没有脚的安住世界中心/有脚的,被自己流放。"诗中有诗人对命运的深刻体验与体悟。

第三首《百年孤独》,体现了诗人对生命孤独的思考。"昨日的晚餐/一口吃掉的感叹词/天一亮又发炎了。"从本质上来说,人类是一种孤独的动物。群聚能带来一时或表面的心灵慰藉,热闹散去,孤独又会如潮水般漫上心头。有时在人群中,可能比独处更加孤独。冯至先生说,"我的寂寞是一条长蛇",孤独也是。孤独是噬心的,所以在这首诗歌的结尾处,诗人会产生"我们一起找棵树/飞上去看看"的幻想。

第四首《我在我中》,体现了诗人对生命本体的思考。这种思考是形而上的,是一种哲学的思索与探寻。"我"从来就是一个矛盾体,"本我""自我""超我"互为对峙、互为龃龉,又互相和解、互相融合。《我在我中》就是诗人对"我"这一生命本体思索与探寻的结晶。

第五首《低头》,体现了诗人对生活态度的思考。生而为人,到底应该选择一种怎样的生命形态?是选择高蹈于"有万千波涛,万千风云"的"云端之上",还是选择"低头",在"尘埃翻卷"的"低处","慢慢着陆",诗人在经过一番思索后,做出了明确的回答。

第六首《无问》,体现了诗人对事物真相的思考。更明白一点说,诗歌探寻了"真相"与"看见"的关系。世人崇尚"眼见为实",看见的往往被视为真相,然而,"如果没有看见/雨/真的/在下吗?",因为就连爱因斯坦也这么说过,"月亮在看不见的时候是不存在的"。诗人这一问,引人深思。

第七首《危险》,体现了诗人对"我"与世界的关系的思考。这首诗表现的是现代人的精神困境。"如果抱紧双臂/我和世界/也隔着一道警戒线"这一句,形象、生动地呈现了现代人在面对世界时的一种态度——自我保护、冷漠、警惕,非常具有典型性。

组诗《醒来》不仅充满着一种深沉的生命意识,表现手法也比较现代,是一组具有强烈现代意识和现代诗歌艺术精神的优秀之作。

2019-08-25

(载作者新浪博客,2019-08-25)

童诗是童年的守护神

——《童诗三百首》序言

　　诗歌是最契合儿童身心发展特征的一种文学样式。每个儿童天生都是诗人。他们眼中的世界,就是诗的世界。童心即诗心,童心即诗歌。儿童对世界有着与生俱来的好奇心和探索欲,有着异乎寻常的感知力、发现力、想象力和创造力。他们对万物的奇特感受,他们心灵中的奇思妙想,他们日常说出的童言稚语,若及时转化为文字,往往就是流光溢彩的诗篇。儿童的心灵是纯洁的心灵,从他们的纯洁心灵中流泻出来的诗篇,天然具有一种灵奇的生命魅力。呵护儿童的童真,使他们的心灵免遭污染、少遭污染,保护他们的好奇心、发现力、想象力和创造力,是教育的一大使命。

　　中国是一个诗的国度,中华民族是一个具有渊博诗学体系和悠久诗歌教育传统的民族。自《诗经》诞生以来,在中华民族的历史上,优秀诗人璨若星河,优秀诗歌浩如烟海。诗歌教育,对于启发儿童的智力与想象力,培养儿童的审美情趣与审美感悟力,塑造儿童的人格品德,促进儿童身心健康发展,具有不可替代的作用。近年来,随着全媒体时代的到来,特别是随着智能手机的普及、微信公众号的上线,在中华大地,尽管文学仍然被物质社会边缘化,但诗歌创作与各类诗歌活动明显回暖,诗歌创作风起云涌,诗歌活动波澜壮阔。诗歌教育也在各地中小学校园开展得如火如荼。

　　文学是最高级的语文,文学教育是最高级的语文教育。儿童文学教育是最好的小学语文教育,儿童文学作品是最好的小学语文教育读本。诗歌,是文学中的"皇冠",所以诗歌教育,也是语文教育的"皇冠"。而童诗和童诗教育,则无疑是诗歌与语文教育这顶"皇冠"上一颗最璀璨的明珠。童诗,以其童心之清澈、情感之真率、语言之稚拙、想象之奇幻、意境之优美、风格之清新、内容之生动、趣味之活泼、情态之丰富、情绪之欢跃、表达之谐趣、形象之具体、构思之新颖、形式之短小、音韵之流畅,具有一种鸿蒙初开般的大美。其如清风礦面、流水涤尘,令人产生沁人心脾的奇妙感受。

　　正是感应诗歌教育在中华大地方兴未艾的时代脉搏,我们选编了这部《童诗三百首》。方今市面上已有几种同类型的童诗选本,市场反馈与社会反响都还不错,我们为什么还要编辑这样一个选本? 实话实说,根据我们对图书市场的调查研究,市面上流行的几个同类选本,尽管经典性很强,但原创性与鲜活性严重不足,原因在于编选者或为纯诗人,或为纯编辑,对中国当代校园生活比较隔膜,特别是对当代中国儿童诗创作现状比较隔膜。而我们这支选编队伍,不仅都从事诗歌创作,而且既有报刊编辑,又有学校一线教师;既有儿童文学研究者、办刊者,又有在诗歌教育上取得不俗成绩的小学主政者和儿童诗创作指导教师。

　　这部《童诗三百首》独特的选编理念及文本价值在于,它完全立足于儿童立场,从儿童视角出发,真实反映儿童生活、儿童体验、儿童心理、儿童思维、儿童想象、儿童趣味,真正体现以儿童的眼光看世界,并且全部作品都是真正的儿童原创。它完全不同于那些基于成人立场与视角的"伪儿童诗",同时又有效地避免了那种主题性诗歌创作与生俱来的"假大空"。因为就儿童诗而言,儿童自己创作的作品,往往比成人创作的作品更富童真、童趣,更自然、鲜活,更受小读者们欢迎。它是海天间喷薄而出的第一缕晨曦,是晨曦中悠然苏醒的第一滴朝露,自然、纯粹、清新、亮丽。

　　童诗,是童年的守护神。希望这部《童诗三百首》,能受到广大儿童读者小朋友的喜欢!

2020-10-07

(收录于《童诗三百首》,希望出版社出版)

奉化诗群的精神图像与艺术图谱

——奉化诗群八诗人近作评点

诗群多为地域性诗写的产物,同时又反过来强化地域性诗写的美学特征。它是一种诗写的地理学,更是一种诗写的文艺学和社会学。研究和勾勒诗群的精神图像与艺术图谱,是当代诗学的一个重大任务。浙东奉化,是一个枕山濒海的历史文化名区。该地区现代诗歌创作活跃,以高鹏程、曾谙安、陈礼明、原杰、毛立纲、林杰荣、陆旭光、南慕容等为代表的一批代际不同的优秀诗人,组成了一台多声部的现代诗歌大合唱。这个诗群的创作风格与诗写向度,既异彩纷呈,又体现出明显的共融性:地域性与现代性的共融;个体性与群体性的共融;海洋性与内陆性的共融。

作为奉化诗群领军人物的高鹏程,是一位从塞北徙居江南的诗人,其诗歌特色鲜明:从思想上看,具有一种深潜的"外乡人"身份意识和一种对现实生活的强大省察力;从艺术上看,多选取日常性现实生活题材,多采用自然而准确的日常现代汉语。《早春信札(七首)》是诗人的一组近作。《春风十二行》一诗,诗人在凛冽的寒流中,看到"一朵早醒的蜡梅",预知春天即将来临。《粮仓酒吧》以粮仓酒吧的变迁,抒写诗人对生活的坦然接受和热情拥抱。《早春信札》描摹春汛带给诗人的"不安"与心怀中的澎湃春潮。《鸟鸣与悲伤》一诗,诗人感叹于大地与天空消化悲伤的巨大胸怀与能量,流露出诗人内心的忍韧与坚强。《冷西之夜》从容的叙事背后,潜藏着炽热的情感。《物候》一诗,诗人从变动不居的物候中,看出了命运的无常。《草莓之诗》一诗中,少年与中年,塞北与海滨,从未出现与猝然相遇,北方的雪地与南方的雪水,四组比照,艺术张力悄然生成于中。诗人借一颗草莓"发白"的"嘴唇",呢喃着一种"独自在南方啜饮思念"的哀丽乡愁。诗人在诗歌中,再次确认了自己的"异乡人"身份,并与草莓完成了互认与互融。

　　曾谙安的近作《奈良一日(五首)》,呈现了一幅寂寥虚无的心理图卷。从《在南咖啡听海》诗中一系列灰暗的意象中,我们可以窥见诗人落寞悲凉的心绪。《奈良一日》是一首融佛门风情与俗世情怀为一体、欢喜中见出寂寥的旅游诗,诗人从藏书楼内泛黄的典籍中,看见了"暗藏"的"玫瑰",也从"怜惜、膜拜和爱"组成的大欢喜中,看见了隐藏其后的"悲怆的寂寞",由此获得"良夜不过是择路返还"的顿悟,并心生"忘却金色的不自由"之愿。诗歌中,"旧山门""老柏树""藏书楼""菩萨""莲花""晨钟""初月""僧侣""樱花树""梅花鹿",密集而出的意象,呈现了一幅"僧侣闪跌大梦"的空山佛门图。《谈论曼德尔斯塔姆的夜晚》缅怀的是俄罗斯白银时代最卓越的天才诗人曼德尔斯塔姆。《未完的选择》对于生活,对于爱,有着一种打破我执、随遇而安的宿命与顺从。《风啊水啊一顶桥》追怀"在黑暗中大雪纷飞"的精神贵族木心,满纸悲绪,溢于言表。

　　陈礼明的《入岛记(七首)》是一组海洋诗歌。《海此刻像一只鸟在我们头顶上醒着》一诗,想象奇瑰,意象雄奇,将汹涌的大海比作一只拍着翅膀悬停在头顶上的大鸟,诗中有诗人激荡的情怀。《公路》一诗中的"你"因所指不明,诗义更显暧昧与丰富。《盐》一诗语言凝练,想象奇妙,意境雄阔。盐竟有一双"好看的翅膀",它晶莹的"骨头像道路,在大地上起伏"。"新的盐一层层盖过旧盐"一句,一种厚重的历史感与现实感呼之欲出。《海螺》一诗,诗人于海岛旅馆的夜宿中,聆听到了海螺吹起的迷人音乐。《四月》是诗人唱给四月,也唱给自己的一曲哀歌,是一首深深浸淫了生命意识的诗篇。《入岛记》"向前伸出的/双臂比时钟的指针少一支"这个"挽留的姿势",是深深楔入海天之间的幻影,令人印象深刻。《炉火》一诗中,芦苇燃烧自己,化己为灰,为寒冷的季节带来光明与温暖,为诗人带来生命的慰藉。

原杰的《窗外帆影已近至可以亲吻……(六首)》,亲近世俗生活,有着烟火日子的大温暖。《树生长的最高处叫挺拔》一诗,"弯腰"与"抬头"间,一种既脚踏实地又不忘仰望星空的生活态度跃然纸上。《窗外帆影已近至可以亲吻……》描绘了触手可及的帆影、温馨惬意的生活。《公园的围墙简朴低矮》在对徒弟的挂怀中显示出诗人的温情,自嘲中又分明流露出对文学的坚守。《我想准确地描述一株树》一诗,诗人想描述的,不仅是"高大沉默"的树,更是一位曾经与自己"一起并坐在树下/用力合抱树身"的女子。诗歌以叙述手法的术语入诗,为诗歌增添了别样的情趣。《炊烟已上升为一缕童年洁净的灵魂》一诗中的这一缕炊烟,飘荡着诗人对童年的美好回忆和圣洁乡愁,而《灯塔的火苗点亮于童年憧憬》一诗,表达的则是一位人生的"老水手"对"灯塔"的追忆和感恩。

毛立纲的《黎明和黄昏(四首)》是对光阴的四帧剪影。《路边的紫藤花》中的花儿"开得热闹却不张扬"。《循声》叙说对于谛听的耳朵和张开的眼睛来说,即便是在黑夜,人们也能找到生命的声响,看见更远处的星光。《黎明》描写黎明到来的几种形态,礼赞创造黎明的普通劳动者。《黄昏》描绘了黄昏的苍茫景色,以及黄昏中涌动的为了生活而奔波的底层民众。这些诗歌深怀悲悯,情感朴素。其中《黎明》与《黄昏》作为四首诗的主核,皆由多个章节构成、多幅图景缀连成片,艺术时空辽阔。1986年出生的青年检察官诗人林杰荣在他的《烟草店(五首)》中,用生活化的笔墨,勾勒了一幅幅富有生活气息的城乡风情图:雨过景色一新的小镇长街、中年烟民聚集的乡村烟草店、后窗外断了半截的大树、吉祥和顺的黄昏、乡村夜晚的狗叫声,显示了诗人对身边生活的关注。他的诗歌,语言质朴自然,如月光流照,温柔倾泻。

陆旭光的《汪家旦的窄井(五首)》感悟独特,想象奇丽,生活气息浓郁,充满尘世的温暖,且每一首诗都能在结穴处,将诗意推向高潮。《雨易山房茶饮》中,一场茶歇,茶水由沸而凉,话题由热而默,瞬间如同经历一生。最后一句"终于想起,自己不过是一介苍生",一缕淡淡的怅然,长留读者心田。《58分钟的秋日郊游》是一首格调欢乐明快、感染力极强的诗歌,诗人的欢喜由衷溢出。《汪家旦的窄井》中的窄井似一根"银针","扎在村子的穴位上",它有着忧伤的湿漉,就像窖藏在老人们心房的无穷乡村故事。它不仅给村庄"镇痛",更熨帖了游子心头的乡愁。《有这样一个女人》是献给母亲——这一人类"公共的神"的一首颂歌,"她的美,略大于我的爱/略大于我对她的全部赞叹",抒写了一片寸草春晖的人子情愫。《松兰山观潮》采用拟人化写法,表面写潮,实则写人,赞许一种急流勇退的人生智慧和勇气,给人以深深的启迪。

南慕容的《梅园小坐(五首)》是一组以情怀观照自然万物的诗歌,呈现出一种超脱、静穆的精神气象。《在章胡村观古树群》由追问入手,从宗祠朽坏的木构件和泛白的楹联深处,牵引出一卷隐匿的百年村庄史和一幅江水流淌、春燕翩飞的旧时春景图。它是一曲农耕文明的赞歌,也是一曲农耕文明的挽歌。绵密的意象间,袅娜着一种缠绵的情思,表现了诗人浩渺的乡愁。《金娥山赏杜鹃》书写诗人与草木在春天的一次重逢。诗歌以寂静的松针反衬杜鹃的璀璨,以"赴死""粉身碎骨"极写草木与人生命的怒放。热烈与枯寂互映,词语的针脚细密而蜿蜒。《梅园小坐》书写诗人的雪梅之恋,四次自我诘问,将诗意不断推向纵深。《放生池边》素描了一幅寺庙风情图,看似写实,其实含有丰富的言外之意。《快雪时晴帖》以物象的自然之美、语言的澹约之美、句式的整饬之美、节奏的复沓之美、韵律的婉转之美、意境的高远之美、情怀的禅隐之美和思绪的踌躇之美,别开一种简约中凸显繁复的生面。

2020-09-15

(刊于《诗江南》2020年第5期)

此夜曲中闻折柳,何人不起故园情?

——吴晓华《七律·东山(四首)》赏析

位于江南西道、鄱湖之滨的江西省余干县,是一个秦代置县,至今已有2241年建县史的神州古县之一。在县城中央,坐落着一座山石嵯峨、林木繁阴的历史文化名山——东山岭(又名冠山、东岗岭)。山岭脚下,偃卧着一处水光潋滟、浮洲如茵的湖泊——市湖(古称琵琶湖)。东山岭山势不高,却临街襟湖,拔地而起,清荣峻茂,景色殊异,人称"小匡庐"。市湖水域面积不大,却长年烟波浩渺,更兼湖中有一形似琵琶的"琵琶洲",故有"小西湖"之誉。东山岭不仅古有"羊角秋风""宸翰梅岩""冠冕山横""琵琶春涨""仙人茶灶""越溪渔唱""龙池夜月""昌国僧钟"等"干越八景",更兼俊采星驰,人文渊薮,留下过吴芮、赵汝愚、余鹙、李德裕、赵彦端、李伯玉、张揆等本土名臣,以及李白、刘长卿、陆羽、韦庄、施肩吾、罗隐、张祜、苏轼、黄庭坚、米芾、姜夔、范成大、辛弃疾、朱熹、王十朋、梅尧臣、张浚、谢叠山、蒋仕铨等一大批中华历史文化名人的登临、留驻佳话和诗词曲赋,成为百万干越儿女心目中的故乡图腾。

寓居省城南昌的余干籍诗人吴晓华,家族世居东山岭脚下。对于生于斯、长于斯的他来说,东山岭就是家的一部分,是他童年的天堂、少年的探险地、青年的沉吟处和中年的牵挂。正如诗人自言:"东山岭的一石一木深深烙在记忆中,永不可抹去,并日益发酵为浓浓的情思。"虽然南昌距离余干并不太远,毕竟已是游子,再也无法像小时候一样与故乡日夜厮守了。更阑人静之时,猛然念及故乡,便成了经常发生的事儿。思念极了,自然发为浩歌,"长歌当哭,远望当归"了。近年来,诗人创作了大量抒发故乡之思的古体诗词和楹联,《七律·东山(四首)》就是诗人的"游子吟",也是诗人书写故乡风物的代表作之一。第一首《干越亭》——

> 干越亭前昨夜风,
> 倚栏只忆蜡灯红。
> 霜天鸦鹊归林噪,
> 暮霭村烟落日融。
> 目送云帆三万里,
> 砧催木叶一湖东。
> 良宵玉露轻歌别,
> 从此金樽对月空。

东山岭上的干越亭,与绍兴兰亭、巫峡楚塞亭、宣州众乐亭,并列为中国古代题咏最多的四大亭阁。据《读史方舆纪要》载,干越亭系唐初余干县令张延俊始建。《太平寰宇记》说它"屹然孤挺,古之游者,多留题章句焉"。"摇扇及干越,水亭风气凉。与尔期此亭,期在秋月满。"自唐代李白这首《浔阳送弟昌峒鄱阳司马作》而后,书写干越亭的诗文名篇争奇斗艳,有唐代刘长卿《负谪后登干越亭》《秋杪干越亭》《初闻贬谪,续喜量移,登干越亭赠郑校书》,张祜《登干越亭》,施肩吾《宿干越亭》,权德舆《余干赠别张二十二侍御》,罗隐《干越亭》;宋代梅尧臣《得余干李尉书绿示唐人于越亭诗因以寄题》、张挺卿《题干越亭送石秘校诗后》、李孝先《题余干县干越亭》、赵彦端《垂丝钓·干越亭置酒》、王十朋《干越亭》、杨亿《俨山外籍》,等等。

吴晓华的这首《干越亭》,起笔于"忆",落笔于"空",移情入景,情景交融,借对干越亭的追忆,抒发了诗人缱绻的思乡之情:"干越亭前昨夜风,倚栏只忆蜡灯红。"首联点出诗人甫一离开故乡,就开始了对故乡的思念,表现了诗人对故乡的感情之烈、之浓。"昨夜风",说明诗人昨天还在故乡,"蜡灯红"描写"大红灯笼高高挂"的故乡美景。"倚栏""忆"表明诗人此刻已然置身于异乡,并且形象地描绘了诗人凭栏怅望故乡的神态。"霜天鸦鹊归林噪,暮霭村烟落日融。"颔联描写干越亭日暮时分的景色。"霜天鸦鹊归林噪",镜头对准的是东山岭;"暮霭村烟落日融",镜头转向了东山岭下连片的村野。视角一近一远,景物一动一静。"霜天"表明季节是深秋,"归林"等表明时间是薄暮。远近相融,动静相衬,描绘了一幅苍茫的干越亭"霜天落日图"。"目送云帆三万里,砧催木叶一湖东。"颈联进一步将时空推向纵深,诗人的目光越过东山岭脚下的田畴,投向了流淌在更远处的余干人民的母亲江——信江。"目送云帆三万里",这是诗人的雄奇想象。"砧催木叶一湖东",诗人又将目光收回,投向了湖边的东山岭,描摹山上秋风扫落叶的秋景。"砧催木叶"一词暗用唐诗典故,既抒发诗人悲秋悯时的人生慨叹,又暗示时间的悄然流逝,很快已到夜晚。因为在中国古体诗词中,寒砧声多在夜晚响起。颔颈两联,镜头由近及远,又由远拉近,恰如一位萨克斯演奏手,操弄着手中的铜管,奏响一曲缠绵悱恻的《回家》。"良宵玉露轻歌别,从此金樽对月空。"尾联从追忆中回到现实,抒写在故乡与朋友们一夜欢聚后,又回到异乡的孤独中的怅惘心情。全诗意象瑰丽、意境雄阔、意趣古雅、意绪悲凉、意兴怅惘、意蕴隽永、意旨显豁、意味深长。

第二首《坡山》——

坡山壁立县衙旁,
足濯市湖头顶苍。
脱兔顽童履平地,
摇衣喝彩动东冈。
无尘翡翠分霞蔚,
万仞琉璃分鸟惶。
雨过岭青嘲梦老,
直须晴日尽疯狂。

东山岭风景佳胜,佳话流传。明进士叶应震《咏干越八景》云:"羊角风生兴悄然,梅香迢递过岩前;云飞冠冕山横翠,春涨琵琶水续弦;书烛分来茶灶火,渔歌吹出市湖烟;龙池夜月清堪掬,昌谷僧钟又耳边。"唐刘长卿被贬至岭南潘州时路过余干,客居多日,多次登临,写下了《登余干古城》《余干旅舍》《余干夜宴奉饯前苏州韦使君新除婺州作》《戏赠干越尼子歌》以及前面所述等十余首诗篇。唐宰相权德舆也曾宿于山上,留下了诗歌《宿江上馆》。被贬途中客死余干的南宋抗金名将张浚,曾几上东山岭,并将岭之西峰命名为"花蕊峰"。虽无确凿史证,但亦传说苏东坡曾来余干看望过时任主簿的学生黄庭坚,并欣然为"干越八景"题名……

然而这样一座文化名山,在一个鸿蒙未开的孩童眼里,就纯粹只是一个玩耍的乐园。东山岭山坡陡峭,爬山、跑山,对于一个孩子来说,是极富冒险性和刺激性的娱乐活动。诗歌《坡山》就是诗人回忆自己的童年生活、感叹岁月流逝的一首七律。"坡山壁立县衙旁,足濯市湖头顶苍。"首联写东山岭的位置和山势。山岭壁立在老县政府旁边,头顶是蓝天,脚下是市湖。"脱兔顽童履平地,摇衣喝彩动东冈。"颔联追忆童年时在陡坡上嬉闹的欢畅:顽皮的自己和小伙伴们,敏捷如脱笼之兔,在陡峭的山坡上跑跳着,如履平地,玩到嗨时,一个个脱下衣服,抓在手里,站在山石上,对着远方,一边使劲地摇着衣服,一边大声呐喊着,呐喊声震动了整个东山岭。这是一个非常生动、非常具有典型性的儿童游戏场景描写,它传神地刻画和揭示了孩子们的自我意识开始萌芽,渴望引起世界关注的微妙而有趣的心理。相信每一个成年读者读到这里,都会发出会心的一笑。"无尘翡翠兮霞蔚,万仞琉璃兮鸟惶。"颈联写景,上句写天空之蓝,纯如翡翠,云蒸霞蔚;下句写坡山之险、之流云漓彩,"万仞""鸟惶",极言东山岭之高峻。两句中间的"兮",句式猝然变化,既出人意表,又令人对诗人的大胆与机巧暗竖拇指。"雨过岭青嘲梦老,直须晴日尽疯狂。"尾联自嘲已老,幻想能回到童年的疯狂中去。

第三首《龙池》——

碧潭何在冠山巅，

原与瑶池相对连。

淡淡云飞浮月影，

微微雷动起龙渊。

不嗔陆羽三瓢晚，

但毓乡民万代贤。

今日喜开高考榜，

满城焰火闹情天。

　　干越亭旁有孔二丈余见方的小潭，相传有龙蟠出其中，故名"龙池"，潭水清澈，久旱不涸。每遇骤雨临潭，飞珠溅玉，声若筝鸣；而当皓月悬空，远远望去，月垂潭上，犹如墨托拱璧，这就是"干越八景"中的绝佳一景——"龙池夜月"。龙池又名"墨池"，南宋右丞相赵汝愚逝世自长沙归葬余干时，朱熹从福建前来余干吊唁，赵汝愚之弟赵汝靓邀其在东山书院讲学。朱熹一边讲学，一边潜心注述《离骚经》，其间他常去西峰龙池濯洗笔砚、汲水研墨，一池清水，竟似一块墨玉，遂有"墨池"之称。物换星移，八百多年过去了，"墨池"业已成为"干越八景"中最富文化意蕴的干越文化的象征。

　　"碧潭何在冠山巅，原与瑶池相对连。"首联写龙池的位置和与之相关的神话传说。龙池位于东山岭之巅，传说它与西王母的瑶池相通。诗歌一开首就将读者引入了一个无比美丽奇妙的意境中。"淡淡云飞浮月影，微微雷动起龙渊。"颔联紧扣"龙池夜月"这一景点名称和神话传说写景，将神话传说与现实之景融为一体：淡云飘飞，月影浮动；龙池荡漾，微雷隐隐。"不嗔陆羽三瓢晚，但毓乡民万代贤。"颈联上句用唐代"茶圣"、《茶经》作者陆羽之典。陆羽曾客居余干，寄宿于东山岭西侧昌谷寺，曾在东侧怪石嶙峋处凿石为灶，煮茶著述，并借东山岭之名自号"东冈子"。下句书写自己的美好祝愿：愿故乡贤人辈出，万代传薪。整句诗的意思为：只要故乡人才辈出，即使主人奉茶待客的动作迟缓了一点，时间晚了一点又有何妨？"今日喜开高考榜，满城焰火闹情天。"尾联从遐思中回到现实，揭示答案：原来诗人正在东山岭上参加朋友举办的庆祝孩子高考录取的答谢宴。一个"喜"字，写出了诗人的欢愉之情。"满城焰火闹情天",则描写了东山岭下一派喜庆、一片欢乐的情景。"情天"而非"晴天",其实是诗人有意为之,传达了诗人情满江天的狂放,也表达了诗人与故乡人民休戚与共的欢欣。

第四首《茶灶》——

仙人茶灶仙人垒,
茶灶氤氲茗滋味。
余水回甘几百程,
东山守玉三千岁。
秋生羊角看云栖,
春涨琵琶闻鼎沸。
月旦邀杯说赣鄱,
清香缕缕冈青翠。

"仙人茶灶","干越八景"之一。如前所述,与"茶圣"陆羽有关。《茶灶》这首诗,从艺术角度来考量,其艺术手法的圆融,在诗人这四首咏东山的七律中,当列《干越亭》之后,《坡山》《龙池》之前。"仙人茶灶仙人垒,茶灶氤氲茗滋味。"首联既指出了"仙人茶灶"的名字的由来——乃唐朝"茶圣"陆羽亲手凿垒,同时"仙人"一词在同一诗句中复沓,起句就营造了一种浓郁的音乐性。"余水回甘几百程,东山守玉三千岁。"颔联两句,分别书写干越湖山之秀。"余水",即古之安仁江(今信江)支流,此处指东山岭前的市湖,有《明一统志》所载余水"在余干县治前"为证。"余干"之名,一说就得名于"余水"。"余水回甘",写出了余水的清冽与甘甜。怀抱着琵琶洲的"余水"(此处指市湖),是一片神奇的水域,相传它与湖南长沙相连,湖中的一头鼋鳖,远远地操控着长沙的旱与汛。历代歌咏这个湖泊的诗文有不少,譬如唐代韦庄就写下过"琵琶洲水斗牛星,鸾凤曾于此放晴;已觉地灵因昴降,更闻川媚有珠生"(《饶州余干县琵琶洲有故韩宾客宣城裴尚书修行》)这样的诗句。第二句"东山守玉三千岁",歌吟的则是东山岭的自然品质、人文品位和悠久历史。

"秋生羊角看云栖,春涨琵琶闻鼎沸。"颈联描写的是"干越八景"中的两景——"羊角秋风"和"琵琶春涨"的景象。"秋生羊角"一句写"羊角秋风",羊角峰在东山岭东峰,从东山岭山脚下,有两股巨石延伸向上,远望恰似羊角,故而得名。相传有西晋王肃与王恺父子二人的别业,久废。"春涨琵琶闻鼎沸"一句写"琵琶春涨",即琵琶湖(市湖)的春潮。一秋一春,一静一动。春秋嬗递,动静相宜。"月旦邀杯说赣鄱,清香缕缕冈青翠。"尾联写诗人每月初一与朋友一起,一边品茗,一边喝酒,一边赏景,一边纵论赣鄱大地的古今逸事。

缱绻故乡情,拳拳赤子心。诗人在《七律·东山(四首)》这组诗歌中,抒发了一位游子对故乡的一片真挚情愫。从艺术表现手法上看,诗歌格律严谨、对仗工整、用词讲究、情景交融、语壮境阔、气势雄浑、格调雅致、情感真诚,是一组质量上乘的七律,也是一组能引发广泛共鸣的优秀地域文学作品。诗人对自己的要求颇为苛严,并且在精研古体诗词创作艺术的过程中,颇有独到的心得。我祝愿诗人在诗词创作的道路上一路高歌,勇猛精进!

2020-04-06

(刊于《悦读吧》2020年第2期)

诸暨诗歌点评六则

◎一号作品│生长

头颅作为动词，向两边生长
向上冒出浓稠的形容词
向下汲取丰富的名词
浓稠遮蔽了双眼，人们向来只看见
土地以上部分的生长或凋零

生命到了羽翼卸尽的时候
每个细枝末梢如同毛细血管扩张
它投向水中的影子
学会了享受宁静和懂得包容
它允许鸟儿们在此歇息，临水梳妆

允许红灯笼高挂

并且赞赏它们用红色描绘的日子

头颅继续默默往下生长

开拓出更多疆土来安放思想

隐匿的根系里奔流着琼浆

当人们脚步踩踏其上

裂缝里就会溢出一朵朵

细小的浪花

点评——

这是一首以树写人的诗歌,由树与人两套意象系统耦合而成。表面上看似写树,实则无处不在写人。树与人二者相互渗入、映照,这类构思,是值得肯定的。第二个值得肯定之处在于诗歌融入了作者的生命意识,传达出了一种生命况味。但诗歌也存在着较大问题。最大的问题在于语言过熟,须在语言的陌生化上精进。二是逻辑照应上有失周全,譬如"头颅"一会儿"向两边生长",一会儿又"继续默默往下生长",方向有点紊乱。这一失误在前三行诗句中就出现了,第一行写头颅"向两边生长",第二、第三行紧承的却是"向上"和"向下"。三是首段中的"动词""形容词""名词",可以看出作者以此三者借代树冠与养分意在求新,但由于有违"系统"与"精准"这两个前提条件,并不成功。这套语言学的语汇若系统使用且用得精准,本可以在俏皮中化腐朽为神奇的。

◎二号作品│夏季前景——记印山王陵

首先是无法哀悼的背影,木质的黑色面孔

再退后、牵一根围栏

在莫名的哭声中记录麻雀绕着银质翅膀模仿鹰隼,我的脊椎中的血

鹦鹉

被允诺周一入馆,白纸黑字,撞开已脱落泪痕的翻动轨迹

漫游在你眼神的光泽中,一个赤脚的婴儿,说着方言中最陈旧的一句,
短暂出逃

在它蓬勃的冬青树群边,挑拣明亮的石块
种下沉睡的血管
碎银闪光,孵出几匹体格壮丽的野马
举着我的时辰与我相遇

又来了一个人……

落在草地间的雏子不懂嚎叫
我趁着身子机敏躲进低矮的隧道
悬空的空气被隔绝,有种热意开始流动
适宜开放,但拒绝来访
秋天更像忌日。

点评——

这是一个"赤脚的婴儿"与一个"无法哀悼的背影"的遇见,一出"今天"
与"过去"的对话。诗歌甫一开篇,王陵"无法哀悼的背影,木质的黑色面孔"
和"银质翅膀"般展开的翘檐,无言地诉说着历史沧桑。接下去诗歌将笔触
转向陵旁,"蓬勃的冬青树""明亮的石块""落在草地间的雏子",草地与王陵
景象的不同,形成了诗歌的一重反差。而全诗王陵的古老静穆,与"我的脊
椎中的血鹦鹉""赤脚的婴儿""体格壮丽的野马""身子机敏"等词语所呈现
的现代人生命的活色生香,又形成了诗歌的另一重反差。两重鲜明而强烈
的反差,使得诗歌巨大的张力由此生成。起句中的"无法哀悼"与结句中的
"更像忌日"首尾呼应,形成一个自足的艺术闭环。

◎三号作品｜假象一片海，一个他

面对辽阔我不清楚家的方向
所以就把一所房子画在沙滩上
写下你的名字
至于花园，必须是你亲手送给我的种子
我才让它开满罂粟，我不要青藤
它的根与枝蔓像你的网

此刻，别涨潮
如果起风了就进屋去洗掉手中的沙
我为你剪下指甲，是弯弯的船的形状
我不介意夜航
你的眼睛深邃，潜入我的瞳孔

潮水会一点点吃掉那所房子
但我们还有很多指甲
那些剪掉又会长出来的指甲都是船
只有你掀起的风浪
我才不怕

点评——

这是一首构思别致的爱情诗佳作。诗歌的感染力主要源于四个方面。一是深挚的情感。无论是"必须是你亲手送给我的种子/我才让它开满罂粟"式的撒娇，还是"我为你剪下指甲，是弯弯的船的形状"式的亲昵，或是"只有你掀起的风浪/我才不怕"的信任，都体现了一种一往情深。二是人格独立的爱情观。"我不要青藤/它的根与枝蔓像你的网"，从中依稀可见舒婷《致橡树》的影子。三是独特的腔调。以一种喃喃自语式的独白，倾诉了对梦幻爱情的畅想。四是新颖奇特的想象。剪下的指甲,"是弯弯的船的形状""那些剪掉又会长出来的指甲都是船",比喻不仅贴切新奇,更承载着女诗人的一腔芳心。爱情如潮,涨满心胸;爱情如锚,将迷茫于"辽阔"大海的小船,锚定在"家"的堤岸上。

◎四号作品│染色体

你把人排列成男,和女
再把女色组装成绿色
——现代式,就被更多的绿充盈

世界的大肚子装满红绿白黑
水嫩的姑娘在经济体向黄脸婆暗渡
健壮的后生末了,被死虾爬上脊背

我站上桌子,取下高悬许久的笔
用墨汁喂养干涸的宣纸
——它吸吮,餍足
然后吐出云雨,和象形

点评——

"染色体",一个好诗题!全诗三节,前两节其实布的是"迷魂阵",为的是抛出第三节。这种写法,类似于中国传统诗歌中的比兴:第一节"兴",第二节"比",第三节本体现身。诗人将自己"用墨汁喂养干涸的宣纸""吐出云雨,和象形"的翰墨春秋,比作"排列成男,和女/再把女色组装成绿色"的"染色体",贴切、新奇,这节诗歌写得非常精彩。不足之处在于前面两节诗歌表达上有瑕疵,譬如"把女色组装成绿色",令人费解;"大肚子""黄脸婆""死虾",语用色彩略显鄙俗。总体说来,一个很有现代质感的诗题,辅以的却是比较传统的创作手法,有点违和,也有点浪费,尽管作者可能无意识。

◎五号作品│《我捡起地上的一支羽毛》

当我看见它的时候
已经不小心踩到了它
我的脚猛地疼了一下

我确信那是一只麻雀的羽毛
我抬脚，弯腰捡起那支羽毛
它憔悴、忧伤地看我一眼
最后梦幻一般
从我的手中脱离
又梦幻一般越过一道围墙
越过城市的楼群
随另一阵风
飘忽着飞向灰蒙的天空

点评——

当这首诗写到第三行的时候，事实上它已经成功了。"我的脚猛地疼了一下"，一个"疼"字，无限意蕴袅娜而出。然而诗歌并没有就此止步，它继续前行在诗境的完成之路上。"它憔悴、忧伤地看我一眼"，幻化的镜头，摄人心魄。由一支羽毛，看见一只鸟，体现了诗人心灵的细腻与善感。全诗一连串的动作描写，却丝毫没有躁动之感。它是轻的，就像那支羽毛；它又是重的，恰似诗人的一颗悲悯之心。从语言经营艺术上看，前六句除"憔悴"与"看"搭配不当外，总体上较妥帖；后六句存在实、庸、冗、满的不足，建议进行删减、浓缩。

◎六号作品 |《风景》

我看见她在走动。
我看见她在阳光里走动。
我看见她
看见我站在有荷花的湖边看她走动。
一个在阳光下
走动的女人
被我看见
被站在有荷花的湖边的男人看见。
被看见
一个男人。一个女人

点评——

　　这是一首游戏成分较浓的诗作,从诗歌生成学的角度看,它显然脱胎于卞之琳的名篇《风景》,却比卞作多了一分情趣。诗歌仅十行,前四行呈三个不断扩大的层次,新的意象不断加入,犹如三道不断漾开的涟漪:"她在走动""她在阳光里走动""她看见我站在有荷花的湖边看她走动"。诗歌前两行,只有"我"在"看",第三、第四行,有了互动,"她"也在看"我",诗歌至此便生出了耐人寻味的意韵。第五行至第八行,诗歌由主动态切换成被动态,以复沓的手法,强化"我"之所见,突出"女人"此刻在"我"心目中所占据的中心地位。最后两句,揭示"我"和"女人"的互相被看见,但此时,言说视角实际上已暗中转换为"女人",只能自我感知的个体的"我"消弭,取而代之的是作为类别的"男人"。诗歌看似玩的是无聊的文字游戏,实则耐人寻味。

2021-12-18

（载"浣纱诗人"公众号,2021-12-26）

《诗刊》"E首诗"荐诗八首

◎盛丽春｜写信

白纸上筑一条隐秘的小径
从荆棘丛的花朵
通往泥沙俱下的河流

给它一个将暮未暮的渡口
双燕剪开一蓬木船微荡的水岸
流水寂寂，落日满脸温柔

那么多时光空度，再给它
一棵依依的杨柳吧
给它一个蓝布长衫的背影

月牙儿挂上枝头

请原谅黑夜里赶路的人
原谅她跌跌撞撞的脚步
渡口那么远，只有白色稿纸
收藏着几粒微弱的星子

点评——

写作者都是在白纸上赶路的人，纸是小径，也是星光。奇特的想象、鲜明的画面感、幽美的调性，成就了这首诗。

◎周锋荣｜一队蚂蚁走过

我的脚紧急刹车
怕制造一场交通事故

一支浩浩荡荡的搬运工
藏着一堆怎样的汪洋
渺茫的尘世
慢慢熬成心中的远方

蚂蚁的远方是土地的内核
还是灶台上跑出来的香气
这集体主义的渺小
一下子难倒我的高大
我低下目光
低进地面和敬意

这场景，向我设问

我该帮它们
搬运一粒饭的负荷
还是该瘦身为一粒饭
填充蚂蚁空洞的胃

点评——

从诗中我读到了人类的一种高贵情感：悲悯。末节"我"的自问特别是"我"不惜舍身饲蚁，更是将悲悯推到极致。

◎舒军辉｜栀子花开

只有你才开出了诗的姿态
迟钝如我，也分明感受到你的轻盈
我嗅到了纯白的初恋，从远方走来
木讷如我，也忍不住与你缱绻

晦涩的季节，我流连于你的鼻息
芳香浸润你的全身
你眼眶蓄满雨水，楚楚动人
我差点就此忘却浮生

你骄傲地赢得了整个世界
我不忍离开。我怕我走后
你无力承担，枝头——
那寂寥的重量

点评——

纯洁、清新与深情的力量是迷人的，特别是在这样一个时代。小诗打动我的，正是这样一种语言风貌与精神风貌。

◎陈丹｜喊一声"媳妇儿"，桃花就开了

你说，千山之外的声音是有魔性的
可以推开乌云
绽一朵青涩的棉花糖
引三月的溪水　忍不住荡漾

喊一声"媳妇儿"，桃花就开了
滴粉
如红豆中牵出一首相思
将眉眼染上春色　染上桃红

那弯腰播种的故事，种下桃木的香
你揣着心跳，守在灯下
偷偷看我，又悄悄离开

点评——
这是一首响亮的诗歌。它听得见声响，看得见神采；它的词语在跳动、碰撞，它的情感被词语点燃、赋魂。

◎应先云｜风筝误

一只误入闺阁的红蜻蜓
绿眼睛，透明羽翼，细长尾巴

表面的光鲜不能证实什么
线的一头指向自由。这——

纯属某些人的臆想
而明亮与暗影相向而行

每一次放飞，都是无谓的挣扎
离了风，漂亮的骨架便形同虚设

它的日子不分黑白。专注于
等该等的人，候该候的风

点评——
诗歌呈现了三重层层推进的内在结构：心神的恍惚、哲学的思考与情感
的代入。而关于风的哲思则是本诗的支柱。

◎达达｜现世宝

雨彻夜洗刷尘世
不可思议的夜晚
灵魂出窍
跟随忽闪的雨滴楚入父母家中

一把钥匙在锁孔中转动
隔着厚重的铁门也能瞧见
耄耋之年的老父母
目光正被吸引到这扇门上

进屋，轻轻抖落那一身雨气
父亲笑眯眯跟母亲说：现世宝来了
瞬间，时光闪回童年

人间最柔软的部分

被遗忘的嘴唇暗自舔吻

雨夜里，一个潮湿

的词语在雨丝中默默发光

点评——

一次被灵魂引领的探望，一句舐犊情深的调侃，一幕温暖的人伦场景，一颗赤诚的人子之心，一首震颤心弦的诗歌。

◎达达｜一枝荷花不出墙

我在一池荷花面前蹲下来

让路过的时间也驻步

不要那么快

我想告诉他们

这些年我观赏一枝荷花得到的秘密

天地是这些荷花的院墙

风儿也曾经是风流客

一枝荷花再怎么开

都不会出墙

点评——

这是对"一枝红杏出墙来"的诗意翻典。想象奇特、意境宏阔、意趣俏皮、韵律弛缓，成就了这首短诗的艺术魅力。

◎高发展｜故乡

一个城市远了

另一个城市距离在缩短

西湖与南门湖只是方位不一

我的故乡
前面一个后面还有一个
讲你的故事
旅途,不再是旅游

点评——

走出故乡的人至少有两个故乡。无论朝向何方前面都是故乡,都是回家的路。浅白的语言蕴含深刻哲理和深沉情愫。

2020 年 5—7 月

（载作者新浪博客,2020-08-01）

杭州:诗歌之城的轻舞飞扬

杭州,最江南;杭州,最诗歌。

"每晚九点,给心灵一个去处。万物生长,我们读诗。"每当晚上九点整,便会有这样一串圆润甜美的女音,在杭州电台FM89准时响起,随之,诗歌的音符,便如散开的云朵,在杭州的夜空飘荡……

杭州是一座诗歌之城的印象,最早来自从语文课本中读到的古诗词:"江南忆,最忆是杭州""东南形胜,三吴都会,钱塘自古繁华""水光潋滟晴方好,山色空蒙雨亦奇""毕竟西湖六月中,风光不与四时同"……1996年,我徙居杭州。作为一名"新杭州人",二十余年来,我亲眼见证了"美丽的西湖,破烂的杭州"到"准一线城市"的惊人蝶变,感慨万千。然而,作为一名诗写者,我感触最深的一点,还是杭州越来越浓厚的诗歌气氛与气质——杭州也已成为一座当之无愧的"诗歌之城"。

"杭漂"之初,我在一所中学任教。与当时社会整体氛围契合,杭州诗坛气氛冷清:诗人们大多单打独斗,很少开展创作交流活动;北回归线诗群正处于沉寂期,野外诗社尚未创立,其他诗歌群体还在土地深处孕育;诗歌刊物为零,诗歌征文活动非常少,记忆中,只有1997年杭州市文联搞过一次《新西湖诗选》征文,我的一首诗歌有幸入选;社会化的诗歌活动,更是寥若晨星。

然而,进入21世纪以来,杭州诗歌,似乎一夜之间"满血复活"了:北回归线诗群复苏,野外诗社创立,杭州诗院、诗青年等诗歌群体相继崛起;"30后""40后""50后""60后""70后""80后""90后""00后"共八个年代的诗人创作俱异彩纷呈;《江南诗》《诗建设》《星河》等诗刊接连创刊,白马湖诗社、北回归线、杭州诗院、新湖畔诗选、黄亚洲工作室等广有影响的诗歌微信公众号先后推出;诗人们的作品在全国遍地开花,并频频斩获各类诗赛大奖;诗歌签售会、研讨会、分享会、对话会、诗歌讲座和国际诗歌节等诗歌交流活动,异常活跃……

杭州诗歌的空前繁荣,在移动互联网信息技术的助推下,迅即演变成为风靡整座杭州城的大众诗歌朗诵活动。诗歌,由诗人的小圈子,真正走向了普通市民的生活中——

浙江图书馆文澜朗诵团、杭州图书馆市民朗诵团、杭州之声朗诵团、浙江省朗诵协会、杭州市朗诵协会、杭州市拱墅区大运河朗诵团、白马湖诗社朗诵团、西子朗诵团、杭州片羽和声艺术团、杭州少年儿童图书馆太阳风朗诵团、夕影亭雅集朗诵团等民间诗歌朗诵群体如雨后春笋,纷纷涌现。刘忠虎、雷鸣、安峰、天明、唐克、徐涛、严瑛、李京、张斌等朗诵家的身影,活跃在杭州市各个诗会现场。

浙江图书馆、杭州图书馆、黄亚洲书院、纯真年代书吧、舒羽咖啡、诗外空间、拱宸书院、运河学舍、六九艺术茶会等,成为杭州诗歌活动的主场地。"我们读诗"、浙江省朗诵协会和黄亚洲诗歌发展基金会成为杭州诗歌重要的民间推广力量。"生活不只有眼前的苟且,还应该有诗与远方",响彻杭州这一"诗歌之城"。

这场经久不衰的诗歌朗诵热潮,不仅风行于杭州诗人群体,也席卷了社会各界乃至中小学校园,受到老、中、青、少、幼各个年龄段的杭州市民的喜爱。2016年,我写过一首题为《朗诵者》的短诗,真实地记录了杭州普通市民参与诗歌朗诵活动的热忱——

昨日在拱宸书院读诗

一位八旬老者

再次上台

他上次朗诵的是《扁担》

这次朗诵的是《向春天致敬》

两首诗歌

都是他自己的作品

他剧烈震颤的嘴唇和右手

制造了一场热带风暴

他慷慨激昂的身形

在我眼前,幻化出沈泽宜

薛家柱、龙彼德

王尚文等先生的形象

这些年轻的老人

无不用他们沧桑的喉咙

将自己的暮年

朗诵成了一首激越的诗篇

　　荷尔德林说过,人类生活最理想的形态是"诗意地栖居"。诗歌不仅是文学的最高形式,也是生活和生命的最高形式。我为自己有幸生活在杭州这座诗意的"生活品质之城",感到由衷的庆幸和自豪!

2016-03-20

(刊于《杭州日报》2019-07-26)

答现代实验学校银杏林诗会小主持人问

◎涂国文｜秋天记

大雁横着叫了一声　鹧鸪竖着叫了一声
秋辽阔了
江水打了瘦脸针　山峰露出马甲线
火焰轻了
金属扣倒挂着硕果　盘扣暗结着心事
时光旧了
芦花朗诵《静夜思》银杏撰写秋风辞
乡愁重了

问：您能不能给我们讲讲这首诗是怎么创作出来的？另外您能不能说说我们在平时写诗时要注意的问题？

答——

《秋天记》是我四年前写的一首小诗，写出这首诗我用了不到五分钟，与其说这首诗是写出来的，毋宁说这首诗是喷薄出来的——我的许多小诗都是这样产生的，特别是在晚上散步和白天上下班途中，我的思维异常活跃，灵感迸溅，这些年在散步和上下班路上，我写出了几百首诗歌。

这首《秋天记》倒不是晚上散步时或白天上下班时写的，而是早晨醒来时坐在床上写的。2016 年 8 月 30 日早晨，我从睡梦中醒来，坐起，低头时猛然瞥见睡衣上的布盘扣，没来由地突然有一股怅惘的潮水从心底涌起。那一刻，我惊觉时光流逝的悄然与无情，再一次想起了千里之外的故乡，一种愁绪堆积在胸腔，感到非常难受，急需宣泄，急忙打开手机上的备忘录，于是便有了这首《秋天记》。

我刚写下"秋天记"这一诗题，脑海中立刻浮现出大雁南归、在天空呈人字形排开的图景。天气转冷，北雁南归，时光总是这样流逝无声，令人无限惆怅。于是便有了"大雁横着叫了一声"这一诗句。又由大雁悲鸣，联想到辛弃疾"江晚正愁余，山深闻鹧鸪"这句词。鹧鸪是待在树冠中鸣叫的，它的叫声像一枚钉子一样钉在树枝上或是发散到天空，所以是"鹧鸪竖着叫了一声"。这两句一横一竖，意在营造一个辽旷的诗境，看似写实，其实都是想象之景。

写罢这两句，我马上又联想起秋天的山水。秋天开始水落石出、山寒水瘦，这是山水的季节特点，于是"江水打了瘦脸针 山峰露出马甲线"便变得顺理成章了。为了给诗歌增加一点情趣，我故意将山水拟人化，而且拟的是方今的时尚达人——爱俏的女子和健身的男子，让诗歌体现一种时代气息，一种幽默、俏皮的语言风格。

写罢这两小节想象之景，我的目光与思绪又回到了现实，回到了我身上穿的睡衣和床头柜上放着的另一套缀着金属扣的睡衣上。那套绸缎睡衣就叠放在床头柜上，几粒金属纽扣缀在上面，在我眼前幻化成几个秋天的硕果,而我身穿的睡衣上几道卧蚕般的布纽扣,又恰似横卧于榻、心事重重、暗自思春的女子。于是便又有了"金属扣倒挂着硕果　盘扣暗结着心事"这句诗。

写到最后,我忽然又想起了我家小区围墙外河边的几丛芦苇和在长兴银杏林看到的美景。我家小区围墙外河边的那几丛芦苇我已连续观察十余年,我还曾为它们写过一首诗,称它们为"我的小妹妹"。"蒹葭苍苍,白露为霜",芦花是秋天的象征,秋天是思乡的季节,《静夜思》是思乡的代表作,所以"芦花朗诵《静夜思》银杏撰写秋风辞"这一句便水到渠成。

故曰:《秋天记》于我,完全是灵感的产物、想象的产物和情感的产物。

至于写诗平时要注意哪些问题,我也说不好。每个人的情况不同,写诗时要注意的问题应该也不同。我谈几点自己的强烈感受,希望能对小朋友们有所启发:

一是机会只钟情于有准备的心灵。无处不有诗,万物皆是诗,万物皆可入诗,我们平时要多观察、多积累、多思考,多积累诗歌创作的素材"火药",这样只要它一碰到火星,便能引爆;心灵一旦受到外界的触发,诗歌便出来了。

二是灵感降临时,要及时记录。灵感稍纵即逝,必须马上将它记录下来,哪怕片言只语也行,或者只记几个关键词也行。有时降临的灵感不一定当时就能用上,也不用性急,留着它,兴许以后就能用上。

三是要学会用意象来承载和呈现情感。不能太直白,要"善假于物",这个物,便是意象。写诗就是要故意"不好好说话",就是要"绕弯子",给读者提供思考的空间和机会。

四是要注意虚实结合、想象与写实结合。写诗太空泛或太实都不行。要虚实相生,要善于将想象与写实结合在一起,这样所写的诗歌就会既空灵,又接地气。

2016-08-30

(载作者新浪博客,2020-11-05)

心灵秘境的女性书写

——评池慧泓诗集《池水的树叶》

女诗人池慧泓首部诗集《池水的树叶》(上海文艺出版社出版)是一部典型的女性诗歌文本。从艺术表达上看,正如浙江诗创委主任孙昌建先生在序言中所说,诗人在这三年里所写诗歌,"跟之前年份的相比,显出了不一样的面目和气质"(《我终于让你一闪而过又一闪未过》)。诗人在诗歌技艺上的跃升是显而易见的,然而,其内里鲜明的女性主体意识、女性观照视角、女性思维方式、女性审美观念、女性经验呈现和女性言说方式,却也是一脉相承、一以贯之的。轻逸、从容、纯真、热烈的精神底色,丰富而隐秘的内心世界,注重精神内视的女性特质和灵魂独白式的自叙体色彩,强烈的主观抒情和细腻的心理摹画,阴柔之美为主调,济之于偶露峥嵘的美学硬度,一起构成了池慧泓诗歌的基本风貌。

《池水的树叶》共收录诗人近十年创作的200首现代诗,分"交出私藏已久的宝物""我只对绿色俯首""与一朵花抱头相认""一滴水的寒露""在时光的章节里""我们都爱着春天"六辑。诗歌所表现的主要内容,可用这样两句诗来概括:"迷恋春天的人/常常伫立花前忘记回家"(《西府海棠》);"看看仓颉的文字/怎样穿过儿女情长,滴落/江南的暮春"(《这个谷雨》)。也就是说,池慧泓诗歌对自然之爱与文字之爱的抒写,权重是高的。正如她所告白的那样,"三十年,足以让一条河流改变流向/你却一直静默,坚守你的细与小/褪尽颜色,守住一个朴素灵魂"(《树叶》);"我爱诗歌,这是一种青梅竹马的爱,虽然这期间也经历过一次长别离,但骨子里至死难以割舍"(后记《坚守叶脉间的细与小》)。

池慧泓大致是可以归入自然诗人之列的,她的诗歌对自然的抒写是楔入的、内化的。她的诗写是一种对自然物语的沉浸式诗写,她以一颗敏感、细腻、温情而安静的诗心,体察自然的荣枯,感受物候与心灵的律动。她的诗歌,如蚕蛹卧桑,绣口翕动,锦心以映,吐丝绵绵,最后一袭白色衣袂,飘飘似翼,从词语中破茧而出。她对大自然、对春天有着一种天然的亲切感和趋近心,她在诗歌《绿色》中这样宣告:"我只对绿色俯首。"在她笔下,大自然中的日月星辰、春夏秋冬、节令气候、花草树木、瓜果蔬菜,如痕痕绿浪,鱼贯而出。尤其对白鹭,她表现出一种异乎寻常的喜爱:"悄悄逼近江畔/只为那只白鹭"(《扰乱》);"你如一首鲜活的诗/诗名就叫/白鹭"(《我终于让你一闪而过又一闪未过》);"走,我们还是去湖边吧/去看看一只白鹭,怎样安静地/啜饮水蓝色的秋凉"(《绕行》)。白鹭是纯洁的化身,钟爱白鹭的人,也一定有着雪一样的灵魂吧。

笔者之所以说《池水的树叶》是一部典型的女性诗歌文本,是因为这部作品集中抒写了诗人的女儿心、女儿物、女儿事和女儿情——

女儿心是一颗细腻、敏感的心。诗集所呈现的抒情主人公形象,是一种类同林黛玉般的多愁善感的小女子形象:"一片落叶/蜷缩了一条冰冷的马路/像雨水中流浪的孤儿/我的鼻子陡然酸塞/感伤自己长着人样/却怀藏一颗飘零的心"(《邂逅一片叶子》);"被风用力一吹/一朵芦花/迷乱地落在我的红色裙摆上/我蹲下来,久久注视/然后将她轻轻吹走"(《一朵芦花落在我的裙摆上》);"一只小蜜蜂飞不动了/一头栽倒在一只花缸里/它是不是贫病交加?是不是饥寒交迫?/折一根枯枝,把它牵引到长满阳光的绿叶上/又沾了点蜂蜜涂在叶面/小蜜蜂愣了愣,然后慢慢吮吸起来"(《花缸里的小蜜蜂》);"真的很想念蝉了/黄昏时,出去找找吧"(《念蝉》);"你会过来与我相拥吗?/然后留下温暖,带走孤独"(《稻草人》);"这狂风来得蹊跷/强行掳走琴弦上的高山流水"(《一个果子轻轻落下》)……这类诗歌,以书写"救蝶"之举的《水中蝶》为极致。还有一些诗歌,如《元夜,一朵花有心事》《在半山,与一朵花抱头相认》等,一看题目,读者就能大致了解诗歌的内容。

女儿物是女性钟情的长裙、丝巾、胭脂、口红、旗袍等服饰、物品。这些物件是《池水的树叶》重要的书写题材之一,也是诗集最能体现女性特征的内容之一。譬如《一条黑丝巾》:"竟然悄悄从我脖子上出走/神秘消失在永宁江畔的花草云水间";《口红三章》:"我天天用这支口红/涂热残存的青春/涂红每一片心瓣的呼吸";《我失落了一滴胭脂红》:"这是胭脂红连衣裙门襟上的/一粒布包纽扣/出门时,曾用力将它与扣眼扣紧/走着走着,它突然就不见了/回头沿途寻找。杳无踪影/它可能想起胭脂的前世——红蓝花/就去悄悄寻找那份最初的自由";《回来》:"这可是我最心爱的长裙啊/我连着将你清洗三遍";《秋思》:"如今,旗袍箱底压着"……

女儿事是女性日常最在意、最关注、最爱做的事情。譬如拍照,"她从断桥出发/走到孤山面前/摘下口罩,自拍/有人提醒:挡住孤字了/她微微一笑,没有回答/我看出她是故意的/此刻的她就是一个孤字/孤离开孤山,朝苏小小墓旁的西泠桥走去"(《孤》);《少年微笑着举起我的手机》。譬如穿着,"母亲常夸父亲衣架好/穿啥都好看/我用心记下母亲的夸/用心观察父亲的衣架:抬头挺胸,一副铁骨架/于是,我照着父亲的样子/用心打造我的衣架/嘿,成了! /瞧我撑起的青山妩媚/多像海子的面朝大海"(《衣架》)。譬如洗衣,"这可是我最心爱的长裙啊/我连着将你清洗三遍/……/拣回之后/这成了我一段长久的心事"(《回来》)。譬如做傻事,"我取了一个捧在手里,回家/满脸的幸福"(《水中捞月》);"我也不小心曾折断一朵花/然后怀着一万分的内疚把她归还泥土/啊! 那血红血红的玫瑰花"(《误伤》)……此外还有荡秋千、焚檀香、生炉火、看望稻草人等等。

女儿情是女性本于性别立场而生发的日常感情。譬如对女性独立价值的宣传,"在三月八日,在别的日子/在庚子春天,在别的季节/我都是一个女人/一个可爱的女人"(《我是一个女人》)。譬如对容颜的在意与珍惜,"好想春天突然转个身/紧紧拥抱我/赐还我如花的容颜"(《好想春天突然转个身》)。譬如像《每一把钥匙都能开出一段时光》等诗歌所表现的恋旧或自恋。譬如像《梦中》《雨水》《这一天》等诗歌书写的回娘家,"母亲来电说桃花开了/我就噔噔噔地跑回娘家 /只为看花/不为看娘"(《这一天》)。譬如对爱情的深刻感悟,"一生只为爱活着,为爱死去"(《悟蝉》);"就像阳光收回露水/最终还是收回玫瑰/并对你说爱已心底深埋/你应该明白/爱改变了方式就意味着死亡/一颗心是一个坟墓,一张脸就是一块墓碑"(《最终还是收回玫瑰》);"一生之中/曾经许下誓言的秀才/终究会将痴情的女子一一辜负"(《合欢花》);"水很受伤/因为鱼不爱水/只是需要水"(《水与鱼》);"天老地荒的神话敌不过相拥而眠"(《写雪》)。譬如常怀悲悯,心灵闪烁,像诗歌《他在春夜离开》悲悯一个醉酒溺亡的智障者那样的人性亮色……

指陈《池水的树叶》是一部典型的女性诗歌文本,并不意味着这部诗集只书写了上述题材。它主要书写现实日常生活,但也涉及历史题材,譬如《西施》;它关注诗人的自我内心,也关注时事与社会风云,譬如战争、地震、台风等等。如"一朵桃花凌空而开/像一只孤单的翅膀寻找另一只翅膀//我多想扯下粉色口罩/云朵一样放肆表达晴天的喜悦//可春天受伤了/需要展开双翅负伤前行"(《桃花》)……

池慧泓的诗歌,一如生活中的她,内部有筋骨在,于柔媚中,潜藏着一种韧度与硬度。这是我对她的诗歌的一个总印象。然而正是这恰到好处的硬度,将她的诗歌与其他很多女诗人的诗歌区别了开来——

"它们被定义为旧椅子/正在被电锯击,被斧头劈/它们木色身板,绿色钢骨深入泥土/密集分布在公园的/花间、水边、树下、草地上、小径拐弯处/它们大多与长风、阳光、雨露、空气、落叶、花瓣、小鸟为伴/虽说木色褪尽,钢骨依然铮铮/新椅子来了,旧椅子被迫移走/空出的第三人称,与风雨阳光一道就这样空着。"

这首题为《第三人称》的诗歌,可视为池慧泓的代表作之一。诗歌显然也呈现了这种美学特征。这种感受的获得,当然与它书写的内容有关。"被电锯击,被斧头劈""绿色钢骨深入泥土""虽说木色褪尽,钢骨依然铮铮"等诗句所呈现的美学硬度,是昭昭在目的。诗人在这首诗中表露的审美取向,其对铮铮铁骨的欣赏与赞美,也是不言而喻的。然而,通常说的美学特征,更多地指向的是艺术形式。作为一名女性诗人,池水的心怀自然是花团锦簇的;她观察世界的视角,她的诗歌所书写的对象、所呈现的美学特征,无疑都建基于女性性别角色与社会角色之上,都属于诗歌植株中的"女人花"。然而,她的诗歌不是那种零落即刻成泥的樱花、桃花或梨花,而是花瓣厚实、有着一定硬度的玉兰花、蝴蝶兰或三色堇。柔媚中伸展着一种筋骨,柔中藏刚,是她的诗歌作品的个性特征之一。我们来品味这首诗。首先看诗题。我们知道,第一人称的语感是亲切的、温暖的,第二人称的语感是亲近的、直接的,第三人称的语感是旁观的、冷静的。"冷"的吸附物往往是"硬",即所谓"冷硬"。再看诗歌的节奏。全诗行文利落、节奏感很强,颇具力度。力度也是硬度的一种表现形式。纵览全诗,诗歌以日常生活中司空见惯的露天长椅由于日晒雨淋、风欺霜蚀,逐渐残破,终被移走劈作柴火,换成新椅子的场景入诗,从庸常中萃取诗意,书写一种新旧更迭的社会现象,诗意显豁。最后一节"新椅子来了,旧椅子被迫移走/空出的第三人称/与风雨阳光一道就这样空着",扣题,不仅流露出对旧物的眷恋情愫,更以一"空"字,别生意趣,令人玩味。

池慧泓擅短制,她钟情于"小",诗歌大多篇幅不长,属于一种"微雕艺术"。譬如《路灯》《六柿图》《风把我抬得高于茅草》《浩荡》《虚构》《打陀螺》等诗,制式精短,概括力、表现力却很强,充满艺术张力。"有时候觉得它是过期唇釉/把夜色涂得一塌糊涂/……/自从最安静的村道也安插上路灯/就再也没见过黑夜的真面目"(《路灯》);"六个柿子是六个牧溪/……/你说这是柿子,我说这不是柿子/你只看见六个,我却看见还有更多个牧溪"(《六柿图》);"台风来了/它把水边的茅草一根一根压低/这个时候,我即便躺着/也是高于这些茅草的"(《风把我抬得高于茅草》);"从产房的宁静/粉色/到洞房强烈的/艳红/再到太平房的/冷寂白色/我看到了时光的色彩变幻。以及/尘埃的无边浩荡"(《浩荡》);"……/美人鱼空中叛逃/挟持一个渔夫的肉身和灵魂//另一个渔夫揭开所罗门的封盖/在海底孤寂了一千八百年的魔鬼/青烟一般到处招摇/……"(《虚构》);"他狠狠抽打大陀螺/越抽越疯,越抽越猛/……/

抽打自己身上的肩周炎、高血脂、突出的椎间盘/抽打一条小水蛇的鼾声/要它立即在隆冬苏醒"(《打陀螺》)……这些诗歌中,《路灯》比喻的新奇以及最后对真相单刀直入式的揭露,《六柿图》对精神世界景深的迁移,《风把我抬得高于茅草》所蕴含的生活哲理,《浩荡》以三种颜色对人生的高度概括,《虚构》对经典的化用与思维的纵横拉抻,《打陀螺》粘连手法的运用,等等,都体现了诗人不凡的表现力。

　　《池水的树叶》所收录的诗歌,语言清新洁净、温婉柔美,有缕缕静气萦绕期间,偏于宋词一脉。集中时有令人眼睛一亮的佳句,譬如"千年江水悠悠/一朵落花害怕一脚踩空"(《落花之空》);"当风声往紧字身边一跳/天似乎就变了脸色"(《风声》);"远处。花间。一粒红樱桃/偷偷叼走万里江山"(《元夜,一朵花有心事》);"岁月,摧残的/往往只是能被摧残的那部分"(《梅》);"其实——/我也一直暗藏利器/一把衔水而生的慧剑/不过总是喜欢指向柔软的刃"(《剑池》),等等。诗风整体阴柔,但也不乏如《今天,我只爱柔川》《遇见最柔情的水》《裙袂如翅去塘栖》《一提起心宿》《布袋山的一些细小》《在尤溪平坑村》《天台三章》《每一把钥匙都能开出一段时光》等组诗以及悼念英雄的《他们只是静静地睡着了——致凉山木里的英雄们》这样的开张、大气之作。当然,正如一枚硬币有正反面,《池水的树叶》也存在着不足之处。典型的女性诗歌文本,是这部诗集的长处,也是它的局限所在。视域有待于进一步宏阔、挖掘有待于进一步深化、题材有待于进一步拓展、表现手法有待于进一步丰富,或许是池慧泓诗歌今后继续努力的方向。

2023-01-06

（部分收录于《雅士诗文 2020 年卷》,中国民族出版社）

人生场景的本真抒写与心灵牧歌

——评李萍诗集《野豌豆的春天》

　　李萍(池上芙蕖)诗集《野豌豆的春天》共收录诗歌两百余首,分"光之河""下午茶""小夜曲""反季节""我有一颗大地之心"五辑。对于一个作品结集时才两年诗龄的新手而言,诗集所呈现的艺术水准无疑是令人惊诧的。它以一种对人生场景的素描式本真抒写和晨曲般的心灵牧歌,展示了一个蓦然闯进诗歌园地、为诗歌艺术魅力深深陶醉的女子,两年来对自然、对社会、对生活、对心灵的沉浸式诗意化体验成果。诗歌内心丰盈,整体品位优质均衡。细细读完诗集,感觉它与其他女诗人诗作相比,具有鲜明的个性特点。

　　首先是这部诗集的"中性化"诗歌语言风貌。李萍诗歌虽然不是一种"中性写作",然而其语言风格却呈现出一种鲜明的"中性化"特质。李萍诗歌,书写主体的性别色彩不像别的女诗人那般鲜明,其诗歌语言,是一种清丽与健朗混搭在一起的语言。这可能与诗人所生活的衢州地域性格有关。一方面,她的诗歌可以如"春天一来,白头翁就过上情人节/天天赶早约会/动人的歌声滴落,晨曦的湖心/漾起清亮的涟漪"(《失语》)所叙写的那般清澈、明丽、柔婉、甜美;另一方面,又可以如"七月的雨在半夜私奔。雷霆/搭乘闪电追击。黑暗的掩护恰到好处/悲悯让风挥起芭蕉扇,瞬间/骤雨与江河汇合"(《听雨》)所描绘的那般健朗、峭拔,内部潜滋暗长着一种力量。这种诗歌语言的内部力量,应该来源于如诗人所抒写的"蜗牛抬头,遥望。默默地想/总有一天,我会爬上去"(《蜗牛》)这种坚定、坚韧的精神力量。

其次是语文教师职业身份所造就的语言运用的规范性。笔者在多年的诗歌阅读生涯中,发现一个非常有趣的现象,那就是凡语文教师与书报刊编辑出身的诗歌写作者,由于受职业的影响,他们的诗作,造语往往都非常合乎语言与语法规范,诗句语法成分完整,词性运用精准,助词使用得当,几无错字别字,诗句行云流水,婉转直下,很少跳跃,也很少留白。这当然既是长处,也是缺点,如同一枚硬币的正反两面。作为一名汉语言文学专业毕业又从事中学语文教学工作的诗写者,李萍诗歌也突出体现了这一特性。

再次是对修辞的极度偏爱。这当然与李萍从事诗歌创作才两个年头有关,无须求全责备。笔者只是客观指陈一种现象。大凡初涉文学创作者,起初都是钟爱修辞的;随着创作阅历的丰富,才慢慢删繁就简、返璞归真。这是一种普遍现象,也是一条普遍规律。李萍诗歌对修辞运用有着浓厚的兴趣,也是颇为出彩的,尤其拟人化手法,整部诗集俯拾即是,特别是在描摹自然景物时,基本上用的都是拟人修辞,例子太多,兹不赘述。这里重点谈一谈她的诗歌修辞所体现出的俏皮、幽默的表达效果——

通篇顶真所造成的一种语言游戏的俏皮:"冬天的童话,少不了一座有烟囱的房子/房子里,灶火正放声大笑/笑声一缕缕,穿透记忆的瓦楞/瓦楞间,家长里短絮絮叨叨/絮絮叨叨的,还有烤红薯、炒栗子的细节/细节中,小儿笑闹、大人嗔骂/嗔骂后,总有香甜可口的奖励/奖励的尾声,在棉被暖和的怀抱延续/延续了一个胖嘟嘟热乎乎的梦/梦里,屋顶被白腻腻的焙馃覆盖/覆盖了松软想象的,还有院子里的鸡舍、狗窝/狗窝边,捕鸟的筛子成了圆圆的蒸笼/蒸笼上,有个白白胖胖的大馒头"(《盼雪》)。追求词语变化带来的俏皮:"想问一声/'远方有谁等待吗'""想问一声/'在等待远方的人吗'""想问一声/'远方的人还好吗'""想问一声/'远方有多远'"(《暮雨记》)。以当代生活流行语、科技术语入诗造成的平实、亲切、俏皮、幽默的效果:"麻雀的脑瓜,内存有点小/藏不下大容量的章节"(《过冬》);"人这个容器有点小/常常/需要刷新"(《晒梅》);"墙角一株蒲公英,偷偷送给我/童年的密码,登录之后/我发现曾经的一个漏洞/等待修复"(《蒲公英的约定》)……

以上所述是李萍诗歌迥异于其他女性诗人诗歌的三大鲜明特点。作为一名人生场景的本真抒写者和心房悠扬着一曲生活牧歌的小女子,李萍以一种如她在诗歌《栀子花的自白》中所言的"出身山野人家/纯洁朴素是我的本色/清白做人,清淡生活/该开花开花,该结果结果"的简素之风,和一种如她在诗歌《蜀葵》中所言的"蜀葵跟我一样,山沟沟里成长/习惯于躲在角落,仰望/星空背面/生产棉花糖的蓝天/还有飞机哞哞犁过的水花/……/我依然躲在角落/看她轰轰烈烈地燃烧/火焰一串串,一丈红的艺名被蜂蝶宣扬"的俯身于泥土的写作姿态,及时捕捉与记录生活中的一幕幕小情小调、小思小绪和小波小折,描绘了一幅幅日常生活(家庭生活、校园生活、社会生活)场景、自然变化场景和心灵(精神生活)场景。

李萍所关注的,是日常生活。《野豌豆的春天》是一部生活气息扑面而来的诗集,生活成色很足。这种日常生活,是"婴儿的啼哭沾染饭菜的馨香,从窗口袅袅升起"(《雨季过后》);是"生活的陶罐装着柴米油盐,不知不觉/落满尘埃。裂纹如疼痛爬满经络/我用阳光和雨水擦拭/翻出日子的里子,晒晒依稀保鲜的釉色"(《寻找彩虹》);是"一小勺香醋,学习泼墨挥毫/写意手法恰到好处"(《酸辣土豆丝》);是"暗夜读着灯光/黑字读着白纸/词语纷纷走下册页,满屋逡巡"(《夜读》);是《三月辞》《延迟入冬》《静夜思》《开往春天的列车》所描写的教育生活。诗人自然也体会到了生存的艰难:"日子就是一日三餐的程式/疲倦的思想拖着疲倦的脚步/寄宿在生存游戏的底层空间/除了茫然/活着的意义还剩什么"(《灵魂阳光》)。而《反季节》一诗,代表的正是她对生活的发现与不灭的希望:"外表完全失去生命迹象的根部/错落有致地冒出,两眼新芽/仿佛炉灰里两粒火星/跳腾着/不息的舞蹈。"

李萍热爱生活,热爱大自然。在诗集中,她就如同一个蓦然闯入一座植物园的游客,面对眼前的花草树木、鸟石虫鱼,面对满目的争奇斗艳、姹紫嫣红,抑制不住内心的狂喜,端起相机一顿猛拍。"草木茂盛,阳光慷慨,生长从未停止/蜡梅、红梅、海棠、樱花/相继怒放又凋零/四月的书页翻开,杜鹃姹紫嫣红/野豌豆铺满草坪,紫色花瓣/像我此生的心情/静默之后,一季蓬勃/隐藏于流水中的声音,悄悄蔓延"(《野豌豆的春天》)。她的诗歌,饱含对生活的热爱、发现生活的欣喜与溢满心怀的诗意:"院子里金橘花落了一地/我轻轻摇了摇还在打盹的空气/馨香像我的吉娃娃/不知不觉来牵我的衣袖/赶也赶不走"(《星期天的早晨》)……

　　李萍在诗集中所抒写的血缘亲情、故乡之情也令人动容。《冬至》《重阳》《秧苗》《永久牌自行车》等悼念亡父的诗篇,抒发了一个女儿对父亲深深的怀念与感恩:"父亲的话语不小心掉落/茂密地生长,成文成诗/稻田里,秧苗青青"(《秧苗》)。而写母亲的《围裙记》,更是描绘了一个勤劳、能干、淳朴、慈爱的传统的中国母亲的经典形象:"像潘多拉魔盒/倒出蕨菜、苦叶、马兰头/小笋、青茶、金银花,树莓、桑葚、枇杷……/倒出春天山野的词库/倒出一年四季大自然的典籍/倒出母亲日出而作日落还不能歇息的长篇累牍……"《逛知章公园》《关在栏杆内的虎耳草》《在湖仁》《桃花记》《一年蓬的故乡》《映衬》《再回首》等诗歌,则抒发诗人浓得化不开的乡愁:"人生处处风景/不及告老还乡"(《逛知章公园》);"我们都有一个回不去的故乡/那里是鸟语花香的山沟沟"(《关在栏杆内的虎耳草》);"这些年,乡愁早已迷了路/泥墙土屋的灯光,只亮在梦的窗口"(《再回首》)……

　　诗集中也有不少反映社会生活的篇章,如《睡姿》:"请看,窄小椅子像摇篮轻轻晃动/他们任由疲惫的脑袋,奋拉在椅背/似乎一有响动,随时准备跃马沙场"。

　　描写与评说,是诗集运用得最多的两种表达方式。写景在李萍诗歌中所占权重很高。她诗歌中的写景有这样三个特点:一是赋体铺陈;二是精准,能把自己朦胧的感受精准地呈现出来;三是暗藏着力量感,她的很多写景诗歌,譬如《听雨》《芒草》等,起首有力,结句平静,如海潮涨落。与此同时,她的诗歌随处可见看似漫不经心的评说,或揭示生活真相,譬如"生活席卷而来,漫天漫地/我们以抱头的姿势护住彼此"(《短歌》);或抒写人生感悟,譬如"高处的事物,适合仰望/只是抬头太久,容易/忘了初衷"(《榜眼墙门》);或倾诉生命况味,譬如"(落日)伸出它温煦的纤手,透过车窗玻璃/轻抚我混迹尘烟,渐渐僵硬的表情/以及表情背后同样僵硬的灵魂"(《落日》);

或阐释人生真谛,譬如"缄默比叫喊更能深抵人心"(《重阳》)。此外,她也谈论爱情,如《蛇莓》;或评说生死,如《生与死》。

诗集中多抒情诗。诗思轻灵,于生活的细微处着笔,如河水浅滩,连绵、轻柔、浅易、澄澈。或飘忽如《枯冬》,或深情如《收藏》。或怀念小时候的生活,如《相信》;或表达悲悯情怀,如《局外人》。或书写心愿,如《烧麦》;或感恩生活,如《黄昏》。或如《雨水》自我抚慰,"我把眼角雨水劝返眼里";或如《蟹爪兰》暗设目标,"蟹爪的粗笨与花朵的绚烂/构成独特美学,悬垂于枝头"。或如《暗香》喃喃自语,"疼痛与鲜血,如灵魂养料/在皮肉深处潜滋暗长";或如《蓝色梦想》庄严宣告,"此生只为/心中那片至高无上的蓝"。或在《夜雨》中开出童话的小蘑菇;或在《秋辞》中像燕子一样"摆出五线谱,练习飞翔之歌"……

诗集第五辑"我有一颗大地之心",集中描写大地上的风物人事:古井、老宅、小巷、溪流、江河、鹭鸟、禅院、公园、墙门、桥梁、纤道、码头、老街、祠堂、水库、陵墓、高山、城市、新村、场馆、榕树、海湾、长廊、楼台、溶洞、铁匠铺、棉花匠、师爷,等等。"井栏支棱起耳朵,听风辨雨/石砌的心即使裂纹如爆开的闪电/也依旧紧紧抱住——/一脉清流"(《古井》);"倚着桥上石栏,摆好古典姿势/来个自拍,只是丝质旗袍/文辞稍嫌绮丽/赶紧滤镜,开启/'黑白'模式/链接古风古韵"(《过箩婆桥》);"旧时驳船驶过/时光的淤泥"(《新塘古纤道》);"弹棉郎弯着背,像另一层隐喻/目光如弦,弹奏半生冷暖"(《弹棉花》);"我有仰望之心"(《浮盖山》);"老去的木头/雕花的梦依旧/生锈的锁链/相扣的缘依旧/裂纹的古瓦/荫庇的福依旧"(《杜泽老街》)……这批诗作,尽管多为采风作品,却是诗集中最具文化含量的一辑内容。

对于一位诗歌创作者而言,诗歌无疑是实现自我救赎的方舟。正如李萍在《秋千之上(代后记)》中所说,"诗歌是一剂良药,给予我熨帖和宁和""诗有魔力。当我静下心来读诗的一瞬间,世界就突然安静了,内心一片澄明""即使看过许多丑陋,经历过许多艰难困苦,我也要相信,'对世界所给予你的爱/深信不疑'""所幸夜深人静的时候/我还能读首喜欢的诗/是的,至少/可以读首诗"。李萍将两年的业余时光奉献给了诗歌,诗歌也给予了她丰厚的回报,这部厚厚的诗集就是一个明证。当然,由于受创作经历与经验所限,《野豌豆的春天》这部诗集也存在着一些不足之处,譬如创作手法偏传统,现代性不强;严重依赖修辞,且比较单一;多正面遭遇、正面切入,表达角度欠精心选择;铺排过多,结构欠紧密;内容大多写得过满、过于直露,欠蕴藉;拘泥于现实摹画,想象思维比较少;诗歌质量无特别差的,但也无特别出挑的,等等。这些意见或许有点吹毛求疵,但笔者还是决定贡献出来,以供诗人参考。

祝福李萍在诗歌创作之路上高歌猛进!

2023-01-16

（在"诗跨界"微信公众号,2023-01-17）

胡富健:故乡风物与人事的淳朴歌者

胡富健是故乡风物与人事的淳朴歌者。这位行伍出身、辍笔多年后又重新拾起诗笔的缪斯信徒,用他那男性化特征显著,硬朗、粗犷、淳朴而性情的歌喉,面对故乡风物与父老乡亲,唱出了一曲动人的赞歌,"为我们呈现了一个充满浓郁的大地气息和生活气息的世界"(伊甸序)。

《右眼看世界》是胡富健新近出版的一部诗集,按时间顺序,精选了他自2016年至2020年创作的一百三十七首诗歌,每一年度的作品编为一辑,共五辑。从内容上看,主要包括如下五个方面:一是描写故乡风物,感铭大地恩情;二是抒发缠绵乡愁,感恩父母双亲;三是书写日常生活,感知生命真谛;四是表达男儿性情,感悟人生况味;五是记录行走屐痕,感受辽旷世界。

这是一部故乡风物志。在诗人笔下,故乡风物呈现出一派欣欣向荣的勃勃生机:土豆、地瓜、丝瓜、苦瓜、剑麻、油菜、高粱、稻子在地里,以丰收的饱满色泽,回馈农人辛勤的汗水;桃花、梨花、橘花、荷花竞相绽放,葡萄、柿子果实累累,将乡村的天空映衬得明丽高远;括苍山、金板山、黄毛山,永安溪、金竹溪、云溪、东瀑大峡谷,悬崖上的树、仙人桥、石塔、江闸,雪、月亮、风筝、塔吊,山水相映,风光旖旎;骡子、蝴蝶、蚂蚁、蜘蛛、知了,各得其所,各安其命。《土豆》《土豆,这帮泥腿子》《来吧,土豆》《春天的土豆》,"埋入泥土的梦/更加沉着/坚定"(《春天的土豆》);《橘花的白无与伦比》《在橘园》《与你白头到老》《掰开橘子就打开了家门》《这些可爱橙黄的橘子啊》,"橘/在江南一隅,不改/葱茏之志"(《与你白头到老》);《倒叙桃花》《村口的桃树》《桃花劫》《私奔》《又见桃花》,"那些花都往死里开"(《村口的桃树》),"绝命的爱情/也不过如此"(《又见桃花》)……诗人不是为写风物而写风物。他笔下的风物,浸淫着幽邈而炽热的情思:"春天,种下我的今生/开花的样子,像极了我的前世"(《桃花劫》);《梨花》《收藏》,"我想,我的身体里也有白的部分/比如骨头、爱情/以及逝去的一切/它们曾流失过/我也为此痛过哭过/像这些梨花"(《梨花》);"括苍山,我想要坠入你的云里雾里"(《想坠入你的云里雾里》)。

这是一部乡愁书。诗人对故乡与亲人倾注的情感是深沉而稠浓的。"乡愁真是一剂中药/越煎越浓,也越服越安康"(《乡愁是一剂中药》),"这满是蜜橘方言的越地/甜蜜温柔/适合心灵居住"(《总有一种思念》)。故乡保存着诗人的童年,如《骑回童年》《割伤童年》,贮存着童年的芳芳;故乡有着父母双亲,母亲《在橘园》,"父亲可是要继续着他/一直以来的操心/有时不得不强忍着委屈/吞下苦果"(《错误》),"锄禾汗滴/我的父母并没有亏待/你的金黄,并不夸张,而是对土地的黄/和古铜色肌肤之黄的虔诚回报"(《稻黄》);故乡有着逝去的亲人,"这使我想起那些年/爷爷的遭罪/就像挂在父母枝头的橘子/压得一家人不敢抬头/至今,他俩的腰都无法伸直"(《这些可爱橙黄的橘子啊》);"爷爷奶奶,我知道/你们是被收藏了/被大地,被树木,被流水/我们只有用无尽的风来交流/让葳蕤的草去梳理/我们不尽的哀思"(《收藏》);然而《清明的雨没有落下》;故乡呼唤游子的归来,"浪迹天涯的你/唉,你也老了,老了/咱这就回家"(《归来》)……

诗人对故乡的爱无疑是缠绵缱绻的。《雪落在故乡的土地上》《冬天,写下了更多诗行》《今夜,我泡开的是故乡》等大量诗作,抒发的正是这样一种游子深情:"故乡,你是我坚韧而执着的归宿",对故乡,诗人"只有一茬又一茬绿了又黄/黄了又绿的乡愁"(《今夜,我泡开的是故乡》)。作为中华传统农耕文明的支柱性精神象征,自古以来,在亿万中华游子的乡土记忆中,"父亲"这一形象是一种山一般的巍峨存在,父亲对子女特别是对儿子的精神哺育与影响是巨大的。乡村出身的诗人胡富健自然也难以例外,他在诗作中,也把颂歌献给了自己的父亲。《右眼看世界》《菜园》两首诗歌,就是他敬献给父亲的两捧鲜花——

那年,父亲不得不摘除左眼/无奈,空缺都给了阴暗/睁只眼闭只眼/反倒激发了他射击的斗志/右眼就一个人担起全部的责任/死守盯牢。不仅身家性命/还有眼下的村庄/怕一不小心就弄丢了/怕一脚踩空了田地/跌入深渊,迷了家途/因此,路见不平/泥泞,照样屁颠屁颠着走过/根本不用去聚焦,抑或/戴副有色眼镜/遇上雾霾,总能摸索出光明前行/希望看到的世界/是单色的。希望左眼的忧伤/已付诸东流,即使有沙子掉进/也挤不出泪水。偶尔的几粒/眼屎,会被艰辛冲走

——《右眼看世界》

多么熟悉的苦难,多么熟悉的坚强！诗歌不用多加诠释,一个坚韧的中国父亲形象呼之欲出、跃然纸上。

这是父亲的城邦/这个季节是最繁华的/花竞放,果争荣/他的子民井然有序/有的高挽发髻/将心事高高挂起如丝瓜蒲瓜/有的大肚能忍似南瓜/有的思想苗条婉娜若四季豆/有的纯真憨厚像冬瓜/……这些都像极了父亲/父亲把它们当文字一样侍候/当年种子发芽时/父亲挑着他的抱负/却被时代拒于校门之外/一辈子,只好将/理想的文字种进土地里/后来把我也当成园中的一株/用他未竟的心血倾情浇灌

——《菜园》

在诗歌中,诗人将菜园比作"父亲的城邦",将花果比作"他的子民"。好一个土地"城邦"的君主,他的劳动成果,他的志得意满,在诗人的笔下,纤毫毕现;而更令人感佩的是,面对命运的不公,他的坦然承受,他的全力以赴,所昭示的是一种生活态度。

　　自然，在诗人的笔下，也有着面对农耕文明溃退、乡村老迈的无奈叹息。"老宅，年迈，风湿哮喘/漏出风能穿堂/仍然死扛/山坡的倾斜"（《老宅》）；"被挤兑的田垄/那些高粱、稻谷、地瓜、豆角/已退无可退/躲进城市/逼仄在钢筋水泥的丛林里/在这个秋天/坐井"（《在这个秋天》）；"挂牌的保护/还是败给了岁月/四合院、三透里乃至独门独户/民国抑或清代的木柱子泥巴墙的民居/正追赶它诞生的朝代/没落、倒塌、颓废/徒留捡漏的时光"（《公盂村》）。诗人由此悲悼故乡的消逝，发出这样的慨叹："我是个没有泥土的人/我的庄稼无处发芽"（《邂逅》）；"懒得追问故乡何处/我们走在别人走过的河滩上"（《秋天的永安溪》）。

　　这部诗集另一个重要内容是书写日常生活。诗人以一颗童心入诗，将日常生活叙事，化为《反复》《一串葡萄》《一米阳光》等一帧帧饶有情趣的生活画面："丝瓜搂住苦瓜/似在奶孩子/冬瓜憨厚地蹲在阶前/做他的男子汉/风起，他们勾肩搭背/……搔首，抛媚眼"（《一米阳光》）。在诗人笔下，既有日复一日的《上班》，也有休闲的垂钓（《旧时光》）和"杯中的世界/是慢下来的生活"的茶叙（《品茗》）；既有写家庭团圆欢乐的《除夕夜》《冬至帖》，也有描写生活的《祈祷》；既有反映农民之子情愫的《土豆》，也有呈现一位诗人"在纸做的田间/扶正传统的犁耙"之日常状态的《行走纸上》，更有书写父亲与自己两代"农民"（真农民与码字农）声气相通的《菜园》。

　　诗人是一位性情中人，《右眼看世界》是一部性情诗歌。军人气概、男儿血性，正义心地、悲悯情怀，是这部诗集重要的情感内容之一。譬如体现正义心地的《沉陷》，袒露男儿血性的《刀客》，揭露人间罪恶的《覆盖》，表达悲悯情怀的《生命里的红辣椒——致吴花燕》，回忆军旅生活的《山卡关》，追怀古贤的《汨罗江，好似大地的一道伤痕》《李白》《杜甫》《马致远》，缅怀英烈的《雨犹如我们这些年积攒的眼泪》，悼念卧轨诗人的《致海子》，抒写喝酒豪情的《酒是另一把剑》，等等，无不展现了一位硬骨柔情的诗人的精神风貌——

　　"操场上的水泥浇铸得最坚固/还是有起底的时候/失踪的证据/确凿僵硬"（《覆盖》）；"二十四岁，四十三斤，牵出轻/还有多少的轻深埋/被我们的沉重一笔带过"（《生命里的红辣椒——致吴花燕》）；"汨罗江，好似大地的一道伤痕/它是你屈原划下的/却痛了一代又一代华夏子孙"（《汨罗江，好似大地的一道伤痕》）；"此刻,雨像是约好的/犹如我们这些年积攒的眼泪/如期落下/我们的缅怀"（《雨犹如我们这些年积攒的眼泪》）；"相信德令哈也是属于你的/给这个石头的城市穿上了诗的衣裳/就像黑夜给予了你安慰"（《致海子》）；"此刻,整座山陷在猎猎的风声中/仿佛长矛剑戟滚石/破了耳边旌旗/树在厮杀,草跟着呐喊"（《山卡关》）……

诗人人到中年,自然也少不了对人生况味的咀嚼。《雨犹如我们这些年积攒的眼泪》《我听到冰山炸裂的初响》《人生就是赶赴一场场圆满之约》《悬崖上的树》《瓶口,咬住了瓶塞》《被风吹散的词语》《我的蛰伏》《雪落大寺基》等诗作,就道出了诗人体会于心的人生感受:"石头被逼至悬崖,一棵松树临危缠绵/笑对冰霜刀剑,淡看雨雾洗礼"（《悬崖上的树》）；"生活,总还要继续/只是偶尔,冒着/吱吱吱的不屑"（《瓶口,咬住了瓶塞》）；"被风吹散,是另一种的特立独行/与那些仍在枝头的人云亦云/早已无法,同日而语"（《被风吹散的词语》）；"屏住呼吸/学做一只蝉噤声/去耐心勘察/造一间自己的黑屋/掏出阳光的内心随意摆放"（《我的蛰伏》）……此外,诗人还有一些记录游踪的诗作,譬如《风又吹》《青城山》《都江堰》《宽窄巷子》《沙子是渴死的水滴》《布袋和尚》等,吟味的是人在旅途的心得。

从艺术表达上看,胡富健诗歌具有如下几个显著特征——

一、具有鲜明的男儿性情与军人烙印。行伍出身使得胡富健的诗歌风格偏于硬朗、粗犷,语言简洁、短促、利落、粗粝,就如他的诗歌《凛冽》所言,像"一把刀/一刀一刀削瘦冬天";很多诗歌都直抒胸臆,如《瀑布记》等;多白描,如《一群骡子走在九峰山道上》:"他们不霸道/……/谦让的动作/老练,很有涵养//……/山脚,他们扎完马步/便干上驴活/走路总是低头/腰板挺直,尽管/脊背夹着两块石板/脚步很深沉//有时走过/他们喘着粗气/有的打着响鼻//嘴角垂下一丝白色无奈/泪线发黄被苍蝇叮着/眼睛乜斜着/……/主人/举着鞭子/他们都夹着尾巴//哪个缺德的/不知何时/阉割了他们的繁衍/断了他们的念想。"这首诗以白描手法,描绘了骡子遭遇的苦难,表面上是写骡子,其实何尝不是悲悯人间那些与骡子有着相似命运的人?

二、诗路比较宽,题材广阔,风格多样;关注细小的事物,内容实在,不凌空蹈虚。这部诗集中的多数诗歌风格很雄健,但也有不少诗意清浅甜美的作品,如《中秋月出永宁江》等;多散发着泥土芬芳,也有不少具有古典意蕴的诗作,如《倒叙桃花》《柔川宋韵》《舴艋舟》《马致远》等等:"现在,你绽成歌唱的姿势/甩或白或红的水袖/在春风里,朱唇轻启/若桃之夭夭/纵是无言,已醉倒络绎的神仙,在西山/我展枝,将心愿点入花蕊/姑娘,倚在三月/绣锦衣,泡明前茶"(《倒叙桃花》);"一个人,从宋朝走来/不很丰满的身上穿着故乡和桑蚕/一个丝绸的府地被挖掘"(《柔川宋韵》);"从南朝顺流而下/此中山水被反复使用/并且,剪辑为几部历久弥新的大片/谢灵运的,王羲之的,孟浩然的,苏东坡的/还有李清照,黄公望的……/我自不待问同游者何时到永嘉/此身早已在《武陵春》中"(《舴艋舟》);"牵一匹瘦马站在古道/晚风吹拂/夕阳渐渐地印染了山河"(《马致远》)……常常见物咏诗,以小见大,如《一只玻璃杯》等。

三、擅长短制,这些短诗都比较精粹。如《乡村纪实》:"九月,让我怀想/旧时的收割。男人们挥舞镰刀把稻子放倒/大把大把,小孩子传递着沉甸喜悦/女人们则摇动秋风扬去蒙混的秕谷/赶着月色,就把秋天挑回了家";《一块石头》:"一块石头蹲在岸边仿佛多年,都在伏案/水一浪一浪的/似一页一页地翻着书/不舍昼夜/一粒粒汉字,犹如/浪花对多舛的命运滔滔不绝";《私奔》:"必须承认,我想带上桃花私奔/趁她还没下嫁,救下/毕竟我不是她生命中那个唯一的男人/尽管她,将来不会/后悔,自己做了母亲/因为我已认定这是朵我的桃花/必定要为我宽衣解带/我早已为她/流尽了毕生的桃浆"。此外还有《永宁江闸》《蝉鸣》《油菜》《在芦苇岸》《一张空木椅》等诗。这些短制语言凝练、诗核聚合,完成度较高,富有艺术张力。

四、常见奇思妙想,时有惊人的想象与新颖的比喻。譬如:"掰开橘子就打开了家门/看见亲人团聚/一瓣一瓣的骨肉"(《掰开橘子就打开了家门》);"季节出版了一部新书""那些雪的插图/让少年兴奋,去效仿/堆起快乐童年"(《冬天来了》);"流血是最后一次陶醉"(《一串葡萄》);"它们提前挖好墓穴/刻下墓志铭/放进夏天的上衣口袋""可以是蚂蚁爬满全身/甚至是苔藓附体,绿在最低微处"(《为了荣耀》);"在人间的石窟,燃灯/焚香,抄经,打坐"(《雪终于落下》);"春天,一朵一朵把自己打开/开着开着还是寂寞了"(《谷雨》),等等。

　　胡富健诗歌是一种生命的本真书写。因为本真,所以感情淳朴、真挚。他的诗歌,优点是显而易见的。与此同时,他的诗歌也存在着明显的不足,譬如写法显陈旧,大多采用的还是托物言志、借物喻人等传统手法,轻意象的铺设与意境的营造,语言过于直白,不够精粹等,这些都是他的诗歌创作未来有待改进的地方。

　　　　　　　　　　　　　　　　　　　　　　　2022-10-13

　　　　　　　　　　　　　　　　（刊于《之江诗刊》2023年春季刊）

中年的侧影

——赵国瑛诗集《森林停住了脚步》序言

认识杭州诗人赵国瑛,是2019年3月《品位·浙江诗人》在杭州市学院路胡桃里音乐酒馆举办的《浙江诗人十年精选》品读会上。谦逊、低调,是他给予我的第一印象。真正开始关注他的诗歌,始于第二年秋天。那天他给我发来一首诗《蝙蝠》,请我点评几句。读到他的这首《蝙蝠》,我眼前一亮,欣然命笔,写下一则近千字的赏读《难以确认的真相与需要确认的自己》。由此二人开始了交往。

《森林停住了脚步》是赵国瑛出版的第四部诗集,前三部分别是《随心集》《在低处徘徊》《不同的风景相互注视》。这一诗歌创作经历,证明他并不是一个诗歌新手。然而,与很多中年诗人一样,他也是一个诗歌"归来者"。"归来者"群体的作品大多带有某种共性:理想主义情怀难以褪尽,因而往往比年轻一代诗人情感更深沉、更具社会责任感。当然,也毋庸讳言,由于历史与自身原因,这个群体的诗人,诗歌风貌普遍偏于传统。一代人有一代人的艺术,这既无可奈何,也无须求全责备。

《森林停住了脚步》整部诗集的内容分为两部分:A面(A1—A5),辑录自选诗一百一十首;B面(《西窗集》),收录三百三十八则随想录。前者为纯正诗歌,后者类诗体笔记;前者以诗艺取胜,后者以思想取胜。诗集所书写的内容包罗万象:四季物候、自然景观、社会世相、日常生活、人生百态、国际风云等等,皆有所涉猎。对于一个有着半个多世纪人生阅历的诗人来说,作品题材的丰富性是题中之意,无须赘述。

　　我刚刚从往事中坐起来/此时没有人认识我//梦是一张薄纸,我将它/折成四角牌或纸船//人间白浪滔天,暗夜/如一张老式人造革沙发//放低声音,轻轻从每一天走过/像呼吸知道下一步如何演绎//我的托付有隐隐的痛/等着你路过,伸手纠正。——《与己书》

　　虚掩的门//推开虚掩的门你便是主人/和诸神享受同等待遇。/前脚惶恐,提醒后脚/修补经验的漏洞。/安放经卷的地方灯影/消瘦,梵音缥缈/你像绿植一样随意坐在/诸神中间。//神童一手指天,似要/捅破头顶偈语。/月色看不见的地方,倾诉/和倾听在低处流淌。/直到一叶菩提从画中飘落,/群山才从大地起身/接受众生的祈祷。——《虚掩的门》

　　《与己书》和《虚掩的门》,可谓诗人的夫子自道,或曰灵魂自白书。诗人与自己的灵魂对话,"往事""暗夜""知道""痛""纠正""享受""惶惑""修补""坐""倾诉"等词,准确而鲜明地书写了诗人感时伤世,心有隐痛,检视人生,喟叹良多的形象。最终"像绿植一样随意坐在/诸神中间",在对自然的皈依中寻得内心的平静,呈现了一幅典型的中年生态图。"它和我们打招呼,/赦免我们的孤独。//树倒向风的怀里。悬崖/呼啸,日光撕咬亲人。//溪水醒着,白云伸出小手/撩拨水中卵石。//浪花的唇边有细微的表达,/似在喊叫雨的小名。//虫鸣追逐虫鸣,/草木以自己的方式打开自己。//一叶扁舟在渔歌里泊岸,/江山摇摇晃晃读懂今古//奇观。有时我们远远地站着/只为给大地留下警惕的脚印。"诗歌《清流十四行》,生动地描绘了诗人在大自然中的陶然忘机。

　　三人对饮/我们都对酒说话/酒不作声/只管在杯中浅浅地笑//其实最想

说话的是酒瓶/拔开软木塞/它的感冒就好了/我们站起来干杯/椅子也想说话//细雨秉烛而来/多少往事乘着醉意/从酒杯上岸/投入灯火的怀抱/除了细节,岁月//结不出别的果实/重逢和分离是获得/光亮的两种方式/在暗夜里照见彼此的脚印——《相见欢》

    一首《相见欢》,写尽了如宋代辛弃疾《丑奴儿·书博山道中壁》一词所言"而今识尽愁滋味,欲说还休。欲说还休,却道天凉好个秋"般的中年况味。这种失语的况味,一方面源于"减",即时光的消逝。正如诗人在《易碎品》一诗中所感叹的,"时间是易碎品/一不小心弄碎了/便查无此人"。另一方面则源于"加",即社会生活加于每个人身上的种种重负,"在山中,我和树叶一样/保持沉默,不让一丝光亮/发出声音"(《在山中》)。然而,对于一个曾经的理想主义者来说,岁月的积尘难以尽掩心中紫电青霜的光芒,"青春已经磨损,而血/依旧炽热/容颜固然改变,而心仍然澎湃//现在,有一束光引领我们/向黎明结集/用一个自己照亮另一个自己"(《寻找》);"我捉住的黑夜像一个水坑,到处都是提着头颅/为黑暗/照明的信仰与火焰"(《重复》);"灯火成为坚定的守夜人/在辽阔的人间四处行走"(《西窗集》二九二)。这是"60后"诗人的普遍精神写照,也是这一代诗人的历史价值所在。

    诗人余光中《乡愁四韵》中有云:"醉酒的滋味,是乡愁的滋味。"与很多中年诗人一样,《森林停住了脚步》这部诗集也书写了诗人浓郁的乡愁。诗人的这种乡愁,聚合着"伤"与"欢"两种情感。前者主要体现于对故乡诸暨的深情,如《聚拢》《乡下土烧》《山坡》《竹海》《草木书》《清明辞》《短脖子春天》《你在那里》等诗:"你从体内搬出/故乡,与另一个自己重逢"(《秋日所见》);"你在那里,替我守着? 家园,我就放心了"(《你在那里》);"粮食必须回家/守住故乡"(《西窗集》二九七);"住惯方言的老屋/往事不肯离去,烟火里有我/熟悉的一草一木/死亡也是红彤彤的/温暖或照亮回家的身影"(《兰台古里》);"一个村庄的孩子一起老去/故乡越来越矮,你的老年/将矮过水面,这样风便/吹不散一辈子的乡音"(《枯荷》)。而《赵家镇小记》一诗,则流露出一种贺知章《回乡偶书》式的慨叹。后者则主要体现为对第二故乡杭州的书写,情绪欢畅,如《官河》《池塘记》《跨湖桥独木舟》《湿地公园》《江墅铁路》《七彩社区》《白塔公园记》《西溪路》《青芝坞》《京杭运河杭州段》《陪运河散步》,等等。"无论时间是否生锈/心安放在哪里/那里就是我的故乡"(《西窗集》一八七),这是诗人对第二故乡的深情告白。

"60后"诗人注定是关注现实、直面生活的一代,是集思考力与批判精神于一体的一代,是社会责任感强因而沉重的一代。赵国瑛的诗歌也体现了这一共性。《森林停住了脚步》这部诗集,对诸如金钱豹出逃、象群北上、洪灾、干旱、毒教材、强拆、环境污染、商品质量、农资涨价等一系列社会事件也多有关注与批评,特别是《西窗集》一辑所收录的三百多首微诗,既像小令,更像微型时评,那些短促有力的诗句,集中表达了诗人对世界的态度:"病毒蛀空主义/家园的外壳越发坚硬/但它是脆的/记忆被金属偷走了"(《西窗集》一);"作为泥土的客人/既不能发言/也无权抗议"(三二八);"赤日屏退风雨,独自徘徊/长江露出褐色胎记/水下江湖风轻云淡。/一条火龙自天而降/直抵龙宫"(三二七);"被高温开除的植物没有/拿到秋天的入场券。/它们站着死,没有跪着生/有人偷走了它们的膝盖"(三二二);"当逻辑疲惫产生裂痕/形式便成为舞台的主角"(三〇〇);"他们的权力是消费/别人的权力"(二九五);"我想坐在生活的空白之处/对黑暗表达风的赞美/向速度低头,让每一句谎言/丢尽颜面。用真诚包住/燃烧的火焰"(六十七);"对天空说那么多废话/在高处划一条江河//风射出子弹,过去是/灰黑色,现在是白色//它们折射的角度与匍匐的姿势,与从前一样"(《烟囱》)……这些警句般的诗行,不仅体现了诗人对社会生活的关注力与思考力,更体现了一位"60后"诗人的社会良知。

在诗歌表现艺术方面,赵国瑛的作品也具有独特的肌理。仅以下面两首诗为例,窥斑见豹——

都市里一片桑园失去了战斗力,/谁用剪刀卸走桑树的手臂?/那曾经向春天要回白云的白,/丝绸的柔的手臂。//桑树一生的放弃没有临床意义。/用叶子看这个世界,拒绝吃药/自身的免疫力可以绕季节几圈,/竹篼中教一群白胖子孙唐诗宋词。//为蚕蛹演示高贵,/几千年栖居东方古国。/那片像祖国的叶子将所有光芒/交给星辰,让流水富有弹性。//蚂蚁转圈,向桑葚示威。/一双黝黑的手翻动桑园的雨天,/夜半堂屋里响起沙沙的潮声,/母亲在每个时辰刻下成长的记忆。//僻静处萤火虫闭关修身,/嘹亮的蝉鸣跳进池塘。/风雨继续忙碌,桑园里埋下闪电或白雪。/——《桑园记》

　　血液反对,骨骼坚持/疼痛从远方来看我//家里养着大月亮/暗处波涛汹涌//作为一条鱼,群居是危险的/深渊五音不全长满毛刺//蜗牛在自己坟前怀孕/花猫穿越加速的时代//像开始一样柔软的结尾/又回到时间的废墟——《免疫力》

　　仔细研读这两首诗,我们不难发现赵国瑛诗歌明显具有如下三大特征:一是物象之间与词语之间的奇异组合;二是意象与意境在可理解范围内的荒诞性;三是表达的陌生化所带来的现代性语言特质。《桑园记》一诗,记的其实就是桑树遭遇剪枝这样一件再寻常不过的事情,然而诗人受此触发,神思邈邈,由此联想到被剪枝的桑树是一群"失去了战斗力"的战士,联想到一场截肢的临床手术,再联想到桑房里的蚕食、桑葚下的蚁动、母亲的忙碌、桑园的环境,最后表达自己对桑园的喜爱之情。《免疫力》一诗,写的是自己观赏鱼缸里的游鱼这样一件小事。两首诗歌,诗意都较显豁,杜绝了晦涩、费猜,然而物象之间、词语之间的组合都很奇异:树卸手臂、叶拒吃药、竹匾教子、叶像祖国、蚂蚁示威、屋起潮声、萤虫闭关、蝉鸣跳池、园埋电雪;血液反对、骨骼坚持、疼痛访我、鱼似月亮、缸如深渊、蜗牛怀孕、花猫穿越……这种物象与词语的独特组合艺术,不仅造就了意象与意境的适度荒诞性,更形成了一种陌生化的、奇特的表达效果,由此给诗歌带来了浓郁的现代性语言特质。

　　《森林停住了脚步》行将付梓,遵诗人之嘱,写下上述读感,权代对赵兄的祝贺与祝福。

　　是为序。

2022-12-05

(在"诗跨界"微信公众号,2022-12-27)

现实主义的多重观照与审美向度

——孔庆根诗集《平行世界》读评

　　孔庆根诗歌是关于现实生活的日常叙事,体现了一种现实主义书写的美学向度。他的诗歌,少高蹈的想象,而钟情于对现实生活进行多重观照,对庸常生活进行描摹、叙述、思考与提炼,擅长从微观事物中发现生活的大义与诗意,显露出一种浓郁的叙事与思想质地。在他笔下,同时闪现着个体精神、时代生活与江南风物的光尘与魅影,体现了一种关于江南日常生活的诗歌美学。他的诗歌,有着一种悲悯人世的忧伤底色。诗歌整体呈现出一种柔和、质朴和精妙的语言风貌,然而在柔和、质朴与精妙的深处,藏有一种不动声色的芒刺与筋骨。

　　从前一部诗集《睡前的萤火虫》到《平行世界》这部诗集,诗人的诗歌艺术更臻成熟,对现实的楔入程度也愈加深入。何谓诗人的"平行世界"? 我们在此可以简单地理解为平行的"教育世界"与"诗歌世界"。"校长本色是诗人",孔庆根是一位具有现代教育管理理念的优秀校长,同时又是一位优秀诗人,这两种角色在他的世界中并行不悖。教育生活与诗歌生活,是他人生的重要两翼,也是他的诗歌所表现的两大重要内容。

　　孔庆根诗歌创作特征可用这样三个词语来概括：一、日常生活。他的诗歌，关注日常生活，书写从生活事件中获得的感悟，倾诉对尘世生活的热爱，譬如"午后，突然瞧见的云/让人升腾起对浊世的依恋"（《午后，山边的云》）。二、杂色书写。他的诗歌，时而狂放，时而平和；时而轻描淡写，时而深情款款；时而戏谑，时而凝重；时而欢快，时而沉思。有语言精微的，也有口语化的；有比较抽象的，也有偏于具象的；有诗艺现代的，也有写法较传统的；有理想主义的，也有现实主义的；有精心构思的，也有灵感降临一挥而就的。三、思想底色。他的诗歌，具有一种思想底色，体现了一位思考型诗人心底的良知、正义感与忧患意识。诗人的手中有三副笔墨：一是对日常生活的本真呈现与温情；二是对社会现实的沉重忧思与隐忍锋芒；三是在传统与现代之间的左顾右盼与左冲右突。

　　孔庆根的诗歌，呈现了日常生活中的世相百态，体现了一位现实主义诗人对生活的温情。在他笔下，既有对诸如假日值守、观片、观球赛、酒事、旅游等日常生活的描写，也有对豹子出走、群象北迁等时事的关注；既有对社会蝶变的歌赞，譬如《写于艺创小镇》，也有对生活的叙写，譬如《元宵夜，自饮》《开始关心清晨的鸟鸣》等诗歌；既有浓郁的乡愁，譬如"家乡正在突然的冷空气中凌乱/若不是有人传递消息/它与更远的骚动和战事一样/……/在一片花市中，我辨认着道路/以及暂时寄身之处"（《两地书》），也有令人动容的父子情、师生情、朋友情、爱情乃至人类情。

　　《送菜记》是一首书写父子深情的诗歌，作品真切而生动地描写了一种传统而深挚的中国式父子关系，"父亲常冷不丁地到单位/卸下肩上的蛇皮袋/我懒得对他讲为何昨晚电话里不说/我这个星期可以回去""在传达室，我们相见又告别/他告诉我一切都好安心工作/他不喝水一般也不去办公室/他也不要我送出大门"。诗歌在一种看似轻描淡写、不动声色的叙述中，写出了父亲对自己的深爱，以及一个人子对父亲的真情。结尾一句"我会看着父亲转弯/想着他的归途"，余音袅袅，一切尽在不言中。而诗歌《街角一刻》，描写的则是诗人目睹的日常生活中另一幕温馨的母爱图景："街角处，孩子像马驹奔跳向前/在他身后，母亲的目光织成缰绳"，读后令人不由自主地会心一笑。

孔庆根很多诗歌,都有着一种角色身份不自觉的自然"移情":把一切都看作孩子,满怀着一种教师兼校长的慈爱与隐忧。譬如"两只小鸟/他们相对而望/像两个穿着厚棉衣的孩子/随时准备开跑"(《停在折荷上的鸟》);"说说孩子吧/他们是未来,但积极心理学告诉我/自大的文化,正在收割未来/如果过去收割了服从的一茬"(《明天,入冬》)。作为一名诗人校长,他爱孩子、爱教育,对诗歌、对文字,也同样充满深情。《七月,在子夜醒来》一诗,毋宁说是他对诗歌与文字的告白书:"我们各忙各的,有着各自的声音/而总有一些声音,一些文字/进入我们的饭碗、杯盘、血液和大脑/像甩不开的冤家/只有承受"。爱是孔庆根生命中的关键词,这种情愫,同样体现在他对待朋友关系上。《平行世界》中收录了一组写给朋友的赠诗,如《席间,听语》《何家坞:石磨之家》《星辰》《立秋夜,忆凯里》《从此,换了姿态》《关于洪洞县及别离》《此时》《秋聚》《洗》《远行》《钟的叹息》《他们把标点写在了高空》等等,就抒写了诗人对朋友的真情与抚慰。甚至在他难得一见的爱情诗中,譬如《刹那》,尽管表达极其隐晦,我们仍能从中感受到那份炽热。

孔庆根无疑是一位具有童心的诗人。我不知道他到底是因为具有童心而选择了教育和诗歌,还是因为选择了教育与诗歌而使得他葆有了一颗童心,或者二者其实是相互作用、相辅相成,他的诗歌,涉猎童年的作品倒是占有不小的权重,譬如诗歌《何家坞:石磨之家》《晨遇》《早醒纪实》《提前》等等。一些诗歌,还会流露出孩童般的暗自得意和顽皮,如,"把这一刻拉紧/像儿时玩皮筋弹射/胜利者的笑,瞬间浮现"(《假日值守》)。自然,在孔庆根诗歌中,我们也时见一个负重前行的中年男人的人生感喟,以及对清净生活的向往。譬如《早醒纪实》《夜晚,珍重》《记拍天空的人》《不说》《冬夜的解构主义》《夜晚,降雨》《无以言表》《更多地向下》等诗篇,就真切而真实地表达了诗人面对压力的沉重喟叹。然而,诗人的这种感喟并不尽是消极的,并不尽是如《更多地向下》《忆西部的天》等诗篇所表达的厌倦与逃离,更有"就算无法离开大地/依然持有飞翔的姿势"(《秋聚》)的倔强、"用积极行动抵抗慵懒堕落/用尖锐的注入拦截颓靡与向下/把自己站成一座山"(《庚子年中秋抒怀》)的坚持,以及"我喜欢不完满的神/以及卑微的向善"(《夜晚,降雨》)的上善若水。

　　孔庆根诗歌对自然有着高度关注与敏感。《开始关心清晨的鸟鸣》《听雨记》《听秋虫的声音》《午休》《居家，有雾》《观察马路上的一只灰色小鸟》《回程》《该疼一只鸟》等诗歌，就典型地反映了他的诗歌的这一特征。譬如诗歌《该疼一只鸟》，描述一只"停在高高的树枝上/像一个黑色的逗点""从凌晨啼到子夜"的鸟给诗人带来的灵魂的攒击。这只羸弱的生灵，化"单薄的翅膀"为"锋利的刀片"，"切割着"浩荡的空气。气流是那么的强大，它的翅膀是那么的"单薄"、力量是那么的弱小，强与弱，对比鲜明，然而，为了赢得生存和飞翔的权利、"赚取飞行的航向"，它依然将翅膀交给了飞翔，向着气流划动着"锋利的刀片"。"锋利""不知疲倦"等词，不仅表现了鸟生存的艰辛，更表现了鸟的无畏、顽强与坚韧。诗人将自己代入这只鸟中，以一种沉浸式的共情，抒写了自己对鸟的悲悯与敬意，以及对自由的向往。再如《雪天读诗》一诗，诗人写自己雪日午后读诗，浮想联翩。现实与希冀、来临与消失、悲悯与怅惘、怀念与疼痛，一切都是淡淡的，却萦绕在诗人心头，挥之不去。而对比手法的运用，更是营造了诗歌的张力。孔庆根诗歌写雨、写鸟的篇章较多。心理学告诉我们，喜欢听雨、听鸟鸣的人，本质上是孤独而忧郁的人，是细腻、敏感的人，是安静、内敛的人，是性格敦厚、温柔的人。这或许也是读者进入孔庆根诗歌的一把情感密匙。

　　孔庆根是一位思考型诗人。这种思考特质，主要体现为这样几点：其一是哲学玄思。譬如他的《论月光美的真实性》《平行世界》《豆腐豆子二人转》《听秋虫的声音》《此时》《子夜》《关于蝉鸣的父子对话》《午后，山边的云》《猫的游戏与屋外的阳光》《穿堂风》等诗歌，揭示的就是一种如"一边制造美丽/一边制造灾难"（《论月光美的真实性》）所昭示的辩证法。其二是对未来的忧思，譬如"自大的文化，正在收割未来"（《明天，入冬》）。其三是沉重的社会责任感，譬如"我们也像天一样下着雨/彼此都是湿的，显得沉重"（《久雨未晴狂想曲》）。其四是平等意识，譬如"我不要他们站在高的基座上/他们是我们中的一员"（《加莱市民：罗丹作品》）。其五是批判的锋芒，譬如《七月，在子夜醒来》《起身》《先于》《闲聊》《雨中，等下楼》《一种客观》《更多的问题》《近日读书》《水下的天空》等诗篇中暗藏的"将沉默推上枪膛"（《七月，在子夜醒来》）这类机锋。诗歌《起身》，看似写膝盖关节之疾、中年之叹，其实语带双关、指涉世事："缓慢起来/依然听得两声脆响/从膝盖关节处传来/像空洞的对话：'平身'和'喳'/声音落后于我的腰杆……"腐朽的声音从骨节深处、从历史深处传来，令人不寒而栗。

从孔庆根的诗歌中，我们可以看出诗人思想形态上的几大特征。一是不虚妄、不浮华，脚踏实地的生活态度，譬如"结穗/灌浆/低下饱满的头颅"（《酒后，忆八月》）。二是深沉的"根"意识（故土意识），譬如"月光将我洗了一遍/之前，高山流水将我洗了七遍/我像飘在尘世的银杏叶/父亲栽种的银杏树正合拥抱"（《夜归》）。三是心怀悲悯、关注底层、同情弱小，譬如："其实，没有皇帝/这也是一个好名/让山里的村民每周多睡一天/那一天，大家都是神仙/没有苛政，没有压迫/闭了眼，人人怀着好梦"（《八宿屋的传说》）；再如诗歌《某时寓言》写诗人在游某寺庙时，在寺庙前的空地上，用面包喂食一群黑鸟，"直到同行喊/你快把救急粮用完了//它们也是自然界的物种/我这么答着，带着救赎/转身离去"。四是对质朴、平凡的倾心，譬如"这个秋天，见惯了金黄鲜红/初见惊愕，等转身离去/身后添了两束光芒/温润，柔和，安抚着僵冷的躯体"（《访友桥》）。

从诗歌艺术表现手法上看，孔庆根的诗歌目前尚处于日臻成熟总体趋势下的不稳定状态，体现为在传统与现代之间的左顾右盼与左冲右突。多数诗歌写法平实、诗意显豁，也有不少如《沉默的石子》这样的诗歌，手法现代但内容比较晦涩，在传统与现代、晦涩与明朗之间左右摇摆。从诗歌肌理上看，孔庆根的诗歌一是以联想思维为主、想象思维为辅。思维多由身边现实拔离，然后游向四面八方，譬如《子夜，闻婴儿啼哭》《开始关心清晨的鸟鸣》等诗，而像"一首诗将我带至西北/那里柔和的阳光辽阔无边……"（《一首诗将我带至西北》）这种纯想象之作则较少。二是画面感极强。譬如回忆少年时光的《浮沙渡》，"我爱坐在江畔/等着夕阳下山，等着西边的烧退尽/等着船成了大黑鱼，钻出东洲/等着劳作的人像鸭子扑上江岸/在一堆黑影中辨认我的母亲/牵着她的手回家"；再如在《猫的游戏》一诗中，诗人看到猫"一回合一回合地争斗/英雄般威武的姿态得胜而归/又投入同一战场"的场景，心里"从欣喜渐渐悲凉/并对人世满腹狐疑"。三是比喻和描写大多精妙传神。譬如："夜晚，星辰浮动/仿佛远方的朋友端着酒杯/笑脸相迎"（《立秋夜，忆凯里》);"那些时间的棋子,朝代已模糊/从各地走来,聚集在山坡与平地"(《何家坞:石磨之家》);"鸟跳跃、踱步,且鸣叫//而新的平衡诞生/芦苇颤动、摇曳、花絮舒展/他们像两个忘年的好友/初见的冷涩与僵硬之后/身体内的少年飞奔而来"(《晨遇》)……凡此种种,为孔庆根诗歌的现实主义观照和审美向度,增添了一抹绚丽与鲜活。

2022-12-26

(载"诗跨界"微信公众号,2022-12-29)

"我们现在怎样写乡村诗歌?"

——在首届杭州乡村诗会上的发言

乡村诗歌不难写,乡村是我们的"元世界",中国很大部分"50后""60后""70后"乃至"80后"诗人都来自乡村,都有着关于乡村生活的童年记忆,都有着深刻乃至刻骨铭心的乡村生活经历和经验。

乡村诗歌又很难写好。一是当代的乡土中国早已发生了巨大的裂变,现代城市文明和后工业文明正以前所未有的速度,粗暴、残忍地吞噬和消灭着古老的农耕文明。现在的中国乡村早已面目全非,田园牧歌式的乡村早已消失,乡村已非过去的乡村,已非我们童年的乡村。一部分乡村富裕了,一部分乡村搬迁、移民了,更多的乡村凋敝了。古老的乡村社会正日趋被现代生活渗透,纯正的古老的乡村生活早已不复存在了。现在的乡村生活,基本是已成城市生活的"乡村版"。或者更准确一点说,现在的中国乡村,早已进入了一个"后乡村时代"。用爱尔兰诗人叶芝的话来说,那就是"一种可怕的美正在诞生"。乡村几千年积淀和延续下来的古老秩序与伦理,已经被颠覆和破坏殆尽,支离破碎的乡村已无法真正承载现代人的乡愁。二是乡村诗写作,也面临着一个怎样用现代性对传统进行改写的问题。如何在传统的乡村诗中浇灌现代精神、熔铸现代艺术手法,即如何进行"后乡村时代"的乡村诗创作,这是从事乡村诗创作的诗人们无法回避的一个问题。

乡村是诗歌的原乡与根脉,是诗歌的源头与家园,是诗歌的出发地和归宿地。乡村精神至今还影响着中国诗人,其影响延续了几千年。乡村诗是诗歌的"元诗歌",《诗经》就是中国最早的一部乡村诗集。乡村与诗歌,构成现代人两大灵魂庇护所。古老乡村精神的现代书写,与现代乡村书写对古老乡村精神的传承和革新,是摆在当代乡村文学创作面前的一个崭新课题,也是摆在当代乡村诗歌创作面前的一个崭新课题。

"我们现在怎样写乡村诗歌?"对这个问题,我想谈如下三个基本观点——

一、今天我们写乡村诗歌,首先要警惕一味地将乡村诗写成虚幻的赞歌。时光的巨筛很容易过滤苦难,留下美好。因此我们现在写乡村诗,首先要警惕的便是一味地美化乡村。田园牧歌已经消失,那个苦难的时代值得我们个人记忆,却不值得历史收藏。乡村诗写作,不可仅仅指向历史和记忆,而要更多地指向当下现实,指向乡村内部的肌理、疼痛乃至黑暗,与自己笔下的乡村同呼吸、共命运,指向行走在消逝中的乡村背影下的个体的呼吸与呻吟,揭示乡村存在的真实。这种存在,当然既有凋敝,也有重生。乡村诗创作,既不能一味地美化过去、美化童年,把乡村写成虚幻的田园牧歌(其实那个时代生活是苦难的,至少物质生活是贫寒的),也不能仅仅驻留在对当今乡村外部表征的浮光掠影式的扫描,把乡村诗写成"观光诗",特别要注意的是在书写富裕乡村时,诗歌不能沦为虚幻的赞歌。

二、今天我们创作乡村诗,要警惕一味地将诗歌写成哀叹式的挽歌。当下乡村的真实现状是,一方面在凋敝,一方面在振兴;有的地方在凋敝,有的地方在振兴。忽视其中的任何一面都不是一种客观的态度。也就是说我们诗人在观察今日中国乡村现实时,不能做"独眼龙",只看到振兴看不到凋敝,或者只看到凋敝看不到振兴。乡村的现实状况其实是很复杂、很丰富的,一部分乡村在消逝,但也有一部分乡村在恢复,在发展。如果诗人们只看到了单个方面,那么乡村诗创作就失去了理性支撑和法理支撑。凋敝是一种客观存在和必然趋势。随着现代化、全球化的发展,特别是近几十年中国城镇化进程的加快,中华古老农耕文明的空间被严重挤兑和压缩,乡村凋敝的大趋势不可逆转。但同时,振兴也正在酝酿和发生。这些年政府倡导的脱贫攻坚、全面建设小康社会、社会主义新农村建设、乡村振兴、共同富裕等政策,也确实给中国广大乡村社会的面貌带来了改观。诗人们不可一味向后看,也要向前看,要关注当下中国乡村的变化,要看到并积极拥抱乡村向城市、乡村生活向城市生活、农耕文明向城市文明的奔赴与汇流,将创作视角转向现代生活,既不能一味地唱赞歌,也不能对乡村的变化视而不见,一味地将乡村诗写成农业社会和农耕文明的挽歌,而要注重写出一种乐观的、前行的力量,要实现农耕文明向城市文明的和谐相融与诗性转化。

三、今天我们创作乡村诗,要警惕将诗歌写成"催眠歌"。没有创新的乡村诗只能令人昏昏欲睡。乡村诗歌既要向传统致敬,更要向现代致敬。乡村经验与乡村精神是乡村诗歌创作的重要资源,然而却绝不是唯一资源。随着时代的发展变迁,乡村的结构和内涵已经发生了很大的变化,我们要看到乡村大地上正在生长、变化与发展的力量,不能以旧有的经验去呈现早已物人两非的当下现实生活,要把乡村现实和历史置于当代社会背景与文化背景中去重新审视与观照,要深入时代生活的内部,深切感受新时代的气场、从新乡村中洞见未来的风景,不能仅凭想象与臆造去写作,要创新立意、创新角度、创新题材、创新语言、创新结构,以具有创新性的语言以及较强的现代意识、时代特色和现代精神,回应时代,回应现实生活。要注意古老乡村的现代书写与现代乡村书写对古老乡村精神的传承与革新,要体现对古典传统乡村诗歌写作的超越,写出个体独特的感受,告别那种"唐诗宋词"式的书写,如果说诗意和构筑诗意的生活环境与意境是乡村文化振兴的重要前提、努力方向和美好前景,那么深刻挖掘乡村振兴背后的诗性情怀、诗意愿景和诗情激荡的创造精神,便是当代乡村诗歌创作义不容辞的使命和不能回避的路径。一句话,乡村诗歌要表现人类在乡村大地上的诗意栖居,体现人与自然的协同与共生关系,用诗歌谱写乡村振兴新篇。

2022-08-14

（载"诗跨界"微信公众号,2022-08-14）

"余干诗群"的发生学

作为一种诗歌现象,"余干诗群"正在引起越来越广泛的社会关注。近四百年前清政权建立后,由于政治、经济、战争、人口、区位、交通、教育、胆魄和社会心理等诸多原因,在中华汉文明历史上特别是唐宋元明四代曾经灿烂辉煌的江右文化急遽衰落。秦初建县,迄今已有2243年历史,有着"人文甲江南"之盛誉的"理学名区"余干古邑,文化也随之陷入了长达近四百年的历史沉寂期。"余干诗群"的崛起,正是在这样一个历史背景下发生的,因而引人注目。

与全国诸多区县文学创作现状相比较,"余干诗群"呈现如下四个鲜明特征。一是创作队伍体量庞大。据不完全统计,已经逾越初学者门槛、登记入册的余干诗歌创作队伍达百人之盛,从事现代诗创作的人数与从事古体诗创作的人数大致对半开。本土创作团体有"缘聚茶林湾""余干人文""星火余干驿""余干诗词学会"等,常年坚持开展诗歌创作活动;并曾有联结本土内外的创作团体"东山诗院"。创作队伍人员如此之众,放置于全省乃至全国各地,都是不多见的。二是古体诗词创作与现代诗创作齐头并进,古体诗词创作以"余干诗词学会"为龙头,现代诗创作以"缘聚茶林湾""余干人文"为劲旅。三是外地与本土的余干籍诗人因为对故乡的热爱而凝聚在一起,形成了复兴余干诗歌创作的向心力。四是创作风格迥异,各具风貌。

剖析"余干诗群"的崛起原因,不外乎内隐与外显两个方面。内隐原因是中华壮丽山川与渊深人文特别是鄱阳湖流域优美的自然风景与悠久的历史文化对余干诗歌创作者们潜移默化的影响,是干越地域文化对这些缪斯信徒的化育。外显原因则源于伟大的现实,譬如经济大发展带来的物质生活状况的极大改善,大家有条件较为从容地从事诗歌创作;譬如智能手机的普及,大大方便了诗歌阅读、创作与发表,便于组织开展各种诗歌创作和交流活动。但更显性、更直接的原因,无疑应该归功于诸多诗歌创作团体在余干这块土地上的次第出现,"东山诗院""缘聚茶林湾""余干人文""星火余干驿""余干诗词学会",不仅扮演了寻找知音、凝聚同道的角色,更促使了一种互相学习、互相激发的创作氛围的形成。诗歌创作者们"相互刺激",最终造就了今日"余干诗群"的火热创作局面。

然而,我们必须清醒地认识到,"余干诗群"的整体创作实力,放置于全国范围内考量,并不足以让人盲目乐观:一是迄今并没有出现在全省乃至全国具有较大影响力的诗人,距离真正的"诗歌强群"尚有不短的路程要走;二是过多的诗歌创作团体并峙,未必有助于诗群创作合力的形成;三是诗人们的眼光与胸怀亟须进一步开张,兼容并蓄,海纳百川。诗歌是远古自然精神的当代回响,祝愿余干诗人们携手共进,同绘余干诗群的精神景深与艺术景深,打造无愧于时代、无愧于赣鄱大地的"余干诗歌地理"。

2022-05-16

(载"诗跨界"微信公众号,2022-05-16)

诗歌《回首是生命中不可或缺的流淌》点评

◎佚名｜回首是生命中不可或缺的流淌

回首　　是生命中

不可或缺的流淌　　虽然

抓不住一块石头的守望

却能怀揣梦想远航

风雨无阻的跋涉

披星戴月的漂荡　　只为

颠覆过往的悔恨和迷茫

心酸的忧伤

幸福的歌唱

终成滔天巨浪

有谁能托起骄阳

有谁能吞没霞光

回首

是一朵朵闪耀的波浪

纵在深夜　　也能

把星星带回初始的光芒

点评——

这是一首"年轻"的诗歌。说它"年轻",基于三个方面的原因:一是"年轻"的诗艺;二是"年轻"的情怀;三是"年轻"的喉咙。

从诗艺上说,这首诗意象单纯明朗,内容浅白晓畅,语言清丽柔美,音律谐婉圆润,具有很强的抒情性和励志性,风格上有点类似于汪国真诗歌。然而,实话实说,这首诗歌在诗艺上,远未达到炉火纯青。虽然不知道作者是谁,但我可以断言,必是一位初入诗门者。同样是这个题材,如果改由一位在诗艺上训练有素的成熟诗人来写,肯定是另一番模样。

但是,这首诗依然打动了我。打动我的是诗歌中洋溢的青春情怀。青春情怀,是人生的黄金,也是诗歌的黄金。尽管这首诗歌中的"回首",尚属一种"为赋新词强说愁"的回首,而非一种"曾经沧海难为水"的回首,在人生的"力道"上尚显不足;尽管诗作者在"回首"中,"抓不住一块石头的守望";尽管诗歌所书写的"过往",充满"悔恨和迷茫",乃至"心酸的忧伤"——然而,他(她)依然"怀揣梦想远航","风雨无阻地跋涉,披星戴月地漂荡",只为"颠覆过往"。作者坚信,无论是"心酸的忧伤",还是"幸福的歌唱","终成滔天巨浪","托起骄阳",带回"星光"。

——这是生命中一种极其可贵的追求意识,这是青春中一种极其可贵的人生情怀。一位训练有素的诗人,在诗艺操作上,固然可能会远比这首诗的作者来得老练、成熟,但是,这样青春的诗句、这样的青春情怀,却不是他们所有人都能写出、都所具备的。

当然,这首诗打动我的另一个重要的因素,就是朗诵者车小田先生年轻、帅气的嗓音。正是他感情充沛、浑厚圆润的朗诵,给我们这些听众带来了听觉的享受。我们都有这样的体会,一首很平淡的文学作品,经过一位优秀朗诵者的朗诵,往往就变得不再平淡。这就是朗诵艺术的神妙之处。

　　"回首"与"远航","守望"与"跋涉","辛酸"与"幸福","深夜"与"星光",就这样构成了生命的旋律,就这样形成了诗歌《回首是生命中不可或缺的流淌》的张力与魅力。

2014-06-16

（载作者新浪博客,2014-06-16）

生活审美与生命体悟

——诗人东方浩的《赞美诗(十首)》赏读

　　诗人东方浩的近作《赞美诗(十首)》,以一种现实主义的书写姿态,一种擅长从庸常生活中提炼诗意、从矛盾对立关系中揭橥生活真相的艺术洞察力与表现力,描绘了一组自然时令变化图景和心灵图景,呈现了一帧帧肃杀气候背景中的诗意自然与诗意生命剪影。这十首诗歌,大致可归为两类:一是表现自然嬗变的,有《赞美诗》《小雪日,我向往大雪》《太阳隐去》《寒潮来袭》《鸟鸣会不会穿透流水》《鱼在水里翻动身子》六首;二是表现生命体悟的,有《摇摆的钟》《骑手与栅栏》《小雪日,与茶圣共饮》《青瓷之光》四首。诗歌一如既往地承继了诗人一贯的语言轻灵、节奏从容、诗境清澈、诗意显豁的江南诗风貌。

　　《赞美诗》是一首唱给秋天的赞美诗。诗歌起首两句,如石破天惊:"这个十月的最后几天　我终于低下头颅/连同我曾经持久仰望天空的目光。"低下头颅,低下仰望天空的目光,是为了向秋天致敬、向收获致敬、向大地致敬。诗歌描绘了一幅辽旷高远的秋景图:天空辽阔而蔚蓝,鸟儿安详地飞翔,金色的秋风吹黄了大地,摇落枝头上的黄叶。对于黄叶来说,秋天是告别,也是留恋,告别曾经的"绿色音符",留恋已逝的青葱岁月。最后两节诗歌,笔意暗转,笔调也由明快转为暗重,并由写景转为抒情,以"伤疤"之喻移情,勾连枝头枯叶与人生况味,深化了诗歌的内涵。

《小雪日,我向往大雪》是一首吟诵节令的诗篇。诗人在小雪节令来临的江南,畅想大雪纷飞的壮观图景:"它们纷纷扬扬,它们前赴后继/这些轻盈的细小的白雪呀/必须覆盖这片旷野,必须覆盖这座城市/必须覆盖我的躯体,覆盖我全部的言辞。"最后诗人纷扬的思绪从远处收回,落在自己手中的一叠稿笺——"这一页又一页薄薄的方格稿"上,想象它们正被一场"白和冷"的大雪覆盖,而雪一样白的稿笺深处,写满了诗人对这个世界的预言和致敬词。诗歌真切地呈现了诗人期许一场大雪从天而降的迫切与激动。而"大地上的气息,依旧充满急迫/所有的行人匆匆而过,所有的车辆匆匆而过"这些诗句,更是活现出一幅真实的岁末人间烟火生活场景。

《太阳隐去》表现了季节变化、寒冷加强给诗人心灵带来的反应。"太阳隐去",天空转阴,"灰白"成为主宰天空的主色调,"整个天空像是一张悬挂的/白灰灰的纸,但没有人书写或绘画",没有如"标点"的麻雀飞过,没有排成"一"字形或"人"字形的雁阵飞过,"连林子里的鸟鸣也一块隐去/连风也不见踪影",整个天地,混沌一片,透露着一种因寒冷带来的萧瑟肃杀、黯淡压抑的气氛。诗歌第一、三、四节,采用零度叙事的方式,正面状写天地的冷寂;诗歌第二节,以假想的方式,从反面印证天地的萧然。整首诗歌描写冷静、客观。

《寒潮来袭》极写寒冷的威力,起首引用英国诗人狄兰·托马斯的诗句"没有什么比死亡更为自然",为全诗奠定基调。"一夜寒风,遍地都是落叶",诗歌第二节描写落叶之多,"骨折断裂的声响"这一新颖生动的比喻,写出了落叶给人心灵带来的惊悸,而"遗言"与"申诉",人格化的修辞,更是反映了落叶在诗人心中引起的移情与共情。诗歌第三节以"依旧青绿的树木和草,它们陷入沉默""如果它们有眼睛,此刻/肯定泪水积满眼眶",同样运用假想与人格化修辞,从反面烘托落叶之潇潇。诗歌第四、五节采用铺陈手法,广角摄入空中、林中、鸟类、花朵、昆虫在寒潮中的失踪、噤言与颤抖,反衬寒冷之烈。"只有寒冷,仿佛巨大的手掌/捂住这个世界,而今夜大雪就要纷飞",

一个"捂"字,写出了寒冷之严酷,以及寒极必雪的爆发。

《鸟鸣会不会穿透流水》俨如一幅色彩斑斓的写生画:高高低低的树木、金黄的落叶、青色的草坪、黑色的鸟儿、沧桑的石拱桥、清澈的流水、青葱的水草、斜射的阳光;画面深处,还隐匿着凛冽的晨风、鸣叫的鸟儿……又像一张照片,摄录了一幅"深秋寒晨图"。整首诗歌自然、淡然,叙述从容,节奏舒缓,于平凡中见真功。

《鱼在水里翻动身子》全诗洋溢着一种欢快的气息。诗歌以白描手法,描绘了一幅岁月静好的"正午鱼嬉图":正午时分,阳光暖照,河水哗哗,拱桥静跨,水草晃动,鱼群抢食,影子穿梭,鱼身翻动,鳞片闪耀,一派"河喧岸愈静,鱼蹿水更幽"般的静谧。欢快的鱼乐图,也感染了河边围观的游客,"细小的光芒如同欢快的音符/溢满每一双俯视的眼睛"。

《摇摆的钟》则是一首夜的赞美诗。全诗运用通感手法,将听觉与视觉打通,以动衬静,凸显了夜的静谧。诗歌首节描写夜的静谧和诗人的独特感受:夜深人静,诗人从摆钟左右摇摆的声音中,听到了时间行进的脚步声。由于万籁俱寂,这种时间行进的脚步声,连同诗人自己的心跳和旧家具自然开裂的咔嚓声,以及"窗外隐隐约约的风声"被夜色一起无限放大。第二、三节诗歌,描写夜色覆盖的屋檐之下"那些陷入睡眠的人"和"那些失眠的人"二者各自的表现,绘制了一幅"酣眠图"和一幅"失眠图"。最后一节,运用比喻和引用,以一幅"似乎有无数只小舟,晃悠进睡眠的河流"的动态图,将诗意与诗境推向高潮。

《骑手与栅栏》是一首融表现力度与思想深度为一体的优秀诗篇,在《赞美诗(十首)》中,无疑是艺术性与思想性最高的一首作品。诗歌中的"骑手"与"栅栏",分别隐喻的是"自由"与"桎梏"。"旷野如此辽阔,远方没有尽头"一句,以一种辽旷的诗境,反映了自由的令人神往。"而栅栏无处不在,栅栏也没有尽头"一句,则客观地呈现了一种严峻的生存环境,诗人指出,面对栅栏,要么冲破,要么臣服,要么逃避,而追求自由之路,密布着"坎坷和陷阱","也许鲜花盛开,也许泥泞不堪/更可能猝然消逝半途失踪"。诗人是清醒的,他深知追求自由可能要付出的代价。对于"一个两手空空的人"来说,尽管"只剩内心的一匹野马,而栅栏多么清晰",他却依然选择执着地"朝着明月奔驰",因为那是光明之地。一首仅十二行的小诗,综合运用描写、议论、抒情等表达方式和隐喻、象征等修辞手法,设置"骑手"与"栅栏"这一组矛盾,由外而内,抒写了诗人对自由的向往与追求,是一首不可多得的好诗。

《小雪日,与茶圣共饮——读根雕作品〈陆羽品茶〉》读来有类似于清人魏学洢《核舟记》的熟悉感与亲切感。诗歌前三节主要运用描写表达方式,细致刻画了根雕上的内容:青砖炉灶、木柴的火焰、壶中煮沸的泉水、飘曳的水汽、守着炉火和斟茶的两位童子、品茗的陆羽、高峻的巉岩、苍翠的松柏、低矮的茅棚。特别是诗歌第二节"而陆羽先生长须飘飘,手中的杯子/茶水已经浅去三分/他陶醉的神情,被路过的风/一一记录下来",生动传神的细节描写,令茶圣陆羽的形象跃然纸上,呼之欲出。最后一节进行议论与抒情,歌赞了根雕艺术"琢磨出一种光,一缕香"的神奇,直抒胸臆,表达自己"愿意是第三位童子/或者是一位迷路在山间的游客"与茶圣共饮的倾慕之情。

《青瓷之光》通过书写青瓷由"被烈焰久久炙烤的泥土"蝶变为"另一种高贵的神色"——"天青的釉色",歌赞青瓷"一次次点亮暗夜的天空"的动人光芒。诗歌通篇采用对比手法,"暗淡"与"清晰"、"泥土"与"高贵"、"高温"与"冷却"、"柔软"与"坚硬(锋利)"、"湮灭"与"点亮",在对比中凸显青瓷的光辉质地与文化价值。而"我伸出诗歌的手指,轻轻击打/我挥洒音乐的流水,慢慢浸润",诗人的出场与沉浸,更是直接与直观地抒写了诗人对青瓷的钟爱与礼赞。

《赞美诗(十首)》,有的赞美季节,有的赞美天象;有的赞美自然,有的赞美生活;有的赞美物候,有的赞美生命;有的赞美自由,有的赞美文化……组成了一曲优美动听的小型交响乐。

2023-01-31

(刊于《莲池》2023年第6期)

风中的歌吟：简评沈文军"草帽诗"新作

　　"叫他草帽，会笑/叫他是草，也会笑/这多好啊/心中充满阳光。"点开沈文军微信发我的四十五首草帽诗新作，读到《自画像》起首这几句诗，我也不由自主地笑了。这幅"自画像"，画得准确，画得生动，画得传神。生活中的沈文军就是这副模样，总是一脸笑眯眯的。我们有时叫他沈文军，有时叫他沈总，更多的时候，我们叫他"帽子王"。无论我们叫他什么，他总是回应以一脸憨憨的笑，倒真是没见过他生气、发火呢！虽然他制造的帽子遮挡住了阳光，但他却是一个"心中充满阳光"（《自画像》）的人。

　　这四十五首草帽诗新作，依然延续了他第一部诗集《草帽上的江湖》的语言风格：质朴、率真、浪漫、激情。作为中国诗界"只此一家，别无分店"的"草帽诗"生产者，沈文军充分利用自身优势，对"草帽诗"这一独特的创作题材进行了充分而深度的开掘。草帽是他的世界，草帽诗是他面对世界的抒情。他的草帽世界与草帽诗世界，辽旷高远："站在帽顶，是山峰/站在帽檐，瞭望的是田野，沙漠，大海（《自画像》）"。这种辽旷高远，也延展在其他如《献辞》《我下的棋有草帽的景象》《草帽的山水画》《一顶草帽》等诗歌中。

沈文军的"草帽歌",激情澎湃、浓墨重彩地抒发了他心中的"草帽之爱"。正如他在诗歌中所说,"我对草帽有一种莫名的爱恋"(《草帽之爱》);"我敬佩草帽/我对草帽,有一种朴素的情怀"(《草帽,我有一种朴素的情怀》)。对于他来说,"草帽是童话""是真善美的化身"(《草帽是童话》)。在他的生命中,"草帽如雷电闪耀"(《在草帽里呐喊》)。他深情地爱着草帽,爱至骨髓,以至看见一对雕像母女,也要"拿出草帽给她们戴上"(《给雕像母女戴草帽》),这一方面表露了沈文军对草帽的爱,另一方面也反映了他的童心未泯。

"我的琴声在草帽里流出了一条河。"(《琴声在草帽里流出一条河》)在沈文军的生命和诗歌创作中,草帽在奔跑。"当我拿起笔/草帽就成为主角"(《草帽是童话》);"我写诗,是一顶草帽在飘飞"(《草帽在飘飞》)……"生活的本真,拒绝虚伪/草帽,我喜欢自然的呈现"(《草帽,我喜欢自然色》),他以一种率真的情怀,一种音域宽广浑厚、音色温暖粗犷的男中音,唱出了一曲曲酣畅淋漓、情真意切的"草帽歌"——

他讴歌辛勤编织草帽和戴着草帽劳作的劳动者:"站在田野里/像卫士,遮挡太阳/在这个七月,草帽在锄地/在耕种"(《草帽里,蝉在鸣叫》);"街灯下,一群妇女/在编草帽/……/看她们的手指,在草帽上/像弹钢琴似的,跳跃着"(《街灯》);"每一根手指都是音乐"(《日记》)。他讴歌草帽带给生活的缤纷色彩,如《在草帽里呐喊》《给城市戴草帽》《每一根草都是美的影子》《折草帽》《我惊叹草帽的繁华景象》《一顶草帽》《每一根草都是美的影子》《墨西哥的一条街》《草帽的风日新月异》《草吹着口哨》等篇章。他讴歌草帽带给自己的精神力量:"欣喜中、痛苦中、忧伤中/在路上/总会有一顶草帽出现"(《总会有草帽出现》);"哦,旧草帽没有死/仍然在寻找/曾经的辉煌与骄傲"(《旧草帽》);"草帽在飞,飞向太阳"(《虚构的一场雪》)……他如一位以欣赏的目光看着孩子远行的慈父,看着一顶顶形态各异的帽子从模具中起步、穿过缝纫机台,走出厂门,闯荡江湖,漂洋过海……

草帽承载着他的美好记忆。对于他来说,草帽是童年,是旧时光,是外婆。草帽中有深爱,那是他对外婆的追思:"草帽就是外婆的身影。"(《墙上的草帽》)在飘逝的月光中,外婆"手指弹钢琴似的编织草帽"(《草帽的动词》)的场景依然历历在目。在《草帽，被雨淋湿》《聆听草帽的声音》《墙上的草帽》《秋月照在草帽上》《这个夜晚》《草帽的风日新月异》《荷花在草帽里灿烂》《草帽的动词》《灵魂在草帽里伸出手》《星星在草帽里眨眼睛》等诗篇中，他无比深情地唱出了对外婆的爱和思念，"这顶外婆编织的草帽/虽年久陈旧/但仍散发着草香"(《墙上的草帽》)……那也是一种对故乡的热恋："编好帽子就用母亲/长发做装饰带吧/让故乡——长在草帽上飘扬"(《画草帽》)；"一起乘风破浪吧，浪涛上舞出/我骄傲的温岭元素"(《草帽的山水画》)；"九条龙就是九个太阳/后羿射日，乘下一个//是故乡的风景/雷声隆隆"(《另一道风景》)。他要《回到草帽》，回馈故乡的恩情。

　　"我的草帽在飞翔。"(《我的草帽在飞翔》)"草帽王子"沈文军伫立在时代的风中，以赤诚的歌喉，唱出了一曲独一无二、感天动地的"草帽歌"，引来世人瞩目。我在衷心祝福他的同时，也想指出他诗作中存在的两个小问题：一是表现手法、修辞手法总体显单一；二是过于直白，过于口语化，情感欠含蓄、语言欠精练。若克服了这些，他的"草帽歌"，必将在风中更悠扬，传播得更远……

2023-02-05

(刊于《浙江诗人》2023年第2期)

花间词，或飞花令

——序徐新花《秋天的证言》

徐新花是具有诗歌创作天赋的。从事幼教管理工作的她，近两年忽然就迷上了诗歌创作，而且起点不低，令人惊艳。

《秋天的证言》是徐新花的处女集，她这样诠释自己的这部作品："以中年视角回观时间、人与风物逝去时的留痕，勘察、体悟当下纷扰、缭乱的表象背后的真相，思考诗意情怀在模糊未来的盎然承续之道；以诚挚的情愫和怜悯的笔触，表述真，传播美，弘扬善；以积极的心态发掘沉寂的亮光，散播希望的种子。"这一自评很客观，也很准确。

总体来说，《秋天的证言》是一部主观抒情主体性异常强烈的抒情诗集。从统计角度看，收入集中的一百二十四首诗歌中，有九十八首诗歌明确写到"我"，占比百分之七十九，只有二十六首诗歌无"我"。"我"在诗歌中占有如此高的权重，说明以主观之"我"为抒情主体是这部诗集的最大特点。"我"的出场，便于直接抒发诗人对生活的独到发现与深刻感悟，便于表现诗人独特的感情气质与艺术个性。但它是一把"双刃剑"，主观抒情若过于炽盛，容易造成视角与表达的单一。

这部诗集的抒写内容,可用这样几个词概括:自然礼赞、母爱颂歌、时光之书、深度与深情的生命体验"报告"。

《秋天的证言》是一部自然礼赞。诗人是一位自然的歌者,她"认万物为/……亲戚"(《我的村庄》),"听令于春风的一声密召"(《紫花地丁的春天》),宣言"若我也拥有草木之躯/那我将以一株飘香藤的名义/缠绕在你必经的路旁/在你投来的目光中/穿一袭绯红裙裾,作最深情的独舞"(《飘香藤》)。在她笔下,草木葳蕤,虫鱼欢腾,四季慈悲,山河壮丽:梨花开,桐花落,樱花艳,绣球花儿红,豆荚黄,水晶兰儿白,楮果苦,柿子甜……她说:"来生,我依然愿意开成/这无望的花朵"(《羊乳花》);猫儿欢,秋虫鸣,麻雀叫,她与一只蟋蟀、一只蜗牛独处,在一场春雨后看到蜘蛛、玫瑰花和露珠的幸福;春夏秋冬,四季嬗递,她从季节的痕迹中,发现春风是一把柔草扎就的苔帚,而夏天是慈悲的。她向自然《致敬》:"此刻,秋天如此丰盈/穿过我的每一缕风和在风中走过的尘与土/都充满了慈悲";她在大地上漫游,在九龙塘、杨家堂、周岱、天平山、大庄村、车盘坑、天师尖、香山荒村、莲都甚或雪域高原,感受寂静,和大自然对自己魂魄的攫掠:"雪域高原的草地上,/我弯下腰身,努力成为一道/躬身拜谢的高原虹"(《高原遇彩虹》)。

"梅花开了/将珍藏的风骨/传递。寒风中,负重的心事/沉浮/烫一壶酒/在窗前/与遍野的梅花,嘘寒/问暖——//耗尽我所有情思/以抵达梅的内部//而一枝梅的处世哲学,让我/感到羞愧。"(《乔坑访梅》)以一颗敏感的心灵,感受大自然的律动,与万物对话,倾尽全部情思,深入事物的内部,谛听自然真谛,从万物中获得启迪,这首诗歌,打开了人与自然相处的正确方式。

《秋天的证言》是一部母爱颂歌。并以对母爱的讴歌,串联起对亲情、故乡和童年的抒写。《我的母亲》《千层底》《秋天备忘录》《雪枝》《望》《那棵苦楮树》《母亲》《春茶曲》《花间辞》《豆荚》《桐花落》《雪忆》《故园情》《时光之书》等诗篇,通过对母亲勤劳、朴实、能干、坚韧、奉献与慈悲等人格特征的书写,既表现了母亲对儿女、对乡土的挚爱,更表达了诗人对母亲深深的感恩:"五十里外的故园/那里有年迈的母亲,她正站在/老橘树下,和祖屋的炊烟一起/怀揣着满满的念想/等我回家。"(《故园情》)这些诗歌中的母亲形象无疑是具有典型意义的,能够引发读者深深的共鸣。借用高尔基的话来说,诗歌中的母亲并非只是诗人一个人的母亲,更是人类共同的母亲。

在这部诗集所有讴歌母亲的诗篇中,《我的母亲》《春茶曲》刻画最细腻、最生动,也最直击读者的心扉。

"她属鼠,也和鼠那样/生了一堆娃,为了这堆娃/她和鼠那样的打着小算盘/尽日思量,能往家中拖来点啥//她在地里东窜西窜/把地翻了又翻/稻谷、玉米、番薯、豆子……/都是她鼓捣的对象/大山,田野,菜园,灶台……/皆是她奋斗的战场/她那么爱美,却总是把自己/折腾成一只灰老鼠的模样//让她去城里住上几天,她说:城里的房子像只笼子/阳光都要被挤死/不如乡下,每一株草/都能欢欣歌唱,每一只鼠/都能占地为王。"(《我的母亲》)诗歌由母亲的生肖入手,运用类比和对比手法,几近极致地表现了母亲对儿女、对家庭的付出,以及故土难舍的情愫,令人心酸,令人疼痛,更令人油然而生敬意,与诗人深深共情。

诗歌《春茶曲》,我们可以将它视为《我的母亲》的姊妹篇:"母亲在采茶/偌大的一片山,除却她的那把伞/就剩一些伞样的坟墓//风一吹/满坡的野草流淌着清泪//在风中抱紧身子//雨还在下/而母亲,只埋头采茶/那把伞,遮住了她的半个身子。"诗歌由"伞"与"坟墓"形状的酷似而生发诗思,将劳作的母亲,置于一个墓冢累累的自然背景中去刻画,翠绿明艳的春茶与灰暗阴森的坟墓相对比,生与死相映衬,营造了巨大的艺术张力,震颤读者心弦;而母亲在这样可怖的环境中所表现出的心如止水、泰然自若,更是生动地呈现了一位看淡生死的老人所抵达的生命高度。

《秋天的证言》是一部时光之书。诗人追忆亲情、童年和故乡,捡拾遗落在时光深处的脚印。无论是《雪夜》《放牛》对父亲的怀念:"可是父亲/每次走在这条路上/我为什么就是痛得不能呼吸? /为什么你偏选择我落下的那个地方/那么满足的,静静/躺在那里"(《放牛》);抑或《故乡》对母亲的眷恋:"她做了我的母亲还不够/又成了我——/一辈子牵挂的情人";还是《尘埃》对祖母的悼缅;或者《泡泡糖》《从前》对童年的回望;也无论是《此刻》《故乡的天空》《柿子树下》《行走在故乡的山野》《夜色多么好》对故乡的描摹;还是《栅栏》书写的村庄传奇……莫不潜涌着诗人的一腔深情,苍凉着一种"四面八方的来风,不定时地吹/吹散了祖屋的炊烟,吹走了村里一些人/吹得老物件蜷缩在土屋楼角/失去了灵魂/吹得光阴,寸寸下沉"(《老物件儿》)的人生况味。

《秋天的证言》是一部深度与深情的生命体验"报告"。《穿行于楼塔古镇》《药典》《在田庐》《在南山》《攀行》的出游,《一个人的周末》《星光》《傍晚,独坐江边》的孤独,《我好像听见神的召唤》《寂静》的神思恍惚,《暗流》《怅然书》的莫名忧伤,《生命之轻》的悲悯,《暖阳》的慰藉,《错过》《那个夜晚》《火焰的长舌》《被划亮的火柴》《包粽子》《高脚杯》的深爱,《山谷里的酿酒坊》的访友,《追光者》与侄儿的游戏,《秋天,关于繁盛的草木》《提线艺术》《秋千的烦恼》《晨思》《一指弹》《凋零的日子》《冬日物语》《顿悟》《片段》《生日有感》《某种生活》的心灵顿悟,等等,写尽了中年人生的百般滋味。"月光在夜鸟的叫声中逐渐铺开/摩挲着体内的千山万壑/澄明的秋天/正举着一把刀赶来"(《月夜》),"我开始学着,像对待光明的日子那样/对待黑暗的日子"(《心曲》),前者写生活的施暴,后者写自己的开悟,生动形象地展现了一幅真实的中年生命图景。

《秋天的证言》所收录的诗歌,篇幅都不长。这样的文本体量对于一位女性诗人来说正好。整部诗集,质量比较均衡,大多已达到发表水准,且有不少精品。从诗歌创作艺术手法来看,这部诗集鲜明地呈现出如下三个特征:一是语言老到,概括力强,描摹精准;二是善于素描,"剪影"生活,画面感强;三是风格凝重,贴近生活,贴近生命。譬如《陀螺的歌唱》《暮色与老人》这两首诗歌:"晒场上,她把一麻袋稻谷从肩上卸下/却卸不下生活的重负/……/她的命好像是一只——/旋转个不停的陀螺/……/风从北边吹来/像抽打她的鞭子又粗又重……"(《陀螺的歌唱》)"他肩扛失传的农具/在村道上出现,走近/驼峰一样的背,是叩拜土地/留下的印记。那张被岁月铁铧犁/深耕出垄沟的脸/蕴藏着一疋子沧桑……"(《暮色与老人》)前者素描了一幅"陀螺图",后者剪影了一幅"暮归图",两者均采用白描手法,从生活中摄取看似寻常却极具艺术张力的画面,以素朴、凝练的语言写真生活,以深挚的情感显影凝重的生活,体现了诗人的艺术概括力。

毋庸讳言,《秋天的证言》也存在着一些不足之处,譬如诗歌语言内部肌理略显粗粝,整体风格偏硬,这可能与诗人的"假小子"性格有关,需要进行一定程度的细化与软化处理;譬如主观抒情主体性过于强烈,需要有意识地偶尔从"我"中"逃离",适度尝试"零度抒情",以弱化过于浓郁的主观色彩;譬如表现手法略显单一,需要丰富观察视角和表现手法,等等。当然,这些意见对于一个甫一出道即表现不俗的诗人来说,可能有点吹毛求疵,仅供诗人参考。

是为序。

（2023-07-04）

（载"诗跨界"微信公众号,2023-07-19）

一脉清波期致远

——李利忠《绝句新裁五百章》序

李兄文采风流，新著《绝句新裁五百章》，裁霞织锦，啸月吟风，黼黻琳琅，珠玑璀璨。一个诗人，能将现代诗写出翁郁古意，又能如写现代诗般恣肆于传统诗词创作，并辔齐驱，像李兄这样的诗界"双枪"，委实无多。

观李兄之诗，内容丰赡，包罗万象，洋洋大观。李兄之诗，多取诸日常生活。他拥有一双从庸常中发现诗意的慧眼，即使鼻梁上架着一副眼镜，也不能阻挡那两道气冲牛斗之墟的犀利目光。从这部诗集的内容与题材上看，简直无所不包：绚丽山川，七彩人事；陌上花开，美人笑靥；朋友唱和，荒祠怀古……客观世界、内心宇宙纤毫毕现；山水精神、人文气象沛然其中。若将其所涉猎的题材罗列出来，估计可以密密麻麻地写满两张A4纸。

李兄性情中人，一派古风。其为人低调，功底沉雄，博古通今，才华横溢，于传统诗词创作、楹联创作、现代诗创作、散文创作与书籍校勘，莫不是行家里手，业界翘楚。

然而这些在我们这帮朋友眼里，还不是他最吸引人的地方。李兄最具人格魅力之处，在于他灵魂的有趣。有道是好看的皮囊千篇一律，有趣的灵魂万里挑一。李兄就是一个灵魂有趣的人。欲知李兄灵魂如何有趣？诸君请他喝一场酒便可知晓。

绝句起源于两汉，成形于魏晋，兴盛于唐。袁行霈先生说，绝句因为制式短小，易流于浅露，故贵含蓄；然若刻意锤炼，又易流于斧凿，故贵自然天成。李兄较好地处理了这二者的关系，他创作的绝句，含蓄蕴藉、明朗精炼、言近旨远、浑然天成。李兄是身带一股天才气的诗人与学人，他裹挟着才华的风雷，铿锵地行走在生活与创作的道路上，真乃当代传统诗词创作的一脉致远清波！

是为序。

（2023-05-16）

（收录于《绝句新裁五百章》，杭州出版社）

孙昌建诗歌的幽默策略与反讽效应

诗人孙昌建先生的诗集《江河万古流》是首部串起浙东唐诗之路、大运河诗路、钱塘江诗路、瓯江山水诗路四条浙江诗路文化带的诗集。这是这部诗集独特的文本价值所在。这一点众所周知，不再赘述。

下面笔者主要从这部诗集的语言艺术方面，谈谈这部诗集的特点。记得八年前，我在评论孙昌建先生的读史札记《读白》时，谈到过他旁逸斜出、"东拉西扯"、诙谐幽默、妙语迭出的行文风格，我把它命名为"孙氏风格"。诗集《江河万古流》延续了这种独特而有趣的语言风格。

孙昌建诗歌最大的艺术特征，就在于它的幽默策略与反讽效应。孙昌建诗歌的现代性和独异性，也主要体现在这样两个方面。

幽默是一种对人生的洞察力、批判力和消解力，是人生智慧的一种体现。孙昌建先生以幽默作为洞察和理解世界的方式，借助幽默，他获得了观察世界和理解世界的独特视角。他的诗歌以高超的幽默技巧将自己对世界、对生活的洞若观火与深刻反思展现出来，实现了外显的幽默与内在严肃性的统一，体现了一个生活智者对生命存在的彻悟。

孙昌建先生当然是一个才子。但如果我们把诗歌分为才子诗和智者诗两大类的话，他的诗歌无疑应该归属于智者诗，它更以理性与智慧见长。就如诗歌《拟寒山济公问答录》"寒山看济公／济公看寒山／一座天台，两座天台，三座天台"中寒山与济公所表现出的大智慧一般。

孙昌建诗歌中的幽默，不是一种"带泪的笑"式的冷幽默，也不是一种对荒诞现实进行无情讥讽和尖锐批判的黑色幽默，而是一种貌似"不正经"、飘荡着烟火气息的暖幽默。就如"黄昏来临的时光里／霉干菜已经蒸熟了"（《西陵渡》）所传递出的那种气息一样。从他的诗歌的幽默里，我依稀看到了被誉为"美国缪斯"的安米丽·狄金森的影子。

孙昌建诗歌的幽默策略，主要体现在以下几个方面——

1. 荒诞

譬如："有一个就是寄给贺知章的／我仔细看了一眼寄件人／正是唐朝诗人贺知章"（《三个贺知章》）；"口水是另一条运河／那上面永远行着龙船"（《龙王庙行宫》）。贺知章给自己寄信、口水上行着龙船，荒诞行为与场景背后，蕴含着无穷意味。

2. 拆解

一是拆解诗词，如"浮生还在，谁在乎这半日闲"（《扬州浮生记》），拆解的是唐代李涉《题鹤林寺僧舍》诗句"偷得浮生半日闲"。二是拆解字形，如"她姓瓦，温州的一半姓瓦／她名瓯，带着瓦的地名"（《瓯窑》），"言的左边有一个台／那是戏台吗／……／王字加一点，就看加在了哪里／所谓玉，到底是挂在胸口／是藏在书里，还是在时代的缝隙里"（《玉海楼致孙诒让先生》），分别拆解的是"瓯""诒""玉"三字。

3. 勾连

（1）同字勾连。如《南明山寻米芾而不遇》，由米芾的"米"联想到稻米的"米"；"山下，一对夫妻正在收稻谷／这个我是认识的，也姓米／我们都是吃大米长大的"；如《在新昌》，由新昌的"昌"联想到自己名字中的"昌"，再联想到

"鲳""唱",最后联想到"菖"。

（2）谐音勾连，如《瓯窑》一诗，诗人的思维在"瓯""欧""鸥"之间来回游荡。"我教过无数遍《花木兰》/太可笑了，一个平胸的朝代/还要去平匈奴，除非我愿意/……/一个民族靠藏起女子的乳房/就能击退来犯者吗？"（《二胡与乐队·穆桂英挂帅》）。"他们不是咬字/而是在咬着缆绳和礁石/咬着一条粗重的江河的首和尾"（《合唱交响曲·山河回响》）。利用谐音的效果，使语言更加幽默风趣，增强了表现力和感染力。

（3）古今勾连。如"我在一千年前就出发了/手机闹钟设在早上六点/我带上唐朝备好的面包/想喝一口天空白云的牛奶"（《序诗》）；如"某人三过家门而不入/这正好跟今天相似，没有绿码/他怎么能和妻子孩子相聚呢"（《钱山漾》）；"不要跟他谈浮生往事/直接给他订一张高铁票/送他回红码的明朝"（《夜航船之二》）；如《三个贺知章》，写贺知章"从高风险区穿越回来"。诗人在这些诗歌中，故意将古今勾连在一起，令人忍俊不禁。

（4）场域勾连。如"正如另一座浮山/去不了西陵渡，也没有江鲜/土茶可能还是有，会有粗盐/还有腌制的鱼，颇有手艺"（《转塘一名的来由兼致唐朝诗人崔国辅》）；"黄昏来临的时光里/霉干菜已经蒸熟了"（《西陵渡》）；"正如以孝女命名一条江/早晨要背负那么重的书包/主修初恋，兼修忠贞/统一的晚自修已经毫无意义/只有等下课铃一响/一个姓谢的人才会来到这里"（《东山再起》）。诗人有意无意地将古今、远近不同场域勾连在一起，造成一种俏皮的表达效果。

4. 夸张

如"我看到一只水母便大叫了起来/海鲜，海鲜"（《海鲜》）；"我用一只杯子盛一个海/我又把海倒进另一个杯子里/我写的是诗，饮的是海//有一天我打翻了杯子/没等来得及说对不起/鱼群就游过了紫阳老街了"（《临海》）；"在天台，我把头抬了起来/我抚摸着星光的脸/在天台，我深深地吸了一口气/这口气已经一万年了//山和流水，树和寺院/在天台，我又把头低了下去/星空之下，我像一只蚂蚁/尘埃之上，我就是另一粒尘埃"（《在天台》）。这些诗句，或为扩大夸张，或为超前夸张，或为缩小夸张，强化了诗歌的幽默色彩。

5. 反讽

如"春天如此短暂/连超短裙也无能为力"(《老盘头2018》),"如果大海也要整体搬迁/地球会得到补偿吗/它会不会流出一滴泪/挂在海市蜃楼的睫毛下面"(《如果大海也要整体搬迁》),"丝绸市场,回不到丝绸之路"(《白马湖畔寻夏公墓不遇》),"在山里/时间富裕得用不完/我准备打包快递/给一些城里的朋友/当他们打开时/愿他们都能读几句王维/而不是只想着/为一个时代而美颜"(《在山里》)。诗人通过反讽,表达了对现实的反思与针砭。

6. 仿讽

如"我刻舟以求江鲜"(《古渡口》),"一脚油门下去,世界还是没有动/原来我已经躺在一堆稻草中间/我看到白云的毛巾正在擦着蓝天"(《我更喜欢稻田》)。前者仿成语"刻舟求剑",后者仿驾驶汽车的动作,表达了诗人的自嘲,使作品趣味横生。

7. 潮词

如"万一秦王要加你微信呢"(《短剑》),"也请免谈五十步笑百步/那不过是一个跑步软件"(《黄酒小镇》);"老虎也刚刚喝过一壶/它有点小瞧公务员出身的/武松/"(《武松再打虎》),"'给我们题一首诗吧'/唐朝诗人装作没有听见/是的,宋朝都戴助听器的"(《如何招待一位唐朝诗人》),"如果没有二维码/马致远也走不到天涯"(《在临浦,寻蔡东藩而不遇》)……如此这般的时尚新词,在诗集中俯拾即是。

8. 对比

如"一闪而过的一个路牌/燕子却已经飞了两千年"(《燕归堂》),"一个亭活在一首诗里/一首诗比一个亭活得更长久"(《苏溪亭》),"我也曾曲水流觞/觞,我喜欢用它来打水漂/现在水流不起来了/水都被抽去酿酒了"(《绍兴兰亭》)。对比手法的运用,增强了诗歌的艺术张力。

诗歌《衣架上的故乡》,是这部诗集的代表作之一,也是荒诞手法运用极为成功的典范之作——

　　有些挂着花花绿绿的衣服/有些挂着若有若无的风//有些在滴水,好像是眼泪/有些在风中荡秋千//荡着荡着,有的缠绕在一起了/好像再也不愿意分开//有些衣服已经很旧了/我相信这也是身体的一部分//而身体的另一部分/早就跑到衣服外面去了//就像我跑出去多年/还一直想回去看看//看了之后才会死心/看了之后还会产生强烈的爱//强烈到七级地震,震过几次/又修过几次,故乡多么破败

　　诗人因眼前所见的晃荡的衣架,复活了情感的火山:挂着花花绿绿的衣服的衣架,在若有若无的风中轻晃,那些在滴水的,好像是眼泪;那些被风吹得缠绕在一起的,像极难舍难分的人,如同游子与故乡的不了情。诗歌想象遄飞,虚实结合,继续朝深里推进:有些衣服已经很旧,如同旧去的岁月,如同旧去的故乡童年记忆;有些衣服已经破损,那残缺的部分,就是背弃故乡、逃离故乡远游的游子。荒诞的造语,沉重的情感,内心终至不可遏止地发生强烈的"七级地震"。最后一句喟叹"故乡多么破败",如一记重锤,重重地砸在读者的心头。诗人复杂而深挚的乡愁,感人至深。

　　当然,以上诸多幽默策略,在孙昌建先生诗歌中常常是交叉运用的。孙昌建诗歌的幽默也体现在拟题上,如"陪孟浩然、罗隐考察江鲜事业",就是典型一例。孙昌建诗歌同时具有一种难以言说的神秘性,如《谣曲:古运河流水1984》:"你不知道河里有个隋炀帝/就躲在你的肥皂盒里"。这种神秘性,与如话家常的浓郁口语化色彩相融合,构成了孙昌建诗歌风貌的另一个侧面。孙昌建诗歌也不乏深刻的生活哲理,如:"黑到伸手不见五指时/你才知道什么叫人世的白"(《老照片》);"出发了,就永远是起点"(《风景》)。诗歌《海边断想》中,一句"我在内心永远降下半旗/我为我无疆的祖国志哀",便是整部诗集的情感底色和思想底色。

　　孙昌建诗歌也是风情画和风物志,如《双浦地名考》等诗歌,毋宁说就是一种用诗歌形式书写的微型"泗乡地理志"。孙昌建诗歌蹿跃着一种生猛的生活气息与历史气息,前者如"我上岛的时候/好像怀着一种使命/我一定要

抓个一个特务给你们看看/……/我最终还是抓到了特务/还是个女的,写进了诗里/一个黑白光影的年代"(《洞头》),后者如《大运河组曲:思入云水间》《富春江上》等组诗,鼓角争鸣,元气充沛。

　　自然,孙昌建诗歌也有不少风格纯正的诗篇,如"挖一口井来存放月亮"的《看月亮的方式》,"仿佛一张口就是一句红色的箴言"的《野草莓》,"哪怕是一枚碎片/也经历了水,火,土"的《青瓷》,"一个诗人/只有写下时间的流水/才会被流水记住"的《寒山寺之二》,"把大海摁倒在地"的《致大海》,等等。

　　诗歌《龙坞茶镇》可视作孙昌建先生的诗歌创作观:"诗也就是自家的几棵茶树吧/却像极了我们的一生/漫山遍野我已经做不到了/只求视野之内/那一点点的绿且沉淀/泡和被泡,无论浓淡/淡也要淡得有一点境界。"尽管这属于诗人的自谦之辞,从中我们还是能够看出诗人本真自然、不事雕琢、浓淡自适、境界圆融的诗歌风格追求。

　　孙昌建诗歌以一种丰赡多变的幽默策略,实现了一种言此意彼的反讽效应。它是智慧的,更是独特的。阅读孙昌建先生的诗歌,是一种一路欢笑一路歌、趣味盎然的精神之旅。

(2023-07-22)

(载于"诗跨界"微信公众号,2023-07-23)

新神话主义与现实主义的复调书写

——评禾子诗集《长短之诗》

　　禾子诗集《长短之诗》,命名看似随意,其实是有其意图的。他之所以标示诗之长短,是因为诗集收录的长诗《西游:出发与归来》在他心目中占有独特的位置。他的这种价值判断与我的阅读感受高度契合。诗集由"长诗记""短歌行""节气帖""月历牌"四辑构成。"长诗记"《西游:出发与归来》由"起"(内含十二首诗)和"承"(内含十一首诗)两章构成,属于一种"新神话主义"色彩的书写;"短歌行""节气帖""月历牌"三辑共九十八首(内含两首组诗)诗歌则属于一种现实主义书写。两者互为映衬,形成了一种复调式的诗歌风貌。

诗歌版《西游记》:"新神话主义"的人性彰扬

　　对古典神话(神魔)故事进行重构,一直是世界文学的一个传统。西方文学如莎士比亚的《麦克白》、雪莱的《解放了的普罗米修斯》,均是对古希腊神话进行的重述;中国现代文学中鲁迅的《故事新编》,当代文学中苏童的《碧奴》、叶兆言的《后羿》等,也都是对古典神话(神魔)故事的改写。重构神话(神魔)故事,依赖想象力和创造力。它不能机械地复制,而要基于旧文本进行新创造,对神话(神魔)故事原型展开陌生化书写。它要求将神话(神魔)故事原型放置于现代审美语境中重新加于观照,赋予它全新的意义,有意识地将"神(魔)性"转化为"世俗性"。

《西游:出发与归来》是诗歌版的《西游记》,是一首想象瑰丽、场面恢宏、意象雄奇、语言峻洁的史诗。诗歌以一种酣畅而奇异的想象力,将中国第一部长篇浪漫主义神魔小说《西游记》中的诸多形象打碎、变形与重塑,对"西游"故事重新进行观照、还原与改写。在这首长诗中,《西游记》里的诸多原型形象已不再单纯以神、仙、妖、魔的面目出现,而更多的是以"人"的面目现身,具有人在世俗生活中的七情六欲。全诗通过大量独白式的心灵倾诉与精彩纷呈的心理描写,书写人性的复杂与深邃,彰显人性的光辉与永恒。海量的心理细节,汇成一首诗歌版的《西游记》,较好地完成了一次对古典神话(神魔)故事的当代重构,是"新神话主义"在诗歌创作上的一次有益尝试。

这首长诗闪耀的人性之光,首先表现在诗歌主人公们对爱的渴望与燃烧。"等待越来越漫长。/我拖着墓穴悠荡,/用月光取暖""万朵桃花,不如一枚青涩的果,/在枝头,幻化为少年清朗的脸庞。/我攀上去亲吻"(《白骨夫人》),这是白骨夫人对爱的渴望、愤懑与绝望;"美男,你在梦里一万次闪回。/我一万次伸出手,够不着你,/我喊疼了身子"(《蜘蛛精》),这是蜘蛛精的寂寞与春梦;"只要有一个肩膀,可以痛哭,/我愿意押上西凉,如果不够,/再加上半生的流浪"(《西凉国女王》),这是西凉女王爱的呐喊与誓言;"宫殿,是精美的女子监狱""我是一摊融化的冰。/我缺氧的身体需要拯救/……/傻子,你是我的渡船"(《玉兔》),这是玉兔的哀怨与沉醉……在这些诗歌中,笼罩在女主人公们身上的妖雾被爱的清风吹散,世俗欲望之女的人性兀然凸显。不独她们,那些男性主人公如沙和尚、猪八戒、吴刚、白龙等,也无不因爱而熊熊燃烧、意乱情迷:"四仙女,救我。/你是我唯一的药,你是纵火犯"(《卷帘大将》);"没有人知道,我的私处/荒凉如没有香火的神像/我高大上的元帅服里藏着一具傀儡"(《天蓬元帅》);"不,我(吴刚,笔者注)要把命送给她,/我要把樵夫的一生换成一天,/送给她,要做她,/裙下的鬼"(《玉兔》)。此外还有诗歌《白龙》中的白龙因在河灯节对渔家女孩暗生情愫,偷了她放的一盏河灯带回龙宫，导致一场大火烧毁龙宫，遭天兵镇压，后来被观音所救。淡化神性、妖性和魔性，凸显人性，让神仙和妖魔回到"人"，这正是《西游：出发与归来》这首长诗的成功之处和价值所在。

这首长诗闪耀的人性之光，其次表现在诗歌主人公们对自由的追求与对信念的坚守。前者的典型代表当然是孙悟空，后者的典型代表自然是唐玄奘："天马是我的偶像。/它们在空中/跑来跑去，自由得像一道道光""每一根毛发都开始欢呼，/风削尖了我，我要发射，我欢呼着，/我要离开这庄严的天庭"（《弼马温》）；"多么深的想念啊，过敏般的症状""必须疯一回了，在卑微的死亡/即将抵达前""愤怒，让一个弼马温，/分成无数个美猴王，它们/在我的肌肤上呐喊者、跳跃着——/呀、呀、呀""那就大开杀戒吧，/天庭算个鸟，老子给自己戴上王冠——/齐天大圣"（《美猴王》）……对天庭秩序充满蔑视、对自由生活无限向往的孙悟空，令昏庸无能的玉帝感到极端的无奈："如何处置那只猴子？/他隐秘的家世，让我头疼"（《玉帝》）。而诗歌《玄奘》《西行》，更栩栩如生地塑造了一个对天竺无限向往、信念坚定，为理想而执着西行的唐僧形象："我要去天竺，迷雾紧锁的大唐，/只是华美的樊笼。/穿越千山万水去，穿越纷飞战火去，/低到尘埃里，做一只灰头土脸的甲壳虫，/去天竺"（《玄奘》）；"白马的鬃毛在月色下发光，/它消瘦而坚毅地站着，像一个理想"（《西行》）……

《西游：出发与归来》值得称道之处，还体现在它对人性深邃性与丰富性的书写。譬如《牛魔王》一诗中牛魔王对与孙悟空友谊的追念与珍惜，《洪江渡口》一诗中船夫刘洪见色起心、杀人越货、霸人妻子、李代桃僵所表现出的残忍、贪婪、伪善与邪恶，《幸存者殷温娇》一诗中殷温娇的忍辱负重，《太宗闻玄奘偷渡》一诗中唐太宗的雄才大略、识见非凡、爱民如子与宽宏大量，《观世音》一诗中观世音对玄奘的指点迷津，《炼丹者》一诗中炼丹者太上老君的孤独与傲慢，《猪刚鬣》一诗中猪八戒"回到人间，回到一头猪的时间里。/我内心是欢乐的，我作为男性的那一部分，/也是欢乐的"的耽于俗世生活的欢乐，《流沙河上》一诗中沙和尚"但我依然保持善良，把在天庭的/缺陷，带到凡间。/放过所有的老弱病残"的忍韧、善良与慈悲，等等，莫不揭橥了人性的深邃与丰富。

"欢喜歌"：自然与日常的现实主义抒写

《长短之诗》中的"短歌行""节气帖""月历牌"三辑所收录的诗歌，是诗人对自然四季与日常生活的诗意摄录与呈现。它们是"欢喜歌"，盈满欢喜："你有多深爱/大地就有多欢喜"（《三月》）；"山河多么俊美/我们有多欢乐"（《风之谷》）；"四月是大地的酒会/花草的样子是微醺的/风筝的飞翔是微醺的/你在春天里走来走去的样子/像庆功酒后的将军/压着一身的喜悦"（《四月》）；"人生十字路口/一切都刚刚好，都接近美好/喜欢这样，这样就够了"（《刚好》）……高频出现的"欢"与"喜"，既表现了诗人对自然与生活的热爱，也奠定了整部诗集的情感基调。

自然情愫与徽州情结是《长短之诗》抒写的两大重要内容。诗人与自然万物纠缠，将自然万物视为"永远的教父"（《致春天》）。在"教父"的晓谕下，诗人学会了"把自己安静成一株植物"（《在家中度假》），"对每一株植物微笑"（《致春天》），唱出了《惊蛰》《立夏》《五月》《立冬》《九月》《致春天》《台湾组诗》《一月》等一曲曲淳朴真挚的自然赞歌。诗人多年前去徽州创业，将一个废置多年的老县委大院打造成为网红民宿"西街一号"，之后他便在故乡与徽州之间辗转，徽州成了他生命的重要组成部分："请坐于西街壹号的院子，坐于/一枚初醒的月下"（《星星下的民谣》）……诗人对徽州的情感无疑是缠绵的，他在心里喃喃自语："请赐我徽州行走的头衔"（《在徽州喫茶》）；"你说，你永远是徽州人"（《三月》）。在他眼里，徽州"作为一本被搁置的小说，/保持遗老的风度"（《徽州府》）；"徽州的长篇叙事，适宜在秋天/娓娓道来"（《秋天》）。他把自己深情的吟唱献给了这个第二故乡："我和桃花一起沉默/一起打量皖南的桃源//雨水轻轻落下，德懋堂/是一只安静的青花瓷碗"（《春天散章》）；"几乎下了整月的雨/几乎把瓦片敲成油烟墨/几乎让老墙变成银幕/几乎让徽州回到徽州"（《四月》）；"多希望油菜花一夜间盛开，给你一个黄袍加身的徽州"（《三月》）……一颗拳拳的"徽州心"，跃然纸上。

亲情与故乡情，也是《长短之诗》凝结的两块情感碧玉。"当青瓷碗回归空空荡荡，你一声叹息。/一定是想起母亲，站在老家的村口，/空空荡荡看着你"（《食面者》）；"现在，父亲安坐家中/顶着一头白雪/看着我满世界跑来跑去"(《谷雨》);"哦,奶奶,你丢下我很久了/清醒时,你让我遥不可及/我让自己半醉,你才肯归来"(《己亥春节记》)。人类的情感是相通的,这些想念父母、怀念祖母的深情的人子之诗,莫不直击读者泪腺。自然,诗人也把心底的挚情献给了自己的生身故乡:"小雪,我轻唤一声,故乡就近一点,/直到一场真正的雪降临,/嗨,我的故乡啊——/每一片雪花,都是我的乡党"(《小雪》);"你可以/独处,打开一本字帖/重返祖籍"(《立夏》)。此外,《除夕记》《春节纪事》《己亥春节记》《小雪》《立夏》等诗篇,同样结晶着诗人深沉的乡愁。需要另提一笔的是,生活中的诗人是个平静温和、情感细腻、爱心洋溢、温暖体贴的"暖男"与"暖爸",对孩子,宠爱有加:"我追随你成为父亲/然后成为你的影子/我对孩子宠爱,无可复加/这遗传于你,父亲/这显而易见的缺陷,我一生都不愿改变"(《父亲》),甚至,他将这种温暖的爱,推及到了动物身上:"二胖,我愿意做你的大臣/或者成为你门下走狗,鞍前马后/陪你巡视九月的徽州,共饮/傲视凡尘的孤独"(《四月的王——献给大猫二胖》)……

因为深爱,所以针砭。《长短之诗》也闪烁着批评乃至批判的锋芒。譬如《小寒》对城市丛林造成的精神迷失,《徽州府》对公路造成的徽州原生态自然山水的破坏,《在后坞》对城市化浪潮造成的无人村,《除夕记》对除夕禁燃烟花爆竹造成的风俗断裂,《除夕记》对耽于手机给青少年儿童身心成长造成的伤害,这样一系列社会现象,都被诗人收入眼底,并引发了诗人的思考与臧否。诗人人到中年,在诗歌中自然也就难免倾吐感受到的人生况味:"现在,身体里的日历丢失,/我们活成一张计划表"(《奉陪者》);"我们越来越成为孤独的孩子/四处寻找安眠药"(《夏至》);"在一片叶子上读懂秋天/是不够的,你必须站上高处/看见更盛大的忧伤"(《霜降》)……

瑰奇的想象:后浪漫主义与后理想主义的艺术审美

《长短之诗》是一部具有古典特质、抒情特质、后浪漫主义特质和后理想主义特质的诗集。禾子是一个具有古典情结的诗人,他的诗歌,呈现出一种浓郁的古典诗意。这种古典诗意,不独指他的很多诗歌如《西游:出发与归来》《第一场雪,想起林教头》等就直接取材于古典文学作品,更指他的作品所呈现的情感肌理和语言肌理,莫不浸淫着一种"江南有孕,花朵已返回故乡"(《谷雨》)的古典神韵。他的诗歌,同时呈现出一种浓郁的抒情色彩,或激越如"其实,我一直在寻找一座窑火/将自己投掷进去,看看我的骨骼、血脉、经络/能经历怎样的窑变"(《自徽州至景德镇》);或深情如"必须承认,我对大雪的迷恋不可救药/只有女子皎洁的脸可以相提并论"(《大雪》);或炽热如"四月,春风浩荡/整个江南都在呼喊春天"(《四月》)。禾子是一个情感浪漫的诗人,在他的血液里,还残存着乡村牧歌、浪漫主义与理想主义的夕照余晖,他是一个后浪漫主义者与后现代主义者。"阳光之下,指天椒的骄傲无人能敌/这热血少年,长成了火苗。/烫手的理想主义"(《在家中度假》),就是他这种生命形态的隐秘写照。

《长短之诗》是一部由瑰奇的想象力锻造的诗集。书中处处可见想象展开的巨翼:"这世界上,大海的牙齿基本病了/泰国的这一排,还有健康的牙龈/你看,蓝天上,慢慢地/走着中世纪的羊群/我相信,印度洋是亚洲的舌头/一舔,就是一个温润的亚细亚"(《普吉,普吉》);"山崖当椅,一坐几百年/椅子长满老年斑"(《禅的院》);"燕尾划落了大地的彩妆"(《春天散章》);"我走过明亮的街巷/像一把开锋的新剪刀/在绸缎上飞行"(《三月》);"天空感冒了,天空下的/群山得了关节炎//大地骨质疏松,嘎嘎作响"(《冬日有疾》);"一场雨水适时落下/击打江南的将军肚"(《梅雨》)……这些想象,奇异瑰丽,落英缤纷。它们是蓬勃的,更是绚烂的;它们是贴切的,更是独特的。

诗歌《清明》是一首悼念之作,抒写诗人对奶奶的缅怀之情:"奶奶,我穿过整个春天来看你/这个春天布满雨水,一转眼就过去了//你在冬天的深处停住了脚步/在八十八的里程碑上,你输给了时间//我们,墓碑上的晚辈们/还在和时间赛跑//奶奶,你的离开是一场地壳运动/你的墓碑是一座新的山峰//……//身体里的桃花,次第开放/借着春光,那么多祖先在枝头复活//梨花祭出一身的白/你仿佛未见,将一粒玉米送回大地"。诗人的怀念,"穿过整个春天"、穿过一场春雨般浩大的泪水,抵达奶奶矗立在"冬天的深处"的墓碑,感人至深。然而,诗歌这种情感力量和艺术感染力的获得,正是源于诗人蓬勃而奇异的想象力。将奶奶的离去,比作"一场地壳运动"、一场山崩海啸的情感地壳运动;由奶奶矗起的墓碑,想到一座崛起的"新的山峰"、一座怀念的山峰;将心中对奶奶的思念,比作一树灿烂的桃花,如此瑰奇的想象,打上了诗人个性化的深深烙印。

《长短之诗》整体质量优良,具有隽永、均衡的审美品位。诗歌融合了东西方多种艺术创作方法,部分诗歌,需要反复咀嚼,方能明白其中奥义,具有一定的阅读难度,不属于一读就懂的诗歌,譬如那首《我和老家之间隔着东三省》:"雪把漠河搬到老家,俺的爹娘困守老屋,围炉喝酒/撤退到魏晋的山中//几十公里的路程,这小小的疆域/大雪/放进了东三省/世界一下子辽阔了,辽阔得/仿佛一部中国通史。"初看以为诗人此刻正置身于漠河,细读才知有误,"漠河""东三省"云云,乃极言故乡雪之大也。

诗人本质上属于一种生活在月光下的族群。所谓诗人,其实就是独孤者的代名词。"在越来越晚的晚上/你的孤单如此丰满"(《晚上》);"你用盛大的孤独/擦拭一枚月亮"(《秋天帖》)。因为黑暗,因为孤独,所以禾子这样告诫自己:"我和自己久别重逢/做一名点灯人"(《私奔》);因为虔诚,因为梦想,所以禾子这样提醒自己:"必须对喧嚣的江湖保持警惕/必须对烛光下的文字有足够敬意"(《致春天》);因为自信,因为骄傲,所以禾子这样坚定地对自己说:"你落下多少湖泊/我就饮下多少江河/……//已准备好鲜衣怒马/我要春风得意/要以音速打开花朵/要让它们成为诗人"(《雨水》)……

2023-08-08

(载于"诗跨界"微信公众号,2023-08-08)

第三部分

小说评论

穿透文化时空的智慧之光

——吴仕民长篇历史小说《佛印禅师》读评

吴仕民先生长篇历史小说《佛印禅师》的出版,标志着作者"鄱湖三部曲"的结穴。在评论他的长篇小说《铁网铜钩》《旧林故渊》时,我曾将这两部作品归为"生态小说"的范畴:《铁网铜钩》描写鄱湖地域的社会生态,《旧林故渊》描写鄱湖地域的自然生态。对《佛印禅师》这部作品,我认为可以延续"生态小说"的归类,将它定位为一部描写鄱湖地域精神生态(亦可称为文化生态)的长篇小说。如此,《铁网铜钩》《旧林故渊》《佛印禅师》三部作品,圆满地构筑了作者"鄱湖生态小说三部曲"。当然,《佛印禅师》由于主人公的人生足迹,起步于鄱湖之滨的饶州浮梁,终而遍涉今之江西景德镇、庐山、九江、宜春、永修,宋都开封,湖北襄阳、浠水、黄冈,浙江杭州,江苏镇江等地,且被宋皇赐予衲衣金钵,并与苏轼、黄庭坚、李公麟等当时名士交好,其题材范围,已从鄱湖地域,投向了广袤的北宋社会,与前两部作品相比,其呈现的艺术时空,无疑有着很大的拓展。

如果说《铁网铜钩》揭示的主题是人与人应如何相处,《旧林故渊》揭示的主题是人与自然应如何相处,那么《佛印禅师》揭示的主题,无疑就是人与自己应如何相处,如何寻找和获得个体精神的自洽。费尔巴哈说:"宗教是人类精神之梦。"小说《佛印禅师》以北宋时期广阔的社会生活为背景,追述了宋朝云门宗一代高僧佛印禅师的一生行藏,生动地呈现了佛印禅师大觉大悟的佛教智慧、持戒苦修的佛陀精神、普渡众生的佛子情怀、广博渊深的佛学知识、兼融三教(儒释道)的佛家气度、机警诙谐的佛门趣闻,展示了神秘玄宁的佛教世界和博大精深的佛教文化,反映了北宋王朝从红尘到庙宇、从江湖到庙堂的广阔生活图景,既是一部渐臻佳境、引人入胜的人物传奇,也是一部系统介绍佛学知识、学术浓郁的文化小说。

佛印禅师法名了元,俗名林丁原,出生于饶州浮梁,天赋异禀,三岁入私塾,能诵《论语》和诸家诗,五岁能诵诗三千首,六岁能属对,九岁入县城书馆,拜举人吕教授为师,精通五经,传为神童。少年时在家乡的竹林寺与佛结缘,开始研读佛教经典,不久在浮梁宝积寺出家,之后相继驻锡庐山开先寺、圆通寺、归宗寺,九江承天寺,浠水斗方寺,襄阳延庆寺,镇江金山寺、普济寺、焦山寺,宜春栖隐寺,永修真如寺,先后师从日用禅师、善暹禅师、子荣禅师、居讷禅师等高僧大德,历任多家禅寺的方丈,前后四十余年,德化广被,为人称颂,宋神宗赐以衲衣金钵,并赐号"佛印禅师",钦定宝积寺为他弘扬佛法的专用道场。佛印禅师享年六十七岁,一生在僧俗二界流连,与北宋大文豪苏东坡相交相知半生,情谊甚笃,传为千古佳话。

《佛印禅师》共分八章,以时间为序,采用线性叙事的手法,叙述了佛印禅师求生净土、辗转山林、四任方丈、九坐道场的人生行迹。小说开篇介绍时代背景和浮梁的山川风貌与历史人文,由此徐徐展开佛印禅师的人生画卷。在铺陈、勾勒佛印禅师传奇人生的同时,设置日用禅师、善暹禅师、居讷禅师、了空、梁力、樊雄、祁通、松风、苏轼、黄庭坚、李公麟、寒芸、常福等众多人物,或与主人公的性情品格对比反衬,烘云托月;或跟主人公的人生命运纠葛错杂,并驾齐驱;或和主人公的博闻强识日月互照,交相辉映;或对小说情节的发展添薪助燃,推波助澜。小说以一种峻洁典雅、灵秀冲淡的语言,血肉丰满地还原了一个消失在历史烟云深处的高僧大德的感人形象。

小说以大量生动而真切的行为描写,凸显主人公人生精神的感召力。佛印禅师的人生精神,首先体现为一种勤学苦修。他以一种坚忍不拔、百折不挠的意志与毅力,穷研佛经,精探佛学;矢志不渝,潜心修行。譬如作品写他在开先寺藏经阁读经,"如海里游龙,在佛学的汪洋大海里纵横驰骋……有时到了深夜,便在藏经阁中打坐,积蓄精力后继续读经,待闻晨钟响起,再去和众僧一起早课。大雄宝殿前的菩提树荣枯三次,了元几乎是在藏经阁度过了三个寒暑"。又如作品写他在圆通寺闭关修炼时,"他忘却了自己身在何处,忘却了日月昏晨,忘却了春夏秋冬。一日,侍者又从小窗户递进来饭食,他下意识地朝小窗户外看了一眼,竟然是漫天飞雪,原来入闭关院已是一年了,这时他才感觉到了几丝寒意"。再如写他在斗方寺远处山洞修行时,"石洞在风雨中坍塌,被困洞中,照样打坐,默诵经典,然后慢慢地入定。石头横七竖八地把山洞压住,洞口不知在何处。石洞垮塌,已逾二十日矣。但眼前的一幕让僧人们怔住了:已变得极为窄小的石洞里,佛印端然而坐,一如平日在禅堂里打坐一般,见众僧人出现并无半点反应。有僧人以手指在佛印的鼻孔前试了试,告诉大家:'尚有鼻息。'原来,佛印从山洞倒塌之日,便入定了,至今未醒。一僧人以法器将佛印唤醒。却不料,这佛印第二日便又找了另一个山洞,继续修持。在洞中修满了一年之期"。

佛印禅师的人生精神,其次体现为一种慈悲心怀。他解危救难,菩萨心肠:解救被遗弃的婴儿八妹、解救被威胁的婢女寒芸;为灾民施腊八粥,宁可自己挨饿,宁可自己出门化缘,也要救济百姓。他宽容悲悯,普渡众生:对屡次捉弄自己、心志不纯的师兄了空,他没有因此而生厌恶、离弃之念,而是觉得当以佛僧之心,助这位师兄脱离迷津,远离泥沼,后来了空被归宗寺方丈留了下来,果真脱胎换骨,终成德行不浅的高僧;恶棍樊雄恶有恶报,遭免职从边塞归乡,身心不宁,病痛不堪,已成行将就木之人,佛印禅师恕之、怜之,允其忏悔,为其上香求佛;揭竿而起的铁耙头遭弹压,身首异处,佛印禅师不惧引火烧身,为其做法事,超度他的亡灵;去真如寺履任方丈之职时,"佛印俯下身,小心地将白猿轻轻抱起,很像当年抱起那八妹。然后加快了脚步,向真如寺走去"……

佛印禅师的人生精神,再次体现为一种情深义重。他看似佛陀,其实情深。对故乡,对养育过自己的父母、奖掖过自己的师长、解救过自己的恩人、与自己一起修行的同道、受苦受难的百姓、同声共气的朋友,乃至出没于山林的动物,等等,他都满怀着一种炽情。譬如小说写到离开故乡三十余载再回宝积寺时,他首先去到父母的坟前祭奠父母;接着,"连夜写就了两篇长长的祭文。第二日一早,他手持香烛,分别来到梁力和吕教授的墓前。先念了一大段《无量寿佛经》,然后把写有祭文的纸张点燃,奉献给自己的救命恩人和敬重的师长,祈愿这两位好心人在另一世界一切适然"。挚友苏轼再贬岭南惠州,他说,"纵然骨断筋裂,山僧也要去往惠州,看望子瞻"。小说对佛印禅师的情感世界,作了感同身受的体认:"那宝积寺是他出家的地方,也是他继嗣云门宗的道场;那浮梁县是他的故乡,父母、师长的坟墓在彼,昌江常常流进他的梦里。他心里连接着那寺那山那水,进入老暮之境,此心更切。"

《佛印禅师》情节跌宕起伏,故事引人入胜。小说以佛印禅师的一生遭际为主线,交织以苏轼的宦海沉浮、了空的始迷终悟、寒芸的命运反转、铁耙头的反抗与失败、松风的复仇与宽恕、樊雄的跋扈与垮台、祁通的恶行与果报等多条副线,如船行大海,波峰浪谷。仅以佛印禅师的人生命运而言,亦是颠簸连连:他剃度宝积寺,林中被蟒蛇所困;云游四方,路遇变乱,因于樊家,陷入险境;住持于名刹后,被推荐参加并顺利通过皇帝亲自主持的特别考试,被赐以衲衣、金钵和佛号,名动开封城,人生达到辉煌顶峰;载誉归来后,遇上荒年,为百姓施粥化缘;不惧引火烧身,超度失败的起义军首领亡灵,遇寒芸求救出手相助,遭樊雄索人;面壁斗方时,暴雨淋塌山洞,他被乱石封埋二十余天;在金山寺建妙高台,遇上员外悔捐;至大仰山栖隐寺弘法,又遭山神庙教徒寻衅滋事……更不用提义士梁力先后解救他和寒芸、樊雄对他一直纠缠不休、祁通处心积虑迫害松风、松风造假墓诈死等精彩内容了。

《佛印禅师》叙事生动有趣,令人忍俊不禁。譬如小说写佛印禅师初入佛门时"过堂":"'过堂?'这让了元心里一颤:刚一入寺门便要让皮肉受杖打鞭笞之苦吗?不敢多问,径来到一幢房子前,但见门楣上写的是'斋堂',难道是在吃饭的地方受刑?了元很是奇怪,无鞭无笞无断喝,便是过堂了?不过他很快明白了:过堂便是吃饭。"又如小说写佛印禅师与苏轼初会时,面对苏轼的恶作剧,佛印禅师冷不丁一声长啸,就在苏轼尚在愣神的时候,佛印开口问道:"'秤斗'大人,山僧这一声长啸,请为称量:合几斤几两、几斗几升?"再如小说写苏轼有次为了戏谑佛印,故意问他"为何诗中每每用'僧'对'鸟',实在是对僧有失敬意"时,佛印不紧不慢地回道:"僧与鸟对,因缘啊。且看今宵,不又是如此这般?"机智诙谐的佛印禅师对东坡居士还以厉害,两人唇枪舌剑、插科打诨。诸如此类,不一而足。

《佛印禅师》文字灵动鲜活,充满诗情画意。譬如小说这样描述佛印禅师的"观想":"了元着力将意念高度集中于五行之一的火,把自己想象成一架枯骨,要让那想象中的火焰吞噬焚烧,使己身归于寂无。起始,那火是惯常的形状与色彩,但随着意念的蠕动和无规则的弥漫,那火苗在变化,由状如水滴变作一汪水面,徐徐向四周扩展,洇散成一片,继而在膨胀,快速向上升腾,衍成了一片火海。既而那火海在收缩,变成流动的带状,转而成为像大雨中屋檐的水滴,连续不断地滴向一个深不见底的空洞。那火此时已是湖水的碧绿之色,既而又成了杯中的透明无色。而水、土、金、木也无一不在意念中变了形态,换了颜色,改了味道……他把那火引向想象中的自己的枯骨,那火在白骨的四周熊熊燃烧,白骨被火烧灼、焚烤,慢慢地变成了粉末,他觉得自己已被焚化在烈焰之中……"再如小说这样描写白猿追随恩人归化:"白猿那道白虹落在了化身窑中,依偎在了佛印法体之旁。转瞬间,白猿那白雪一样的身躯,融入了那灼天映地的红色火焰之中,它要伴随佛印禅师,去往那遥远的西方极乐世界……"

《佛印禅师》心理刻画细腻,细节令人难忘。譬如小说中的这一段描写:"开光仪式结束后,佛印便开始收拾他的包袱,准备离去。这包袱自他入寺时背上肩头,已逾三十年矣。已是百孔千洞,补了又补,很难再补了。他忽然发现,这双层包袱的上层破损之后,底层露出了一行小字,细加辨认,乃是:'丁原我儿,一生平安。'他怦然心动,这显然是母亲缝制这包袱时,精心绣上去的,母亲山海般的厚爱和无边的祝福,尽在其中。他把包袱拥到胸前,紧紧地搂住,双眼微闭,脑间却是一遍又一遍地忽闪着母亲的面容。他有些心慌意乱,但很快镇定下来。他又找了一块布片,把那破洞补上。他想好了,要把这青布包袱,终生背在身上,挂在心上。第二日,佛印携着又一次补过的青布包袱,辞别日用禅师及众僧,向金山寺走去。"

《佛印禅师》也是一部系统介绍佛学教义、知识磅礴丰赡、学术风格浓郁的文化小说。作品中,诸如剃度、受戒、过堂、坐禅、定印、妙悟、性空、禅七、闭关、观想、千世界、须弥山、法宝节、三界六道、人生苦谛、极乐世界、禅宗制度、佛教果位、佛祖名号、寺的得名、《大藏经》分类、四摄五眼六度、祈禳法事流程等一系列善知识,令读者如入妙境,大开眼界;佛印禅师关于禅与书、禅与茶、禅与瓷、禅与诗的关系,以及孝乃儒道佛三教相通之处的论述,令读者醍醐灌顶,茅塞顿开。譬如佛印禅师如此论茶:"茶品,夸示富贵;茶韵,艺术赏受;茶味,乐享人生;茶德,参禅悟道。"如此论瓷:"这瓷器非金非木非水非火非土,却又是集金木水火土之大成。"如此论诗:"须有参悟之功,方得他人诗作之妙。江西诗派极重以禅入诗。诗无可参悟处算不得好诗,读好诗不去参悟便得不到其中三昧。"如此评说斗茶:"以泡沫的色白为上,以茶面的持久为优,以茶上字画精美为要。统而观之,以定胜负。"

　　吴仕民先生的长篇历史小说《佛印禅师》切玉裁锦,刊落风华,文风纯正,饱蘸情感,体现了作者深厚的文化功底和文字功力,是作者致敬故乡、弘扬赣鄱文化的又一力作。作品兼济于赣鄱乡谚俚语、地域民俗器物和极具赣鄱乡土气息的取譬引喻,同时,一处处赣鄱名胜,在作者笔下从容道来,既体现了作者对故乡文化的熟稔,更体现了作者对故乡的深沉情愫。

2020-05-08

(刊于《中国民族报》2020-05-07)

《御窑重器》:中国瓷业史的文学读本

　　吴仕民先生第四部长篇小说《御窑重器》绘制了一幅中国近现代瓷业画卷和社会画卷,堪称一部中国瓷业史的文学读本。小说共分"窑厂血泪""御窑余火""窑宝厄运""新窑情思"四卷,以晚清江西景德镇御窑场为慈禧太后七十寿辰专烧的寿瓷龙凤双尊为主线,以主人公方浩与刘樱、江云炻、春莺三位女子的情感纠葛为辅线,将叙事置于一个由晚清至国共第二次内战,时间长达半个世纪,涵括辛亥革命、军阀混战、北伐战争、抗日战争、解放战争这样一个宏阔的社会历史背景中推进,两条结构线索时而齐头并进,时而纠缠与遇合,铺叙龙凤双尊在不同历史时期的命运,以及由此展开的宫廷与民间、守旧与创新、算计与大义、奸猾与耿介、怯弱与刚强、伪善与真挚、残暴与温良、褫夺与保卫,展示了急剧变幻的时代风云和光影斑斓的心灵图景。

　　大清光绪二十九年(1903),慈禧太后为给自己七十寿辰庆生,敕令江西景德镇御窑场烧制国之重器龙凤双尊,因押解寿瓷进京的阉人尤太监催逼甚急,强行取瓷,龙尊惊裂成为次品,晋京时被慈禧摔碎。不久光绪帝与慈禧在两天内先后驾崩,凤尊随慈禧进入地宫。军阀孙殿英东陵盗宝,炸毁慈禧陵寝,凤尊重现人世,被溥仪派尤太监重金赎回。为感谢帮助自己登上"大满洲"帝国皇帝宝座的日寇冢田次郎,溥仪将凤尊献出,凤尊被送往日本,落入外敌之手。"青花大王"、艺术大师王青弟子方浩为防不测,悄悄另行烧制了一对龙凤双尊,以备替补,凤尊有瑕疵而龙尊完美无缺,因尤太监回京交差甚急,方浩来不及将龙尊呈上,只好留了下来。抗战爆发,为给在前线浴血奋战的抗日将士捐款,支援抗战,方浩将龙尊拿出拍卖,最终被奸商、瓷业会会长祝鸿来收入囊中,复被国军副师长孟平山设局威吓掠夺而去。国共第二次内战结束,孟平山携龙尊与国民党军一起溃逃台湾,龙尊流落宝岛……

小说前半部分着重写凤尊,后半部分着重写龙尊。龙凤双尊,都在泥与火的舞蹈中涅槃新生。小说塑造了一群性格鲜明的人物形象,在这一人物群像中,每一个人也都经历了烈火焚烧的"窑变"——

小说一号主人公方浩是个孤儿,小时候自安徽祁门流浪到江西景德镇时,被外号为"神眼"的御窑场把桩师傅刘胜远收为养子。方浩跟着义父学习看火烧窑,因天赋异秉,不久成为御窑场彩绘房的一位画师。庚子之乱后,方浩被派往日本东京工业大学学习窑业,回国后拜御窑场彩绘房领班王青为师,成为师父时常在心中引以为傲的弟子。方浩对祖国一腔赤诚,胸怀振兴中国瓷业的大志,力主改良瓷业、创新工艺,关闭御窑场,兴办新型瓷业公司,促进千年瓷业的承古创新。他清楚地认识到官窑制度既是中国瓷业的大幸又是中国瓷业的不幸,严重阻碍了中国瓷器乃至整个国家的发展,力倡倚重人才、革新技术、变通体制,去旧病而入新境,以新艺新法育才、兴瓷。他的心中,始终矗立着这样两座窑:一座是烧制瓷器的柴窑,一座是培育瓷业英才的学校。

为了试用新技术,方浩不惧守旧势力的顽固阻扰和流氓地痞的打砸闹事。在江西省巡按使私人代表熊式辉来景德镇视察时,他勇敢地拦路投状,被关入牢狱。为了将中国瓷艺推向世界,他宁愿冒大风险,也要烧制万国博览会参展瓷。为阻止如狼似虎的北洋军阀所部强行借粮,他奋不顾身地阻拦那些士兵,被枪托砸倒在地,右臂骨折,大脑受震荡。义父突然辞世,他放弃去巴拿马参展的机会,接受新任务,到中国陶业学堂担任协理员。江西甲种工业学校景德镇分校被取缔后，又应王青之邀，到聚人才而创新艺的瓷业美术研究社任职，积极筹办社员作品展。美术研究社被关张，他又开设"陶艺研习所"。一场庆典在日寇穷凶极恶的轰炸下演变成一场惨祸后，他拒绝随同学校师生一道转移到战火尚未烧到的萍乡，留下来继续试烧煤窑，他把这一次烧窑看作同日本侵略者的一次面对面的较量："日本强盗，你炸吧。老子决不低头，决不眨眼！"……他的一言一行，表现出一种奋发图强的革命精神和百折不挠的钢铁意志。

方浩谦逊好学，在人生之路上不断探索、精进，譬如他拜制釉高人鄢老板为师，虚心学习制釉技术，并赴上海学习现代美术教育；他经过一次次试验和改进，发明了一种全新的陶瓷成型之法——注浆法。他又充满智慧，譬如向孙之顺献计，短时间内筹集到了制作御窑瓷的优质瓷土，并解决了御瓷重器上所需要的乌金釉问题，成为孙之顺在关键时刻可以依靠的人；他使用激将法帮助师父戒掉了鸦片毒瘾。他为人真诚，对义父与师父情深义重，宁可葬送自己的幸福也不愿违背义父临终前的嘱托；在师父辞世后购置柴窑，完成师父烧制千只青花饭碗以偿窑工瓷工的遗愿。他一身正气，譬如他不徇私情，说服春莺让叔叔祝鸿来接受违规处罚并奉行新规；了解袁世凯称帝的野心后，他和师父一样，坚决拒绝烧造"总统瓷"；袁世凯垮台后，他拒绝祝鸿来烧假"洪宪瓷"欺世盗名、敛财骗钱的邀约；浮梁县举办庆贺抗战胜利大型艺术瓷器展览，所有展品皆被官员觊觎，他坚决抵制。他赤诚爱国，把一生献给了瓷业，譬如在右手残废后，他用左手仍然不停地作画写字，还举行字画义卖，所得款项全部捐献给抗日救国会……

阴险毒辣、伪善凶残的日本侵略者头子冢田次郎是小说重点塑造的一个反派人物形象。这个双手沾满中国人民鲜血的刽子手，他的人生志向是："中国不灭，何以为将？"他来自日本的一个陶瓷世家，是方浩在日本东京工业大学留学时的校友，早年曾随家族企业来到中国安徽祁门盗采高岭土，后以日本陶瓷代表团团长身份，参访考察景德镇美术研究社，故意将手帕掉入釉缸，想盗取乌金釉的配方，被方浩识破，阴谋没有得逞。从中国回日本不久，冢田次郎应征进入军队，并被派到中国，成为日本华北特务机关长土肥原贤二手下的一员干将，参与策划建立"满洲国"，对中国进行巧取豪夺，大肆劫掠中国宝物,不久被调入日军前线部队,在卢沟桥事变中扮演了重要角色,成为日军精锐旅团旅团长。接着他又率领部队参与了攻取华北、攻陷南京的战斗,之后来到庐山一带同中国军队作战,他对当年窃取乌金釉配方的失败一直耿耿于怀,下令日机对瓷都展开丧心病狂的狂轰滥炸,欲以此摧毁景德镇的瓷业乃至中国的一大重要工业门类。之后他在带领日军进犯长沙时,遭到孟平山的中国军队敢死队重创,送回日本疗伤。日本天皇宣布无条件投降时,冢田次郎不甘心自己的失败,最终眼盯着凤尊,幻想着龙尊,剖腹自杀。小说通过对这一人物的书写,揭露了日本侵略者的穷凶极恶,讴歌了中国人民坚贞不屈的民族气节。

被称作"青花大王"的艺术大师王青,是老一代陶瓷艺术家的代表。王青虽出身官宦之家,却性情高洁,自小不以经商、做官为务,而是广寻名师,潜心读书、习字、绘画,十几岁便进入御窑场彩绘房担任画工,后又入宫参与御瓷的设计与绘制,因绘瓷有功,还被朝廷赏了个监生出身,加同知衔,但他对这些全不当回事,丝毫不改耿介性情,任性自为,钦赐的朝服朝靴,从来不曾贴近过他的皮肉,还作画讽刺宦官,不久便被打发回景德镇御窑场。因年幼时得过耳疾,他便自号"聋子",以此闪避世俗杂务,比如对待张口索画的人,或是故意插科打诨,或是装作没有听见。他一身硬气,不惜辞职,坚决拒绝为做着皇帝梦的袁世凯烧造"总统瓷"。他自律甚苛,对待自己呕心沥血创作的《万里长江图》,只因一只龙眼略有瑕疵,便不顾众人劝说,坚决不肯把作品送展。他眼中揉不进沙子,怒斥见利忘义、为祝鸿来烧制假瓷的弟子徐一涛。他铁骨铮铮,面对破门而入的强盗,宁愿忍受毒打也不说出龙尊的下落。他满腔深情,慈父般悉心培养和指点弟子方浩,并绘就画作《比翼鸟》,准备作为结婚礼物送给方浩和江云炀。他心怀悲悯,遗愿为窑工们烧制一千只青花瓷碗以偿窑工瓷工。他以一种创新精神和超人的见识与勇气,在瓷板上绘制人体画。他勇于改过,一度染上鸦片毒瘾,在方浩与江云炀的帮助下,最终戒掉毒瘾。"焚其旧叶,吐我新烟",是他对时代和世风的鲜明态度,是他艺术生涯与一生精神的真实写照,也是他人生不懈追求的深刻诠释。

人称"白鳝"的祝鸿来是小说塑造的最具立体感的人物形象。这个精于算计、阴险狡诈、贪得无厌、一门心思想着用歪门邪道赚大钱的窑场老板,在烧慈禧交办的最后一窑御瓷时,反复叮嘱其他窑户不可承接烧造任务,自己最后却承烧了那批御瓷,并且暗中搭烧伪造的"同窑瓷"。为了大牟其利,他不顾可能由此引发意外,不惜加大窑身,多摆瓷器,增加烧窑的难度。瓷窑垮塌,他置刘胜远为烧这窑瓷竭尽心力、为救险几乎丧命于不顾,把瓷坯的原因归结为刘樱到了窑场,还罚刘胜远演戏一场,意在若朝廷追究下来,这罚演一场戏就会成为让刘胜远承担责任的正当理由和有力证据。不久袁世凯要景德镇烧制"总统瓷",祝鸿来得知消息后,立即削尖脑袋揽烧,精心策划,欺骗鄢老板,搭烧底款和"总统瓷"款识完全相同的瓷器,被孙之顺发现,事情败露,不仅百般抵赖,还对孙之顺进行要挟,被孙之顺投入大狱。袁世凯倒台,出狱后的祝鸿来又想将未完成的"总统瓷"续烧成器,并全力收购各窑为袁世凯烧制"洪宪瓷"备下的瓷土,打算制成"洪宪瓷",大赚一笔。在遭到方浩拒绝后,他动员徐一涛与他一块造假。北伐战争爆发,军阀部队强征暴敛,祝鸿来虚报摊派数目,他应当摊付的一万七千块大洋实际上一块也没有出。政府推行瓷业改良,要求统一柴窑尺度,并向窑工支付工资,他有意拖着不办。"月圆会"成立时,祝鸿来又不请自来,幻想分一杯羹,被大家拒绝。饶州会馆为抗日将士捐款,他假装生病故意逃避。在被孟平山以构筑军事工事要毁掉很多瓷窑为由讹去一万银元之后,他如法炮制,威吓众窑主摊款,只半天工夫,便凭空赚下七万块大洋……所幸到了最后,在日寇连天炮火的教育下,这个满腹心机、见钱眼开的大老板,最终变成了一个慷慨大方的爱国者,将以前赚的昧心钱,全部捐了出去。

小说塑造的其他人物,也都形象各异。譬如王青的另一个入室弟子,为祝鸿来仿制古瓷以敛钱聚财,遭师父怒斥,最后痛改前非,暗中雇人服侍师父,拒绝高额的银票挽留,离开祝鸿来的"仿古神脑"徐一涛;一心想占有龙尊,串通劫匪,逼问、拷打王青,精心导演苦肉计,想从方浩手中夺取龙尊,遇红军游击队后慌乱奔逃,失足溺毙的刘胜远养子刘承根;亦邪亦正、集兵痞、盗墓贼、财迷与抗日英雄于一体的孟平山。还有一代太后慈禧、末代皇帝溥仪、小太监尤善、督陶官孙之顺、内务府大臣桶总管、"御廷女官"缪嘉蕙、流氓地痞石老三石老四兄弟、最终沦为汉奸的阉割师尤乡长、欺骗老板卷款逃跑的"下港先生"罗秤、外号"神眼"的把桩师傅刘胜远、"拉坯鬼手"牛头、"制釉鬼才"鄢老板、满窑"将军"余同、锔瓷店主余细苟、爱国志士康总、革命军人岳团长、艺术群雄"珠山八友",等等。

爱情纠葛是小说另一条重要的结构线索。面对同样深爱着自己的三位女子,方浩身陷感情的泥潭,难以自拔。方浩一直把义妹刘樱当成亲妹妹,却不料刘樱早就对他芳心暗许,刘胜远临终前再三将刘樱托付给方浩,面对对自己恩重如山的义父,方浩无法拒绝、别无选择,他不想让师父带着沉重的牵挂和遗憾离开人间。然而他真正爱的人是师父王青的外甥女、师妹江云炻。他和江云炻早已情至深处,难以分离,并且两人在五龙寺发过誓,无论贫富贵贱,生生死死,都相守一生。但当方浩惶然而愧疚地向刘樱说出内心的真实想法时,刘樱犹如火山爆发般大喊,"我生是你方家人,死是你方家鬼"。为了避开江云炻和刘樱,求得暂时的安宁,方浩接受陶业学堂副校长的任命离开景德镇前往鄱阳,却传来刘樱病入膏肓的消息,为了不负义父的遗嘱,也为了挽救刘樱的生命,方浩违心地与刘樱成亲,举办了一个黯然的婚礼。他将一封彻底埋葬两人情感的诀别书交给在五龙寺等候他的江云炻。一个多月后,刘樱的病情突然逆风逆水,终至逝去,江云炻也不知所终。

祝鸿来的侄女春莺,一直随父亲在九江经营瓷器,与品行不端的丈夫解除婚姻后,回景德镇叔叔的公司负责销售事务。这个聪慧美貌、收放自如的女子,在与方浩交往的过程中,渐渐被才智超群而又双肩如山的方浩所征服,她不断地向方浩讨教,几度在关键时刻为方浩解围,多次在节骨眼儿对方浩慷慨解囊相助。方浩明白春莺的真心,也为她的真情所感动,然而他不想让春莺因自己而蒙受不幸。春莺的心声没有得到方浩的回应,只好改嫁保安队长为妻,并且生下儿子卫龙。为了国宝的安全,方浩遵嘱将龙尊从师父家取出,委托春莺代为保管。方浩一直惦念着江云炻的下落,在随校长前去面见蒋委员长领取为盟国首脑烧制礼品瓷的任务时,在庐山西云寺古刹,惊见失踪已逾二十个年头、已成住持云净法师的江云炻。空山与红尘殊途,咫尺直如天涯。几天后方浩带着师父分给江云炻、暂由自己代管的一半财产二上庐山,再次遭红尘已杳然而去的云净法师冷遇。春莺代为保管的龙尊,被丈夫发现并藏匿,最后被儿子卫龙找出。不久春莺的丈夫成为伪军被新四军歼灭,落了个汉奸的骂名,卫龙被小伙伴暴揍。为了保护卫龙,方浩决定收养他为义子,将自己的技艺全部传授给他,并希望他有一天能找回流落在日本的凤尊,让双尊聚首。面对春莺母子的真诚呼唤,方浩第一次没有拒绝,与春莺紧紧地拥抱在一起。不过,他还是决定三上庐山,再去见一次云炻……

《御窑重器》是一部瓷业版的"清明上河图",鲜活地再现了近现代瓷都景德镇的社会风情风貌,展示了中华文明的灿烂辉煌。它同时又是一部瓷业文化小说、一部瓷业知识的"百科全书",不仅介绍了"瓷都"的由来和相关历史传说,以及古代中外瓷业文化交流情况,更几乎穷尽了应有的瓷业知识,譬如制瓷的七十二道工艺,死光、贼光、灰光、温光、玉光、妙光等瓷器光泽的区别,油松油脂在燃烧时对瓷坯产生的奇妙作用,釉下彩瓷和釉上彩瓷,生活用瓷、陈设用瓷、把玩用瓷、祭祀用瓷、宗教用瓷等瓷器的品类;以土成形、以火成器、以釉成色的制瓷三大环节,釉彩的制作技巧,"一满二烧三歇火"的烧窑要诀,以匣钵装烧瓷器的工艺,溜火与升火,斗彩,擂料,惊裂,照子,舔笔与搭笔,"七死八活九翻身"的烧窑节令,画笔、填笔、洗笔、彩笔、笃笔、扒笔、赤金笔、玛瑙笔等绘瓷用笔的种类;羊毫、獾毫、貂毫、黄鼠狼毫、羽毛、苎麻、兼毫等做笔材料的差别,调釉与蘸、荡、浇、泼、刷、吹等施釉方式,不一而足。

小说的心理描写也异常精妙。譬如写穷奢极欲、唯我独尊的慈禧起念为自己烧制寿瓷时,先后否定烧制瓷鼎、瓷缸和瓷瓶的建议,下令烧制瓷尊,因为在她内心深处,天下必须定于自己一尊。开始她也只想烧制凤尊,根本就没有考虑烧制龙尊,因为她心里对光绪极其厌恶和憎恨,早就打算将其废黜,另立新帝,后来因多国使馆发来函件强烈反对,只好下令加烧龙尊,进行补救。在选择凤尊耳的图形时,她先后否认了鹿首、龙首与羊首的方案,最终确定为凤首,以凤喻己,表明自己乃女性中的千古一人。在确定双尊的底色用釉时,她下令凤尊采用皇家器物专用的纯正黄釉,而龙尊则用黄釉中的鳝鱼黄,寓意光绪不过是一条黄鳝罢了。当光绪驾崩的消息传来时,她一手将稍有瑕疵的龙尊从案上拂至地下摔碎,内心的快意与释然暴露无遗。再如写方浩烧制出备补的龙尊,来不及上交,只好留在自己手中时内心的矛盾与斗争:龙尊非寻常之物,稍一不慎就成祸患,如果因此被查究,肯定会有许许多多的人遭殃,最好的办法就是将它毁了,但它就如自己的孩子,要亲手毁了它,于心何忍?他设计了一个又一个让龙尊毁灭的意外,以减轻内心的折磨,终于还是不忍心。其他如写冢田次郎对盗取乌金釉失算的耿耿于怀与恼羞成怒,孟平山对当年祝鸿来算计自己进行秋后算账的装神弄鬼,刘承根其实意在龙尊的虚情假意,春莺对方浩爱而不得的寝食难安,徐一涛因愧对师父教诲的痛心疾首,余同听到日寇战败的急切归心,等等,也都令人难忘。

小说除结构精巧、格局恢宏、形象生动、描写精妙外,还有几点也不可不提。一是如江河缓流、从容不迫的叙事节奏。二是诗意的笔触,譬如小说所描绘的拉坯工的压、按、捏、捧、拉,脑动手动,意到形随;利坯工粗笨手指下演绎的决不逊于钢琴家的精确的节奏和美妙的旋律;数千个水碓日夜不停地舂石,蔚为大观,碓声的震撼山林;火种落在窑里火苗蹿起烈焰升腾时窑膛的一片辉煌,等等。三是修辞大多紧扣瓷展开,如"方浩又是一惊,心里似有一块尖锐的瓷片划过",等等。四是方言与歇后语的大量使用,大大增强了小说语言的鲜活性。

2021-10-28

(刊于《新传奇》2023年第2期)

诡谲历史风云深处的人性幽光

——海飞长篇小说《江南役》读评

　　海飞长篇小说《江南役》是一部飘荡着刀光剑影、血雨腥风的谍战新作。小说书写的是明朝万历三十年（1602）八月发生在江南名城杭州的一场宫斗与谍战相交织的抗倭战役。作品打通了小说与剧本之间的秘道，以浓烈郁勃的影视元素、风云激荡的奇瑰想象、缜密精致的结构艺术、惊心动魄的故事情节、绵密生动的海量细节、盘根错节的人物关系、潇洒飘逸的叙述语言、灵动诙谐的叙事腔调、鲜明独特的地域文化、幽微真实的人性烛照，展示了一幅四百多年前皇室较量与江南抗倭斗争的历史画卷。

　　小说描写大明王朝锦衣卫北斗门掌门人田小七奉万历皇帝朱翊钧之命，带着同在孤儿院长大的抗倭烈士遗孤刘一刀、唐胭脂和土拔枪枪三位兄弟，秘密来到杭州城，为朱翊钧取走钱塘火器局总领、大明王朝火器专家赵士真撰写的火器新著《神器谱或问》，并保护赵士真的人身安全，不料却碰上了杭州城发生的系列男童失踪案，并且就在田小七到达杭州城的当天夜晚，赵士真竟被潜伏在杭州城的倭寇劫走。在调查男童失踪案与赵士真失踪案的过程中，田小七破获倭寇劫走《神器谱或问》与赵士真、在八月十八钱塘观潮节六和塔重修庆典上炸毁新塔的"破竹令"阴谋,并意外发现男童失踪案与皇室内斗有关。最后真相大白,奸细暴露,被劫者获救,倭寇折戟。

小说共七章,以田小七在杭州城的七天活动铺展叙事,一天一章。皇室内斗与抗倭斗争两条主线时而并驾齐驱,时而交错纠缠。海飞不仅是一位讲故事的高手,譬如小说开篇描写的席卷夜空的蝙蝠阵掠走院中男童,场面是那般的离奇、魔幻和惊悚,更是一位对幽微人性有着深刻洞察的通人达才。小说将细腻而犀利的笔触,探入人性肌理深处,对笔下的人物,无问正邪,抑或亦正亦邪,都不仅重在展示他们的行为与性格,更重在探寻与揭示他们这些行为与性格背后的人性动因,折射出人物形象明灭在诡谲历史风云深处的人性幽光。

小说主人公田小七之所以领受朱翊钧之命,是因为朱翊钧答应过他,等他完成使命返京,就可以去诏狱迎接他深爱着的无恙姑娘出狱。正是凭借着一腔对朱翊钧的赤胆忠心,在杭州的七天内,田小七出生入死,大智大勇,破疑案、战倭顽、救赵士真、保六和塔,拼死护驾。他有意无意地躲避赵刻心的示爱,是因为他对爱情忠贞不渝,心里始终有着无恙姑娘。他用一千两银子,将坠入火坑的柳火火拯救出来,并将酒楼老板金彩的吴越酒楼买下来,改成欢乐坊,交给昔日的抗倭战友甘左严与柳火火共同打理,终将甘左严从颓废中唤醒。他部署封锁住通往六和塔的所有道路,保护任性登塔的朱翊钧与众臣。他发现当年自己的救命恩人郑贵妃卷入了陷害太子的阴谋,尽管内心充满矛盾,出于忠诚还是把真相告诉给了朱翊钧却遭到漠视。在彻底看清了朱翊钧言而无信、昏庸冷酷的面目后,他最终下定决心离开朱翊钧,从此不再回京城。

小说另一位女主人公赵刻心幼时因为好奇酿成一场大火灾,造成母亲丧生。她跟着父亲赵士真生活,在父亲的宠爱下,她养成了一种胆大泼辣的性情,譬如她敢于只身前往巡抚衙门讨要工钱。同时她又有勇有谋,胆识过人,独闯万松岭时,她以一本内页全是白纸的假《神器谱或问》,将倭首阿部的解药骗到手中。遭遇倭寇围攻、深陷敌阵中的她,面对闻讯赶来英勇解救自己的田小七,心中陡生爱慕之情。在六和塔,当她看见余船海(倭寇石田六郎)躲在一个角落里对田小七施暗箭时,她奋不顾身地扑上去为田小七挡箭。田小七冲进六和塔保护皇上,她撂下一句"你别想丢下我,我必须同你并肩作战"后,与田小七一起冲了进去,其对田小七的真爱令人动容。

土拔枪枪爱上了被倭寇毁容、在花舫船上烧水倒茶的姑娘杨梅。出于对杨梅的一片真情,他迷失了本性,不惜背叛战友,让赵刻心带上《神器谱或问》的母本去找倭寇,为她父亲交换解药。不料此时的杨梅早已被女倭灯盏杀死并假冒,他着了女倭的道,害死了前来搭救他的生死兄弟刘一刀。他幡然悔悟,痛心疾首。被唐胭脂和田小七驱逐后,他每天把几十个炊饼用粗布包好,一声不响地摆在钱塘孤儿院大门口的石门槛上,然后沉默着离开,以此赎罪。与土拔枪枪形成鲜明对比的是义薄云天的刘一刀,他为救兄弟,不惜牺牲自己,挡住倭寇,让土拔枪枪逃脱。为了阻止倭寇去堵截路上的土拔枪枪,他临死前将自己和倭寇反锁在屋内,把钥匙塞进嘴里,最终落入敌手,遭敌残害。

田小七在福建水师时的战友甘左严,因为心爱的女人春小九替他挡住了倭寇砍来的大刀,倒在他怀里死去而沉沦,每天烂醉在酒中。在田小七的帮助、激励以及柳火火的温暖下,他心头的巨冰渐渐融化,最终从噩梦中苏醒。他扔进水中的那把长刀,也被柳火火找回。田小七将钱塘江上的十名卫守戍军交由他来指挥。他拖着被倭寇扎了一刀的腿,在与倭寇的战斗中奋勇争先,重新找回了一个战士的尊严。亦正亦邪的陈留下,其实还算有情有义。他真心爱着赵刻心,却一直被赵刻心所鄙弃,爱而不得。尽管如此,他对赵刻心的爱却没有丝毫改变,更不曾做出任何破坏赵刻心爱恋田小七的苟且之事。他受恩于自己的姐姐和姐夫,爱着自己的姐姐和姐夫,但当姐夫薛武林叛徒与奸细原形毕露,被郑国仲手刃后,他也只是仰天大嚎,并没有做出过激反应,说明他心中是非尚存。

小说中最具戏剧性的人物形象当数薛武林。这个当年援朝战争中的叛徒,回国后摇身一变成了杭州城卫守戍军副千户。为感激把自己犯了杀头之罪的小舅子陈留下从监狱中放出的国舅爷郑国仲,他不惜与郑国仲和郑贵妃一起设局陷害太子,让郑翘八(倭寇阿部)制造了一系列男童失踪案,同时安排自己从牢里捞出的罪犯斗鸡眼配合演戏,把案件的元凶指向太子。又因为自己当年背叛祖国的把柄一直掌握在阿部手中,在阿部的胁迫下,他继续卖身事敌,成为国舅爷和倭寇手下的双重间谍。薛武林伪善、狡猾而残忍,为杀人灭口,他将大刀砍向向自己求救的侄子刘四宝;为帮阿部搞到火药,他让阿部带领大队倭寇化装成新入伍的兵勇进入钱塘火器局弹药库,将门锁上,让携带着兵器、穷凶极恶的倭寇放胆屠杀值守库房的大明军士们,当尚未断气的伍长水牛抱着他的大腿告诉他这些人都是倭寇时,他又毫无人性地再向水牛补上两刀;他指使卖葱包桧的斗鸡眼诬陷太子,却又暗中留有一手,事先在六和塔栏杆上涂上一层桐油,致使斗鸡眼从塔顶失足坠落。薛武林最终被害怕事情暴露的郑国仲灭口,落得个可耻的下场。

女倭灯盏是小说着力塑造的一个反派人物形象。灯盏是倭首子丑的女儿。她与阿部、石田六郎等一百多号人马跟着子丑从日本渡海来到中国,在台州府民间潜伏多年,为丰臣秀吉搜集和提供情报,伺机而动。为了掩人耳目,灯盏创立"巾山社"戏班,接受丰臣秀吉下达的劫走赵士真和《神器谱或问》、炸毁六和塔的绝密任务"破竹令",以敲断大明王朝的脊梁骨。她带领"巾山社"戏班的倭寇们,从台州启程,通过候潮门进入杭州城。阴险毒辣、诡计多端的灯盏先是化名为"鲤鱼",色诱赵士真的侍卫山雀,使山雀成为倭寇的奸细;接着变身为"杨梅",欺骗土拔枪枪;然后又化身为"傻姑",想骗走《神器谱或问》。在八月十八的六和塔重建庆典上,她命令城里的倭寇想方设法吸引住锦衣卫和卫守戍军的注意力,拖住田小七,令余船海在庆典开场时点燃炸药炸毁六和塔。所幸被田小七识破诡计,她和阿部最终落荒而逃。

化名郑翘八的阿部,是一个老奸巨猾、凶残成性的倭寇,也是"破竹令"行动的实际指挥者。他追随子丑来到中国,与子丑一起暗中创建"巾海道",训练倭军。与妻子灯盏分两路潜入杭州后,他劫走赵士真和《神器谱或问》子本,不断转移人质,给赵士真体内下毒,做着以提供解药为筹码,换取《神器谱或问》母本的美梦;他胁迫薛武林为"巾海道"效劳,在薛武林的配合下,带人阴谋夺取了钱塘火器局的弹药库,还丧心病狂地剜下值守伍长水牛的心肝炒了吃;他下令余船海对向田小七供出隐秘计划"破竹令"的松吉灭口;

他命令倭寇们用从弹药库劫出的火药,在望江门、凤山门、庆春门、候潮门、艮山门等地四处制造爆炸,并且令余船海将火药层层伪装成鞭炮和烟花早早藏进六和塔中,妄想一爆成功……

小说不仅描绘了上述这些主要人物形象的人性光辉,还折射了一大批正反面人物的人性光棱,譬如才兼文武、忠贞爱国的火器专家赵士真,深明大义、为国护宝九九归一的当铺老板九叔,慈悲为怀的高僧大德满落法师,老成持重的官僚标本浙江巡抚刘元霖,忠于职守的杭州卫守戍营总旗官伍佰,武艺高强、疾恶如仇的孤儿吉祥(昆仑),猥琐无行的赵士真贴身侍卫山雀,目光清澈、心田纯洁的日本音乐人河野,受倭寇挑唆、心里只有仇恨的倭童金鱼,以及一大批以平民百姓身份潜伏下来的倭寇,如化装成剃头师傅的剃刀金、石田六郎的助手黄山鱼和扇贝,等等。如果把这部小说比作一条喧闹的长河,那么这些人物形象的人性幽光,无疑就是高高溅起在空中的银色浪花。

成就《江南役》这部长篇小说的艺术手段无疑是多方面的:对孤绝幽暗人性的深刻揭橥,引人入胜、扣人心弦的故事情节,错综复杂的矛盾冲突,神秘莫测的谍战色彩,娴熟精湛的叙事艺术,血肉丰满的人物形象,磅礴宏阔的想象力与虚构力,浓郁独特的杭州地域文化元素,巨大的文本张力,擅长以环境描写来烘托氛围、衬托人物心情、推动情节发展,等等。此外,小说运用各种"道具"渲染气氛、制造悬念、勾连全篇、推动情节发展,也是值得大书一笔的文本亮点。这些道具,或为具象的有形之物,如巡抚刘元霖宠爱的红头蟋蟀乐乐,分别长在崖壁下、鲤鱼家门口、剃刀金院子里和南屏山山洞口的鬼箭羽;或为非实物的抽象线索物,如赵士真多次写下的大食人的数字,正是这些数字给了田小七某种神启,让他把数字与赵士真画在地上的相叠的三角形图案、俘虏松吉在桌上写的"塔"字和赵士真目光紧盯着的六和塔模型结合起来,恍然大悟失踪的男童与赵士真都被倭寇转移到了六和塔,并且倭寇"破竹令"的最终目标是六和塔。

小说结局,田小七与赵刻心前往宝石山祭奠无恙之后,一起回到了钱塘火器局旁的钱塘孤儿院,倭首阿部与灯盏则双双现身于万安桥码头,欲转道绍兴前往台州,重新组建一支"巾海道"。正邪双方出人意料地同时亮相,戛然而止的故事情节大逆转,既为小说营造了一种余音袅袅、不绝如缕的艺术效果,又昭示了抗倭斗争的长期性与复杂性,为小说贡献了一个精彩的结尾。

2021-10-15

（刊于《作家文摘》2023-04-25）

银发浪潮下的医护叙事

——评薛舒中篇小说《万事如意》

　　银发浪潮滚滚而来,诸如老年人的生活保障、医疗保障、养老服务、临终关怀等一系列现实问题,已成为全民关注的焦点。上海女作家薛舒中篇小说《万事如意》(《作品》2020年第1期)敏锐地捕捉到了这一社会焦虑,直击这一社会痛点,以其对社会与人性的深刻洞悉,将老龄化社会来临后,如何完善与健全老年人的医疗保障体系这一严峻的社会问题,摆到了读者面前。

　　小说虚构了一个发生在上海某街道卫生服务中心的医疗陪护故事。生活在安徽阜阳偏僻农村的女青年彭腊梅,为逃避母亲为她订下的一桩买卖婚姻,只身来到上海,成为湘泉街道卫生服务中心的一名护工。为了早日挣足退还男方的八万元彩礼,她工作尽心尽责,赢得了她所负责的一号病房所有老年病友的信任和依赖。后来男方送给她的一枚万元戒指失窃,退赔金增至九万元。为了早日摆脱婚姻的桎梏,换回自由,她报名参加了护理员上岗证考试培训,以行云流水般的操作技能,获得了护理员上岗证,之后她立刻辞职,入职报酬高出三倍的花园式养老别墅、五星级护理院——西郊兰棠别墅,朝目标又靠近了一大步。

　　主人公彭腊梅是小说着力塑造的中心人物形象。彭腊梅是城市化社会大背景下农村新女性形象的典型代表,在她身上,集合着从农村涌入城市的一代打工者身上的优点与美德:心怀梦想、吃苦耐劳,待人实诚、淳朴善良,手脚麻利、泼辣能干,细心耐心、忍韧坚强,业务熟谙、机灵变通,尽职尽责、责任心强。她以极大的坚度与韧度,承受着生活的重压。在她身上,既体现了中华民族的传统美德,又闪烁着时代精神的光华。

　　彭腊梅首先是一个具有凭借自身努力、改变自身命运这一人生勇气的女性。由于家庭生活贫困,母亲为了给彭腊梅哥哥娶媳妇,收取了县城男子"武大郎"的八万元彩礼,让彭腊梅嫁给他。为了摆脱这一违心的婚姻,彭腊梅只在婆家过了一个春节,开春就来到上海打工,由此踏上了反抗命运的道路。为了攒钱退婚,她省吃俭用,拼命工作。后来男方送给她的红宝石戒指丢失,退赔金一下子又增加了一万元。为了增加收入,早日脱离婚姻苦海,她努力克服文化水平低、护理工作繁重、学习环境恶劣等困难,报了护理员上岗证考试,最终凭借优异的操作技能,心想事成,拿到了上岗证书,顺利跳槽到了收入更好的西郊兰棠别墅。彭腊梅的人生经历,是无数城市打工者通过奋斗改变自身命运的生动写照。

　　一号病房是彭腊梅护工生活的主要舞台。这个病房起先是男病房,后来一床病人去世,女病人邱老师替补了进来,变成了三男一女。再后来三床病人头盔阿爹去世,退休教授祁老太太被安排进来,变成了"两男两女,混合双打"。四个病人中,一床病人邱老师是个"准植物人",却每时每刻打着轰轰烈烈的鼾;二床病人大妹爹瘫痪在床,整天歪着嘴冲着墙壁吆喝打麻将,不时高呼"和了,万事如意!",冷不丁还要掀开被子,露出丑陋的下身对女人耍流氓;三床病人头盔阿爹不肯理发,彭腊梅给他理发,他张嘴就咬,连牙齿都会咬断;四床病人沈木匠,整天瞪着水泡眼,"阿妈!阿妈!"不停地叫唤。新三床病人祁老太太,虽然是一号病房唯一能下地走路的人,却是阿尔兹海默病患者,动不动就玩失踪。

　　这几个病人,幺蛾子不断,按下葫芦起了瓢,令人应接不暇,就像一支临时拼凑在一起、未经训练过的小乐队,各唱各的,织成一支嘈杂无序的病房奏鸣曲。彭腊梅就是在这样一个高度堵心的环境中,展开她的护理工作的。

她就像是一个高明的指挥家,凭借自己高超的指挥艺术,最终将各自为政的不同音区,捏合成一个和谐、有序的群体。她干活又勤快又机灵,病人家属没一个不喜欢她的。她也在尽责、付出中,获得了尊严和快乐,用小说中的一句话来概括,就是:"小彭满意极了,小彭对自己很满意,对一号病房里的四个病人也很满意。"

彭腊梅不仅经验丰富、勤劳肯干,更有着一颗金子般的心灵。她对待病人就像对待自己的家人。每天早上,她挨个给病人喂早饭,对只能吃流质食物的一、二、四床病人,她用搅拌器将食物搅成糊糊,装进不同的大针筒,左一针筒、右一针筒地分别注进每个病人口中;对可以正常吃饭的三床病人头盔阿爹,她则用勺子一口一口地喂。一个病房中,三人瘫痪在床,她每天都不厌其烦地为他们接屎接尿、擦洗身体。为了帮助祁老太太节省纸尿裤,她隔一小时就带老太太坐一次马桶。心地良善的她,成了病人们的依赖:头盔阿爹硬撑半个月,直到她从老家回来才肯死去。在头盔阿爹的遗体快要被拉走时,她又跑回病房,将一直替他收在床头柜抽屉里的断齿取来,塞回他的口腔。她辞职前与一号病房的四个病人一一告别,叮嘱大妹爹以后不可再耍流氓,为了安慰他,再次往他嘴里塞了一粒水果糖。彭腊梅以自己对病人的一片真心和爱心,为如何构建和谐的医患关系,提供了一个可供参照的样本。

当然,彭腊梅并不是一个完美无瑕的人,她也曾有过短暂的自我迷失。她放在储物柜里的红宝石戒指被盗,退赔款无端地又要增加一万,挣回自由身的期限又无端地被延长,而主管胡老师为了保住自己的饭碗,制止她报案。急火攻心的她,为了弥补自己的经济损失,早日摆脱婚姻的桎梏,一时犯了糊涂,拿走了另一位护工丁阿姨放在包袱里准备给孙子的一万元大红包。然而,彭腊梅毕竟是个本性仁厚的人,她最终没有昧着良心,在离开湘泉街道卫生服务中心跳槽到西郊兰棠别墅前,偷偷地将那一万元送回丁阿姨的四号病房。这一情节的设置,非但无损于彭腊梅这一人物形象的美好,相反,更使得这一人物形象符合生活逻辑,更加立体、真实、可亲、可信。

老纪是小说另一个塑造得比较成功的人物形象。工人出身的他,对知识分子有种天然的崇拜和仰慕。他与做过三十年小学语文老师的邱淑贤半路结为夫妻,共同生活了十余年。他一直为自己能娶到一个知识分子为妻而自豪,全心全意地爱着邱老师,不料邱老师七十五岁时突患脑出血,抢救过来后,转院到湘泉街道卫生服务中心,成了一个昏迷不醒、时时刻刻都在打着巨鼾的"准植物人",老纪成了当然的陪护者。他尽心尽力、毫无怨言地照料着妻子,并且拿出自己的工资,承担妻子住院费的全部自费部分,却不受两个继子女的待见。他们将照料母亲的任务全丢给他,而且将他视若空气,甚至还怀疑母亲把银行卡密码告诉了他,逼他交出银行卡和密码。后来他去医院体检时发现自己也患上了"一个字的病"(癌),变成了一个身形佝偻、颧骨突出、脸色蜡黄、脑袋低垂,远看一架空荡荡的瘦肩膀,无头鬼似的人,身上先前那股"跩兮兮"的劲儿荡然无存。

老纪对妻子的悉心照料是令人感动的。为了让妻子能住进湘泉街道卫生服务中心,他在没有提前预约、住院部半张床位也没有,并且医生已明确告诉他排队挂号半年后才能安排的情况下,依然不沮丧、不恼怒、不焦急、不放弃,不听劝阻,始终坚持着,一个人守着妻子。在住院部寒风凛冽的走廊上,老纪从上午一直等到晚上八点半,因为一个病人去世,才终于等到了一个床位。妻子住进了一号病房后,他每天都很早到医院,很晚才离开,百般耐心,动作娴熟,为妻子洗脸、喂饭、喂水果、清理排泄物、擦洗身子、理发,不停地跟妻子说话,只有他才能理解邱老师鼾声中的含义。邱老师七十六岁生日时,老纪特意去凯司令,花四百八十元,买来奶油巧克力大蛋糕,将几个护工都请来,为妻子过生日,唱生日快乐歌。这曲让人泪目的"黄昏恋之歌",同样闪耀着人性的光辉。

小说对老纪这一人物形象的塑造是立体的。从某种意义上说,老纪的形象比彭腊梅的形象更繁复、更具多面性、更血肉丰满。这是一个沾染着小市民气息的"锥体"人物形象。一方面,他对邱老师的爱令人动容;另一方面,这种真情中又混合着小虚荣(虚荣深处其实是一种骨子里的自卑),譬如只要一谈到邱老师,他就会显得很自得:"要叫邱老师,叫奶奶她不会答应的""她是高级教师""她是知识分子"(他敢于跨越身份的鸿沟追求并娶到邱老师,可能就是他不被继子女接受的真正原因所在)。尽管继子女对他冷酷无情,他却依然爱着他们。一方面,他似乎很强悍,当憨人大妹爹先后调戏他的妻子和继女时,第一次他气得要打大妹爹,第二次他直奔病房给了大妹爹两记响亮的巴掌;另一方面,面对继子女的无视与逼迫,他又表现得很软弱,逆来顺受。一方面,在乡下妹彭腊梅和其他护工面前,他总是一副"跩兮兮的样子",鄙夷不屑地说,"外地人,懂么不懂";另一方面,他又难于掩饰心地的善良,给邱老师过生日时,他切下一块蛋糕让彭腊梅端给大妹爹,当看到大妹爹两只手被专用约束带绑在床栏上时,他说话时"眼神黯然,光芒全无"。

与彭腊梅和老纪的真情形成鲜明对比的,是一床病人邱老师的两个子女和三床头盔阿爹的儿子。邱老师的女儿妙妙,像一只高傲的蓝孔雀,冷酷到没有一丝人情味,剩余的西瓜汁她宁可倒掉,两个五芳斋大肉粽她宁可把一半粽子糊倒进马桶,也不给继父老纪吃,丧失了起码的人伦。她和兄弟奇奇不仅把垂危的母亲甩给老纪,而且找到病房,翻动床头柜抽屉,翻找母亲的身份证、银行卡,向继父逼问银行卡密码。头盔阿爹的儿子头盔哥把父亲送进病房后,一个月就结账那天来一次,来了也只在老爹的病房里站十分钟,十分钟一到就把头盔往脑袋上一扣,说一句:"我走了,明天要是不落雨我再来。"然后就没有然后了。以至于头盔阿爹每当看见有家属来探望自家老人,都会直勾勾地看着人家,问一句:"外面落雨吗?"头盔阿爹死后,病房通知头盔哥,他"啊? 啊?"了五遍,才明白过来。将近中午,殡葬车到了,头盔哥还没到,殡葬工人三根烟抽完,他总算来了,进太平间、从太平间里出来、和他说话、殡葬工人拿单子叫他签字,他的头盔都一直戴着……小说以一号病房为窗口,透视斑驳陆离的世相百态,揭示了人性的光华与丑陋。

小说几近全息地展示了老年医疗服务机构内部的真实情景。譬如大妹爹只服凶巴巴的女儿管,女儿一凶,他的饭倒吃得很顺利。譬如三号病房的护工李姐为了给只知啃老的儿子凑够买本田车的钱,只好拼命地工作;为了拴住男人的心,她非常注重保养、化妆,戴假发套、拍艺术照,把自己搞得美美的,唯恐被男人抛弃,男人经常打她也不记仇,好像还挺享受男人对她的那种爱。譬如十一床孙老太,子女从不来看她,她就成天躺在床上骂,骂鸡鸭蔬菜,骂爹娘邻居,骂医生护士。小说还通过护工之口,披露了一些老年医疗机构存在的真实黑幕,譬如有的护工为了晚上少起夜给病人换洗,枉顾病人的饥渴，严格控制病人的饮食，还给男病人扎上尿袋。小说所揭露出来的这些问题，应该只是冰山一角。这一点正是小说附丽于文本价值之上的社会价值。小说更将艺术的触角，伸向了广阔的社会生活，诸如老年人医疗卫生服务需求与社会保障能力之间的失衡、广大乡村社会的婚恋生态、再婚家庭的进退狼跋、国外的经济危机，等等。

彭腊梅与快递小哥的朦胧恋情，是流泻在凝重的病房气氛中的一抹温暖而轻俏的亮色。在几年的邮件送达和签收过程中，两人渐生情愫。每次只要看见服务中心门口闪进一个穿着黄色荧光背心的年轻身影，听到一句“彭梅花，快递！”的呼唤，彭腊梅都要“脚步轻快得像要飞起来”似的朝门口跑去，一边签收，一边纠正快递小哥：“跟你讲了，我叫彭腊梅，不叫彭梅花。”然而无论彭腊梅怎么纠正，快递小哥就是记不住她的名字，下一次开口时，依然叫她“彭梅花”。彭腊梅只能在心中恼骂一声：“猪脑子，永远记不住。”但这小小的愚钝，并不影响快递小哥对彭腊梅静水流深的爱：当祁老太太遍寻不着，彭腊梅满脸泪痕，他被吓着了，忙问出了什么事，并握了握她的肩膀；头盔阿爹死后，快递小哥来送尿垫，得知消息，关切地问彭腊梅：“你，不要紧吧？”离开时，他又叮嘱她：“你要保重啊！”彭腊梅参加护理员上岗证考试，开考前，他给彭腊梅发去微信祝福，后面跟着一朵玫瑰花。所有这一切，都表明了他对彭腊梅的关心和爱。

小说写到，不知道为什么，在快递小哥面前，彭腊梅总爱耍耍小性子，流露一些坏脾气；祁老太太走失，快递小哥安慰她，她情不自禁地朝他肩膀上一倒，“呜呜”哭起来；接受了快递小哥微信好友申请，她“大热天的，正焦躁呢，心情竟好了一些”；每次快递小哥的黄色荧光背心一闪，高高的人推开玻璃门往走廊这边走来，她就一阵心慌，心脏“怦怦”跳得飞快；发现李姐正看着她“嘻嘻”笑，她霎时红了脸，一头钻进病房；收到快递小哥给她的费列罗榛果巧克力，她“嘴角一抿，噘着的脸展开了”；放弃戒指失窃报案回到病房后，她主动给快递小哥发去一条微信，约他第二天陪自己去一趟西郊的兰棠别墅。凡此种种，无不生动地表明了在彭腊梅心中，快递小哥已然成了她的精神依靠。由有好感，到喜欢，再到依赖；由羞涩的朦胧，到果敢的主动，两人情愫渐深，一切都显得那么自然而美好。

　　《万事如意》是一篇生活气息浓郁、闪现着人性光华的好小说。小说运用纯正的现实主义创作方法,采取顺叙手法和全知视角,济之于多视角转换,在故事情节的不断推进中,展示叙事伦理,凸现和完善人物性格。它是预见的,作者敏锐地感应到银发浪潮的席卷将给社会带来的巨大挑战;它又是及时的,作品警示我们必须重视以医疗保障体系的健全和人性的温暖,化解老龄化社会来临后的各种矛盾和危机。

2020-03-01

(刊于《鹃湖评论》2021·B卷,西泠印社出版社)

欲望罂粟花的靡丽绽放

——吕煊短篇小说《秋天，有火车开往故乡》简评

　　吕煊短篇小说《秋天，有火车开往故乡》是一篇关于欲望的叙事。作品主要讲述的是一群欲望男女的情感与利益纠葛，显影了欲望时代的职场百态与社会风云，塑造了兰小珺、胡春闺、黄红梅、梅晓与陈强、吴树声等几个欲望男女的生动形象。

　　故事发生在江南雾城与京市。雾城女子兰小珺背叛丈夫，与顶头上司、京市火腿集团公司分管销售的副总裁吴树声玩起了感情游戏。兰小珺的竞争对手、吴树声的另一个情人黄红梅想将儿子转到京市读书，请吴树声出面找京市附小校长胡春闺帮忙。京市附小教师陈强之前为了买房，向学生家长、兰小珺闺密梅晓借款八十万元。梅晓丈夫陈云景得知妻子背着自己借款给陈强，怀疑二人有私，在暴打妻子一顿后，通牒陈强尽快还钱。将钱投入股市被套牢的陈强只好向昔年师姐、今日领导的胡春闺求助。高度缺爱的胡春闺在与陈强一番颠鸾倒凤之后，出面向吴树声借款。这时正好黄红梅求上门来，吴树声立刻让黄红梅出借五十万元，将款打入胡春闺提供的陈强户头。吴树声得知京市附小有两千多万元闲钱，许以每年一百万元的业

务提成,说动胡春闺将款存到他所指定的银行。远在上海的李伟,收到雾城法院转来的兰小珺的离婚诉讼状;陈强因色犯事,被警察带走收审,黄红梅借给他的钱,能否收回难以预卜……

小说以欲望作为叙事核心与主线,以主人公们的欲望潮涌,推动故事情节的发展。欲望在这篇作品中,不仅是叙事的主要内容,也是叙事的结构框架;不仅是情节的联结纽带,也是重要的叙事动力源。作品共分十二章,采用交叉复线式线状结构方式,铺陈情节,塑造人物,推动"欲望号街车"隆隆行进。第一章以兰小珺为主角,带出梅晓、李伟与吴树声,重点带出吴树声;第二章以黄红梅为主角,纠葛吴树声、兰小珺与李伟,带出胡春闺,重点纠葛吴树声;第三章以陈强为主角,纠葛胡春闺,带出黄志;第四章以梅晓为主角,纠葛陈云景,带出陈强;第五章以黄红梅为主角,纠葛胡春闺、陈强;第六章以李伟为主角,纠葛兰小珺,带出李伟妹妹李华;第七章以兰小珺、吴树声为双主角;第八章以陈强为主角,纠葛胡春闺,交织梅晓、吴树声、黄红梅;第九章兰小珺、梅晓、李伟、陈云景,黄红梅、陈强,梅晓、陈云景,陈强、吴树声、兰小珺多角色一起出演;第十章陈强、胡春闺与黄志,梅晓与陈云景,梅晓与兰小珺各自纠葛;第十一章黄志、陈强、陈强、胡春闺,兰小珺、吴树声三组人物分别纠葛;第十二章为故事尾声,交代人物结局。诸条线索,或齐头并进,或错杂交织,构成了一张网状的小说人物关系图。如果说这一小说有什么值得称道之处,那么它的结构艺术无疑应该排在最前。与此偕生的,是小说故事情节的精彩推进、引人入胜。一个又一个欲望故事,在作者活色生香的笔墨下,如鞭炮般在小说中炸响。这些在幽暗人性灰色地带上演的人生故事,尽管我们耳熟能详,却也不得不佩服作者予以真实呈现的勇气与坦诚。

小说主要塑造了兰小珺、胡春闺、黄红梅、梅晓与吴树声、陈强六个欲望男女的形象,大胆而真实地展示了社会生活的一种面相。欲望支配甚或主宰着他们的人生轨迹,在满足他们的肉欲与物欲的同时,也毁灭着他们的情操与人生。兰小珺乏味于与丈夫李伟聚少离多、不咸不淡的婚姻生活,遇到吴树声之后,肉欲的刺激令她如醉如痴,而无意中偷听到的小姑子与婆婆的有关"夺女"对话,让她就此下定了离开丈夫的决心;胡春闺以对比自己小几岁的陈强的理解、赏识、关心与帮助,不仅赢得了陈强的由衷感激,更赢得了他的以身相报,由此深深沦陷于熊熊欲火中;黄红梅为了儿子能转学,不惜请情敌胡春闺帮忙,并无奈地出借50万元;梅晓为讨好儿子的老师,瞒着丈夫借贷80万元给他,遭到丈夫的一顿痛打后,只好问陈强讨债。兰小珺的空虚与放任、胡春闺的迷幻与深情、黄红梅的好强与隐忍、梅晓的浅俗与懦弱、吴树声的好色与阴险、陈强的玲珑与机巧,莫不鲜活地毕现于作者笔端。小说真实而生动地呈现了欲望时代翻卷着的欲望图景,正如小说所说:"欲望是一个封闭的湖,一旦泉涌,再坚固的大堤,崩塌也是迟早的事情。"

小说真实地展示了二十一世纪二十年代初期的一幕幕现实:京市火腿集团公司的股票多次跌停;那些等待回家看桂花的雾城人,还在等待开往故乡的那趟火车;突如其来的社会变故让李伟从繁忙的事务中突然转向清闲,"这个他干了二十多年的国际教育代理也干到头了";梅晓"对着一堆发不出去的快递发呆",之前仅她丈夫陈云景在山东滕州的门店,每年都有近百万的纯利润,社会变故发生后,"公司里的员工裁的裁走的走,现在只留下微信接单的小习和财务兼内勤的小徐","为了减少成本,她把门店里帮厨的阿姨也退了,中饭晚饭都自己主厨"。社会变故冲击着社会经济,也在一定程度上改变着社会心理、社会生活与社会关系。对外部世界和重大社会事件快速做出反应,不仅考验着作家的艺术敏感力,也考验着作家的社会良知与社会职责。很显然,在这一点上,这篇小说可圈可点。

此外,小说的结尾也体现了作者的匠心,以坊间的两种传闻,交代陈强最后被警方以绑架罪名收审的两种原因,既揭示了放任欲望罂粟花怒放的必然结局,也给读者留下了思考的空间。整篇小说情节抓人、高潮迭起、跌宕起伏、张弛有度。当然,这篇小说也存在着一些不足之处,譬如故事精彩而人物形象尚欠立体、擅长叙事而叙事语言不够精粹、欲望叙事过多而人性揭橥还可深入、结尾略显仓促等,这些都是作者小说创作技艺进一步精进的发展空间。

2022-09-11

(刊于《富阳日报》2020-09-16)

村庄史就是民族史

——韩星孩长篇小说《村庄传》简评

韩星孩长篇小说《村庄传》对于我来说,是一部新的老书和老的新书。为什么说它是"新的老书"? 因为十几年前星孩动笔写这部作品时,我就知道这件事,而且在他的新浪博客上读过很多篇章。星孩在国内作家中是属于比较早的一批为村庄立传的人。为什么又说它是"老的新书"? 因为这部书从写作完成到出版,拖了十多年,直到今年才正式出版,所以它又是一部新书。机缘巧合,在这本书尚未正式出版印刷前,我就在《闲人闲事》编辑部里看到了大样,当时就为它版式的精美大气感到很震撼。

星孩这部《材庄传》无意中营造了一座"中华农耕文明的纸上博物馆"。它是台州的,也是中华民族的;它是韩星孩的,也是中国人民的。现在"中华农耕文明的纸上博物馆"有很多,譬如刘亮程《一个人的村庄》、梁鸿的《中国在梁庄》、苏沧桑的《纸上》、傅秀莹的《陌上》等等,都是作家们构筑的中华农耕文明的纸上记忆。那么星孩建筑的这座农耕文明的"纸上博物馆"有哪些不同之处呢? 我认为主要有这样三点——

第一点是它的微观性。星孩无意于宏大叙事,或者更准确地说,尽管可能星孩在写作之初和现在书出版之后都有着宏大的写作抱负,有着为民族立传的野心,但落实到文本中,他都是通过抓掘一个个具体的生活事件、一个个微观的生活细节,来原生态呈现和呈现原生态的村庄往事。他的《村庄传》是微观叙事的结晶,不是宏大叙事的产物。它以与通过田园调查、采风采访等手段获取材料而建构的"纸上博物馆"相比更真切、更沉浸的真实生活的亲历性,呈现农耕文明的风貌,悼缅行走在消逝中的村庄。尽管星孩的《村庄传》也表明是一部虚构的小说,但以我对他的熟悉和了解,不如直接说它是一部披着虚构外衣的非虚构文本。

第二点是它的野性,也可以说是感性。星孩是个野蛮生长的作家和诗人,他的语言风格是粗犷的、野蛮的、不管不顾的、有力度的,带有强烈的旷野生长的、原生态的特质。星孩是个特别真性情的作家与诗人,《村庄传》是一部融入了作家真性情的村庄传,比其他作家的村庄传更具感性色彩。其他作家的村庄传,或许理性色彩更强,解剖与批判的色彩更浓烈。而星孩的村庄传,更注重客观、纯粹的呈现。

第三点是它的诗性。星孩是个优秀诗人,他以诗歌的心怀追缅往事、钩沉乡村,完全以一个纯真的孩童般的诗人视角,对村庄进行书写,在纸上还原了一个童话般的童年乡村世界,从某种意义上说,它是一部用诗歌的语言写就的《村庄传》。这是星孩这部《村庄传》区别于其他作家的村庄传的最显著语言特征所在。

星孩的《村庄传》自然是有价值的。村庄是中华传统文化的鲜活传承,是组成中国社会的微观单元和微小细胞,是中华民族发展史宏大叙事中的微观叙事。村庄史就是民族史。从这一意义上说,我们要感谢星孩,他用自己的文字,为我们保存了一份关于中国乡村生活的宝贵记忆!

2022-12-03

(刊于《富阳日报》2023-02-23)

在长篇小说《被风吹乱了的城市》分享会上的发言

首先热烈祝贺勇哥《被风吹乱了的城市》这部小说的出版。这是勇哥送我的第六部文学作品集了吧——前五部是《尘缘》《杭州的情韵》《白云深处》《你从山中来》《名人传》。

与勇哥是老朋友、老同事,认识已有二十多年了。我们原先同在一所学校教书,后来虽然分开了,但一直没中断过联系。我心目中的勇哥,可以用这样三句话来概括:一个重情义、热心助人的朋友,一个有才华、创作勤奋的作家,一个有追求、富有创意的语文老师。

勇哥是从创作诗歌起步的。他最早是一位诗人。后来转向散文、小说和报告文学创作,他在写作上是个多面手。勇哥身上的才华和灵气,可能与他的出生地有关。他的故乡是湖南凤凰,与著名作家沈从文是老乡。如果我们现场对勇哥进行"核酸检测"的话,一定会发现勇哥的细胞中有着沈从文的因子。"唯楚有材,于斯为盛。"湖南人都是不得了的。我所认识的几个湖南朋友,均才气与灵气横溢。

因为工作实在是忙,实话实说,这部小说我没有来得及细读,只大致翻了一下。下面我来谈三点自己粗略的阅读感受。

一、这是以虚构的手法描绘的一幅真实的"都市生态图"

有句话说,历史除了名字和地点外都是假的,小说除了名字和地点外都是真的。勇哥的这部小说,表面上看是一部虚构的都市小说,实际上它镜像了一幅真实的当代都市生活图景。都市是个大熔炉,也是个大陷阱;都市是一台粉碎机,更是一台搅肉机。理想与幻灭,爱情与家庭,职业与事业,阳谋与阴谋,成功与失败,奋斗、挣扎、蜕变,喜剧、正剧、悲剧,世态百相与人情冷暖,一股脑儿搅在一起,形成一种"生活大风暴"。勇哥调动自己多年在都市生活的生命体验,在小说中描绘了在一个大转型、大变革时代里,一群"都市闯入者"的真实生存状态,书写了他们灵与肉的困惑与挣扎,折射了这个时代真实的特质和风貌。

二、这是一部"都市边缘人"的奋斗史、心灵史、追梦史

小说主要描绘了三个从外地来杭闯世界的男人成名、王一、章亮以及他们的妻子馨月、惠英、桂萍,在爱情、婚姻、家庭、事业上的困惑和挣扎,展现了一群"都市边缘人"的人生命运、奋斗历程和生存状态。通过三组人物的矛盾纠葛,表现他们徘徊在城市边缘,挣扎在情与爱、爱与性之间,挣扎在希望与幻灭之间,书写了一部"都市边缘人"的奋斗史、心灵史、追梦史,是一代"都市边缘人"的心灵写照。

三、这是一部自传性浓郁的"准自传体""准原型小说"

翻阅这部小说的时候,我感到很熟悉、很亲切、很可乐。因为我从小说主人公们的身上,分明看到了作者勇哥、勇哥夫人和其他一些熟悉的朋友们的影子。也就是说,这部小说中的人物,大多取自生活原型,是一部自传性浓郁的"准自传体""准原型小说"。尽管我们不能将小说中的人物与生活中的作者完全等同起来,但"准自传体""准原型小说"的写法,无疑能使作品更具亲和力。

当然,这部小说也不是十全十美的。总体感觉小说在情节结构上太平展,节奏感不是太强,缺高潮。一句话,我对勇哥还有更高的期待。

2020-10-17

(载作者新浪博客,2020-10-17)

在周生祥生态文学作品研讨会上的发言

　　生态文学在我国有着非常久远的历史。《诗经》《庄子·逍遥游》《楚辞》、谢灵运的山水田园诗、陶渊明的《桃花源记》《读〈山海经〉》、郦道元的《水经注》、柳宗元的《小石潭记》以及徐霞客的《徐霞客游记》，其实都可称为生态文学作品。不过，这种生态文学，准确地说，应该叫作古典生态文学。现代生态文学，肇始于梭罗的《瓦尔登湖》，等到蕾切尔·卡逊的《寂静的春天》问世，人类现代环境保护的历史正式开启，现代生态文学创作也开始波澜壮阔。像苇岸的《大地上的事情》、周晓枫的《动物园》，祖籍我老家余干的原武汉市作协主席陈应松书写神龙架的系列小说与散文，以及我们浙江散文创作委员会主任苏沧桑等一大批作家的生态文学创作，都取得了令人瞩目的成绩。"生态文学"现在已成一个热词，在去年12月举行的中国作家协会第十届全国代表大会上，第一次将"生态文学"写入了中国作家协会的工作报告。

　　生态文学说到底，书写的是人与自然的关系。我国古代生态文学，是古代天人合一哲学思想的产物，是自然拜物教的产物，其背后有着"泛神论"的影子。现代生态文学,与古典生态文学既有相同点,更有不同点。其不同点主要体现在这样三个方面:一是反映生态环境与人类社会发展的关系;二是担当生态责任、探寻生态危机、进行生态文明批判;三是强调生态整体主义,体现现代生态文明理念。以上三点在古典生态文学中基本不存在。生态文学的复兴是人类对于自然的一种情感回归。

周生祥生态文学作品明显区别于其他作家创作的生态文学作品之处,在于它的拟人化,我将它命名为"童话型"生态文学。周生祥老师的这种"童话型"生态文学,有两个特点:一是整体构思的独特,采用"童话"和"准童话"的形式来进行生态文学的创作,这是他的创建;二是"全息拟人化",将整个世界的植物都拟人化,这样大范围、大规模的拟人化,在生态文学创作中也是不多见的。周生祥老师的生态文学创作,基于这样的"三心",即童心、诗心、自然之心;体现了这样的"三独",即独立、独特、孤独。

周生祥生态文学创作也存在着严重的不足之处。可以肯定地说,"童话型"生态文学绝不是最高级的生态文学。不是写自然生态的就是生态文学。生态文学创作有两个基本前提,即生态思想和生态视角。生态思想的核心是生态系统观、整体观和联系观,不是人类中心主义,不把人类作为自然界的中心。周生祥老师的生态文学创作还是以人类为中心,视角还是一种人类视角,还是把人以外的自然物仅仅当作工具、途径、手段和符号来书写,还是把自然当作工具来表达自己的情感,以自然来表现人的内心世界和人格特征,这种写法是人类中心主义在文学里的一种典型表现。它的逻辑起点不是生态整体主义,仍然是一种人类中心主义的自然观。

2022-09-18

(载"诗跨界"微信公众号,2020-09-18)

第四部分

综／合／评／论

诗歌地域断代史的编年体书写

——评刘晓彬文学理论专著《江西现代诗歌史》

诗人、评论家刘晓彬撰写的文学理论专著《江西现代诗歌史》一书,日前由江西高校出版社正式出版。这是江西第一部现代诗歌史,从某种意义上说,也是一部关于江西现代诗歌史的普及读本。全书分"绪论:江西现代诗歌的历史过程""第一编 五四至大革命时期的诗歌""第二编 土地革命战争时期的诗歌""第三编 抗日战争时期的诗歌""第四编 解放战争时期的诗歌""结语:审美倾向是革命的,也是艺术的"六个部分,以一种地域断代分类的文学史研究方法和编年体书写方式,全面、翔实地评介了自五四新文化运动至中华人民共和国成立江西现代诗歌的发展历程,再现了中国现代诗歌史中江西诗歌版图的真实历史风貌。

江西现代诗歌史,不仅是江西现代文学史的重要组成部分,也是中国现代诗歌史和中国现代文学的有机组成部分。江西现代诗歌创作,不仅包含新诗和散文诗,也包括歌谣和旧体诗词。《江西现代诗歌史》按"大革命时期""土地革命战争时期""抗日战争时期""解放战争时期"这样四个历史阶段,介绍和评述了与江西诗歌密切相关的社会风云、文艺思潮、诗歌现象与诗歌创作。全书将江西现代诗歌史放置于江西现代革命史和中国现代革命史这样一个宏大的时代背景中去显影,梳理和分析江西现代诗歌的发展脉络。作者紧紧抓住江西现代诗歌与时代同命运、共呼吸的特征,诗歌史叙事与革命史叙事并驾齐驱,水乳交融。与此同时,作者又把江西现代诗歌史放置于"五四新文化运动""苏区文艺运动""抗战文艺运动""进步文艺运动"等社会文化运动背景中去进行研究,放置到诸如戏剧、音乐、舞蹈、新闻出版等文艺与文化形态中去进行比对、评述。它是一部江西现代诗歌史,也是一部江西现代文学史、文艺史、文化史,同时又是一部中国旧民主主义革命史,更是一部波澜壮阔的中国新民主主义革命史。

《江西现代诗歌史》以重要诗歌事件为线索,以代表性诗人和作品为核心,凸显重要诗人,描绘诗人群像,由点及面,点面结合,全息呈现江西现代诗歌阶段性与整体性历史风貌。对一些由于种种历史原因被遮蔽、被湮没的重要诗歌现象、诗人与作品,均进行了补充阐述,以体现诗歌史的完整性和全面性。譬如第一编重点介绍方志敏的革命生涯及诗歌创作,彰显方志敏诗歌在无产阶级革命诗歌史与中央苏区诗歌史中的重要地位,又用较大篇幅介绍和论析了"漂泊诗人"白采、"格律体新诗"实验者饶孟侃的诗歌创作,还介绍和论析了李烈钧、杨赓笙等民主进步人士的诗歌创作。第二编重点评述毛泽东、陈毅在苏区文艺运动中创作的旧体诗词,指出他们的诗歌"不仅是江西现代诗歌的重要组成部分,更是为推动中华诗词的发展做出了重要贡献",又评述了王礼锡、曾今可,以及李伯钊、黄道、彭友仁、帅开甲、杨超、刘伯坚、袁玉冰、古柏等一干革命志士的诗歌创作。第三编重点评述了天蓝、廖伯坦、叶金的散文诗创作,又介绍了郭沫若、田汉、邹韬奋、聂绀弩、柯仲平、张乐平、曹聚仁等著名作家与诗人在江西的抗日文学活动,以及李一痕、夏征农、孟依帆等江西本土诗人的创作。第四编重点介绍了张自旗主编的进步文艺刊物《荆棘文艺丛刊》,以及论析了公刘、李耕、张自旗、矛舍的诗歌创作,也介绍了《正大学生报》等其他地下刊物,以及论析了包白痕、文莽彦、彭荆风、苏东平等一大批诗人的诗歌与散文诗创作实绩。

将诗歌创作与诗人传略相结合,是《江西现代诗歌史》的一大特色。全书详述诗人生平,以此厘清诗人诗歌艺术与精神世界的来源和背景。用诗人们跌宕起伏的命运,串联起他们不同阶段的诗歌创作,既帮助了读者深刻理解诗歌作品,又使得叙述具有强烈的故事性,引人入胜。这一点与其他学术论著显然不同。譬如作品对"七月派"诗人芦甸奇异人生和创作经历的介绍,对李耕、李一痕等人生平事迹与命运的叙述,等等,都具有很强的可读性。与此同时,作品还特别重视对诗人诗作背后蕴含的精神境界的揭示。譬如在评价民国革命功勋李烈钧的诗作时这样说:"读者不仅可以从诗行中了解到他对革命事业坚定的信念,还可以从作品中感受到他爱国、忠诚、刚正不阿的可贵品德,以及无时不以天下治平为念的高尚情操。"再如在梳理诗歌"多作于家国危亡之时""长歌当哭,可称诗史"的民主革命先驱杨赓笙在"二次革命"失败后和九一八事变后的创作历程时,着重揭示其"忧国忧民"的精神情操。

　　注重援引诗歌实例,剖析诗歌的思想特色与艺术特色,是《江西现代诗歌史》的又一大特色。譬如第一编就细致诠释了方志敏革命现实主义代表作、散文诗《哭声》的艺术手法和思想价值,指出这是一篇将对黑暗旧社会的控诉和对光明新世界的呼唤结合在一起的作品,诗歌通过被压迫者对苦难的哭诉,表现了广大劳动人民悲惨的命运,强烈鞭挞了旧世界的罪恶,激发了广大民众的革命热情。也是在这一编,作者详细分析了白采长诗《羸疾者的爱》中羸疾者与年迈的老人、慈爱的母亲、真挚的好友、美丽的姑娘四人的对话,指出这首长诗带着浓郁的浪漫主义和自叙体色彩,深受尼采思想和波德莱尔象征主义艺术影响,堪称是继郭沫若长诗《凤凰涅槃》问世之后又一部杰出的长诗,为新文化运动后叙事长诗的开拓,做出了重要贡献。第三编剖析叶金的散文诗,指出其作品风格和表现手法具有六大特点;分析廖伯坦散文诗多以借景抒情、借物抒情、借事抒情的方式,通过意象传递抽象情感,借助意象保持诗性特质,反映现实、揭露黑暗,将忧国忧民的情感融入作品的字里行间;详细比对"七月派"诗人天蓝和芦甸诗歌创作上的异同,指出天蓝的诗充满着青春的激情,体现了主观战斗精神,"把具象性与抒情性、哲理性与政治性熔于一炉,富有浓郁的时代特色和强烈的艺术感染力",而芦甸的诗,更多地则是为挣扎在社会黑暗底层的劳苦大众抒发痛苦的情感,并为之鼓呼,体现了一种强烈的社会责任感。

　　《江西现代诗歌史》浓墨重彩地评述了无产阶级革命家、政治家、军事家毛泽东、陈毅在江西从事革命活动时的诗词创作,对毛泽东在中央苏区七年时间里以革命现实主义的表现手法创作的《西江月·井冈山》《清平乐·蒋桂战争》《采桑子·重阳》《如梦令·元旦》《减字木兰花·广昌路上》《蝶恋花·从汀洲向长沙》《渔家傲·反第一次大"围剿"》《渔家傲·反第二次大"围剿"》《菩萨蛮·大柏地》《清平乐·会昌》等影响深远的作品进行了品鉴,指出这些诗词独造了一种源于旧体又异于旧体的新体式,对现代诗歌新旧并行的发展格局做出了重要贡献。在分析陈毅《梅岭三章》时,作者从诗歌所表现的诗人开阔的胸襟、情感的真挚、思想的解放、意境的深远、格调的高昂诸方面,揭示这三首诗歌不仅有着丰富的思想内容,而且具有强烈的艺术感染力,是诗人崇高情怀的抒发,也是诗人伟大人格的体现。

　　重创作不薄理论。《江西现代诗歌史》不唯关注江西现代诗歌创作,同时也关注江西现代诗歌理论。譬如书中介绍了进步文艺刊物《荆棘文艺丛刊》刊发的苏东平诗论《诗,人民的旗》;介绍了吕怀诗论《论诗歌大众化》;介绍了曾今可关于把文言完全转化为白话进行创作,以及摒弃部分格律要求的"词的解放"理论;介绍了饶孟侃的"格律体新诗"理论,肯定他的《新诗的音节》《再论新诗的音节》不仅启发了闻一多在《诗歌的格律》中所探讨的新诗创作理论,而且带动了中国新诗在形式上的自觉实践和格律的试验,"也带来了新诗节奏问题的持续探讨";更介绍了毛泽东江西苏区诗词所实践的既有别于旧体、也有别于民歌和白话诗,在语言运用上采取文言文与日常用语相融合的方式,在内容抒写上反映时代精神的"新体诗歌"理论。对诗歌理论发展史的描绘,织就了一幅完整的江西现代诗歌的"清明上河图"。

　　《江西现代诗歌史》持论公允、观点辩证。譬如书中在论及中国新民主主义革命先驱、江西现代革命文学的奠基人方志敏时,认为方志敏的第一篇散文诗,也是江西现代诗歌史上的第一篇散文诗《哭声》,"唱响了青年知识分子运用散文诗形式呼唤革命的先声",但遗憾的是,方志敏的革命文学创作成就,并没有载入中国现代文学史,也没有载入中国当代文学史,这对方志敏的革命文学所产生的深远影响、社会意义以及做出的巨大贡献是不公平的,因此作者说:"我们需要一种理性的文学史观。"(《绪论:江西现代诗歌的历史过程》)再如书中说到,尽管曾今可发起的"词的解放"运动最后失败了,未能像胡适发起的"新诗革命"那样取得成功,但从产生的影响和做出的贡献上来看,他的"解放词"踏出了迈向现代性的坚实一步,在语言的运用、格律的取舍、意境的创造、风格的改变等方面都进行了有益的探索与创新,不仅对现代诗词的发展有着积极的意义,而且对他自己的理论建构也提供了宝贵的资料,并且给后来的词人创作留下了重要的启示,他的"解放词"最大的意义,在于把"词体革命"向前大大推进了一步。又如书中评述普罗派诗人为了革命的需要,在诗歌技巧上普遍推敲不足,甚至诉诸一种极具攻击性的暴力话语,严重削弱了诗歌的艺术表现力与思想表现力。

《江西现代诗歌史》注重从诗人的人生经历和创作道路来进行梳理与研究,注重诗人创作风格的流变,评述富有真知灼见。譬如书中介绍虽然一生短暂却著述颇丰、被高尔基誉为"东方雪莱"的伟大爱国主义者、政治活动家、杰出作家王礼锡时,按照诗歌创作成熟度以及创作题材与诗风的转变,将他的诗歌创作划分为六个阶段,赞誉他是一位"旧体和新诗兼擅的两栖型的现代诗人";譬如它把李耕在解放战争时期的创作,分为多写人生或民生之艰苦并向往生存之自由的"青春期"诗歌创作与自觉趋向"大众""普罗"诗风的"青年期"诗歌创作这样两个不同阶段。譬如它在分析天蓝诗歌创作时,把他的创作道路分为四个时期,并比较他在四个不同时期的不同创作特征。在对江西现代诗歌史的宏观把握上,《江西现代诗歌史》亦颇具洞见。譬如它论述在江西现代诗歌史中,革命现实主义已成为时代创作的主流;江西现代诗歌很好地处理了民族性和现代性的关系,形成了现代诗与旧体诗多元共存的良好局面,体现了现代价值取向;江西现代诗歌在从"诗歌革命"到"革命诗歌"的转变历程中,表现出了鲜明的革命性、强烈的战斗性、广泛的群众性三者相结合的艺术特点,它对社会审美倾向的引导既是革命的也是艺术的;江西现代诗歌的发展,既是诗歌现象,也是文学现象,更是社会现象;同时既是社会性的诗歌现象,也是社会性的文学现象,等等。这些论述,皆言而有据,一语中的。

必须另提一笔的是,《江西现代诗歌史》在介绍江西现代诗歌创作时,并没有遗忘诗人们"嘤其鸣兮,求其友声"的诗歌团体,没有遗忘诗歌作品发表与出版的主要载体、诗歌印制与传播的重要机构和方式——报刊、书籍,出版社、报刊社、书店、墙头、传单、朗诵等。它全面展示了江西现代诗歌的创作风貌与传播风貌,反映了江西现代诗歌干预生活,在反黑暗、反压迫、反内战、反对帝国主义的战斗中所起的重要作用。譬如第三编中介绍的由爱国民主人士王造时任社长兼发言人的《前方日报》,洛汀任主编的《正气日报》、周丁任主编的《青年报》文艺副刊,廖伯坦任主编的《扫荡简报》,瞿希贤、陈桂生、王志道担任编辑的《救亡报》,张自旗与熊痕戈创办的《热原》诗周刊,等等,为江西现代诗歌史,摄录了一卷宝贵的传播学影像。

《江西现代诗歌史》旁征博引,史料翔实,理论色彩浓烈,具有独特的文学价值与学术价值,是一部集广度、高度、深度、鲜活度于一体,充满创新精神的学术专著。作者在海量的历史资料中稽考耙梳,参考文献多达一百九十六部、篇,仅列举的诗文集、专著、编著、古籍、译著、报纸、杂志等就达一百七十六种,其中还不包括中华人民共和国成立以来的报纸和杂志。全书以翔实的背景资料,在中国现代文学史的大背景中,凸现了江西现代诗歌史的独特风貌。

2022-12-15

（刊于《创作评谭》2023年第1期）

朝向"整体性"的文学评论

——评《创作与评论需要良性互动——刘晓彬书评选(2015—2017)》

　　诗人、作家、文学评论家刘晓彬是一位极具情怀的"文学义工"。二十余年来,他着力关注赣鄱文学创作动态,在推举江西本土文学新人、梳理江西文学发展脉络、发掘江西文学丰厚矿藏、宣传江西文学创作成就等方面,不遗余力,做了大量工作,在坊间赢得了良好声誉。在创作、出版多部诗歌集与杂文集,并曾连续多年主编多部省市诗歌选本之余,自1996年发表文学评论处女作以来,他撰写、发表与出版文学评论作品逾百万字。他的文学评论,建立了自己的话语范式,呈现出朝向"整体性"文学评论的鲜明特质。

　　所谓"整体性"文学批评,是指从整体性理论视角切入对文学的研究,以整体性立场观照、剖析、反思文学作品与文学现象,对文学进行客观、公正而全面的文化理解与审美评价,揭示文学所蕴含的意义和价值。《创作与评论需要良性互动》共收录作者在相关报刊上公开发表过的评论文章44篇,分诗歌作品评论、散文作品评论、小说作品评论、报告文学评论、学术专著评论5卷。这部文学评论集,几近全息地呈现了作者朝向"整体性"的文学评论风貌。这种"整体性"特质,主要体现为如下四个方面:一是评论对象的整体性;二是内部肌理剖析的整体性;三是内部研究与外部研究的整体性;四是评论方法的整体性。

刘晓彬的文学评论对象,有老年作家、中年作家,也有青年作家;有文学创作成就斐然的作家、诗人,也有刚刚登上文坛的准作家、准诗人;有诗歌、散文、小说,也有杂文、戏剧文学、报告文学、文学评论集和学术专著;有对个人作品集的评论,也有对合集、选集的评论;有个论,也有综合性评论;有单篇作品,也有如《穿越时空的对话——论程维诗歌》《穿越红土的觉醒——论张品成小说》这样的长篇文学评论专著;有文学评论作品,也有文艺理论研究文章……

刘晓彬文学评论朝向"整体性"的特质,重点体现在对文学作品内在肌理爬梳的整体性上。刘勰《文心雕龙》说:"擘肌分理,唯务折中。"文学评论的对象是文学作品,须对文学作品的思想、语言、结构、角度、语法、修辞、细节、节奏、意境、韵律、层次、趣味、情感、意义、形式、内在逻辑、创作方法、表现手法、行文方式、审美形态、思想价值、艺术品位等进行条分缕析,给出客观而公允的判断与评价。刘晓彬的文学评论,对文学作品的内在肌理,进行了"总体性"观照和剖析——

譬如《透过历史反思现实》一文,作者从创作视角、创作方法、表现手法、结构布局、人物塑造、创作过程、创作风格、思想深度、艺术价值等多个方面入手,对江子散文集《苍山如海》进行了细致而深入的剖析,指出作品另辟蹊径地把笔墨集中于历史学家等专业研究者所不屑的小人物身上,走进一个个小人物真实的生活与灵魂,从小处着眼再现了当年真实生动的井冈山往事,揭示了小人物的命运所具有的广阔的人性意义,把红色革命历史情怀同现实审美融合在一起,表现一种不可磨灭的精神,呈现出一种思想性、艺术性和历史性并存的特色,传递出一种历史情怀与现实审美的磨合,浓墨重彩地揭示了一种人性的回归和思想的闪光。

在《恬淡与虚静之美》一文中,作者从选材、意象、意境、格调、审美主张、艺术创新、美学张力等诸多方面,诠释傅菲诗集《在黑夜中熬尽一生》的思想特色与艺术特色:傅菲的大部分诗歌作品都是一种以富有禅意的山乡文化为代表的古典本体论哲学的阐述;无论是在山水、在田野、在乡村,诗人选择的意象所表达的意境都是淡泊、恬静、空灵、飘逸的,诗人在山水乡村意象选择的描写中浑然和谐,表现了天人合一的人生观与哲学观;傅菲诗歌创作包含的不仅仅是中国传统文化的内容,而且还包含他追求精神自由和本质力量的当代人的眼光,并在创作中完成了对中国传统文化的重新审视与创新。

在《家园的情感指向》一文中,作者从笔调、选材、意象、切入点、语言、情感、意境等方面,评说殷红组诗《地球深处的家园》。作者认为,殷红诗歌具有后乡村时代的人文特征,透溢出一股清新自然的审美气息,在一定程度上以乡村的恬静、空灵、淳朴、优美的意境,暗合了当下诗人寻找精神家园的情感指向,对抗了城市工业文明快速推进挤压人的灵魂和扭曲人的个性的异化,表达了诗人对灵魂归属的渴望,以及在理想与现实的交汇处对自己心灵的抚慰,从而净化并产生一种供自己和读者渴求的精神之源泉。

在《让诗意向着生命的意义不断延伸》一文中,作者从整体特点、语言形态、生命意识、生命哲学、表达方式等方面,揭示如月之月诗歌超越了日常生活的限制,让诗意的美丽向着生命的意义不断延伸,并保持了相对精致的语言敏感度。在《语言与内涵相得益彰》一文中,作者从人生经历、生活视野、语言风格、观点立场、情感意境、表达技巧等方面,对陈明秋诗集《时光的门闩》进行评说,指出诗人作品具有一种本真的艺术美,体现了作者真正的良心和社会责任心。在《诗艺的内省与生命的哲思》一文中作者从艺术观察能力、诗艺的内省能力方面评述范剑鸣诗集《向万物致敬》,指出他的诗歌较好地处理了形象思维与理性思维的关系,把对世界万物的敬重与对生命的思考提升到人生哲学的高度。

在《诗意的美丽和情感的美好》一文中,作者从风格、意象、意境、情趣、韵味、细节、情感、地域特色等诸多方面,对"五倍子情感诗歌丛书"五位作者诗歌创作异同进行了比较,指出邓涛诗歌注重作品意境的美感、情趣的生动与细节的处理,并且具有显著地域性;杨北城诗歌重视意象的采撷与提炼,以及对日常生活的诗化处理,具有比较突出的审美价值;郭豫章诗歌在乡土文化的意识里注入了崭新的生活与情感,酿成了一种客家赣南乡村生活的特殊韵味;文向滨诗歌大都带有一种思念的伤痛与情感的忧伤,带给读者一种不可抵抗的诗意的忧伤美感。

刘晓彬对文学作品内在肌理的观照,还体现为对同一个作家的系列作品进行整体性研究,寻找出其内部的统一性、同一性。譬如《富有历史底蕴的时代画卷》《还原英雄人性的本色形态》《真实生动是细节描写的生命》《追求诗意美的效果》《对传统思维的观照与磨合》是对张品成长篇小说《红币》《北斗当空》《红巾少年》,短篇小说《玩笑》《陶罐》的评论。作者从这一系列作品中,敏感地发现张品成小说在视角(如《北斗当空》"非英雄化"视角、《陶罐》非正面触及的视角)、取材(如《红币》的赣南苏区金融斗争、《红巾少年》的少年英雄)、体裁(《玩笑》融小说与诗歌艺术为一体所造就的边缘体裁)上,均表现出鲜明的独特性。

刘晓彬文学评论朝向"整体性"的特质,同样体现在对评论对象内部研究与外部研究的整体性上。他的文学评论,"把艺术品看作是一个多样统一的整体,一个符号结构"(韦勒克《批评的概念》),注重内部研究与外部研究的统一。譬如他在剖析林莉诗歌的《对自然的体悟和生命的感喟》一文中,将对林莉诗歌艺术特征的阐述与对她的诗歌艺术成因的探究紧密结合在一起,指出林莉天赋般的诗歌创作才华,正是得益于她所生活的灵山与信江对她心灵的哺育与滋养,是故乡山水赋予她一种心灵的能量,助她构筑起一方超越自然表象的精神家园。

其他如《一部研究萧红的学术专著》将叶君学术专著《萧红与生命中的他们》与叶君《从异乡到异乡——萧红传》《萧红图传》结合在一起进行研究,指出它们"已经在学理上形成了一定的系统性";《以爱感人、以情动人、以美化人》评论刘勇长篇报告文学《天使章金媛》,将对作品以爱感人、以情动人、以美化人的艺术表现手法的阐发,与弘扬章金媛精神的现实意义结合在一起进行评说,彰显了一种博大而崇高的中华美德;《健康中国的一个缩影》评论蒋泽先长篇报告文学《守护生命的路》,将作品所描绘的健康苏区建设与"健康中国"建设相勾连,评价它为"健康中国的一个缩影"。

刘晓彬文学评论朝向"整体性"的特质,还体现在评论方法的整体性上。他拥有多副笔墨,能够根据不同评论对象和不同体裁的不同特点,运用不同的评论方法。譬如评论诗歌重在对作品的意象、意境、语言与情感进行剖析,评论散文重在对作品的选材、构思、表现手法和表达方式进行鉴赏,评论小说重在对作品的视角、结构、细节和人物形象做出分析,评论报告文学重在对作品的真实性和现实意义做出考量,评论学术专著重在对作品的学术价值进行阐发。

譬如作者评价牧斯诗集《泊可诗》部分作品有着存在主义哲学的镜像,具有一种强烈的思辨性以及一种内部深层次精神的心灵决绝和心灵反观(《以独特的方式感悟世界》);杨启友诗集《村庄在上》是乡村文化与城市文明两大板块挤压与交融的产物,是生命直觉和理性思考相融合的一种诗歌创作(《在乡村与城市中寻找精神坐标》);徐勇诗集《静止到奔走》通过对故乡山水的深刻感念,唱出了这个城镇化快速发展时代的乡土情歌(《山乡文化的不断深化》);采耳诗歌将创作的视点投向容易被人忽视的琐碎日常事务和经验,善于在形而下的物象和表象中发掘被遮蔽的诗意(《日常琐碎和经验的暗示与隐喻》);万箭飞诗歌带有浓厚的趋美性,精神向度和理想光彩相统一,带有生命颂歌的特征,真挚又坦诚、平实又痛切(《纯真的诗心在永远跳动》)。

再如作者评价《顾城与谢烨的情书》细致地表现了顾城与谢烨对于感情和人生的独特体悟与思考,让人由此窥见一代青年文化精英的心理世界(《感动读者灵魂的情书》);朱仁凤长篇小说《双凤朝阳》表现了作者驾驭重大题材和宏大画面的结构能力,同时也彰显了作者透视复杂人性的艺术匠心(《商海暗战,对人格的考验》);温燕霞长篇报告文学《大山作证:江西省移民扶贫纪实》以艺术的品位显示出震撼人心的光彩,呈现了一幅宏大壮丽、动人心魄的报告江西移民扶贫工作的全景式社会学视角长卷(《在审美提炼中的思索》);李松云专著《37度叙事》较好地解决了新时期一系列新闻理论认识问题,堪称是一部兼具新闻理论色彩和实际操作价值的好书(《一部具有实践操作价值的书》)。

刘晓彬的文学评论,论述精当,富有真知灼见。譬如对公安文学警察美学的阐述、对文学作品形式重要性的阐述、对情感在诗歌创作中的重要地位的阐述、对文学创作和文学评论如何形成良性互动的阐述,等等。与此同时,他还慧眼独具,总能发现作品的独特价值。譬如《内在视界与现实生活的透析》评价熊国太诗集《持烛者》努力向人的内心与灵魂做反省式的深入挖掘,有着不同的价值形态;《当代江西史研究的又一重要成果》指出危仁晸主编的《南下》《南下(续集)》既具有史料价值、文学价值,又具有可信性、形象性、文献性、思辨性等独特美学价值;《公安文学的理论创新》指出王晓琳学术专著《警察美学的生命话语》是全国公安文学研究领域的开山之作,"警察生命美学(哲学)"的概念无论是在国内还是国际警察学人文领域皆属首创;《江西杂文创作的再次集中展示》指出《守望者书Ⅱ》是一部堪称融批评性、思考性、探索性、哲学性、趣味性、知识性等为一体,具有指导价值、收藏价值和欣赏价值的作品选集。

刘晓彬的文学评论,语言平实、理性冷静、旁征博引、注重学理性。读他的文学评论作品的感受,可以借用他评杜崇斌书评集《品茗读经典》文章中的一段话来表达:"品茗读经典,是那种小心翼翼的休闲和放松,让茶的芳香和阅读中外名著佳作的愉悦渐渐透进心灵的深处;是那种精致的茶具盛着神仙灵水,以茶的芳香伴着中外名著佳作的油墨香渐渐熏开久闭的胸襟;是那种在袅袅水气和书的油墨香中,把力量从体外渐渐回到心里的感觉……"

2022-10-07

(刊于《南昌文艺》,2022年第6期)

晚钟激越唱《大风》

——读张直心文艺批评集《晚钟集》

　　著名学者、鲁迅研究专家张直心教授的文艺批评集《晚钟集》(广西师范大学出版社出版),收录作者近三十年公开发表的部分中国现当代文学研究论文和评论共三十七篇。在这部二十九万字的文学批评集中,作者秉持一种热忱的学人情怀和纯正的学术操守,在文学作品和文艺理论、当代文学与现代文学、中国文学与外国文学之间自由穿行,以一种沉静、严谨的治学态度,虔敬、独立的学术精神,科学、理性的批评向度,温良、敦厚的批评话语,披沙沥金、明察秋毫的批评眼光,宏观鸟瞰、微观解剖的批评方法,对中国现当代文学特别是少数民族文学和鲁迅文艺创作与文艺思想,作了极具洞察力、思辨力和穿透力的评述,创制出一种"诗哲交融、智情合致"(孙郁语)的批评体式和诗意盎然、灵肉毕现的批评文本,表达了一位有良知的当代学者对在学界重建学术规范的殷切呼唤。

一、目尽四极:宽广的学术视野

　　张直心教授先后任教于云南民族大学与杭州师范大学,主要从事中国现当代文学和中外比较文学的教学与研究工作。自1987年读研期间发表第一篇学术论文《试论戴望舒对法国象征派诗歌的接受》起,在近30年的文学教学和学术研究生涯中,张直心退守书斋,兀兀穷年,目尽四极,穷索冥搜,在东西方文学艺术的宝库中探幽发微,于中国现当代文学特别是鲁迅文艺创作与文艺思想,以及中外少数民族文学;于俄罗斯、苏联文学特别是托尔斯泰、陀思妥耶夫斯基、托洛茨基等人的文艺创作、文艺思想,以及"拉普文艺";于以莎士比亚等为代表的英国文学、以象征派诗歌等为代表的法国文学、以马尔克斯等为代表的拉美文学、以"普罗文艺"等为代表的日本文学,等等,都有极为精深的研探,体现了一种与生命同构的学术追求。

《晚钟集》学术视阈宽广、驳杂,有对鲁迅、朱自清、叶圣陶、沈从文、艾芜、戴望舒、王鲁彦、冯文炳、蹇先艾、郭沫若等一大批中国现代作家作品的研究,有对汪曾祺、林斤澜、贾平凹、张炜、张辛欣等一大批中国当代作家作品的研究,也有对玛拉沁夫、乌热尔图、张承志、阿来、李必雨、景谊、董秀英、纳张元、毕然等一大批现当代少数民族作家作品的研究;有对文学作品的研究,也有对文艺理论与文艺批评的研究;有对文学史的研究,也有对文学史的编写与文学作品选编的研究;有对文学现象的研究,也有对政治生态与政治文化语境的研究;有对小说、散文的研究,也有对诗歌、戏剧和文艺理论的研究;有个案研究,也有比较研究……涉猎"原乡小说""一师风潮""新民歌运动""十七年小说""文革文学""天安门诗抄""新时期文学"等中国现当代文学史上几乎所有重大的文学事件和文学现象,目光犀利精准,观点新颖独到,充满真知灼见。

二、学术唯一:可贵的学术良知

《晚钟集》是一部"良知"之书。敢于坚持真理,以学术为唯一标准,不迷信权威、不为人情左右、不为流俗掣肘,若在"正确"中看出了谬误,或在丑中发现了"美"的碎片,莫不实事求是,直陈己见,是《晚钟集》的一大特色。如作者在对杨守森主编的《二十世纪中国作家心态史》一书的批评上,就鲜明地表现出了一种坚持学术良知、耿直不阿的学者风骨:"作者惯于材料平面的罗列排比,不无简单化的分门别类,却拙于分析,更无力纵深地'探讨文学自身发展的规律',致使既定理论设计未能如愿以偿。"(《〈二十世纪中国作家心态史〉批评》)在《倾斜的天平》一文中,作者继续直陈其弊:"貌似'宽容'却试图借此掩护绝不宽容的'左'的观念之机心。""由于执笔者认同了'左'的尺度并以之衡量,故难免将一些不'歌德'的言论、作品,视为'片面''过分'。"

这样的例子在《晚钟集》中俯拾即是。如在《文学性本位与文学史旨趣——〈中国当代文学作品选〉编选取向再省思》一文中,作者直抵《中国当代文学作品选》一书概念抵牾、指涉互缠、含义不清之谬:"我意该书列'人文心态型'不妥,因其涵括面太大,书中被归入超然型心态的林语堂、张爱玲、杨绛、孙犁、汪曾祺等都可纳入,还不如改用徐志摩、梁实秋、沈从文都曾标举的'自由主义'一词来得贴切。""体现在书中的却常是一场思想内讧。"在《入城与还乡——〈废都〉谈片》一文中,作者毫不留情地指出贾平凹的《废都》:"恰恰是在作者摇身一变为牛哲学家奢谈哲学之处,泄露了作品'哲学的贫困'。"

在系统评述浙江一师文人创作的《从诗化青春到散文人生》一文中,作者持论辩证而公允:"经亨颐倡导'与时俱进'方针,堪称时代先锋;但其唯恐难偿历史进程之时差,每每弃'渐进'而代之以'急进'、'猛进'(沈玄庐好用之词)步伐,则难免过犹不及。"在《政治文化语境中重新言说》一文中,作者以一位学者渊博的学识,看出了中国现当代文学研究史"政治凸现,文学遮蔽,一部文学史俨然成了中共党史、中国革命史、无产阶级与自由资产阶级阶级斗争史的翻版"。

在《文学性本位与文学史旨趣——〈中国当代文学作品选〉编选取向再省思》一文中,作者不惮为二十世纪五十年代的新民歌运动"辩诬",指出它"不仅是'大跃进'运动的政治派生物,而且还表征着彼一时代诗歌大众化、'民歌化'的美学尝试"。由此,作者旗帜鲜明地提出:"对五十至七十年代,乃至八十年代的文学作品尤应倾斜。不仅缘于九十年代、新世纪贴得太近,还需要一段时间的沉淀,而五十至七十年代文学、八十年代文学已渐次历史化;更因着后者仍留有不少文学史与文学性的真问题,却日渐为读者(包括大学生)疏离、漠视,缺乏精到深刻的审美读解与文化透视、文化批评。"

三、披沙沥金:深厚的学术功力

文学创作不只是一种作家的个体精神创造活动,也是一种社会文化现象的折射和表征。特别是当文学创作与政治文化纠葛、胶着在一起时,文学创作更是呈现出一种诡异迷离、纷繁复杂的特征。拂开笼罩在文学天空中的重重政治迷雾,还原历史真相,俯察荡漾在字里行间的意澜情波,破译潜藏在文本深处的生命密码,需要一种披沙沥金的深厚学术功力。《晚钟集》以一种"史诗性关怀"和冷静、精微的学理思辨,力避泛政治话语和学术媚俗,对中国现当代文学史上诸多文学作品和文学现象,进行了抽丝剥茧般的辨析与甄别、评判与论定,"在一种多致的角度里呈现"了一种"安静的学人的沉思"(孙郁语),极具理论识见。其批评话语是平正、理性的,其审美阐释与文化透视是雄辩、精到的。

作为一名鲁迅研究专家,张直心教授披沙沥金的深厚学术功力,当然首先体现在鲁迅文艺创作和文艺思想的研究上。《晚钟集》中的系列鲁研文章,"形成了以鲁迅为核心的批评模式"(孙郁语)。这种"批评模式",用孙郁先生的话来说,就是以鲁迅为原点,"又从中延伸开来,向现代的许多空间散开",构成"与鲁迅对话的另一种关系"(孙郁《凝视的眼光——〈晚钟集〉序》)。在鲁迅研究中,特别是在对鲁迅后期文学创作与文艺思想的研究中,张直心教授"多有突破性见解"(同前),如《论鲁迅对〈二心集〉型批评文体的反拨》一文对鲁迅晚年文艺思想以及《二心集》型批评文体的剖析:"鲁迅晚年文艺思想更具生命感。内容和载体的契合那么天衣无缝。""不见了前期的隐晦曲折,而代之以一种观点鲜明、逻辑严密、直言不讳、明白晓畅的理论风格。"

在《拥抱两极:鲁迅与托洛茨基、"拉普"文艺思想》一文中,作者进一步指出:"鲁迅移花接木——将托洛茨基局部理论的鲜活,嫁接到'拉普'无产阶级文学观的枯枝上,更用自己含情带血的体验,滋润着口号中主观意念现在的僵硬,竭力使无产阶级文学之树扎根于审美深层,由灰色变得郁郁葱葱。""对于鲁迅,接受无产阶级文学这一口号则并不意味着探索的开始;如何创建无产阶级文学? 文学与阶级如何联姻? 政治负载与审美本性如何调和？一系列的思考接踵而至。"

《晚钟集》处处透射着作者深厚的学术功力,譬如对艾芜"原乡小说"文化密码的深度挖掘和重新发现,譬如对"浙江一师"文人创作风格流变的洞悉,譬如对"政治文化"这一概念理论价值的揭示,等等。兹以后二者为例:"朱自清为一师带来了新文艺的清新气息""以'一师风潮'为界标,前后一师在新文化运动那段特定的历史时期恰构成了一种耐人寻味的互文性关系,社会革命与文学革命互有侧重,彼此补正,又交相辩驳"(《读书与救世——'一师风潮'论衡》);"(政治文化)这一概念的引入,避免了从单纯政治学的角度切入研究对象难免的生硬、机械;而更其妥帖、更其圆润地为'非文学的世纪'这一研究对象提供了一个开阔的阐释角度与分析语境"(《政治文化语境中重新言说》)。

四、明察秋毫:精准的学术眼光

从事文学研究,须具有深邃精准、明察秋毫的学术眼光。目光犀利,方能"辨章学术,考镜源流"。《晚钟集》是具有这种学术慧眼的。仍以作者对鲁迅和"浙江一师"文人创作的研究为例,我们就足以从中看出作者学术眼光的老辣、独到:在《〈狂人日记〉:鲁迅与托尔斯泰同名小说互阐》一文中,作者敏锐地洞察到"果戈里的《狂人日记》应是鲁迅与托尔斯泰同题小说的共同影响源"。"《狂人日记》不失为鲁迅与托尔斯泰创作历程的两个重要坐标。它表明了自此托氏遂从文学创作转向哲学、神学思辨的激变;透露了鲁迅渐次从文学家站位向思想家倾侧这一耐人寻味的伏笔。"

在对鲁迅文艺创作和文艺思想展开的深入研究中,张直心教授独具慧眼地发现了鲁迅晚年话语形式的新变:"如果说'血书'可谓鲁迅晚年批评文体之魂;那么,'非体系'则是鲁迅晚年批评文体的结构形式。""鲁迅晚年批评文体的'血书'化、非体系、诗性含混诸特征与《二心集》型批评文体的理论化、体系化、逻辑明快特征适成对照。"(《论鲁迅对〈二心集〉型批评文体的反拨》)他犀利的目光,在鲁迅的文艺世界里逡巡,探幽烛微:"鲁迅对现代主义的接受,不仅显示了他特有的度量、气魄、'勇猛',同时仍体现出他惯有的切实、沉着——力求'使外国的新兴文学在中国脱离'符咒'气味'""与陀思妥耶夫斯基相契,鲁迅在上述小说中化身为二,既作为'人的灵魂的伟大审问者',又作为'伟大的犯人'。这一双重叙事立场致使鲁迅超越了手执'批判现实'解剖刀的医生的纯客观视角,不时因直觉,因无意识,因切身感受着这鞭鞭见血的灵魂拷问而本能地发出心灵的颤抖。"(《鲁迅小说的现代主义审美取向》)

对"浙江一师"文人创作的臧否,同样反映了张直心教授锐利的学术眼光。他在研究中,不仅洞见了"浙江一师"文人们譬如沈玄庐"除《十五娘》等优秀之作外,一些作品刻意扩张诗歌启蒙民众、鼓动民众的功能。此外,抒情主体每每情绪过于冲动,借用其诗中的描写,所谓'烈火烧心、狂云拥背',闷煞了'胸中的块垒',以致一泻千里,一览无余"的"诗人病",而且探测到了他们"火气"渐消、"清气"渐长,由"诗化青春"到"散文人生""这一集体性文体取舍的原委"(《从诗化青春到散文人生》),对朱自清在"后一师时期"所起的中流砥柱般的作用予以了充分的肯定。

五、比较研究:独特的批评方法

张直心教授同时又是一位比较文学教师。他将"比较文学"这一跨文化的研究方法,带入了自己的中国现当代文学教学和研究工作中,这就使得他的学术研究,具有了迥异于他人的"比较文学"特色。从某种意义上说,《晚钟集》也可算是一部比较文学论集,是一种比较文学视野下的文艺批评集,比较研究这一方法几乎贯穿全书。《晚钟集》的比较研究,一为横向比较,一为纵向比较。二者相辅相成,构筑起这部文艺批评集的基本研究框架。

《晚钟集》的横向比较研究,一为中外文学的横向比较,一为中国作家与作家之间的横向比较。前者如鲁迅文艺思想与苏联早期文艺思想的比较研究,郭沫若《孔雀胆》与莎士比亚《哈姆雷特》的比较研究,戴望舒对法国象征派诗歌的接受研究,中国现代乡土小说与俄罗斯、波兰文学的比较研究,等等;后者如云南彝族两位青年作家张元小说的现代语言形式与毕然小说的拟神话文体的比较研究、"浙江一师""火气"文人与"清气"文人的比较研究,等等。

《云南民族文学与外国文学》一文是中外文学横向比较的典范之作:"二

十世纪七十年代末,自我封闭了多年的中国文坛终于向世界敞开门户,域外的文学潮流汹涌而至,旧波新潮,令人目不暇接。云南少数民族作家却自有其独特的择取:先是梅里美,继而是肖洛霍夫与艾特玛托夫,然后是马尔克斯等拉美魔幻现实主义作家的作品……三种取向混沌而有序地展开。""正是马尔克斯等拉美作家,帮助云南少数民族作者发现了脚下'神奇的现实',进而以此为创作的主要题材与'兴奋剂'。"

《晚钟集》的纵向比较研究,一为系列研究法,一为对比研究法。前者以对艾芜"南行"系列的研究为代表:"艾芜于1920、1960、1980年三次去云南边地'南行',分别孕育出了《南行记》《南行记续篇》《南行记新篇》等三部小说。将这些跨越六十年时代变迁的'南行'小说集粹并读,恰可从一个特定的侧面,印证中国现代文学与当代文学间的断裂与承续。""纵览《南行记》《南行记续篇》《南行记新篇》这三部小说集,其形成了某种互文性关系,彼此遥相呼应,遥相辩驳,遥相阐释。《南行记》借助《续篇》《新篇》之体得以脱胎还魂,《续篇》《新篇》则借助《南行记》之魂而神游物外,托身梦境。"作者在此系列研究的基础上,进一步指出作家艾芜独特的文学史价值和地位:"艾芜的独辟蹊径,不仅导引着内地文学青年的南疆梦寻,亦启示业已走出云南的文化浪子幡然改途、还乡寻根,如是合力开创了云南边地小说。"(《"南行"系列小说的诗化解读》)

后者(对比研究法)则以《世纪之交"沙龙社会主义者"一瞥》一文为代表。这篇文章将二十世纪初陶醉于"有什么东西能比革命还有趣些,还罗曼蒂克些"的"创造社"诗人蒋光慈,与二十世纪末全盘否定二十世纪的中国文学、声称要《为二十世纪中国文学写一份悼词》、将中国二十世纪的作家一网打尽的评论家葛红兵二人进行对比,揭示他们共同的横暴、激烈、虚亢、谵妄,目空一切,极左政治与农民文化奇妙混合的本质。

六、诗性言说:鲜活的批评文本

《晚钟集》是一部诗性言说、诗化解读、诗思融会、情理互渗的鲜活的批评文本。它从美学出发,而不是从泛政治话语体系出发;它最终又以审美为旨归,而不是以文艺理论的宣讲为旨归,很好地体现了作者"评论家的文学化"这一主张。正如孙郁先生在《凝视的眼光——〈晚钟集〉序》中所指出的，《晚钟集》有一种"超俗的气韵缭绕其间"。孙先生如此评价《晚钟集》的作者："他的研究基于文本阅读，还有艺术的感知力。""他的文字精致、典雅、略带忧郁的调子，缠绕着历史里的暗影。他就那么悄声地自言自语着，以举重若轻的笔触，翻动着一页页沉重如山的历史……"

《晚钟集》是一部以文艺理论书就的学术诗篇，诗性语言如金黄的银杏叶铺满清秋的大地。限于篇幅，兹不赘述。这种批评风格，是张直心教授一种自觉的艺术追求。他在《后记》中夫子自道"尤为心仪一种诗哲交融、智情合智的文体"。他说："文学评论说到底不仅是一种智性评判，同时也应是一种充满了诗性的感悟过程"（《"香格里拉"梦寻——读〈灵息吹拂〉》）；"在追求思想独立、识见新颖的同时，犹不失文体的自觉，努力激扬学理之下的诗意、情趣及想象力，借此折射生命的吉光片羽"；"须知，在科学理性所能照彻的领域之外，仍有着理性难以穷尽的非理性波动、振颤；而文学思想的建构之所以区别于哲学、政治学，就因为它由文学生发，仍带有文学色彩，与文学一样，它需要近乎直觉的审美经验，需要灵气、诗性"（《论鲁迅对〈二心集〉型批评文体的反拨》）。

张直心教授显然是非常自洽于这种诗意之境的，"一种心向往之的凝重的格调，一种疏放的节律，一种深远的气韵，一种神性的境界，暗合着、激励着已近晚境的自身亦如是神清气足、从容不迫、绵远不息地思索、追寻"（《后记》）。文艺批评是一项孤独而寂寞的事业，是一项付出巨大而回报微薄的事业。然而，正如张直心教授所说，"孤独是一种境界，一种很美的境界"（《〈影响的告别〉影响源一见》）。耐得住孤独与寂寞，必定能够在文学宝库中探骊得珠。张直心教授以自己成就斐然的文艺批评实践，带给我们以深刻的启迪。

2016-08-11

（刊于《关东学刊》2018年第6期）

别开生面运匠心

——简评《江南圣医喻嘉言》

　　杨建葆、邱慈桂主编的四十余万字的人物传记《江南圣医喻嘉言》,以一种匠心独运、别开生面的编纂体例和艺术表现形式,全息而生动地再现了我国明末清初著名医学家喻嘉言辗转儒道医禅、矢志悬壶济世的奇异人生,善起沉疴、精湛绝伦的高超医术,古道热肠、拯世救民的高尚医德,穷尽精微、窥透造化的医学成就,开拓先河、为天下式的首创精神,启迪后学、功在千秋的深刻影响,堪谓喻嘉言研究之集大成。

　　"江南圣医"喻嘉言,江西南昌新建人,生活于明万历至清康熙年间,少小谙医,兼通儒道;不惑之年,因生逢明朝末世,难遂匡时壮志,于是弃仕隐医,悬壶于江西南昌、新建、清江、安义、靖江、进贤一带;年逾花甲,以行动表达对清廷的不满,佯狂以避朝廷耳目,披剃为僧,由医隐禅,复出禅隐医,并暗中从事反清活动;后受好友钱谦益之邀,移居于江苏常熟,风簑雨笠,传医江南,会讲授徒,足迹遍于赣、浙、苏、皖,医名冠绝,誉满江南,名列明末清初三大医家之首。

　　《江南圣医喻嘉言》在编纂体例上匠心独运,别具一格。它打破了以演绎人物生平为主的传统写法,创造性地采用了一种融叙传、评述、稽辨、汇编、赞吟为一体的新体例。它无疑是一部人物传记,但它采用的不是通常的以叙事为主、线性描述人物生平事迹的写法,而更多地呈现出一种评论成分浓郁的评传特征。它也不是一般性的传评结合的人物评传,而是结合众多研究者各种不同的解读,以及时人与后人的诗文赞吟,多视角地对人物进行观照,全方位复原湮没于时光深处的人物风貌。它搜罗宏富,史料翔实,形似汇编,却编辑体例新颖、学术目光独到、人文情感炽热、艺术气息浓郁,是一部独具学术价值、人文情怀和艺术品位的关于"江南圣医"喻嘉言的"百科全书"。

全书共五章。第一章"生平传略",主要辑录了清代以降多位研究者撰写的《喻嘉言传》,以及《清史稿》《江西通志》《南昌府志》《新建县志》《靖安县志》《常熟县志》等记载的喻嘉言事迹,以及后人对喻嘉言姓氏家世、游历交往和年谱的考证;第二章"医学成就",详细介绍了喻嘉言在治疗伤寒、温病、杂病等方面的卓越建树,重点呈现喻嘉言的学术思想与特色、医案撰写特色、临证治疗经验和对后世的影响;第三章"各家研究",内容包括研究者对喻嘉言医学著述、喻嘉言医德思想、喻嘉言与赣文化等的研究;第四章"文献考证",辑录了喻嘉言著述医籍提要与考证、著作序跋,以及墓葬变迁与调查;第五章"艺文集萃",主要收录了部分南昌学者、诗人、作家、艺术家创作的喻嘉言影视剧本、小说故事、诗歌散文、塑像雕刻和绘画写真等。

《江南圣医喻嘉言》绘制了一幅江南圣医喻嘉言的斑斓精神图景。它不仅展示人物的生平事迹,更注重挖掘人物行为背后深层的人生精神,揭示人物的精神世界,立体而生动地再现历史人物的精神风貌。这种精神图景,于喻嘉言而言,至少包含如下几个方面的内容:一是身处王朝交替乱世,拒绝与涽浊同流合污的反抗精神;二是诏徵不就、佯狂披剃的民族气节;三是从失落中走出困境,百折不摧的人生意志;四是不为良相,便为良医的救世情怀;五是悲悯生民,以精湛的医术救死扶伤的高尚医德;六是首开温病三焦、营卫辨证之先河,首创中医规范医案,首开中医课堂讲学的创新精神;七是重订《伤寒论》条目,弥补《伤寒论》详伤寒略温病之不足,倡导"三纲鼎立""秋燥论""大气论",制定"先议病后用药"的诊病程序,病证辨证独辟鸿蒙,发微中医误诊学思想的科学精神;八是"吾执方以疗人功在一时,吾著书以教人功在万世",著书立说,讲学课徒,以振兴中华医学、传播医学理论为己任的责任担当。

喻嘉言的高妙医术、医学思想和医学精神,对后世影响深远。自《寓意草》问世以来,三百余年间,他的著作不断被翻印,医术为历代医家所取法,对他的研究亦从未中断,取得了不少学术成果。然而,较诸其他名医,喻嘉言的社会影响远未达到其应该享有的高度,其重要的医学文化价值亦远未得到充分的体现,对其生平和著作缺乏全面而翔实的论述,也没有一个完整的传略。《江南圣医喻嘉言》麇集近六十位医学、社会学、文献学专家和作家、诗人、画家及雕塑家(不含历史文献作者),聚三十年之寸积铢累,将喻嘉言研究成果汇于一炉,以此向医学先师喻嘉言致敬。其作者之稠众、内容之完备,实乃方今学术研究领域之罕见。它不仅体现了编纂者史料搜集与布局谋篇的功力,更体现了一种发掘地域文化富矿的责任感和使命感。

《江南圣医喻嘉言》超越其他很多同类著述之处,在于它浓郁的人文性与艺术性。为了弥补历史记载的某些缺失与偏颇,该书在研究、考证喻嘉言生平和医学成就之外,还特编"艺文集萃","通过有限的知识展开无穷的想象,以此来填补在喻嘉言情感世界的空白,使喻嘉言的人物形象更加生动而丰满"(《后记:穿越时空的盛会》)。这一章在全书中具有独特的地位和价值。清钱谦益笔记《喻嘉言逸事》,宗九奇、杨建葆、邓涛、水笔、陶江、徐小荣、揭光保、徐林晃、丘玮、熊三仔等一批当代学者、作家、诗人、艺术家创作的影视剧本、小说故事、诗歌散文、塑像雕刻和绘画写真,为传记浇注了丰沛的人文情感和绚烂的艺术光华。特别是杨建葆、陈正云创作的影视剧本《喻嘉言传奇》,将喻嘉言的人生命运放置于乱世纷纭的时代背景中去显影,故事情节跌宕起伏,人物形象血肉丰满,极大地丰富了喻嘉言这一人物的精神内涵,强化了喻嘉言医学精神的感召力。

《江南圣医喻嘉言》在社科研究、文献整理和艺术呈现上,彰显出历史人物研究的多元化,为学术研究活动提供了可资借鉴的有益启示。譬如对喻嘉言医学三书《寓意草》《尚论篇》《医门法律》,有研究者发现,"这部丛书的价值并非仅仅囿限在中医学领域。如果我们将视角多元转换,便会发现这部丛书在哲学、民俗学、文学等领域也具有一定的价值"(夏汉宁《喻嘉言〈寓意草〉的文学解读》),有研究者发现佛学对喻嘉言的医学建树起着重要作用(何明栋《喻嘉言医学著述中的佛语探源》);有论者从中看到了喻嘉言的人民性,有论者认为以喻嘉言为代表的杏林文化是赣文化的重要组成部分;有人探究喻嘉言的医德思想,有人考辨喻嘉言的真实姓氏……

《江南圣医喻嘉言》浓墨重彩地展现了喻嘉言辗转于江南大地,悬壶济世,不断创新医学观点和学说,为后人留下宝贵医学文化财富的人生事迹,在中华民族医学人物长廊上,又矗立起一座栩栩如生的医学家雕像。正如该书主编杨建葆所说,这部人物传记通过医学、社会学及历史文献的研究和文学艺术的表达,揭示在时代更替之际中华民族的伤痛和自强不息,尤其是喻嘉言等爱国知识分子在探索救国救民的道路上历尽磨难的艰辛历程,借此折射出明末清初社会的真实底色;它致力于彰显赣都风格和喻嘉言的家乡特色,为漂泊羁旅、终老他乡的喻嘉言留下纸上的乡愁(《后记:穿越时空的盛会》)。

2019-12-22

(刊于《江西工人报》2020-03-10)

重建全新的文学宏大叙事

　　作为一种反映历史与现实本质的经典叙事方式,宏大叙事在我国有着悠久的历史和传统。早在先秦两汉时期,《左传》《史记》等融史学与文学为一体的"非典型性"历史散文著作,就显示了宏大叙事的拔山超海。与此同时,这种宏大叙事,也从来就不是孤行于时代文学中,而是与微观叙事并驾齐驱,如两条铁轨,共同托起和推动时代文学的列车呼啸前行。

　　当宏大叙事的《左传》《史记》群峰耸峙的时候,微观叙事的《诗经》《论语》等也雁阵列空。从来就不曾有一个时代的文学只有宏大叙事而没有微观叙事,也不曾有一个时代的文学只有微观叙事而没有宏大叙事。

　　宏大叙事是脊骨,微观叙事是血肉。只有二者紧密结合在一起,才能造就一个鲜活的生命。而脊骨,是使人体站立起来的支柱。宏大叙事是钢筋,微观叙事是水泥。只有二者紧密结合在一起,才能建筑起巍峨的文学大厦。而钢筋,是使大厦矗立起来的支撑。

　　宏大叙事不是罪,只有宏大叙事而没有微观叙事才是罪;内容充实的宏大叙事不是罪,空洞无物的"宏大叙事"才是罪。一种正常、健康的文学生态,一定是宏大叙事与微观叙事相伴而生、相辅相成的生态。只有微观叙事而没有宏大叙事,与只有宏大叙事而没有微观叙事一样,都是一种扭曲、变异的生态。

宏大叙事一度遭遇污名化,源于其自身的"空心化",源于其漠视生命个体的生存命运,缺失生命的细节与温情。"假、大、空"的"宏大叙事"的盛行,对文学与社会的肌体都是一种伤害。倾情于日常生活书写的微观叙事,是对大而无当的"宏大叙事"的革命性反拨。

然而,凡事都不可从一个极端走向另一个极端。将宏大叙事彻底从文学中驱逐,没有了对时代的宏观把握与深刻雕镂,只一味地书写一己悲欢、杯水风波,带来的必然是鸡零狗碎、一地鸡毛。

时代呼唤重建全新的文学宏大叙事。这个"全新",是指完全有别于非正常年代"假、大、空"的"宏大叙事",是指与日常生活微观叙事紧密相连、水乳交融、以日常生活微观叙事为血肉的宏大叙事,是反映与揭示时代发展本质规律的宏大叙事。

重建全新的文学宏大叙事,首先必须突破理念先行、意图先行,以理念原则替代审美原则、以公众话语替代个人话语的传统叙事模式,深察时代之变、语境之变,变单一的全知视角为多重视角融合,变单一的线性叙事为多种叙事方式融为一体的立体叙事,建构人文关怀的价值维度,彰显现代语境下对个体精神与人性的双重观照,导入契合时代精神的新质话语,展现宏大叙事的当代价值。譬如徐则臣的长篇小说《北上》,历史和当下两条线索齐头并进,叙述发生在京杭大运河畔几个家族之间的百年"秘史",探究普通民众、知识分子和世界这三者同中国的关系,揭橥大运河对中国社会和世道人心产生的重大影响,书写了百年来大运河的精神图谱和一个民族的旧邦新命。

重建全新的文学宏大叙事,其次必须将宏大叙事与日常生活微观叙事水乳交融在一起。一方面,将波澜壮阔的时代画卷放置于充满质感的日常生活中去显影,展示日常生活的绵密针脚和千丝万缕,以日常生活的炊烟去映照时代的波诡云谲;另一方面,又要将人物命运与时代变迁相融合,超越日常生活的琐碎与庸碌,纠正微观叙事的偏狭和局促,达到精神价值和世俗情怀的统一。就如金宇澄的长篇小说《繁花》,几近完美地将宏大叙事与日常生活微观叙事熔为一炉,在碎片化的描摹中,凸显日常经验和平凡物事中的"诗意"与"史意",表现宏观大历史下小人物随波逐流的无常命运,展现了一幅完整的上海人生活图景,深刻翔实地映射出其背后的时代变迁,在琐碎和精细中展现出最真实的生活本相。

重建全新的文学宏大叙事,再次必须将宏大叙事建筑在浩瀚而精微的细节描写之上。时代是由细节构成的,细节隐含着时代的密码与生活的温情;细节又影响和推动时代的进程,生动而真实地呈现时代的本质,鲜活和丰满时代的宏大叙事。例如宗璞长篇小说《东藏记》,小说叙写从京城南下的一群知识分子在抗日战争中的个人遭遇、情感经历以及心灵成长的历史,以明仑大学历史系教授孟樾,夫人吕碧初和女儿孟离己、孟灵己等一家人为轴心,放射至孟樾教授的亲朋好友、周围同事,用温情的笔调,表现了中华民族的坚韧不拔和博大胸襟。小说关涉近百个人物,他们海量的生活细节与心灵细节,织就了一幅磅礴的真实可信、生活气息浓郁的时代画卷。

重建全新的文学宏大叙事,最后必须将人性的探寻与书写作为宏大叙事的旨归。坚持以"人"为中心,在描绘宏大的时代场景中,融入对人性的挖掘与表达,观照人物内心,表现深刻的人性。只有这样,宏大叙事才有可能血肉丰满,才有可能充满艺术感染力。路遥长篇小说《平凡的世界》就是这一方面的典范。小说以二十世纪七十年代中期到八十年代中期十年间的中国社会为背景,将笔触探入人性深处,以孙少安和孙少平兄弟为中心,书写社会各阶层众多普通人生活与心灵的双重苦难,他们的希望、追求与挣扎,深刻地展示了普通人在大时代社会进程中的生活历程与心路历程,全景式地表现了中国当代城乡社会生活风貌与民众心灵风貌。

欲使中华民族精神的大厦巍然耸立,欲唤回中国文学的浩荡雄风,当务之急,是高扬时代的主体性,重建全新的文学宏大叙事。

2021-10-31

(刊于《中山日报》2022-02-06)

以全民阅读赋能共同富裕

开展全民阅读、建设书香社会的活动,在中国大地已进行到第十六个年头了。全民阅读活动正在神州大地蓬勃发展,方兴未艾。政府主导,法律护航,机制保障,资源共享,投入不断追加,设施不断完善,规模不断扩大,内容不断充实,方式不断创新,氛围日趋浓烈,影响日益深远,社会各界都在全力助推这一建设学习型社会的重要举措,大众支持与参与度持续攀升,国民阅读率和阅读量持续上升,业已成为一种国家品牌。每到 4 月 23 日世界读书日前后,全国范围内的读书活动,更是高潮迭起,异彩纷呈。

阅读,是一种拓宽精神视阈,激发真、善、美与创造力的不二法门。涓滴汇集,终成浩瀚雄浑的心灵之海、文明之洋。潮汐奔涌,流淌和沉淀成民族文化基因与民族文脉。一个人的阅读史,就是一个人的精神成长史;一个民族的阅读史,就是一个民族的文明强盛史。在实现两个"一百年"奋斗目标和中华民族伟大复兴中国梦的征程上,全民阅读,对于丰富国人的精神世界,凝聚民族的精神力量,提升整个民族的精神境界,创建和谐社会,增强中华民族的文化自信与创造能力,提高国家文化软实力等,都具有非常重大而深远的意义。

在全面建成小康社会之后，中国人民又迎来了努力实现全体人民共同富裕的新征程。所谓"共同富裕"，既包含物质上的共同富裕，更包含精神上的共同富裕，是人民群众物质生活和精神生活的"双富裕"。全民阅读，是全体中国人民追求精神上共同富裕的必由之途，是"共同富裕"的题中之意。形成科学规划、合理布局、覆盖城乡、便利实用、服务高效的体制机制，促进全民阅读事业均衡协调发展，让每个人享有平等的阅读条件和机会，共享阅读的快乐与效益，是时代摆在我们面前的又一崭新课题。

以全民阅读赋能共同富裕，须做好这样三个政策"倾斜"。一是向青少年儿童群体倾斜。青少年儿童是祖国的未来、民族的希望。全民阅读，应突出青少年儿童优先原则，向青少年儿童倾斜，将青少年儿童特别是儿童作为重点保障群体。二是向山区、农村、中西部欠发达地区倾斜。这些地区民众的阅读资源与平原、城市、沿海发达地区相比，存在着地域性差距，须对这些地区进行扶持。三是向进城务工人员、农村留守儿童、残疾人特别是视障残疾人倾斜。确保实现"让世界上每一个角落的每一个人都能读到书"的"世界读书日"宗旨。

全民阅读是一项百年树人的基础工程，是一项营造书香社会的发展工程，是一项对民族精神进行塑形的灵魂工程，更是一项文化强国、实现中华民族伟大复兴的战略工程。全民阅读的路还很漫长，需要我们坚持不懈地继续前行。以全民阅读赋能共同富裕，以全民阅读，为共同富裕的春天着花、生彩！

2022-03-19

（刊于《中国文化报》2022-03-24）

新安江文化需浇注现代精神

—— 在"2020年浙西唐诗之路与拥江发展研讨会"上的即席发言

　　我是第一次来建德。非常耐人寻味的是,建德周边的县市我全去过,但之前就是没有来过建德。我想,这也许是上苍的特意安排吧,让我在览尽浙江奇山秀水之后,再来谒见最后隆重出场的建德山水。

　　我以前对建德文化所知甚少,真正有意识地接触建德文化,始于2018年夏天,我创作诗歌《五音:浙江赋》之时(这首诗后来在《浙江日报》"钱塘江"副刊头条刊出)。在这首两百行的长诗里,我写到了十万年前出现的"建德人"——

　　十万年前,苍茫之水在浙江大地上浩浩汤汤

　　天地玄黄中,飞出一只中华彩鸢

　　在海边陆地乌龟洞上空盘旋

　　一群腰缀兽皮与树叶的"建德人"

　　围坐在一起,用树枝烧烤着猎物

　　……

今天上午到达"罗桐九姓渔村"宾馆后,我与过承祁主席和余文韬社长在房间,看见窗外的新安江在缓缓地移动——对,是"移动",不是"流动"——就像一块墨绿的玻璃在河床上缓缓滑动,当时我心里就有很多感慨:眼前移动的岂止是一条江流,它更是一条诗词之江、文学之江、文化之江乃至文明之江啊!我不知道它的源头究竟在哪里,也不知道它到底形成于哪个年代,因为对此我没有做过考证,但是我想,若要追寻它的源头,恐怕完全可以追溯到史前的某一天,从天上降下的第一颗水滴。

新安江是一条诗词之江。谢灵运、李白、刘长卿、孟浩然、沈约、梅尧臣、范仲淹、苏轼、陆游、杨万里、朱熹、姜夔、赵孟頫、方回、商辂、唐伯虎、祝允明、董其昌、吴伟业、黄景仁、洪昇……历史上有那么多文化名人到过建德,游览过这条江,并留下了不朽的诗词曲赋。特别是在唐代,游览新安江的诗人之夥,吟咏新安江的诗词数量之多、质量之高,更是令人惊艳!从这一意义上来说,新安江完全是一条唐诗之江。

在宾馆房间,过承祁主席还介绍说,新安江流至建德后,江水变得异常清澈,就是窗外的那一段江流。我把他的这句话视作一个隐喻:建德文化,在整个新安江文化中,一定有着它的独特性。那么,建德文化的独特性究竟体现在哪里?在整个新安江文化系统中,建德文化到底居于什么地位?换句话说,建德文化到底具有怎样一种个性?或者更进一步地说,在后工业化的今天,我们又该如何建设具有个性的现代建德文化,如何使现代建德文化鲜明地区别于其他地方的文化?我想,这些问题都非常值得我们探究。

我所理解的文化,从来就不是虚无缥缈的。它落实在每一个人身上,体现在每一个人的言行上。每一个新安江人,都是一只行走的新安江文化,都是一个微型的新安江文化。每一个建德人,都是一只行走的建德文化,都是一个微型的建德文化。在建德,我有不少朋友,譬如过承祁主席,譬如李利忠、章剑清、卢远民等先生,譬如今天刚认识的余文韬。我从这些朋友身上,发现建德文化有一个鲜明的特点,那就是它的"兼容性"。过承祁主席琴棋书画、诗词曲赋样样精通,李利忠先生古诗、新诗、楹联"三种全会",章剑清先生、卢远民先生既写古诗又撰楹联,余文韬由金融专业转入汉语言文学专业,他们有个共同点,就是兼容性都很强。我正是从他们身上,从一个个具体的建德人、新安江人身上,发现了建德文化、新安江文化具有的兼容性。

建德文化、新安江文化具有极强的兼容性,这是我的一个强烈的感受。从地域文化的角度看,它兼容了浙西文化、徽文化、吴越文化的特质;从文化艺术形态的角度看,它兼容了理学、医学、朴学、建筑、绘画、工艺等多种文化艺术门类。传统的新安江文化,无疑属于一种古典文化,这是它的一种根性。我不是新安江文化研究学者,对新安江文化没有做过专门研究,我只想就我们上午在"罗桐九姓渔村"宾馆外的新安江岸边看见的一尊雕塑,谈一谈古典文化的现代性改造问题。

这尊雕塑名曰"渔归",雕塑的内容为一个渔归的女子,双手抱于腹前,扭头俯视脚边放着的一只鱼篓。这个雕塑很美丽,也很现代,在古典的新安江畔,它无疑是一个现代性的存在,体现了雕塑者的现代性艺术追求,以及调和古典文化与现代生活的努力。然而,我和过承祁、画家孟涛等先生却发现,这个美丽的渔家女,除了疑似穿着现代性的旗袍外,从正面看,两只脚的比例好像严重失调,她的右脚比例正常,很性感,很美,但左脚却感觉明显比右脚粗长,看起来非常的别扭。我们都开玩笑地说,这条左腿,明显就不是一条美女之腿。

由这尊"渔归"雕塑,令我不由自主地想起古典文化的现代性改造问题。中国传统的山水文化、山水精神,偏重于一种古典文化和古典精神。在今天这样一个后工业化时代,它们要想重新焕发出新的光彩,迎来新的辉煌,必须浇注现代精神,进行现代性改造。在古典的新安江文化中浇注现代精神,需要引起社会各界的高度重视,这是我说的第一层意思。雕塑《渔归》就体现了雕塑者在这一方面的尝试。我说的第二层意思是,如何在古典的新安江文化中浇注现代精神,可能显得更为重要。雕塑《渔归》无疑属于现代艺术,然而如果真的一条腿短一条腿短长,一条腿细一条腿粗的话,估计就很难达成我们想要的效果。

刚才政协严凌云副主席、方韦主任等领导详细介绍了建德以新安江文化研究为突破口,刷新浙西唐诗之路,全面拥抱杭州市"拥江发展"战略,提升整个建德的文化软实力,带动建德经济和社会各项事业发展的举措,我听后倍感振奋,对建德更加美好的未来充满期待。关于如何在古典的新安江文化中浇注现代精神,这一点我尚未思考好,也给不出具体的解决办法,只是把这个问题抛出来,希望能引起大家的思考。我就啰唆这么多,谢谢大家!

2020-11-21

（载作者新浪博客,2020-11-22）

《书苑犁痕》：一位教育理想主义者的行动书

　　我曾经写过作为作家的方心田和作为思想者的方心田，这回我要写一写作为编辑家的方心田。我认为心田是当得起"编辑家"这样一个称号的。他在编辑出版行业里矻矻以求近四分之一个世纪，是个有理想、有情怀、有思想、有见地、有眼光、有方法、有行动力、有人格魅力，业务精湛、贡献突出的办刊人。不是所有编辑出版从业者都当得起"编辑家"这个称号的，也不是所有编辑出版行业主管者都能被称作"编辑家"的，唯有那些对编辑出版事业有着深刻的理解，发自内心地热爱，胸怀理想，目标高远，倾情投入，无私奉献，做出了成绩的人，才配得上这顶桂冠。

　　我与心田熟识十四年了，见证了他由一位普通编辑，迅速成长为一位期刊主编与经营负责人的全过程。心田起初任《初中生之友》《高中生之友》编辑，后受命负责《教师博览》原创版，先后任编辑部副主任、执行主编、杂志社副社长，几年前竞聘上岗，任集团成人教育期刊《教师博览》《江西教育》主要负责人，全面主持工作。用他自己的话来说，二十多年来，他一直在"兢兢业业、有滋有味地工作着"，"无论做什么刊物，都有个强烈的愿望：一定要做有思想的刊物"，他勉力精进,将《教师博览》的品牌影响力推上了一个新台阶。

心田是一位教育理想主义的行动者与行动的教育理想主义者。《书苑犁痕》就是这位教育理想主义者的行动书。全书由"编辑杂谈""主编论语""记者手记""读书评说"四辑内容构成,前三辑彰显了他的采编理念与经营理念,后一辑中有部分文字是他为普通教师的著述撰写的书评。这四辑内容,大略反映了他二十余年教育刊物编辑出版生涯的整体职业风貌和精神风貌。

心田的本色身份是一位教育工作者。他先做教师,后做教育刊物编辑,工作的内容始终都没有离开过教育。在他身上,体现了四大能力:学习能力、思考能力、写作能力和行动能力。他一直坚持读书,自觉学习人类最优秀的思想文化,如海绵般汲取着新知。他一直坚持思考,思考教育困境的破局与改革之路,思考民族和人类的命运。他一直坚持写作,先后出版了《无语的乡村》《平静的忧思》《焐暖》等三本散文随笔集,并在相关报刊上发表文学、编辑出版、教育教学作品200余篇。他又是一个具有出色行动力的人,刊物改版、选题策划、创办新刊、采访报道、作者队伍建设、活动推广、新媒体运营、主编教育丛书等等,每一件事都做得有声有色,好评如潮。

心田身上,有着浓烈的理想主义色彩。他是一个具有先进教育理念和编辑理念的理想主义者,也是一个具有人文情怀的办刊人。他把这种理想主义和人文情怀,浇注到了他所编辑、主编和经营的刊物中,从而使得他的工作也放射出理想与人文的光芒。譬如他认为教师刊物必须体现对教师的人文关怀;譬如他主张新时期的编辑必须重视人文素养,努力成为"专家""杂家""写家""玩家";譬如他提出"做事业型编辑,不做职业型编辑;做创造型编辑,不做制造型编辑;做思想型编辑,不做空想型编辑";譬如他清醒地认识到"创造、保持和不断发展刊物的思想性,乃是安身立命之本,是发展壮大之道",编辑必须具有"关注现实的热情和勇气,探求真相和真理的识见和精神""发掘、培养和拓展一个刊物的思想力度",等等。正是这些先进的教育理念和办刊理念,托起了《教师博览》的品牌和美誉度。

心田不是一个教育理想的空想家,而是一个教育理想的行动家;他不仅是一位优秀的编辑家,也是一位优秀的活动策划人与推广人。近年来,他策划和组织开展了一系列针对教师普遍关注的公共教育话题、专业发展话题的专题大讨论，受到了广大教师的欢迎，产生了较为广泛的反响；他先后卓有成效地策划并主持了在江西弋阳、辽宁大连、江西婺源、江苏昆山、山东烟台等地召开的《教师博览》读书论坛或名师论坛，以及在福建东山、江苏苏州等地召开的《教师博览》重点作者笔会，更是将《教师博览》的影响力，推及全国各地的教师群体中。

这些年，我不断听到从心田那儿传来的好消息：他主持创办《教师博览》原创版了；《教师博览》原创版创刊不到两年，其发行量达六万份了；他出版新散文随笔集了；他发起组建"教博读书联合会""全国中小学名师工作室联盟"了；他主持组建的《教师博览》签约作者队伍，教育教学专家与名师人数达两百多人了；他亲手创建、每日更新和管理的《教师博览》官方微信公众号，粉丝数超过四十万、广告收入也超过四十万元了……听到这些消息，我由衷地为他感到高兴，同时也羡慕他有一个可以施展抱负的良好平台和通畅环境。

"编辑一梦廿多年。"从事编辑出版工作以来，心田以一种对编辑工作的满腔热爱和高度的事业心与责任感，脚踏实地，精益求精，创造性地开展工作，由此享受到了编辑职业所带来的幸福感和成就感。如今作为心田编辑出版生涯阶段性总结的《书苑犁痕》一书即将付梓，心田嘱我作序。出于对心田的敬佩，我不避浅陋，欣然从命。祝愿他继续前行，再创辉煌！

2019-03-08

（收录于《书苑犁痕》，北京日报出版社）

壮歌不负采访功

——评许志华报告文学集《勇立潮头:杭州泳军练成记》

体育老师许志华做诗人、做散文家,在他人眼里,多少是有点"不务正业"的,然而,他要是将书写的主题定为体育,是不是就"专业对口"、名正言顺多了? 这不,经过近两年的矻矻以求,日前,他默默捧出了一本十三余万字的报告文学集《勇立潮头:杭州泳军练成记》,作为向杭州2022年亚运会的献礼之作。

《勇立潮头:杭州泳军练成记》是一部杭州泳军的壮歌,也是第一部全方位勾勒与展示杭州游泳史及泳军风采的文学作品。杭州作为中国游泳之城,诞生过陈桦、罗雪娟、杨雨、孙扬、叶诗文、傅园慧、吴鹏等一大批世界冠军和"亚洲蝶王",堪称"泳都"。西湖之畔几代泳队健儿、教练员和泳协领导,戮力同心,将泳场当作逐梦人生、为国争光的战场,书写了一部杭州游泳的传奇。

作品塑造了一组杭州优秀游泳运动员、教练员和守护者的感人群像。作者将笔触探入人物的内心世界,追索他们奋"泳"前进的精神动因,描绘他们生动而丰富的灵魂图景。这些杭州泳坛赤子,或执着梦想,顽强进取,努力拼搏,永不言弃;或守望泳池,甘为伯乐,潜心施教,为国育才;或不忘初心,精心布局,知人善任,全力服务。三者共同形成了一种"自信人生二百年,会当击水三千里"的杭州游泳体育精神。

作品以当事人陈述为主,兼以他人之眼、之口观照、佐证。一篇人物志就是一首杭州游泳人的"理想之歌"和"拼搏之歌",二十多个人物志就组成了一阕激越雄浑的杭州游泳交响乐。这部文字洗练、诗意盎然的报告文学集,如数家珍般地介绍了杭州游泳场馆的变迁、杭州游泳体育事业的发展、杭州泳坛群英谱和荣誉册。作品纵横交错、点面结合,既有史的纵深,全息地展示了杭州游泳的崛起之路;又有场的宏阔,全面反映了专业泳者与普通民众的泳事、泳情。从某种意义上说,它也是一部杭州全民游泳史。

作品以大量采访得来的第一手资料构筑而成,显示了作者不辞艰辛、重实地调查深挖的采访作风和扎实深入的采访功底。采访是一门艺术,于报告文学而言,更是一门举足轻重的艺术。被采访者反应各异,有不善言辞的,有忙碌无暇的,有内心抗拒的,也有不屑接受的。这两年暑假,多少个午后或傍晚,我们看见许志华汗流浃背地从泳场归来,或为圆满完成了采访任务而欣喜,或为采访受挫而沮丧。我们亲眼见证了他在这部报告文学集中倾注了大量精力与汗水。

《勇立潮头》不仅是一部杭州游泳史,也是一部对青少年儿童进行爱国主义教育和人生教育的好教材。我郑重而负责地向广大青少年推荐这部报告文学集!

2022-03-24

(刊于《钱江晚报》2022-04-29)

浙江电视台六部影视作品荐评

《"医"生情》

《"医"生情》选取三十一对医生家庭,在特定的亲情对话情境中,探触人物的内心世界,裸呈人物的真实灵魂,逐层展现人物的职业特点、家庭担当和社会责任,是一曲真实而感人的中国当代医务工作者的赞歌。

《最美的窗口》

《最美的窗口》从凌晨4:30至深夜10:45宁波城市运行中的八个典型场景入手,透过中国城市宁波向世界经济舞台打开的一扇扇光芒璀璨的美丽窗口,淋漓尽致地展现了蓬勃旺盛的中国力量和中国精神。

《蚂蚁岛精神及其时代价值》

《蚂蚁岛精神及其时代价值》注重历史事件的现场表达,探索口述历史方式的多维运用,通过一堂生动的现场党课,真实而形象地诠释了"蚂蚁岛精神"的历史内涵及时代价值,是一串催人奋进的时代号角。

《茶花村选举记》

《茶花村选举记》创新性地运用"讲书+短剧"的艺术形式,讲述"茶花村"选举的系列故事,契合普通民众的接收心理与收视习惯,语言风格具有鲜明的地域特色,在增强政策性内容的易读性方面做出了积极尝试。

《温州模式》

《温州模式》将宏大历史叙事和个体亲历见证紧密结合,融故事化手法和风格化叙事为一炉,生动勾勒了"温州模式"的发展历程和典型特质,深刻揭示了这一模式对我国民营经济发展的巨大贡献和重要地位。

《西部"援"梦》

山海协作,决胜脱贫攻坚!《西部"援"梦》,生动再现了台州市椒江区医生梁芝红、教师金志坚、农技专家李学斌及椒江帮扶团队援鄂的感人事迹,将政策引领与少数民族贫困地区冲击脱贫目标有机结合,奏响时代主旋律。

2020-12-16

(为浙江电视台科教频道荐评,载"诗跨界"微信公众号,2020-12-16)

评海遗珠

——手机备忘录随记一百一十六则

1. 艺术创造中有远超于物质享受的生命乐趣。

2. 人到中年后,我的诗写发生了两个自己也已明显觉察出的变化:一是对外部世界的兴趣在减弱,越来越退回到自己的内心;二是开始思考生命自身的悖谬、抵牾、坼裂与对峙,并寻求救赎之道与呈现之策。在时光的侵蚀下,我们明显地"旧"了。然而,对此我却没有丝毫的沮丧或悲观,相反,我却越来越迷恋这种"旧"的气息。岁月褪去了我们身上曾经的鲜亮,生命还复一种璞真,如同某次我在青岛一蛇馆看见的剔去了皮肉的蛇的骨骼,它盘旋在标本架上,洁白、细腻、精致、美丽,宛如一首生命之歌。

3. 对美的发现力、对语言与世界关系的发现力和对希望的发现力,构成诗人的三大发现力。

4. 诗人的生命形态不一,其诗歌的艺术形态肯定也不一。真实地呈现了自己生命形态的,即为合格的诗歌;艺术地呈现了自己生命形态的,即为优秀的诗歌;哲学地呈现了自己生命形态的,即为杰出的诗歌。

5. 在我的阅读体验中,唯有对日本紫式部的《源氏物语》不敢第二次展卷重温。我于二十世纪八十年代伊始在大学图书馆与《源氏物语》相遇,即为它的风雅、物哀、幽玄与空寂所摧折,谓之"摧肝沥胆"毫不为过。它在我心灵留下的影响,是胜于《红楼梦》《战争与和平》《复活》的。后来我自己买了一套精美插图本珍藏,每当抬头望见插在书柜最高处的它,看见书脊上的"源氏物语"四字,犹自感到有一股哀伤寂幽的冷气,从书房和心房的四面八方,动地而来。

6. 对于青年诗人来说,最可贵的不是感性与想象力,而是思考力与理性。思考力与理性代表着对青春的超越。对于中老年诗人来说则正好相反,最可贵的不是理性与思考力,而是感性与想象力。感性与想象力的衰退,正是生命力与创造力衰退的表征。

7. 诗歌是远古的自然精神在当代生活中的回响。凭借诗歌,我们回归天人合一的大道。

8. 先锋是一种特立独行的精神。在万众古典时求先锋,先锋也;在万众先锋时求古典,亦先锋也。创作手法与创作风格没有高低贵贱之分,每一种写法,写到极致,都有成为经典的可能。

9. 所有伟大的小说其实质都是侦探小说,所有伟大的诗歌其实质都是浪漫主义诗歌。

10. 对诗歌初学者而言,不要将诗歌搞得太歌谣,不要追求韵律。韵律对现代诗歌来说,是重糖,会引发诗歌的糖尿病。

11. 排在诗歌最前面的三要素是想象、神性和性情。要进入诗歌要素的前三位,修辞不够格,语言不够格,甚至连思想也不够格。想象力是诗人生命的本质力量之一,是生命处于青春期的重要表征。想象力的衰竭,即意味着生命的衰朽。可笑的是,不少生命已然衰朽(与年龄无关)的"老者",以对所谓"青春期写作"的故作鄙薄,来掩饰自己创造力的衰竭,并且误导着无数不会思考的人。

12. 大诗人都是一颗璀璨的大钻石,每一个棱面,都进射出不同的美学光华,呈现出不同的艺术风格,丰富、纷纭、矛盾、复杂,气象万千,难以界定。面貌太过单一,风格太过单调,可以成为好诗人,绝难成为大诗人。

13. 发现很多诗人都在刻意地塑造自己的形象,已露出伪的痕迹,这很不好。我们都是凡夫俗胎,向世人暴露出一些自己的缺点,没什么大不了的。真实的缺点,比伪的优点更动人不是?

14. 我在文字中挖个洞穴,藏匿起自己在人世的所有行迹。

15. 诗歌的质量与诗人对诗坛的关注热情成反比。越关注诗坛,诗歌质量越差;越关注自己的内心,诗歌质量越好。我个人比较满意的诗歌,大多诞生于不关注诗坛只关注内心之时。之后我的目标明确了。

16. 诗歌语言通俗化、大众化,不仅是一种艺术追求,也是一种艺术勇气,更是一种艺术道德。

17. 相比于历史书,文学作品可能更接近真实的历史和历史的真实。

18. 在写作中,浇铸一定的野心,譬如对生活和文本的重新发现,以及对某些事物和概念的重新命名,既是一种挑战,更是一种莫大的生命乐趣。

19. 诗之乐有三:写长诗,可体验汪洋恣肆的痛快淋漓;写短诗,可体验灵感降临时的刹那激动;写微诗,可体验思想鸣镝的突飞猛进。

20. 诗坛上有大量适合发表的诗歌:一点小技巧,加一点小情趣,最多再加一点小情怀,批量复制,高度同质,四处开花,八面威风。但,也仅是适合发表而已。至于能否经受住时光的汰洗,只有天晓得。

21. 检验自己的作品有无价值,有一个很简单的办法,那就是不断做减法:别人说过的陈词滥调,减去;别人用过的立意、构思、修辞、意象,减去;与人类的普适价值背道而驰的,减去;与自己过去的作品重复的,减去。剩下的,就是价值。若最后结果为零,则证明这件作品纯粹是垃圾。

22. 与每一株草木的相遇,都是人生一段小小的缘。

23. 西方文艺理论大师们在阐述文艺理论时,思维和文字都非常有趣,引人入胜,令人着迷。而中国的阐述者们,大多未臻通透之境,思维壅淤,文字枯涩,让人望而生畏。

24. 小说叫人纠结,诗歌令人癫狂,杂文使人愤怒,戏剧让人迷幻,散文给人以慰藉。相对来说,散文最适合养生。

25. 为什么当代诗坛有大量诗歌,语言还不错,但读者读过后,留不下任何印象?其原因之一,在于诗人概括能力的疲软。犹如泛滥的江河,若没有一道瀑布对它进行提炼,没有一道大坝先将它封锁然后开闸泄洪,终将失之于浮泛、温吞,难于给读者以灵魂的撞击。

26. 写诗是活在自己的世界中,写小说或看小说是在别人的世界中活一回,各有奇妙。写诗的人多看看小说,可以打通自我与他人的通道,防止自闭。

27. 平面与立体,永远是检校诗歌与其他艺术的重要标准。曾与两位诗人和企业家师友谈及文人绘画,我再一次提到了这一标准。我所崇敬的一位文人画家,其画作无论是从构图、线条、着色,还是其所涵纳的文化意蕴与哲学意蕴,都有着丰富的层次感和鲜明的立体感。相反,有的文人画家,他们的画作无论是形式还是意蕴,都只有一个层次,都只在一个平面上摊开。与前者在品位上,立判高下。

28. 诗应保持一定的混沌度。混沌中窜动着一股强劲的生命力。水至清则无鱼,诗太清则气息弱。

29. 文学可以帮助我们多活一个世界。普通人只活在物质世界中,活在一个现实的世界中,而爱好文学的人却能多活一个世界,除了物质世界,还可以活在精神的世界、想象的世界中。除了可以亲历自己的人生,还可以经历别人的人生,体会文学作品中人物的喜怒哀乐,借鉴别人的人生经验。我们可以不选择以文学为业,但我们一定要培养文学爱好。在具备了基本的谋生能力和物质财富之后,文学,会让我们的生命神采飞扬。

30. 仲呈祥先生说评论家是给作家洗脚的。我也有一喻:作家是厂家,评论家是商家。厂家欲将产品卖个好价钱,肯定希望商家对产品多作正面宣传。商家为帮厂家卖个好价钱,必然大力宣传产品的优点。区别仅在于:无良的商家,无限夸大产品的优点;诚实的商家,实事求是地罗列产品的优点。没有不为厂家说好话的商家,也没有不希望商家说好话的厂家。销售行为,其本质乃是一种正面宣传行为。当然消费者也完全可以绕过商家,直接从厂家进货,这样就可避免商家的提价乃至忽悠。明白了这个道理,长期以来对评论家的叽叽歪歪,庶几可以休矣。

31. 后现代主义诗歌作为一种诗歌流派,并不具有世界性,即令在欧美,也没有成为一统诗歌江湖的主流诗歌艺术,譬如在法德两国,它几乎就被坚壁拒于门外。于我个体而言,西方现代主义诗歌艺术堪可借鉴,而后现代主义艺术与我的生命则完全不兼融。我可以去熟悉它,但不想借鉴它。

32. 中国诗歌危机重重。最深重的危机是,大众陶醉于截句与微诗所营造的虚假诗意中而不自知。灵魂早已撕裂成碎片,生命元气与艺术元气,如被西风洞穿成一张破网,飘荡在虚无中。

33. 以小见大,其实是功力不济的一种掩饰术。此乃刘邦术,非项羽术。项羽虽败,伟丈夫耳;刘邦虽胜,小人也。

34. 文学作品谐和就好,至于写法、风格和写大写小,都是次要的。凡谐和的都是好作品,反之即为伪劣之作。谐和有三:一是与创作者的生命谐和(真),二是与人类的基本道德谐和(善),三是与艺术标准谐和(美)。

35. 任何文学艺术创作者都有擅长的和不擅长的。如林风眠大师,他的仕女画一帧帧灵动飘逸,而他为适应时代而画的工农兵题材的画作,则一幅幅呆滞无神。盖因前者是从作者的生命深处喷涌出来的,后者是作者受外力胁迫而画的。

36. 其实判断一件文学作品优劣的标准也简单:看过后,心里只一个"服"字,那肯定是好作品;心里不由自主地冒出"还行"俩字,那肯定是较好的作品;心里不以为然的,那肯定是平庸的作品;心生鄙夷的,那肯定是劣作。

37. 阅读是一件很奢侈的事,也是一件很小众的事。

38. 读亦有道。读书之道,大略有两种:道家之道与儒家之道。以道家之道去阅读,本乎生命,自然生发,所得往往为真才实学;以儒家之道去阅读,大多拾人牙慧,掉人书袋,最终貌似宏阔,实则伪儒。

39. 当代诗歌实在是太压抑了。有必要让当代诗歌适当"放纵"一下。

40. 写作,意思永远大于意义。

41. 作家止步之地,就是批评家出发之所。

42. 杭州诗坛整体氛围不错:老诗人宝刀未老,中年诗人强劲发力,年轻诗人狂飙突进。

43. 诗歌当然允许有歧义,允许制造艺术迷宫。然而,一种好的迷宫设置,必然是总体上令人头晕目眩,难以轻易走出,但迷宫中的每一条胡同,则应该都是通畅的,否则就是一座死宫。

44. 诗歌思维大体上有两种:想象与联想。想象偏重于创造,有助于表达生命的瑰丽雄奇;联想偏重于关联,有助于展示语言的迷人魅力。实事求是地说,想象思维如今已显陈旧,联想思维比较现代。要想磨砺语言,应多训练自己的联想思维。但诗者个性不同,如我,明知联想思维的妙处,写作时思维之马却总是不由自主地朝想象之路上驰骋,也是一件无可奈何的事情。

45. 凡书史者,若既无全局视野,又无公正、公平、公允之心,所书之史,必为恶史。其行也,与篡史、伪造历史无异也。

46. 近日受命阅评一位残疾作家的小说。这位作家长年僻居于东海一小岛上,几与文坛隔绝。尽管其小说语言比较粗粝,但有一些写法,与文坛流俗大异其趣,清新扑面。从某种意义上说,孤立就是独立,独立就是独特。一位作家,应与文坛保持一定的疏离。诗人亦然。

47. 诗歌要重原创性。现在好诗太多,写作者研读了一段时间后,将诗歌写得比较好看,不是一件太难的事情。同质化其实是一种无意识的模仿乃至抄袭。一位有出息的诗人,应该逼迫自己的诗歌从好看走向独特,建立起个人的辨识度。

48. "非虚构文学"的"六性"考核标准:文学性——有无文学性,将非虚构文学,与调查报告和一般性记叙文区分了开来(非虚构文学属于文学,新闻报道、调查报告和一般性记叙文不属于文学):新闻性——新闻性强弱,将非虚构文学,与新闻报道和报告文学区分了开来(新闻报道、报告文学强调新闻性,非虚构文学对新闻性没有要求);主观性——重主观还是重客观、重主体还是重客体,将非虚构文学,与报告文学和纪实文学区分了开来(报告文学和纪实文学重客体、客观,非虚构文学重主体、主观);公开性——是否追求话语表达的公开性,将非虚构文学,与新闻报道、报告文学和纪实文学区分了开来(新闻报道、报告文学和纪实文学追求话语表达的公共性。非虚构文学无此要求);完整性——是否追求叙事的完整性,将非虚构文学,与新闻报道、报告文学和纪实文学区分了开来(报告文学、纪实文学追求叙事的完整性。非虚构文学无此要求);宏大性——是否追求题旨的宏大性,将非虚构文学,与报告文学和纪实文学区分了开来(报告文学、纪实文学追求题旨的宏大,非虚构文学无此要求)。

49. 一个有文学素养的人、有文学创作爱好的人，肯定比一般人更靠近美。文学，无论是对丰盈我们的生命、纯洁我们的生命还是美丽我们的生命，都具有极其重要的意义。

50. 如果允许我将诗人分类，我会将诗人大体分为这样两种：金石类、草木类。金石类诗人奇崛慷慨，草木类诗人平易隽逸。宫白云无疑属于第二类诗人，她的诗歌有着一颗天然的草木之心，有着一种本乎自然的神秘灵性。她将自己视为自然的一分子，是自然中的一株灵性植物。她的一颗玲珑诗心与自然万物暗通款曲，不但诗歌产量大，而且每一首都流溢出一种隽逸的诗意。

51. 人生是山，文学是水。没有水的映衬，山是干巴的、生硬的；有了水的映衬，山才有韵、有神、有灵。西湖山水凭什么甲天下？凭的就是它的山水相映，凭的就是它的历史文化与自然风景的水乳交融。没有文学素养，登长城就只能连叫三声"啊啊啊"；没有文学素养，在神女峰看见的就只能是一堆又黑又丑的石头。所以文学能帮助我们欣赏美、描述美、表达美。

52. 诗歌必须走心。走心有多种：被感动（情感的力量），被惊艳（艺术的力量），被启迪（哲学的力量），被惊醒（思想的力量），被陶醉（语言的力量），被惊诧（题材的力量），被震撼（气势的力量），被净化（人性的力量），被鼓舞（理想的力量），被激怒（正义的力量），被雕镂（修辞的力量），被折服（学识的力量），被缠绕（忧伤的力量），被安抚（悲悯的力量），被吸引（异质的力量），被燃烧（信仰的力量）……读者只要在阅读过程中，产生了以上某种情感反应，那么所读到的，基本上就是一首好诗。这是我心目中好诗的十六条标准。

53. 散文的现代性之一，就是要把细小的生活之叶放大为整个世界，对其进入细部审视，洞幽烛微。

54. 中国诗界思想的稀薄或瘠薄令人吃惊。一些思想界的常识，在诗界常被惊为天条。王家新先生的《鱼腹之诗》，无论是从艺术性还是从思想性来说，当然无疑是值得致敬的上乘之作，但若说它是什么"进入'炼狱'的标志性写作"，我个人认为显然有点过了。对于不太思考、很少涉猎或根本不涉猎那些人类优秀思想著述的人群来说，这首诗所抵达的思想深度与高度，确实是令人惊诧的，但若置于思想者族群中，我实话实说，它仍然没有超出常识。我没有任何批评诗友的意思,我只是想说,这一现象反证出在中国当代诗坛,思想是多么的瘠薄。

55. 别把写作的情趣丢了。过分有计划的写作,过分注重技巧的写作,固然有助于成功(成名成家),甚至也能享受因成功而带来的喜悦与利益,但若失去了写作过程中的情趣,无论如何都是写作或曰人生的一种缺失或遗憾。以此自勉。

56. 目前诗坛上充斥着一种"自然景物+浅显诗意"的诗作。看起来很美,轻拂了一下读者的心灵后就随风飘逝。

57. 一百年来,中国诗歌的现代性一直是瘸着腿走路。绝大多数现代诗人的诗歌,只体现了诗歌艺术的现代性,而鲜有体现思想观念特别是政治观念现代性的作品。

58. 不少年轻作家的作品,粗粗浏览一遍,感觉挺不错的,但细读起来,若以严格的语法规范去衡量,十句恐怕至少要帮他们修改四五句乃至六七句。说到底,还是语法规范没有过关。

59. "银屑病"已在诗坛泛滥成灾,可笑的是竟被不少人指认为闪光的碎银。

60. 社会批判无疑是艺术的一个属性,然而我们却不能在它与艺术之间简单地画上等号。很多内容劲爆的诗篇,也只停留在社会批判的层面,而非如托尔斯泰般对人性做出深刻揭橥,这样的诗篇同样难以真正击中读者心灵,让读者自觉地广泛流布。

61. 中国广大中小学校园诗歌教育状况堪忧。教师向学生灌输的诗教倒是不少,但与真正的诗歌正好背道而驰。表达的情感体验,基本上一个模式:"我"—"祖国"—"民族"。抒情主体皆迅即由个体,跳跃或滑脱到"国家"和"民族",个人情感一次次被架空,看似正能量,其实假大空。

62. 关于灾难文学,我提出三条标准:良知、艺术、共情。首先是良知。凡出于良知的,都是值得肯定的。

63. 写诗如灌篮。写出一首好诗,就是灌进一球。高手几乎每灌必进,一般人偶尔灌进几球。一直灌不进亦无妨,至少起到了锻炼身体(思维)的作用。

64. 文学是"无用"的。这个"无用",是从物质层面来说的。文学给人带来荣华富贵的时代早已过去。像唐朝靠诗歌入仕,像二十世纪八十年代凭文学才华一举成名的时代已一去不复返了。然而,文学又是"有用"的。庄子说过,无用之用,方为大用。这个大用,是从精神层面上说的。文学现在和将来很难为人带来物质财富,但它对我们每一个生命个体的成长,都具有深远的影响和独特的价值。"文学很像月光。虽然万物没有月光,依旧照样生长,但是如果少了月光,我们内心会少掉很多思念,很多浪漫,很多抒情。正因为有月光,有文学,它让我们的生活变得更加丰富,更加妩媚。让我们内心变得更加生动和饱满"(麦家),说的就是这个道理。

65. 写诗时,诗人要观察从身体里跑出来的自己如何行动;要疏离自己,跳出自我中心,用X光看一看自己在世界中的阴影。

66. 对诗歌爱好者的九点提醒:一是写"现代诗",不要写"新诗"(新诗≠现代诗);二是写"口语诗",不要写"口水诗"(以思想提升诗歌);三是写"人性"诗,不要写"舔菊"诗(人性是最高的诗歌道德);四是多写"冷静"诗,少写"热烈"诗(零度抒情是观照与呈现现实的最佳方式);五是既写抒情诗,也写叙事诗(超越平庸的抒情);六是既写意象诗,也写反意象诗(意象是诗意的。反意象即去诗意化,是对意象的突围);七是多写"内部"诗,少写"外部"诗(指向生命内部,深挖灵魂矿藏);八是既要写小诗,也要写大诗(有大胸怀、大才华、大格局、大气象,方能写出大诗);九是多读西方现代诗,少读中国现代诗(西方是现代诗的祖庭)。

67. 最知音的读者:眼哭,心哭,魂哭;为作品哭,为作者哭,为自己哭,为天下哭。《牡丹亭》《红楼梦》都享受过如此待遇。一位作者,若遇这样的知音读者,当以生命惜之。

68. 声音常常不是用耳朵感知到的,而是用目光看到的。譬如此刻,我坐在河边石头上,遥望对岸的桥墩间,一群萨克斯爱好者在演奏,我的耳朵几乎失聪,只看见一串串带着羽毛的音符,从桥墩间飞出,飘扬在夜空中。

69. 这个年龄已没有任何意外的惊喜,收获都源自先前所播下的种子。

70. 评论的最高境界是知音的境界。知音的境界建基于文本细读。没有文本细读,随机抓取,得出的结论常常是偏见,甚至只见舆薪、不见森林。

知音的境界与赞扬无关。赞扬引发的是心灵的愉悦。知音的境界也与理论无关。理论引发的是佩服。知音的境界是一种共鸣与共情。

71. 我们不痛苦,是词语在代替我们痛苦;我们也没有欢欣,是词语在代替我们欢欣;词语是我们的皮影,我们操纵着词语。

72. 诗歌,于我而言,既是黑夜的墓场、青春的祭坛,也是情感的晶体、生命的星光。

73. 如何看待毁誉?所有的赞誉,我都照单全收,因为这是他人捧出的一捧心灵之花。所有的诋毁,我都充耳不闻。我知道我是谁,我坚信我是谁。我可能会因为赞誉而变得更好,我绝不会因为诋毁而变得更坏。

74. 上天是公平的,他给予每个人的做人劳务费是一样的:你得道高僧,精致利己,所得物质报酬丰厚,你的精神快乐肯定不会太多;你赤子之心,轻视名利,所得物质报酬有欠丰厚,但你的精神快乐必定几倍于得道高僧。

75. 会写诗的写人,不会写诗的写诗。

76. 书法鉴赏这事儿,有些时候可能不懂书法的人直觉更准确、判断更公允。这点有点像诗歌。

77. 转益多师是吾师。昔沙孟海与王个簃在沪上,沙孟海师本师冯君木,兼师吴昌硕;王个簃师本师吴昌硕,兼师冯君木。沙王二人,双重同门,终成两座高峰。

77. 沙孟海在《忆阿寿》一文中说:清代包慎伯批评苏东坡书法,"有烂漫之弊",说他"任意出之","菁华内竭",那是门外之谈,东坡书法最超越处就在于"烂漫",就在于"任意"。

79. 张戒在《岁寒堂诗话》中说:"世间一切皆诗也,在山林则山林,在庙堂则庙堂,遇巧则巧,遇拙则拙,遇奇则奇,遇俗则俗,或放或收,或新或旧,一切物,一切事,一切意,无非诗者。"

80. 不要去别的地方寻找自己,你就在你站立的地方。

81. 一个好的语文教师,重在做好以下两点:一是对学生施予高尚人格的影响,二是想方设法激发学生对语文的兴趣。至于具体学法的指导,其实真的属于细枝末节。一个老师再能干,又能教给学生多少知识?关键在于激发学生的兴趣。学生对语文产生兴趣了,在识字任务基本完成后,从初中到高中毕业,六年时间,哪怕语文老师一节语文课都不上,只让学生看书,到高中毕业时,学生的语文素养也绝不会比每天都上语文课差。

82. 请对文化人好一点。有权的人不会将权力分享给你,有钱的人不会将金钱分享给你,文化人却会将自己辛苦创作的文学艺术作品,无偿地与你分享。帝王的江山是易朽的,人间的财富是流动的,而文化人创作的文学艺术作品,却是永恒的。《红楼梦》的作者永远只会是曹雪芹,以康熙乾隆之帝力,也无法剥夺。

83. 美国教育学家杜克博士有一项重要研究成果,"对于家族历史知道得越多,孩子就越有控制自己人生的意识""答案在于孩子的家族归属感"。这一点启示我们:给孩子讲述家族史,有益于孩子身心的健康发展;同时,一个人不避讳自己的出身,特别是对于那些出身贫寒的人来说,不对自己的家族史讳莫如深,不仅是一种勇气、一种坦诚,其实更有益于身心健康特别是心理健康。反之,则很容易造成心理疾患,影响人生的健康成长与发展。

84. 现场作文比赛,靠急智,更靠平时的积累,也就是基本功。现场作文比赛,因为有时间限制,写作者要快速做出反应:快速确立书写主题,快速确定与他人不同的写作差异点,快速组织和筛选材料,快速选择好切入点,快速进入文章主旨,快速书写成文。在确保快速的同时,又要注意细,笔触要尽量细致一点,把细节写到位。细节是灯,细节亮了,整篇文章就亮了。

85. 我不太愿意改自己的诗,也不太愿意为别人改诗,倒不是为了省气力,而是真的觉得无法改。这就好比地里长出了两个冬瓜,一个形状很完美,一个形状不太规则,都是天然长成的,一定要对那个形状不太规则的冬瓜动刀子,真的好吗? 我通常的做法是,寻找另一个冬瓜,或者另外再种植一株冬瓜。

86. 文学创作确实是需要天赋的。天资平的人,经过努力,可以使作品达到中等或以上水平,但很难出彩。天赋异秉者,一出手就可能令人惊艳。早晨看了几十首朋友转来的一孩子的诗,被震惊到了。这些年经常接触青少年写作者的作品,不得不惊呼,现在的孩子真的太厉害了,很多高中生、初中生、小学生写的小说、诗歌与散文,与一些已成名的成人相比,毫不逊色,甚至更让人喜欢读。

87. 很多散文都写成了故事。散文,最是讲究"文"的。诗歌、小说、散文、戏剧,四种文学体裁,只有散文才冠之以"文"嘛！文即语言。散文最是语言的艺术。读语言优美的散文,如饮玉液琼浆;读语言拙劣的散文,如食刨花木屑。

88. 首先,用真诚支起写作,凭写作赢得尊严;其次,相信我,一个人的最终价值,是当时光抹去了社会赋予他们的角色后,最后剩余的那一部分;最后,不要去读那些作品中没有丝毫人味,即对底层民众毫无怜悯之情的人的作品。他们都是一些精致的利己主义者。他们如何成功,真的与我们无任何关联。

89. 当代中国,绝大部分诗人都是没有思想体系的。所以,纵使他们诗歌艺术再高明,也无法跻身一流诗人的行列。关于这一点,只要研习一下世界诗歌史,就能了然于心。

90. 做了一回童谣征文赛的评委,最大的感受是,童谣与童诗是两条完全不同的思维路径,童谣是上浮表面的,童诗是向下深掘的。对少年儿童实施诗教,不宜过分倡导童谣写作。过分倡导童谣写作,将严重损害少年儿童的感悟力、想象力、发现力和表现力,同时又容易助长作文的假、大、空。

91. 太多诗人写诗投机取巧,写作自然题材的,以山水花鸟入诗,营造一种诗化意境。犹如一场迷雾,瞬时美丽,瞬间消失。殊不知此乃山水花鸟之美,非诗作语言之美也。

92. "二十文章惊海内"的李叔同与"酒肉和尚"苏曼殊曾做过一段时间的短暂同事。但查遍史料,未见二人有什么深入的交往。只有苏曼殊对李叔同反串茶花女的不屑之辞。盖因两人性格迥异,中年后的李叔同变得严谨,而苏和尚仍旧任诞。李叔同看不起苏曼殊的不靠谱,苏曼殊也瞧不起李叔同的清规戒律。但这并不妨碍二人各自在自己的领域登峰造极。我个人的见解,为人当学李叔同,为文当学苏曼殊。

93. 为什么黛玉的人生有价值而宝钗的人生无价值？盖因黛玉作为林黛玉真正地活过,她活出了自己;而宝钗不曾作为薛宝钗活过,她一直为他人而活,未曾活出自己。

94. 李叔同为何出家？我意实乃因此四"至":荣华备尝,无聊至极;民国黑暗,失望至极;身体失眠,痛苦至极;灵魂境界,向往至极。

95. 赵冰波老师不仅是一位童话巨擘、讲故事的圣手,其实也是一位诗歌王子。我每一次读他的童话,都要为其奇妙变幻的构思、谐趣横生的故事、自然天成的情节、空灵秀涵的意境、隽永无穷的意味、纯净洁雅的语言、葱茏盎然的诗意而慨叹,而击节。

96. 向梁晓明致敬,就是向先锋致敬,向先锋的诗歌精神致敬。先锋是一种革命性的暴力,它在摧毁旧的审美原则的同时,留下了一道播种新的审美原则的垄沟。几十年来,梁晓明以掌为刀,深深地切入物质世界与精神世界的岩页。他的诗歌,在给世界制造了一种爆破性疼痛的同时,也为自己的诗歌,带来了一种瑰丽的色彩。梁晓明诗歌才华的结构是完整而稳固的,既擅长短制,亦擅长鸿篇。诗人诗歌才华结构的完整与稳固,表征着诗人精神世界结构的完整与稳固。他是一个可以期许继续写出大诗的人。

97. "原则三领军"李郁葱、俞强、韩高琦三位诗人,诗歌艺术面貌迥异:李郁葱诗歌始终把情绪的跌宕,克制地把控在一个相对稳定的尺幅间,形成一种绵密的语言流,不暴不滞,不疾不徐,以一种饱满而持续的语言内在驱动力,推动着诗意的流淌。俞强诗歌则更多地以对世相万态的镜像,指认生活的悖谬与荒诞。思维通透、跳脱,节律张弛有度,在充沛的才思中,混浇着一种哲学的理性,呈现出一种智慧性写作特质。韩高琦诗歌以性情和书卷气见长,呈现出一种纯美的品相。他的诗歌中埋藏着一柄古时的铜剑。这是一位内心依然葆有激情的前理想主义者。他的诗歌,散发着理想主义余烬的微温。

98. 苏沧桑散文是中国当代散文一匹面料考究、丝线绮丽、针脚细密、图案精致、质地柔顺、画风大气的"苏绣",具有一种丝绸般精微曼妙的艺术审美特征。《纸上》秉持一种传承中华古老文明薪火的文化自觉与文化担当,将目光投向社会生活的广袤旷野,搜寻湮没在时光深处的文化风物与人事,捕捉涌动在大地之上的文化元气与歌吟,以一种深度介入的行走和亲历现场的体验,从中华优秀传统文化的织锦中,裁剪出一幅幅具有浓郁江南世俗生活气息,又深深浸淫着新时代精神的传统文化风情画卷,呈现了一个奇异陌生、多元多维、诗意盎然的文化世界,不仅为自己留下了一帧走向传统文化旷野、深入传统文化现场、打捞传统文化遗产的俊逸背影,更以文写史、以文证史,为中华优秀传统文化,书写了一部充盈着水汽和灵气,也潜藏着雄风和大气的当代"稗史",同时也抒发了作者内心深处一种浩渺的文化乡愁。

99. 对日常生活的情有独钟、庖丁解牛与严厉考问,精妙的系统性修辞,"涧关莺语花底滑"般连绵而密集的意象,诗人与理想者的飞翔同沉重现实之间的矛盾所带来的精神苦闷与苦痛,语义繁复、语带双关的批判机锋,始则出人意料,终则令人恍然大悟的隐喻,寻常之语所营造出的不寻常的审美体验,冷静审视的生活姿态,由现实切入,从超现实而出的诗写路径,顾自导向对个体社会理想书写的情感执拗,"幽咽泉流冰下难"的看似晦涩实则无比清晰的精神气象,始终如一的实验精神,等等,混浇而成蒋立波这种独步诗坛的诗歌风貌。从这个意义上来说,蒋立波无疑是个"整体性"诗人。当代诗人,鲜见有如此完整的,他们要么缺少这点,要么缺失那点。

100. 天界的诗歌具有一种神秘性,或者也可称之为"亚神性写作"。这种"亚神性",与信徒朝觐灵山的那种神性有着本质的不同。准确地说,天界诗歌创作的"亚神性",表现为一种"神话性"与"神秘性"的合一。首先它带有强烈的神话色彩,有着浪漫主义与超现实主义媾合的玄幻特质。其次它具有一种幽暗的神秘性,是诗人在心灵的密室与站立于云端的神进行的心学交流,它已超出俗世层面,而进入了一种准宗教层面。从艺术表现手法上看,他的诗歌,无论是整体构思还是诗境的营造,大多想象奇特、出人意料,几无俗篇、俗句。

101. 周小波的诗歌中,出没着一只醉酒的、妩媚的狐妖,灵动、性感、妖媚、艳魅,才气横溢,不可捉摸。

102. 胡理勇的诗歌如海中礁屿,有着一种被浪涛濯蚀过后的斑驳、通透、凌厉与峥嵘。赋到沧桑句始工,此之谓也。

103. 张小末的诗歌流溢着日常叙述的光芒,自然万物,日常生活,都以一种明媚的温馨,涌现于她的笔端。她的诗歌是不动声色的,不经意间就打动了你。与此同时,她的诗歌有意远离宏大叙事,敏锐地捕捉庸常生活中小小的感动、小小的欢愉、小小的孤独、小小的感伤、小小的灵魂出窍、小小的人生感悟,并将它们真切而鲜亮地呈现出来。她的诗歌,是小的、轻的,然而又是深刻的、意味深长的,像"我爱上这世界的光,是因为曾与诸多黑夜/擦肩而过"(《阳光照我》),这样的体悟,不仅展示了诗人的心路历程,更浓缩着一种深刻的人生哲学。她的诗歌中也有一点小小的羞涩的情色,既揭示了女性微妙的心理,又增添了人性的温度。从艺术手法上看,她的诗歌,削去了一切冗余的成分,遣词利落、意象明朗、节奏舒缓、风格温婉,有明月清风从字里行间经行,如春天的白玉兰,明媚夺目。

104. 熊亮散文诗的精神谱系与艺术谱系,孕育于中国古典文化,融楚辞的浪漫瑰奇、汉赋的铺张扬厉和唐边塞诗的慷慨沉雄为一体。在中国当代散文诗坛,他发出了具有很高辨识度的激越的声音。从某种意义上说,《编钟》标志着他的"让散文诗这个小文体承载中华大文明的厚重"这一创作追求,已由必然王国迈入自由王国。

105. 作为湘湖的女儿,莫莫的气质和她的诗歌气质,是与湘湖高度契合的,都清丽脱俗,莫莫可作湘湖形象代言人。莫莫诗歌,有着自然主义诗歌的某些特质,多书写山水草木在心灵之湖的倒影,注重景与情的互映与相洽。同时又如放大镜下的解剖,呈现出一种细腻、柔婉、纤弱之美。莫莫诗歌,有着大甜蜜、小苦涩,能时而给读者灵魂带来小小的撼动。

106. 彭正毅诗歌具有一种楚辞附体般的大美。它以一种古典手艺,从散淡的日常生活和灵性的大自然中萃取诗意。遣词造语方式别具一格,音节短促,断裂突兀,跳转急速,辞藻绚丽,营造了一种陌生化的表达效果。局部节奏急促而整体气脉绵长,宛如一场步履铿锵的长行军。以铺陈写法见长,为汉赋重新找回了在诗歌创作中的尊严。他的诗歌,熔神秘性、日常性、古典性、散文化为一炉,体现了对流俗的直接无视或有意疏离,与同时代的书写者拉开了距离,呈现出一种独特的诗歌书写风貌。就我对中国当代诗歌的观察而言,他的这一写法,是独一无二的,辨识度很高。它是古老的南音在赣鄱大地的当代回响。

107. 方从飞的诗歌呈现了一些迥别于流行诗写的异质。在核武器时代,他操起自己用石块磨砺出的冷兵器,杀入诗歌阵地,生猛、鲁莽、粗粝、尖利,有杀出一条血路的可能。

108. 蔡瑛是一位擅长描写女性心理和揭示女性命运的青年女作家,她的小说,具有一种浓郁的女性叙事艺术特质。她对女性灵魂、女性命运的观照之广、洞悉之明、体察之微、探触之深、悲悯之切、呈现之美令人惊诧。她的小说为中国当代小说人物画廊增添了一类庸常生活的"假性反抗者"或曰"不坚定反抗者"女性人物形象——这无疑是蔡瑛小说女性叙事的价值所在,是独特的"这一个"。

109. 朱华丽的《闲书慢读》,是一部展现了读书之美、随笔之美与评论之美的读书札记。它是自由的、率性的、婉曲的、细腻的、闲适的与灵动的,是对传统书评与正宗文学评论的一场小小反叛。五十二篇读书札记,从古今中外四个维度,展示了作者在阅读之旅中际遇的各种美丽风景与醇酽人文。它是阅读视阈与心灵之声的交响,也是兰心蕙质与锦心绣口的泛光。它是一种阅读态度和评论态度,更是一种处世态度和生活态度。阅读这些融诗歌意境、散文笔调、评论思维与悠然心态为一体的文字,很容易让人联想起李清照的诗句,"枕上诗书闲处好,门前风景雨来佳"。它也昭示了一种可资借鉴的读书方法:以闲适心境过滤功利之心,以款慢心态静品书籍之美。它与阿尔卑斯山谷那句著名的劝告词"慢慢走,欣赏啊!",无意中构成了一种关于美学鉴赏的互文。

110. 左小青与任素汐的表演功力难分伯仲,但两人的表演路子完全不同,左小青属情感派,任素汐属技巧派。左小青的表演具有回甘,任素汐的表演更大张大阖,更直截了当,更扎心。当左小青遇上任素汐,只能被任素汐难以掩盖的璀璨光华所遮蔽。这是左小青的宿命。如同诗歌。

111. 当代文学发展到今天,其实很多过去的文学批评理论都已失效。除开极少数实验理论,理论基本上是对文学创作的滞后性归纳。先有文学创作,后有文学批评理论。于今的文学批评,唯有抓住"文本细读"这个牛鼻子,庶几才能准确把握住具体文学作品的本质特征、呈现它们的真实风貌。

112. 这几首年轻人写的诗歌挺不错的,以其感受的敏锐与奇异、语言的青葱与轻灵、造境的新颖与飘忽,对意义的疏远与背离,以及难于进入的情感私密性,典型地呈现了"90后"诗歌独特的艺术密码,折射出作者的心灵现场与时代现场。

113. 韩畅同学的诗歌,注重对内心的开掘,指向灵魂深处,体现了对生命的深切体悟与自觉思考,真实,真切,真诚,颤人心弦。其对情感潜流的体验力与表现力,应该说远超同龄人。诗歌真实书写了作者心灵的孤寂与呐喊、生命的迷茫与突围,意象绵密而沉重,有些诗歌,譬如《我在人间遥寄黄昏》《黑夜的王座》等诗章,其对生命意义与价值的思考,可以说已抵达哲学的高度与深度。并且时有金句,如"我与黑夜斡旋/因为弄丢了自己而找不到来路"等。从这一点来说,我要祝贺韩畅同学:你已经拿到了步入缪斯圣殿的入场券了!同时,我也要给韩畅同学一个小建议:不妨将诗歌的凿子稍微偏一偏!因为你现在探向内心的凿子,正对着的是坚硬的崖壁,所以回声有点沉重、发闷,只要稍微将凿尖偏一偏,兴许就能碰触并掘出一个泉眼,导出一股欢快、清澈、明朗、喧腾的清泉。祝愿韩畅同学调整好方向,创作出更多、更优秀的作品。

114. 江西现代诗歌史上,也曾出过几个大才,一个是出生于高安县的白采,其长诗被誉为"郭沫若第二",时人评价其才超越徐志摩与朱湘;一个是被高尔基誉为"东方雪莱"的出生于安福县的王礼锡。可惜二人均离世太早,文名未及远播。还有一个出生于南昌的饶孟侃——闻一多的文友与战友,其新格律诗理论对闻一多也有一定影响。

115. 一首诗,找不出毛病可能就是最大的毛病。也就是说,可能表达与完成度都挺不错,但缺乏特色,缺乏属于个人的私人性感知。我喜欢有缺点的诗和诗人,那才是原生态的、有活力的、生猛的。不要追求完美,相反,要大胆追求残缺。鲁迅关于战士与苍蝇的论述,以及维纳斯的美,都佐证了这一点。

116. 瑞士籍德国诗人赫尔曼·黑塞曾说:"只有诗人才是诗人,而不可能学着当诗人。"所以,以后我们撰写简介时,要问一问自己,是否做好了以生命献祭诗歌的心理准备;是否达到了应该具备的基本艺术标准。若回答是肯定的,则可以毫无愧色地写上"诗人"二字,否则就是对"诗人"二字的玷污。

(写于2020—2022年)

(载"诗跨界"微信公众号,2023-02-03)

2020年中国诗人调查问卷

出题诗人:杨雄(浙江)、啊呜(浙江)、赵学成(江苏)、曹英人(河北)。

发卷诗人:杨雄、游金(浙江),王国骏(浙江),谢新政(湖北),钱松子(江苏),董勤(湖南),辛夷(广东),而已(贵州)。

【答题人:涂国文】

一、二十一世纪初中国互联网上出现一个联系松散的知识群体:工业党。信奉国家至上和工业化至上的理念,形成了规模庞大的网络粉丝社群和亚文化。

你认为该潮流会不会在未来十年内对新诗写作产生深远影响?请简单阐述。

答:工业党是推动人类进步的正面力量,同时也是将人类最终引向毁灭之途的负面力量。这种潮流会不会在未来十年内对新诗写作产生深远影响?我的回答是,绝无可能!不要说什么"深远影响",我看连小影响也未必能够引发。因为现在不少国人特别是诗人们对国家主义与技术主义的负面因素早已产生警惕。

二、南方诗群"越人诗"刚刚启动为期一年的《诗电影》系列,试图以国内外优秀影片(尤其是反映底层生活、生存困境的现实题材)为载体,以直观的视觉冲击引导思考,自觉调整书写上的弊端。

请结合个人书写经验,谈谈题材对诗歌写作的影响。

答:"越人诗"这一尝试很有意义,也很有意思,我乐见其成。但我反对"题材决定论"。题材对诗歌写作当然有影响,但我认为,关键不在于"写什么",而在于"怎么写"。

三、你在2019年写了多少首诗? 你认为创作量和发表量(指在公开出版发行的报刊上的发表量)每年达到多少是比较符合你的心意的? 同时,请判断是否存在"期刊体"。

答:近年来我的文学创作以文学评论和诗歌为主,文学评论占据了至少一半时间。2019年我写有一百零六首长长短短的诗歌,发表了八十七首(含部分内刊)。我对发表从来就没有期望值,同时在我心目中,也没有什么所谓公开出版发行的刊物与内刊之别。因为现在许多内刊的质量丝毫也不逊于那些公开出版发行的刊物质量。当然存在"期刊体"。

四、有没有你认为写得很好,但知名度很低的诗人? 有的话,请列举(限三人以内)。

答:被遮蔽的优秀诗人不少,譬如我的朋友苏波。优秀诗人被遮蔽,大致有两个方面的原因:自因,(1)投稿被动,甚至从不主动投稿,自娱自乐,不想发;(2)坚持自己的创作风格,与流俗格格不入,发不了;(3)看到诗坛上的一片乱象,耻于发。外因,(1)人生不结盟者,孤军奋战,无人抬轿;(2)大器晚成者,错过了第一时间抢占诗歌高地的机会,一直被埋在底层;(3)灵魂纯洁者,不愿为发表去阿谀奉承、输送利益,所以无人理睬。

五、新诗的"传统"话语一直都是一个难以廓清的难题,你觉得从什么角度和层面上来理解和阐释"传统",才是真正有效的,而不是一直在那里同义反复地兜圈子?

答:"传统"其实是个伪词。难道我们汲取的西方现代主义和后现代主义就不属于一种"传统"? 它们是刚刚从石头缝里蹦出来的? 不要天然地将中国的艺术营养归为所谓的"传统",将西方的艺术营养归为"创新"。

六、这个时代大部分诗人的写作极有可能是无效的，你认为要为自己的诗写树立怎样的尺度，才能让其幸免于难？同时，请用一句话概括你的诗与时代之间有何关系。

答："这个时代大部分诗人的写作极有可能是无效的"这一判断本身就有问题，事实正好相反，这个时代大部分诗人的写作都是有效的。抒发了性情、丰盈了生命、救赎了自我，就是一种"有效"。难道非得流芳百世才算"有效"吗？所谓"幸免于难"，有点可笑。谁能"幸免于难"？"幸免于难"由谁说了算？是我们自己，还是时间？我看唯一的判官，恐怕只能是时间吧。我的诗与时代之间的关系，可以用这样一句话来表述：我的诗是时代的产物，同时也是我逃离时代的一只挪亚方舟。

七、怎样看待诗歌的机器（人）化智能写作和半智能化写作？或者说，在广泛电娱化背景下，什么才是诗歌的可能位置或定位？

答：诗歌的机器（人）化智能写作和半智能化写作，永远不可能替代诗人的创作，因为真正的诗歌，只能是生命情感与隐秘心灵的产物。诗歌的机器（人）化智能与半智能化写作这种娱乐游戏不足为虑，但有一点倒是值得引起我们注意：由于机器人写作的诗歌作品，艺术上可能已经达到了中等诗写水平，它将会把一大批诗歌写作者，踩在脚下。

八、在比较文学的诗歌中，你认为中国的当代诗，和哪一国哪一朝最为相像？请简述原因。

答：纵向比较，有点类似于唐朝，但与唐朝有着质的区别。唐朝诗歌是一种处于文化中心的书写，中国当代诗歌是一种处于文化边缘的书写；唐朝诗歌是一种大雅的书写，当代诗歌是一种泥沙俱下的书写。横向比较，没有哪个国家像中国一样，拥有如此庞大的诗歌写作群体和如此不堪的诗坛乱象。

2020-01-15

（收录于《诗评人》，读书文化出版社）

"你是如何应对诗歌写作瓶颈的?"

——答《江海诗话》第四期话题

熟悉我的朋友都知道,我与很多诗人在对待诗写的态度上有着很大的不同。很多诗人对待写出的作品精益求精,反复修改,以期能够顺利发表;我的诗写,只追求过程的快乐,作品一旦写出,它在我心中基本上就死亡了,绝少进行修改,也很少主动投稿。我的诗写的优缺点都源于这一毛病。这是诗写之大忌,不足为训。

诗歌写作,遭遇瓶颈,于我是经常发生的事情。瓶颈有大有小,有时写来写去,水准老是原地踏步,突破不了,自己瞅着也厌烦,这是大瓶颈;有时,突然灵感来访,却由于种种原因没有及时记录,待到动笔时却再也调不准弦,也很苦恼的,这是小瓶颈。

碰到瓶颈,我一般都会先暂时将写作搁置起来。硬写是非常痛苦的,与我的写作主张严重背离,所以我从不硬写。但我也不会主动向瓶颈举白旗,对战胜写作瓶颈,还是有着信心和耐心的。当遭遇写作瓶颈时,我一般会这样去做——

一、出门散步。我坚持散步已有39个年头了。散步时我的思维异常活跃,我 70% 以上的诗歌,都是晚上散步时写的。散步对我解决写作小瓶颈非常管用,有时散着散着,忽然电光火石,瓶颈迎刃而解。这几年,我有 200 余首诗歌是晚上在我家小区后面的古运粮河边散步时写的,我常和诗友们开玩笑说,如果我是个诗歌大师,这条河完全可以命名为"诗歌之河"。

二、寻找触发。遇到写作瓶颈时,我的第二个应对手段通常是去看书。或是看与文学毫不相干的杂书,或是看其他诗人的作品。常常会有这样的情况发生:看着看着,忽然书中的某个词、某句话、某个意象、某种思想触动了我,如同在我黑暗的心房投掷了一颗照明弹,整个心房瞬时一片通明,瓶颈应声而破。不过就我多年的亲身体验,看杂书产生的爆破力,要比看诗歌作品大得多,这大概也是阅读上的一种"张力"吧。

三、转换风格。我写诗主张"水无常势,随物赋形",因此风格多变。当写作遭遇瓶颈时,有时我会尝试着去转换一种风格。风格的主要内容是创作方法,同一种写作对象,可以采用不同的创作方法。这条路不通,换一条路走兴许就通了。譬如某首诗,原本我想采用新古典主义手法,但写得很不顺畅,于是我就换一种创作手法,现代主义或是后现代主义,兴许马上就变得顺畅了。

瓶颈是写作的孪生姊妹。写作遭遇瓶颈,实在是一件再正常不过的事情。出现瓶颈并不可怕,不必性急,不要灰心,不可放弃,或早或晚,总能寻找到"引爆点"的。当然,机遇只属于有准备的心灵,诗写亦然。

2019-11-20

(收录于《诗评人》,读书文化出版社)

真诚永远高于真实

　　从绝对意义上说，所有文学都是虚构的产物。没有百分百完全真实的文学。所有文学都对社会生活进行了艺术提纯和审美升华。

　　文学的真实只是一种有限真实。无论是注重对社会生活进行镜像式客观描绘的狭义真实（或曰"生活真实""现象真实"），还是深入社会生活的肌理，揭示其内在逻辑、深层本质和发展规律的创造性的广义真实（或曰"艺术真实""内蕴真实"），都无法抵达绝对真实，只不过后者更无限趋近目标而已。

　　纳博科夫说："文学是创造，小说是虚构，说某一篇小说是真人真事，这简直是辱没了艺术，也辱没了真实！"鲁迅说："只要逼真，不必实有其事也。"

　　虚构是文学的绝对法则。所有文学都离不开虚构，真实美只是文学审美的一个部分，虚构美是它的另一个重要组成部分。正是借助于虚构，文学才最终得以源于生活又高于生活。虚构在文学创作活动中已然是一种具有法理性的存在，若继续纠缠于文学能否虚构，既毫无必要，也毫无意义。

　　"从无限虚构中，取得有限的真实！"诗人、作家马叙如是说。文学反映社会生活,无外乎"再现"与"表现"两种手段。镜像生活是"再现",虚构更多地体现为"表现"。

虚构是一种内蕴的真实,更是一种表现的真实。虚构是文学通往艺术真实的必由之路。然而,文学的虚构,必须建立"虚构的道德",否则就会沦为虚假,导致文学的崩盘。

文学要抵达艺术真实,唯有一条路可走,这条路便是"真诚"。真诚是虚构的基础道德。要做到真诚,一要情感真挚,二要如实投入,三要自然融入,四要尊重生活逻辑,五要超越生活表象,六要描绘生活的可能性。其中最核心的,是情感的真挚。

情感的真伪,是文学的试金石。没有真情的文学,永远也不可能具备震撼人心的艺术魅力。真诚是最大的真实。真实是有限的,而真诚却是无限的。文学创作要化"真实"为"真诚",要将"真实原则"更改为"真诚原则"。

真诚永远高于真实。唯有真诚,方能真正抵达真实!

2021-12-16

(刊于《鄱阳湖文艺》2021年第4期)

从吴芮塑像说起

——在"余干籍在外文艺乡贤新春恳谈会"上的发言

首先给故乡文联的各位领导,给回故乡过年的各位艺术家拜个年! 祝大家新春快乐! 阖家安康! 身笔两健! 万事如意!

昨晚从南昌回古埠老家,在老宅楼上抽烟时,我猛然发现右前方远处似有一座灯火辉煌的楼房,又像是一座金碧辉煌的大佛,定睛细看,既不是楼房,也不是大佛,而是距我家五里处我外婆家所在村庄、现在的冕山公园内的吴芮坐像。我赶忙拿起手机拍照。

"江西第一人杰"吴芮是我们余干古代有名的圣贤。由吴芮,我突然想起与余干文艺有关的几个问题:

一、以吴芮为代表人物,余干有足以自信的本土文化。从"江西第一人杰"、汉朝的长沙王吴芮,十万户列侯梅铜,理学家张遇,到南宋右丞相赵汝愚、礼部侍郎李伯玉,明朝理学家胡居仁、张吉;从"珠山八友"之一邓碧珊,绘瓷名家张沛轩,红色艺术家彭友仁、彭友善、彭友贤,到当代艺术家、作家张育贤、江治安、白明、史俊等等,余干文化名人辈出;余干是华夏第一批立县的名邑,至今有两千三百余年的历史,从古代干国到宋明"人文甲江南之盛"的"理学名区",余干人文渊薮,灿烂辉煌。余干优美的自然风景、淳朴如酒的民风和深厚的人文积淀,也吸引了刘长卿、韦庄、陆羽、黄庭坚、辛弃疾、米芾、朱熹、李时珍等一大批文化名人前来游赏或讲学,并留下了很多诗词题咏。从历史的角度来说,干越文化有足够的自信。继续这种文化自信,赓续这种文化传统,是我们当代每一个余干人的责任。

二、吴芮坐像在冕山公园的落成,既彰显了近年来余干各届领导对历史文化的重视,也体现了余干文化的创新意识,更象征了余干文艺复兴的希望。从沉睡在史册中的一个模糊的历史人名,到矗立在冕山公园的可视可感的巍然塑像,再到转化为作为一种文化软实力的"吴芮精神",我要为吴芮坐像的落成点赞。吴芮坐像落成的意义,决不仅仅是一座塑像的落成、一处旅游景点的开辟,对于余干文化而言,它具有宏大的意义,它是余干文化继东山书院、忠臣庙、应天寺等余干古代历史文化地标之后,在当代矗立而起的一座融合余干古代文化与当代文化的新文化地标。这座新文化地标最大的特征是它的融合性,熔古代文化与当代文化为一炉。这一特征从某种意义上说,昭示了复兴余干文化的一种路径。

三、一条长达六百华里的信江从源头滔滔而下,最终流到余干,注入鄱阳湖。这是一条文化信江、文艺信江和文学信江。它上承六百华里沿途各县数千年的文化精华,下归烟波浩渺的鄱阳湖。余干文化这一特殊的区域位置是颇具深意和寓意的,它一方面象征余干文化海纳百川、兼收并蓄的特点,另一方面也兆示了余干文化必将走向宽阔浩荡的光明前景。换句话说,它也许在提示我们,要复兴余干文化,必须具有海纳百川、兼收并蓄的心胸格局,才能走向如鄱阳湖般的浩瀚辽阔。

四、时代已经吹响了复兴余干文化、余干文艺和余干文学的集结号。我们每一个余干文化人,无论是坚守在本土的还是漂泊在外的游子,都应该自觉、主动、真诚地为故乡而歌,为弘扬余干文化做出各自的贡献。因为个人爱好,近些年我一直比较关注故乡的诗歌创作。我欣喜地看到,我们余干本土无论是现代诗歌的创作还是古体诗词的创作,都成绩斐然,我将它命名为当代诗歌创作的"余干现象"。目前余干本土活跃着以"缘聚茶林湾""余干人文""星火余干驿"等为代表的现代诗歌创作队伍和以"余干诗词学会"为代表的古体诗词创作队伍。这两支队伍各有五十人左右,而且大多达到了在正式刊物上的发表水平。根据我多年的观察和比较研究,我可以负责任地说,像余干这样一个农业县,本土竟然出现了一支人数达百人之多,而且大多作品都达到了正式发表水准的诗歌创作队伍,这种现象,无论是整个上饶市、整个江西省,还是全国,都是罕见的。余干诗歌创作正在整体崛起,这是我的观察结论,也是我为故乡文学感到骄傲的地方。

五、对余干文艺建设的几点建议。余干文艺建设成就可圈可点,这是不争的事实。但也存在着需要改进的地方,譬如有高原缺高峰,譬如扶持力度不够,譬如文艺形态还是比较单一,等等。我借此机会向县文联各位领导提几点建议:办一本文艺刊物、出一套文艺丛书、打造一个文艺小镇、重点扶植一种文艺门类。

谢谢大家!

2023-01-25

(载"诗跨界"微信公众号,2023-01-27)

第五部分

童/诗/荐/读

善良

［比利时］莫利斯·卡列姆/著　韦苇/译

要是苹果只有一个，
它准装不满大家的提篮。
要是苹果树只有一个，
挂苹果的树杈也准覆不满一园。
然而一个人，要是他把
心灵的善良分给大家，
那就到处都会有明丽的光，
就像甜甜的果儿挂满了果园。

赏读——

善良的味道是甜甜的，一如果园里挂满枝头的苹果。然而，作为一种人类的最高美德，善良又远胜于苹果，因为要是苹果和苹果树"只有一个"，它都很难分享给更多人；而心灵的善良，却能普惠众生，就像歌曲《爱的奉献》所唱的那样，"只要人人都献出一点爱，世界将变成美好的人间"。这就是

《善良》这首诗告诉我们的道理。善良的力量是伟大的：一个小男孩在沙滩上不停地捡拾困在水洼里的小鱼儿，将它们扔回大海，路人讥诮他："这么多鱼你救得过来吗？谁在乎呢？"小男孩一边继续捡拾着，一边答道："这条鱼在乎，这条鱼在乎，这条鱼也在乎！……"我想，小男孩在拯救小鱼儿时，他的心里，也一定是甜甜的吧。

2020-03-26

（刊于《小学生世界》2020年第7期）

秋天的信

林武宪

秋天，要给大家写信
用叶子做信纸
请风当邮差

偷懒的邮差
每到一个地方
就把信一抛

有的信，落在松鼠头上
有的信，掉在青蛙身旁
赶路的雁，也衔了一页回家

池塘里，草丛中
到处都有秋天的信
动物们急忙准备过冬

赏读——

林武宪是宝岛台湾著名儿童诗人,他创作的儿童诗,追求童心、诗心和想象,主题以自然、亲情、友情居多,文字浅白朴实,自然温馨,充满灵性,散发着自然、生活和心灵的气息。《秋天的信》是林武宪的代表作之一。诗歌采用拟人和比喻两种修辞手法,将秋天比作人类的一位好朋友,将秋风比作一个"邮差",将树叶比喻成"信纸"。秋天"要给大家写信",可是没想到秋风是一个"偷懒的邮差",这个懒鬼"每到一个地方/就把信一抛",弄得"池塘里,草丛中/到处都有秋天的信"。诗歌想象新颖、奇特,比喻自然、贴切,语言简洁、明快,韵律弛缓、舒适,格调温暖、高扬,令人读来不仅朗朗上口,更一扫秋天常有的哀愁,为自然之美和生活之美而心弦震颤。

2019-09-12

（刊于《小学生世界》2019年第12期）

是谁在树梢

韦娅

那是谁　站在树梢
是倦了吗
风妈妈亲吻着它
抚摸它柔美的羽毛

那是谁　倚在树梢
是睡了吗
树妈妈搂抱着它
唱着那好听的歌谣

那是好乖的小鸟呀
不哭不闹，听星星说话
看杨柳舞蹈
安静地　等待拂晓

赏读——

韦娅,原名左韦,香港著名儿童诗人,擅长以诗的语言去演绎心底流溢出来的感觉,灵思奔涌遄飞,文笔亮丽畅达,是一位有个人风格的女诗人。《是谁在树梢》是一首唱给母亲的颂歌,也是一首颇具经典性的儿童诗。诗歌以自问自答的形式,讴歌了母亲对雏儿的关爱:小鸟倦了,"风妈妈亲吻着它/抚摸它柔美的羽毛";小鸟睡了,"树妈妈搂抱着它/唱着那好听的歌谣"。妈妈的亲吻、抚摸、搂抱与歌吟,是我们对母爱最初的记忆,也是母爱最原始、最基本的四种表现形式。诗歌选取母爱这四种最普通、寻常的动作,表现母亲对孩子的爱,和孩子对母亲的依恋。诗歌如此浅显,却唤醒了我们的童年记忆;如此平凡,却直击我们的心扉,令我们心弦震颤,引发我们强烈的共鸣。这就是母亲的伟大,这就是母爱的力量。从艺术上看,诗歌语言平实、境界辽阔,是一首寓隽永于平淡的优秀的儿童诗。

2019-09-01

（刊于《小学生世界》2019年第11期）

在罗勒大街16号吃早餐

姚风

你准备了咖啡、牛奶、奶酪、果酱和面包
我却用中国式的耐心熬一锅米粥
它洁白,朴实,弥漫着淡淡的香味
与我在北京的木制餐桌上所吃的米粥没有不同

无论在什么地方,祖国都无法避免
祖国是一种习惯
我又一次拒绝了咖啡、牛奶和面包
此时,我需要的是一块咸菜

赏读——

澳门大学教授姚风是以诗人和诗歌翻译家的双重身份名世的。《在罗勒大街16号吃早餐》不是一首儿童诗,但我却愿意把它当作一首儿童诗推荐给小朋友们。澳门曾长期被葡萄牙占领,1999年12月20日,她终于回到了祖国母亲的怀抱。提起澳门,我们都会不由自主地想起闻一多先生的《七子之歌》:"你可知'妈港'不是我的真名姓?/我离开你的襁褓太久了,母亲!/但是他们掳去的是我的肉体,/你依然保管我内心的灵魂。/那三百年来梦寐不忘的生母啊!/请叫儿的乳名,/叫我一声'澳门'!/母亲!我要回来,母亲!"爱国主义是一种崇高而神圣的情感,这首诗表达的就是诗人对祖国的一种赤诚之爱:"无论在什么地方,祖国都无法避免/祖国是一种习惯。"诗人爱祖国,已经成了"一种习惯",这种爱该有多深沉啊!俗话说,味蕾深处即故乡。在我们的舌尖上,保存着故乡的密码、祖国的密码。不忘故乡的味道,就是不忘故乡、不忘祖国。

2019-08-25

(刊于《小学生世界》2020年第1期)

灯塔妈妈

张继楼

天黑了，

浪睡了，

大海静悄悄，

只有灯塔妈妈睡不着，

睁眼眼，到处瞧，

看看有没有，

还没回家的船宝宝。

赏读——

　　经典儿童诗《灯塔妈妈》是有着"西部儿歌大王"之誉的著名儿童文学作家张继楼的代表作之一。整首诗短小精悍，语言简洁，形象生动，饱含深情。诗歌前三行以寥寥十一个字，描绘了海天的黑暗与静谧，环境描写简洁轻捷，背景辽阔而深邃。后四行采用拟人化写法，将灯塔比作彻夜难眠、担心孩子安全、期盼孩子平安归来的母亲，将远航的船只比作宝宝，通过"睁"

"瞧""看"三个动词,表现出母亲对孩子的担忧,以一种感人至深的母爱情感,令人读来怦然心动。

2019-12-09

(刊于《小学生世界》2020年第4期)

云和月

林良

白云飘过来，
这条白手帕
飘到月亮面前。
轻轻擦过，
轻轻飘走。
擦过脸的月亮，
更亮了。

赏读——

台湾现当代儿童文学之父林良先生的这首《云和月》，是一首广为传诵的儿童诗经典，具有标本意义。其经典性主要体现在如下四个方面：一是曼妙的童心；二是优美的想象；三是比喻和拟人手法的运用；四是浅显易懂的语言。这四点，基本上就是优秀儿童诗的标配。白云像手帕，这个联想现在看来平淡无奇，但在二十世纪五十年代，在孩子的心目中，我们确实很难找出比它更曼妙的联想和想象了。短短七行小诗,通过运用比喻与拟人这两种最普通的修辞手法,将白云的温情、月亮的皎洁,表现得无比温馨与灵动。读完这首小诗,我们得到一个启迪:简洁中孕育着繁复,纯净中孕育着雄浑;繁复与雄浑易为,而简洁与纯净却非轻易就能抵达的。向孩子们学习吧,回归简单与纯真,我们的人生,或许将变得更加有意义和有意思!

2019-11-12

（刊于《小学生世界》2020年第3期）

爸爸的鼾声

金波

爸爸的鼾声，
就像是山上的小火车
使我想起
美丽的森林
爸爸的鼾声
总是断断续续的
使我担心火车会出了轨
咦
爸爸的鼾声停了
是不是火车到站了

赏读——

《爸爸的鼾声》是中国当代著名儿童诗人金波创作的一首儿童诗。诗歌
以浓郁的生活气息、诙谐的画面描写和温馨的家庭亲情，一直以来，受到广

大小读者们的喜爱,成为当代儿童诗经典。诗歌短短十行,"就像是山上的小火车",形象地写出了爸爸鼾声的持续与起伏,绘声绘色。"总是断断续续的/使我担心火车会出了轨",表达了小主人公"我"对爸爸的关切和担忧,流露出浓浓的父子情。"爸爸的鼾声停了/是不是火车到站了",戛然而止、余音袅袅的诗句,留给读者的却是持久的忍俊不禁。诗歌叙事扎实,描写生动,令人过目难忘。

2020-01-02

(刊于《小学生世界》2020年第6期)

妈妈和爸爸

陈炜健

啊！我的妈妈美如鲜花；
噢！我的爸爸丑如泥巴。
咦！为何妈妈爱爸爸？
哎！因为鲜花不能没泥巴。

赏读——

2016年春夏，一首相传为杭州小学生所作，实际为广州某幼儿园小朋友爸爸所写的游戏之作在网络爆红，令无数读者笑到飙泪。"我的妈妈美如鲜花""我的爸爸丑如泥巴"，令人忍俊不禁的比喻和对比，显然化用了某个我们都耳熟能详的民间俗语。而诗句前面四个不同的感叹词，更是将诗歌的俏皮与幽默渲染到了极致。这是一首高度生活化的儿童诗，也是一首极富童趣的儿童诗。儿童诗，硬核在于童趣。何谓童趣？通俗一点说就是好玩、有意思。注意，是"有意思"，而不是"有意义"。儿童教育，包括儿童写作，一定要保护孩子的童心、童真、童趣，不宜过分强调所谓"意义"，反之，则极有可能损害儿童的感悟力与想象力。

2020-08-20
（刊于《小学生世界》2020年第10期）

秘密

万奕含

妈妈说我捡来的
我笑了笑
我不想说出一个秘密
——怕妈妈伤心

我知道，爸爸姓万
哥哥姓万
我也姓万
只有妈妈姓姜

谁是捡来的
不说你也明白
嘘！我会把这个秘密
永远藏在心中

赏读——

童诗《秘密》的作者是 2014 年就读于浙江省乐清市虹桥镇第一小学五年级的万奕含小朋友。这首童诗当年荣获优秀童诗童谣征文活动一等奖，火爆于网络。小作者从一家四口三人同姓一人异姓的现象中，发现了一个可以用来"回击"妈妈的"秘密"，因为"怕妈妈伤心"，于是决定"把这个秘密/永远藏在心中"。诗歌生动地刻画了一个深爱着妈妈的小调皮形象，语言欢快，童趣盎然，爱意暖心，余音袅袅。读者在心领神会之余，不仅会为小作者的聪慧与顽皮而捧腹，更会忆及自己的童年，因为我们在小时候，有谁没问过妈妈"我是从哪儿来的"，又有哪个妈妈不是回答"你是捡来的"呢？当然，笔者在感叹现在的孩子脑回路之深的同时，也要善意地提醒一下年轻的爸爸妈妈们，以后如果孩子再问及这个问题，最好不要遮遮掩掩，回以"你是捡来的""你是充话费送的""你是二维码扫出来的"之类，不如大大方方，如实回答，对孩子进行初始的性知识启蒙教育。

2020-09-11

（刊于《小学生世界》2020 年第 11 期）

小时候

佚名

小时候我偷奶奶的钱，

长大后我问奶奶：

"您知道钱少了吗？"

奶奶说："知道。"

我说："知道咋不换地方？"

奶奶说："怕你找不到了。"

现在……

我却找不到奶奶了！

赏读——

2020年春，有一首不知作者为谁的儿童诗《小时候》蹿红于网络，令无数读者眼角潮红。小诗回忆"我"小时候淘气，经常偷奶奶的钱，长大后方知原来奶奶早就知道此事，她之所以不将钱转移，是担心"我"找不到。"怕你找不到了"，寥寥六个字，寄寓了奶奶对"我"的多少疼爱与宽容！然而，"现在……我却找不到奶奶了!"这沉痛的一句,又流露出"我"对奶奶的多少痛惜、追悔与思念!是啊,我们小时候,有谁没有偷过大人的东西?这首小诗正因为书写了"祖孙情深"这样一个人类的共同体验,所以才能引发读者的广泛共情与共鸣。犹记高尔基有篇小说,最后一句是:"这是谁?这是人类的母亲!"我想将它改成:"这是谁?这是人类的奶奶!"

2020-09-17

(刊于《小学生世界》2020年第12期)

富春江是一条鱼

蒋天米

清晨,阳光
照在富春江上,
一闪一闪,
像许多鱼鳞在翻动。

我问妈妈:
富春江是一条鱼吗?
一条很大很大的
鱼。

赏读——

蒋天米小朋友是个"诗二代",他爸爸是当代知名诗人蒋立波,姐姐是诗坛新锐。生活在这样一个诗歌之家,小天米写诗,实在是一件再顺理成章不过的事儿了。这首诗是他六岁时的作品,小诗人看见清晨的富春江在阳光的照射下水波潋滟,触发联想,眼前幻化出"像许多鱼鳞在翻动"的图景,接着,思维进一步朝前推进,把富春江想象为"一条很大很大的鱼"。比喻手法的运用,联想与想象思维的运行,童趣盎然的诘问,共同营造了一种纯美稚真、简洁大气的诗意。读完这首小诗,我不由得想起庄子的《逍遥游》:"北冥有鱼,其名为鲲。"我这样想着,诗中的富春江忽而就在我眼前像鲲一样腾身而起,化而为鹏,展开它那"若垂天之云"的巨翼,呼啸着掠过大地,向着天堂飞去……

2021-01-01

(刊于《小学生世界》2021年第1期)

桃李春风一杯酒,江湖夜雨十年灯(代后记)

涂国文

　　跟朋友们说说心里话吧,以这篇闲聊权代后记。

　　正式从事文学评论创作之前,我在天涯社区、新浪博客等网络媒体写过几年文化时评,有些热帖也曾同时被光明网、人民网、《深圳商报》等全国四十余家大型网媒、纸媒转载或转述过,产生了一定影响。有一次中央电视台一名郭姓女记者要来杭州采访我,被我婉拒。许是因为这个,自 2006 年开始,便有朋友陆陆续续地给我发来他们的文学作品,请我作评或作序。开始几年还好,利用业余时间尚能应付过来;后来求评的越来越多,每周要收到朋友寄来的新书、发来的电子作品集两三部,顿感招架不住。我脸皮薄,不忍心拒绝朋友,只有牺牲自己大量的休息时间,完成文债。这些年来,我基本上没有在晚上十二点之前上床睡过觉,写到凌晨一二点是常事。白天忙工作,晚上忙评论,以及其他创作任务,譬如写诗歌、散文和小说等。

　　但饶是如此,也无法一一满足朋友们的愿望。有些朋友寄来新书时,会直截了当地提出诉求;有些朋友不提,但我知道他们的心愿。只要时间许可,我一般都会尽力满足他们的要求。但有些时候,真的不赶巧,手头工作太忙,根本没有时间去阅读寄来的作品,更不用说撰写评论。有时读完了作品,评论刚开了个头,工作又太忙,待到稍空下来,欲捡起评论,却再也找不到当初的感觉,只好作罢。仅举一例:十一年前,一位文学名刊主编发来她的四十余万字的长篇小说,我认真阅读了两遍,做了两万余字的阅读笔记,本想好好写一篇长篇评论。岂料刚刚写了一个三百余字的开头,单位一项工作任务山一般压下来,我接连忙了半个月,完事后想续写这个刚开了一个头的评论,却怎么也无法再次进入,那段开头连同阅读笔记,至今仍躺在电脑文件夹中。

　　要给一部作品集写好一篇评论,连阅读带撰写,基本上要耗时半个月。一周时间阅读,一周时间写作。我非专业评论家,白天要谋生,只有利用晚上、周末及节假日时间。很多朋友认为我出手很快,其实背后的甘苦唯有自己知道,我天资驽钝,很多时候都是挤牙膏似的一点一点挤出来的。根据我的切身感受,完成一部评论集耗费的时间与精力,相当于原创作品集的三到五倍。这些年,连同这部作品,我共出版了三部文学评论集,加上浙江文艺出版社出版的《苏小墓前人如织》中所收录的十余万评论文字,我先后为师友们义务撰写了版面字数近一百二十五万的评论文字,若是换算成原创作品,相当于三百七十五万到六百二十五万字。正是因为投入的时间与精力巨大,所以有不少关心我的朋友,为我感到惋惜,屡屡劝我不要如此耗费生命,因为我具有原创能力。我真诚感谢这些朋友的关爱,却也难以拒绝那些托请的师友的厚爱与期冀。

　　我写评论,从不挑选评论对象,不看人下菜碟儿,都一视同仁。无论名家还是普通作者,他们的书寄来了,作品电子稿发来了,但凡我能抽出空来,都是会尽量完成嘱托的。但也常常不巧,收到作品时,工作巨忙,根本无法挤出时间写评论,就只能辜负他们的嘱托了。这些年来,我辜负了不少师友的厚爱,其中有普通诗人、作家朋友,也有不少名家。因为评论文字写得多,很多朋友认为我来者不拒,其实真的不是这么回事儿。我不是不知道,从功利的角度看,为名家写评论与为普通作者写评论,耗费的时间与精力差不多,前者更有利于我的所谓成功,后者甚至连发表的机会都没有。但对于这一点,我真的毫不在乎。我感到有些愧疚、遗憾和无奈的是,有些原本关系较好的朋友,把书寄给我了,我却没有时间给他们写评论,他们因此对我产生了误会,自此与我形同路人,渐行渐远。对此我只能说声抱歉。每书皆评,对我来说,是真的不可能做到的事情。

我的文学评论属于野狐禅,对此我有自知之明。一是因为我本非评论专业出身,理论修为不足;二与我的评论追求或曰"反骨"有关。我追求的是一种"处处看不见理论,然而理论却无处不在"的评论境界。我深知自己与这一高标相距甚远,但我一直是朝这个目标努力的。对于文学评论,我一贯践行如下三点认识:首先,文学评论也是一种"做功德","雪中送炭"永远高于"锦上添花",因此我更乐于推介普通诗人和作家;其次,"文本细读"是文学评论的灵魂,文学评论的一切断语都应来自文本本身,所以我力戒"扯大旗作虎皮",以理论唬人;最后,追求一种"诗化文本",这与我的诗人出身和个性有关。

我的文学评论以正面激励为主,对此我毫不讳言。我为什么选择以正面激励为主?其一,我的评论对象以普通作者为主,不是以名家为主,对于普通作者来说,他们最渴望的是得到肯定与鼓励,而不是否定与批评。我认为,对于普通作者来说,文学评论更应注重发挥正面的激励作用。其二,我对评论对象的表扬,依据都来自文本,我所肯定的作品的优点,都是作品本身存在的,没有一点是我编造、杜撰的。我无非是没有把作品的缺点全部罗列出来而已。我认为,对于作品的缺点,评论者大可以与作者私下交流,不一定非得全部呈现在白纸黑字上,因为人都是爱面子的。其三,我有过多次教训,譬如早些年我就曾因为在评论中委婉地指出了一位散文家作品中的几点不足之处,导致对方当即与我翻脸。我所有的文学评论都非有偿评论,我投入了那么多时间与精力写出的评论,若最终却惹得作者不高兴,何苦来哉?我也是一个普通人,也有着人性的弱点。

因为我自己同时也是一个文学创作者,所以我深知创作的不易。对在这个欲望时代仍然坚持文学创作的所有写作者,我都心怀敬意。正是基于这一点,我才乐意不揣浅陋,为朋友们摇旗呐喊。可堪欣慰的是,我的文学评论尽管学术含金量不高,评述也未必十分精准,但没有一篇评论是敷衍的。我要么不评论,如果决定了要评论,每次都必定先认真阅读作品。若事先不细读文本,我是绝没有胆量也绝没有底气"胡说八道"的。在我看来,"文本细读"是一种最基本的评论操守,它既是对作品和作者的尊重,也是对文学评论和文学评论者自己的尊重。无功利、不阿谀,多肯定、少否定,细读文本、尽力宽容,写真诚的评论、写友善的评论,这是我一直遵循的评论圭臬。

对写文学评论倾倒了这么多苦水,并非说明我讨厌文学评论。恰恰相反,我对文学评论的喜爱是发自内心的——否则绝无可能坚持这么久。与此同时,我从文学评论中也获益良多:其一,正是因为写作文学评论,我才得以与诸多诗人、作家、学者结缘,置身于文学与学术现场中;其二,我从这些诗人、作家、学者的作品中学到了很多文学创作技巧和理论知识,也汲取了某些教训;其三,这些诗人、作家、学者的作品大大丰富和拓展了我的文学视野和学术视野,磨炼了我的目光与笔力;其四,每当我将写好的评论发给作者,收到他们"真是知音之论"之类的谬赞时,我的心里,真的比喝了蜜还甜。因此,写文学评论,我付出了很多,也收益巨丰。

最后,我要衷心感谢著名小说家、浙江省作家协会主席、杭州市文联主席、杭州市作家协会主席、鲁迅文学奖得主艾伟先生,著名散文家、中国散文学会副会长、浙江省作家协会副主席、浙江省散文学会会长、鲁迅文学奖得主陆春祥先生,著名诗人、诗歌评论家、中国作家协会诗歌委员会委员、浙江传媒学院教授、鲁迅文学奖得主沈苇先生,著名诗人、中国先锋诗歌代表诗人、浙江省作家协会诗歌创委会副主任梁晓明先生,著名散文家、浙江省作家协会散文创委会主任、浙江省散文学会常务副会长苏沧桑女士的鼓励和推荐。他们既是我文学创作与文学评论学习的高标,又是在我的文学创作与文学评论生涯中给予我诸多奖掖的良师益友,更是我继续从事文学创作与文学评论写作的巨大精神动力!

是为记。

2023-05-08